데카메론 3

Decameron

Questo libro è stato tradotto grazie ad un contributo per la traduzione
assegnato dal Ministero degli Affari Esteri italiano.
본 책은 이탈리아 외무부에서 수여한 후원금으로 번역되었습니다.

세계문학전집 293

데카메론 3

Decameron

조반니 보카치오

박상진 옮김

민음사

게 벗겨 먹는다. 그러자 상인은 전보다 훨씬 더 많은 물건을 갖고 돌아온 것처럼 꾸며서 여자에게 돈을 빌린 뒤 물과 천 쪼가리만 남기고 떠나 버린다.

아홉 번째 날

프란체스카 부인이 리누초와 알레산드로의 구애를 받는다. 어느 쪽도 마음에 들지 않았던 부인은 한 사람에게는 시체가 되어 무덤에 들어가라고 하고 다른 사람에게는 그 시체를 꺼내 오라고 한다. 그런데 두 사람이 주어진 임무를 이행하지 못했기에 결국 부인은 영리하게 그들에게서 벗어난다.

어느 수녀원장이 수녀들 중 하나가 연인과 동침한다는 보고를 듣고 한밤중에 잠자리에서 벌떡 일어난다. 그런데 자기도 그때 수도사와 함께 있었기 때문에 수도사의 속바지를 두건인 줄 알고 머리에 쓰고 나타난다. 수녀는 자기를 나무라는 수녀원장에게 이 점을 지적하여 무사히 풀려나고, 다음부터는 느긋하게 연인과의 밀애를 즐긴다.

의사인 시모네 선생은 브루노와 부팔마코의 부탁을 받고 칼란드리노로 하여금 자신이 임신했다고 믿게 만든다. 칼란드리노는 약을 만들어 달라며 이들에게 돈을 주고, 결국 애를 낳지 않고도 건강을 회복한다.

체코 포르타리고는 부온콘벤토에서 노름을 하다가 갖고 있던 모든 것은 물론 체코 안졸리에리의 돈까지 몽땅 털린다. 그러나 속옷 하나만 입고 안졸리에리의 뒤를 쫓아가 자기 것을 훔친 도둑이라고 외치면서 마을 사람들이 그를 붙잡도록 만든다. 그리고 상대의 옷을 입고, 말까지 빼앗아 타고는 상대를 속옷 바람으로 두고 떠나 버린다.

다가 나탄인 줄 모르고 그를 만나게 된다. 그리고 나탄에게서 직접 나탄을 죽이는 방법을 배우고, 이어 미리 정한 대로 숲에서 그를 기다린다. 나탄을 알아본 그는 부끄러움을 느끼고 그와 친구가 된다.

열 번째 날 여덟 번째 이야기 345

지시포의 아내가 되는 줄 알았던 소프로니아는 티투스 퀸투스 풀비우스의 아내가 되어 남편과 함께 로마로 간다. 나중에 지시포는 알거지 신세로 로마에 왔다가, 티투스에게 멸시를 당했다고 믿고 삶을 포기하려고 일부러 살인죄를 뒤집어쓴다. 지시포를 알아본 티투스는 그를 구하기 위해 자기가 살인을 했다고 주장하는데, 살인을 저지른 자가 자수한다. 결국 그들은 옥타비아누스에 의해 석방되고, 티투스는 여동생을 지시포에게 시집보내고 모든 재산을 그와 공유한다.

열 번째 날 아홉 번째 이야기 373

상인 차림을 한 살라디노가 토렐로 씨의 환대를 받는다. 십자군 전쟁이 시작되어 출정하게 된 토렐로 씨는 아내에게 재혼할 기한을 정해 준다. 그는 포로로 잡혀 매를 부리는 일을 하다가 술탄의 눈에 띈다. 술탄은 그를 알아보고 그들이 전에 만났던 사이임을 상기시키면서 극진히 대접하다가, 토렐로 씨가 병에 걸리자 마술로 하룻밤 사이에 파비아에 도착하게 만든다. 그리하여 아내가 재혼하는 자리에 나타난 토렐로 씨는 자기를 알아보는 아내를 데리고 집으로 돌아간다.

열 번째 날 열 번째 이야기 400

살루초 후작은 부하들의 권유에 못 이겨 아내를 맞아들이기로 한다. 하지만 나름대로 생각하는 바가 있어 농부의 딸과 결혼해 두 아이를 얻는다. 그러고는 그가 아이들을 죽였다고 아내가 믿게 만든다. 나중에는 아내가 자기를 화나게 해서 다른 여자와 재혼하는 척하면서 딸을 새 신부인 듯 꾸며 집으로 돌아오게 한다. 그러면서 아내는 입고 있던 속옷 바람으로 친정으로 쫓아 버린다. 그러나 아내가 이런 모든 고난을 참고 견디는 것을 본 후작은 그녀를 마음 깊이 소중하게 생각하고 집으로 돌아오게 한 뒤, 이제는 장성한 두 사람의 아이들을 보여 준다. 그리고 아내를 후작 부인으로 추대하고 다른 모든 이들의 모범으로 세운다.

여덟 번째 날

『데카메론』의 일곱 번째 날이 끝나고 여덟 번째 날이 시작된다.
라우레타가 주재하는 가운데, 사람들은 하루 종일 여자가 남자를 골리든,
남자가 여자를 골리든, 한 사람이 다른 사람을 골려 먹는 이야기를 나눈다.

앞의 그림.
데 그레고리 출판사의 『데카메론』 삽화,
1492, 조르조 키니 재단(이탈리아 베네치아) 소장.

위의 그림.
암브로지오 로렌체티, 「바리의 수호성인 성 니콜라의 역사」,
1332, 우피치 미술관(이탈리아 피렌체) 소장.

일요일 아침, 주위의 높은 산 정상마다 벌써 떠오르는 빛
줄기가 펼쳐지고 어둠은 모조리 물러나 사물들이 분명하게
식별되는 때였습니다. 여왕은 동료들과 함께 일어나서 우선
이슬에 젖은 풀밭을 잠시 동안 거닌 다음 세 번째 시간까지
반쯤 남았을 무렵* 근처 교회에 가서 미사를 드렸습니다. 집
으로 돌아와서는 모두 같이 흥겹게 식사를 마치고 나서 노
래를 부르고 춤을 추었습니다. 그리고 여왕의 허락이 떨어지
자, 쉬러 가고 싶은 사람은 그렇게 할 수 있었습니다. 그러나
태양이 중천을 지났을 무렵, 여왕의 바람에 따라 모두가 해
오던 대로 이야기를 주고받기 위해서 아름다운 분수 주변에

---

*날이 밝아 올 무렵부터 세 번째 시간(대략 오전 9시를 가리킨다.)의 중간
이므로 대략 오전 7시 30분을 가리킨다. 당시의 시간 단위에 대해서는 『데
카메론』 1권 45쪽 각주 참조.

둘러앉았으며, 여왕의 요청을 받은 네이필레가 이야기를 시
작했습니다.

여덟 번째 날 첫 번째 이야기

남의 아내와 돈을 주고 잠자리를 함께하기로 한 굴파르도는 그 남편 과스파루올로에게 돈을 빌린다. 그런 뒤 여자가 보는 앞에서 빌린 돈은 부인에게 돌려주었다고 과스파루올로에게 말하니, 여자는 어쩔 수 없이 그렇다고 말한다.

— 하느님께서 제 이야기로 하루를 시작하게 하셨으니 오늘은 참으로 기쁜 날이네요. 사랑스러운 부인 여러분! 지금까지는 여자가 남자를 속여 넘긴 이야기가 많았으니 저는 남자가 여자를 골려 먹은 이야기를 해 드릴까 해요. 하지만 남자가 한 짓을 비난하거나 여자가 부당한 대우를 받았다고 말하려는 건 아닙니다. 아니, 오히려 남자를 칭찬하고 여자를 비난할 것이며, 남자들이 믿는 사람에게 골탕 먹을 때가 있듯이 그들도 자기를 믿는 사람을 골탕 먹일 수 있다는 걸 보여 줄 거예요.

더 적절하게 말하자면, 골탕을 먹인다기보다는 할 만한 일을 한다고 해야겠지요. 그러니 여자는 항상 정숙함을 유지해야 하며 정조를 자신의 목숨처럼 지키고 어떤 이유로도 그것을 더럽혀서는 안 됩니다.(여자들은 마음이 약해서 언제나 온전히 그렇게 하지는 못하는 것 같지만요.) 저는 돈 때문에 정조를 더럽힌 여자는 화형에 처하는 것이 마땅하다고 생각하지만, 사랑 때문에 그런 사람은 지나치게 엄격하지 않은 판사라면 용서를 할 수도 있을 거라고 생각해요. 사랑의 큰 힘을 잘 아니까요. 그리고 그에 대해서는 며칠 전 필로스트라토 님이 프라토의 필리파 부인 이야기를 들어 보여 주었지요.*

옛날 밀라노에 굴파르도라는 독일 군인이 살았어요. 장사를 겸하던 이 사람은 용모도 준수하고 업무로 상대하는 사람들에게도 매우 성실한, 독일 사람으로는 흔하지 않은 인물이었지요. 돈을 빌리면 항상 틀림없이 갚았기 때문에 그에게는 싼 이자로도 거액의 돈을 빌려 줄 상인들이 상당히 많았던 모양이에요. 그런 그가 밀라노에 거주하는 동안 암브루오자라는 매우 아름다운 여자를 사랑하게 되었답니다. 암브루오자는 굴파르도의 동료이자 친구인 과스파루올로 카가스트라초라는 부유한 상인의 아내였지요. 남편이나 다른 사람이 눈치채지 못하게 무척이나 조심스럽게 그녀를 연모하던 어느 날, 굴파르도는 사람을 보내 자기의 정중한 사랑을 받아 주면 기쁘겠으며 무엇이든 명령만 내리면 바로 그렇게 할 준비가 되

---

* 여섯 번째 날 일곱 번째 이야기.

어 있다고 전했어요. 부인은 이런저런 말을 늘어놓다가 결론적으로 굴파르도가 두 가지만 해 준다면 원하는 걸 들어주겠다고 제안했어요. 하나는 이 일이 절대 다른 사람들에게 알려지지 않도록 하라는 것이고, 다른 하나는 자기가 지금 무슨 일 때문에 금화 200피오리노*가 필요하니 부자인 굴파르도가 그 돈을 줬으면 좋겠다는 것이었어요. 그러면 뭐든지 원하는 것을 들어주겠다고 말이죠.

지금까지 훌륭한 부인으로 믿었던 사람에게서 이렇게 탐욕스러운 말을 듣고 그 천박함에 실망한 굴파르도는 마음에 품었던 열렬한 사랑이 혐오로 바뀌는 것 같았어요. 그래서 그녀를 골탕 먹이기로 마음을 바꿔 먹었지요. 굴파르도는 다시 사람을 보내 그런저런 일들을 자기 힘닿는 데까지, 그녀 마음에 들 때까지 해 보겠노라고 대답하고는 언제 자기가 돈을 가져가면 좋겠는지 말해 달라고 했어요. 그리고 자기가 제일 신임하는 친구 외에는 아무도 모르게 하겠다고 전했지요. 부인, 아니, 그 못된 여자는 굴파르도의 말을 듣고 기뻐하면서 남편 과스파루올로가 며칠 뒤에 제노바로 출장을 가니 그때 다시 알려 주겠노라고 전갈을 보내왔어요.

굴파르도는 때를 봐서 과스파루올로를 찾아가 이렇게 말했어요.

"내가 지금 일을 하나 시작하려고 하는데 금화 200피오리노가 필요하다네. 자네가 늘 받는 이자를 쳐서 좀 빌려 주지

---

* 당시의 화폐 단위에 대해서는 『데카메론』 1권 62쪽 각주 참조.

않겠나?"

과스파루올로는 물론 그렇게 하겠다고 말하면서 즉각 돈을 내줬어요.

며칠이 지나서 과스파루올로는 부인이 말한 대로 제노바에 갔어요. 부인은 곧 굴파르도에게 사람을 보내 금화 200피오리노를 갖고 오라고 전갈을 보냈어요. 굴파르도는 친구를 데리고 부인의 집으로 가서 기다리던 부인을 만나자마자 제일 먼저 친구가 보는 앞에서 그녀의 손에 금화 200피오리노를 쥐어 주면서 이렇게 말했어요.

"부인! 이 돈을 받으세요. 그리고 남편이 돌아오거든 전해 주세요."

부인은 돈을 받았지만 굴파르도가 왜 그렇게 말하는지는 몰랐어요. 그저 일의 대가로 돈을 준다는 걸 친구가 알아채지 못하게 하려는 줄로만 생각했지요. 그래서 부인은 이렇게 말했어요.

"당연히 그렇게 할게요. 얼마인지 보고 싶네요."

그러더니 돈을 탁자 위에 쏟아서 세어 보고는 몹시 기뻐했어요. 그리고 굴파르도를 침실로 데리고 들어가 그날 밤뿐 아니라 남편이 제노바에서 돌아올 때까지 며칠 밤을 자기 몸으로 만족시켜 주었답니다.

과스파루올로가 제노바에서 돌아오자, 굴파르도는 부부가 함께 있는 때를 맞춰 찾아가 여자가 있는 자리에서 이렇게 말했어요.

"과스파루올로! 며칠 전에 자네가 빌려 준 금화 200피오리노는 쓸데가 없어졌네. 처음에 빌렸을 때의 그 일을 계속할 수 없게 됐거든. 그래서 자네 부인께 직접 돌려 드렸네. 그러니 장부에서 내 채무를 지워 주게."

과스파루올로는 아내를 돌아보며 돈을 받았는지 물었어요. 부인은 당장 증인이 있는 마당에 아니라고 할 수 없어서 이렇게 말했어요.

"그럼요! 분명히 받았어요. 당신한테 말한다는 걸 깜박 잊었네요."

그러자 과스파루올로가 이렇게 말했어요.

"고맙네, 굴파르도! 자, 어서 가 보게. 자네 채무를 깨끗이 정리해 놓겠네."

굴파르도가 떠나고 나서 웃음거리가 된 부인은 남편에게 자신이 못된 행실로 받은 대가인 부정한 돈을 주었답니다. 이렇게 해서 영리한 남자는 돈 한 푼 들이지 않고 탐욕스러운 정부를 갖고 놀았던 거예요.

여덟 번째 날 두 번째 이야기

바를룽고의 사제가 벨콜로레 부인과 잠자리를 하고 그 대가로 외투를 두고 간다. 그녀에게서 절구를 빌린 사제는 돌려주면서 담보로 맡긴 외투를 달라고 한다. 멍청한 여자는 억울해하면서도 어쩔 수 없이 돌려준다.

굴파르도가 탐욕스러운 밀라노 여자를 골탕 먹인 일을 두고 남자든 여자든 모두가 칭찬했습니다. 이윽고 여왕이 나서서 판필로를 돌아보고 미소를 지으며 이야기를 이으라고 했습니다. 판필로는 다음과 같이 이야기를 시작했습니다.

— 아름다운 부인들이여! 저는 언제나 우리를 모욕하면서 우리에게서는 그만한 모욕을 받지 않는 무리들에 관해 이야기를 좀 하겠습니다. 바로 우리의 아내들을 정복하기 위해 십자군의 깃발을 높이 쳐드는 성직자라는 사람들이죠. 이들은

우리 아내들 중 하나라도 손에 넣으면, 마치 알렉산드리아에서 술탄을 사로잡아 아비뇽*으로 압송하기라도 하듯 당당한 것은 말할 것도 없고 자기들은 죄와 벌을 면제받았다는 듯 행동하지요. 가엾은 속인들이 제 아내를 몰아세우듯 성직자들의 어머니나 누이들, 연인이나 딸들에게 그렇게 가차 없이 복수를 한다고는 하지만, 똑같이 갚아 주지는 못합니다. 자, 이제 저는 시골에서 벌어지는 해괴한 사랑 이야기를 들려 드리고자 합니다. 길게 늘어놓지 않아도 종국에 가서는 웃음을 자아내는 이 이야기에서 여러분은, 성직자들에게는 도대체가 믿을 만한 구석이 없다는 사실을 열매로 수확하실 수 있을 겁니다.

여러분 각자가 아시는지 혹은 들어 보신 적이 있는지 모르겠는데, 여기서 가까운 마을인 바를룽고에 여자와 관련된 일이라면 왕성한 성격을 자랑하는 훌륭한 신부가 살았습니다. 이 신부는 글은 썩 잘 읽지 못했지만 일요일이면 느릅나무 아래서 재미나고 거룩한 얘깃거리들을 많이 풀어 놓아서 교구 사람들을 끌어모으고, 남자들이 어디 외출이라도 하면 어떤 선임 신부들보다도 앞장서 여자들을 방문하여 축복해 주면서 성물이며 성수, 때로는 양초 동강들을 집까지 가져다주는 그런 사람이었습니다.

이 신부는 교구 여자들을 다 좋아했지만 그중에서도 벤티베냐라는 농사꾼의 아내인 벨콜로레 부인을 제일 좋아했습니

---

* 1309년부터 1377년까지 교황청은 아비뇽에 있었다.

다. 그 부인은 피부가 까무잡잡하고 몸매가 탄탄하며 그 어떤 여자보다 절구 찧기에 능한, 완전히 매력적이고 싱싱한 시골 여자였습니다. 뿐만 아니라 탬버린을 치면서 그에 맞춰 「물이 세차게 흐르네」를 누구보다도 훌륭하게 부를 줄도 알았고, 필요할 때면 하늘거리는 예쁜 손수건을 손에 들고 근방의 누구보다 맵시 있게 그곳의 전통춤을 추었습니다. 이런 모습에 완전히 홀린 신부는 벨콜로레 부인을 만나려고 하루 종일 어슬렁거리고 다녔지요. 그래서 일요일 아침에 그녀가 성당에 온 기척이 나면 자기가 노래의 대가임을 보이려고 있는 힘을 다해 「키리에」와 「상투스」를 읊어 대는데, 마치 당나귀 우는 소리처럼 들리기만 했습니다. 그러다 그녀가 보이지 않으면 아주 가벼운 어조로 돌아가는 것이었습니다. 하지만 이리 치고 저리 치고 하는 재주가 있어서 그녀의 남편 벤티베냐 델 마초도 그런 낌새를 알아채지 못했고 이웃 사람들도 의심하지 않았습니다. 그런데 신부는 벨콜로레 부인과 좀 더 가까워지려고 이따금씩 선물을 했습니다. 인근에서 가장 훌륭하다고 자부하는, 자기 채소밭에서 손수 가꾼 신선한 마늘을 묶음으로 보내는가 하면, 꼬투리 콩을 한 바구니씩 보내거나 때로는 양파나 나리를 한 다발씩 보내기도 했지요. 그리고 기회만 생기면 샐쭉한 얼굴로 곁눈질을 하면서 그녀를 다정스레 질책하기도 했습니다. 그렇지만 얌전한 체하는 이 여자는 모르는 척 내숭을 떨곤 했지요. 그러니 신부 양반은 도대체가 목적을 이룰 수 없었습니다.

그러던 어느 날 날씨 좋은 한낮에 신부가 마을을 이리저리 싸돌아다니다가 노새에 짐을 가득 싣고 가는 벤티베냐 델 마초와 딱 마주쳤습니다. 신부는 그에게 다가가 어디 가느냐고 물었어요. 이에 벤티베냐가 대답했지요.

"아이고, 신부님! 사실은 말이지요, 볼일이 좀 있어서 시내에 나가는 길입니다. 이 물건을 보나코리 다 지네스트레토 님께 갖다 드리려고요. 무엇 때문인지는 모르셨는데 재판소에서 출두하라는 연락이 와서 그 일로 그분께 도움을 좀 받고자 합니다."

신부는 반색을 하며 말했습니다.

"잘해야겠군. 그렇다면 내 축복을 갖고 갔다가 얼른 돌아오게나. 그리고 라푸치오나 날디노를 만나거든 잊지 말고 내 보리 타작기의 끈을 갖다 달라고 전해 주게."

벤티베냐는 그렇게 하겠다고 말했지요. 그가 피렌체를 향해 가는 동안, 신부는 지금이야말로 벨콜로레한테 가서 원하던 바를 시도할 때라고 생각했습니다. 그래서 발걸음을 재촉하여 여자의 집에 이르러서는 집 안으로 들어가 외쳤습니다.

"하느님께서 보내셔서 왔네만, 아무도 없는가?"

위층에 있던 벨콜로레는 그 소릴 듣고 이렇게 말했습니다.

"어머나, 신부님! 어서 오세요. 이 더위에 산책이라도 다니시나요?"

"하느님의 은총으로 그대와 함께 잠시 시간을 보낼까 하고 왔네. 실은 시내로 가는 자네 남편을 만났네."

벨콜로레는 아래로 내려와 앉아서 남편이 좀 전에 탈곡해 놓은 양배추 씨를 골라내기 시작했습니다. 신부는 그런 그녀에게 이렇게 말했습니다.

"자, 그런데 말이야, 벨콜로레! 날 이런 식으로 그냥 죽게 만들 작정인가?"

벨콜로레는 웃음을 터뜨리며 말했지요.

"어머, 신부님! 제가 뭘 어쨌는데요?"

"어쨌다는 건 아니지만, 내가 원하고 하느님께서도 명하신 걸 극구 마다하니 말이지."

"아유! 어서 돌아가세요, 어서요! 아니, 신부님들도 그런 일을 하시나요?"

"우리야 당연히 다른 남자들보다 더 잘하지! 왜! 그러면 안 되나? 좀 더 말해 주지. 우리는 그쪽 일에 비책을 갖고 있다네. 왜 그런 줄 아나? 우리는 모아 놨다가 빼거든. 그건 그렇고, 솔직히 말해 보게. 자네, 뭐 필요한 게 있는데도 말 못 꺼내는 거 아닌가. 그냥 얘기해 보게."

"제가 대체 뭘 필요로 한다는 거죠? 신부님은 악마보다도 더 쩨쩨하지 않으신가요?"

"뭘 갖고 싶은지 모르겠네만 뭐든 말만 하게. 신발 한 켤레? 비단 리본? 아니면 고급 양모로 만든 허리띠는 어떤가? 뭐든 원하는 걸로 해 주지."

"신부님, 그만 좀 하시죠! 그까짓 것들 다 있다고요. 그보다 그렇게 절절히 저를 원하신다면, 저를 위해 봉사나 좀 해 주지 그러세요. 그럼 신부님이 원하시는 걸 다 해 드릴게요."

"뭘 원하는지 얼른 말해 보게. 내 기꺼이 해 주지."

"저는 이번 토요일에 그동안 자은 털실을 가져다주러 피렌체에 갈 거예요. 만약 신부님이 5리라만 빌려 주시면 그날 진홍색 치마와 제가 시집올 때 가져온, 축제 날 허리에 두르는 허리띠를 전당포에서 찾으려고 해요. 물론 그 정도는 갖고 계시겠죠? 그것들이 없어서 성당이나 다른 좋은 곳에 전혀 가지를 못하거든요. 그래서야 신부님이 원하시는 걸 제가 어떻게 하겠어요."

"이거 아주 운수대통이구먼! 그런데 당장은 그게 주머니에 없네. 하지만 토요일 이전에는 자네가 그렇게도 원하는 걸 주겠네."

"역시 그렇군요. 신부님들은 모두가 약속은 그럴듯하게 하지만 아무것도 지키는 게 없더라고요. 빌리우차에게 하신 것처럼 저에게도 그러시려는 건 아니죠? 신부님 때문에 가진 걸 다 잃고 거리를 헤매 다니던 그 여자 말예요. 정말이지 그러시는 거 아니에요. 신부님 때문에 그 여자, 이제는 세상이 다 알게 됐잖아요. 지금 가진 게 없으시면 가서 가져오세요." 하고 벨콜로레가 말했습니다.

"아이고! 나더러 당장 집까지 가라는 말인가? 여기는 지금 아무도 없으니 절호의 기회 아닌가. 내가 돌아왔을 때 혹시 다른 사람이 있으면 방해가 될 텐데 말이야. 지금처럼 제대로 된 기회가 언제 또 올지 누가 안단 말인가!"

"마음대로 하세요. 가고 싶으면 가시고 싫으면 여기서 참으시든가."

신부는 자기가 뭔가 보증을 하지 않으면 여자가 자기 뜻에 호락호락 응하지 않으리란 걸 알고 담보를 맡기기로 마음먹었습니다.

"그러니까 자네는 내가 집에 가서 돈을 가져온다는 말을 믿지 않는 거로군. 그럼 날 믿도록 내 진한 청색 외투*를 담보로 두고 가겠네."

그러자 벨콜로레가 얼굴을 들며 말했지요.

"아, 그 외투 말인가요? 그거 얼마나 쳐주나요?"

"뭐, 얼마나 나가냐고? 이건 두아지오 제품으로, 트레아지오는 문제없다는 걸 알았으면 좋겠네. 우리 쪽에서는 콰트라지오는 한다고 하는 말들도 있네만.** 고물상을 하는 로토한테서 7리라씩이나 주고 산 게 보름도 되지 않았네. 이런 종류의 진한 청색 외투들에 대해 잘 아는 불리에토 말로는 내가 5리라는 족히 깎아 샀다고 하더구먼."

"어머, 그래요? 아유, 믿을 만한 얘긴지 모르겠네. 어쨌든 우선 이리 줘 보세요."

활시위를 잔뜩 당기고 있던 신부는 외투를 벗어 주었지요. 그녀는 외투를 받아 두고 나서 말했습니다.

"신부님! 저쪽 헛간으로 가시지요. 거기라면 아무도 오지 않을 거예요."

---

* 당시 검소한 생활을 하는 성직자들의 복장.
** '두아지오'는 플랑드르 지방의 두에에서 생산되는 고급 의복 상표로, 14세기 피렌체에서 크게 유행했다. 지금 신부는 두아지오가 둘을 뜻하는 '두에'를 연상시킨다는 점에 착안해 '트레아지오'(셋을 뜻하는 '트레'를 연상시킴.)와 '콰트라지오'(넷을 뜻하는 '콰트로'를 연상시킴.)라는 단어를 지어내면서 원래 고가인 두아지오 제품보다 더 값이 나간다는 느낌을 주려고 한다.

그래서 그들은 헛간 쪽으로 갔습니다.

거기서 신부는 세상에서 가장 달콤한 입맞춤을 퍼부으며 여자와 오래오래 즐겼습니다. 그리고 여자의 치마폭을 벗어나 마치 결혼식 주례라도 다녀오는 양 성당으로 돌아갔답니다.

성당으로 돌아간 신부는 한 해 내내 제단에 바쳐진 양초 토막들을 다 모아도 5리라의 절반도 되지 않는다는 걸 생각하고 큰일이다 싶어 외투를 맡긴 걸 후회했습니다. 그리고 어떻게 하면 돈 들이지 않고 외투를 회수할 수 있을까 골똘히 생각했지요. 신부는 다소 영악했기 때문에 외투를 회수할 방법을 어렵지 않게 생각해 냈습니다. 그러고는 휴일인 다음 날, 여자 집 근처에 사는 어린아이 하나를 벨콜로레에게 보내 돌 절구통을 빌려 달라고 부탁하게 했지요. 빈구초 달 포지오와 누토 불리에티와 함께 아침 식사를 하려고 하는데 소스를 만들어야 한다는 구실로 말입니다.

벨콜로레는 절구를 줘서 보냈습니다. 그리고 신부는 여자가 남편과 식사할 시간을 노려 보좌 신부에게 이렇게 시켰지요.

"이 절구통을 벨콜로레한테 가져다주면서 이렇게 말해라. '신부님께서 대단히 감사하답니다. 그리고 아까 어린아이가 담보로 놓고 간 외투를 돌려주셨으면 합니다.' 하고 말이야."

보좌 신부가 절구통을 갖고 벨콜로레의 집에 가니 마침 여자는 벤티베냐와 식탁에 마주 앉아 식사 중이었습니다. 그는 절구통을 내려놓고 신부가 시킨 대로 말을 전했지요.

벨콜로레는 외투를 돌려 달라는 말을 듣고서 대꾸를 하려 했으나, 벤티베냐가 얼굴을 찡그리며 이렇게 말했습니다.

"아니, 신부님한테 담보를 받았다고? 아이고, 맙소사! 머리를 한 대 콱 쥐어박을까 보다. 당장 돌려 드리지 못해? 이 염병할 마누라야! 신부님이 필요하시다면 뭐든 빌려 드려야지. 앞으로는 우리 집 노새를 원하셔도 절대 안 된단 소리 마!"

벨콜로레는 툴툴거리며 일어나 납작한 옷상자에서 외투를 꺼내 보좌 신부에게 주며 이렇게 말했습니다.

"신부님께 이렇게 전해 주세요. 제 절구로 다시는 소스를 만들지 못할 것이며, 이번 일로 신부님 명예가 완전히 구겨졌다고 말예요."

보좌 신부는 외투를 갖고 돌아가 이 말을 전했습니다. 그러자 신부는 껄껄 웃으며 말했지요.

"다음에 그 여자를 만나거든 절구를 빌려 주지 않으면 나는 절굿공이를 빌려 주지 않을 거라고 말해라. 피차일반이 아니냐고 말이다."

벤티베냐는 아내가 신부님께 그런 말을 지껄인 것이 자기가 화를 냈기 때문이라고 생각하고 별로 마음에 담아 두지 않았지요. 그러나 완전히 농락당한 벨콜로레는 포도를 수확할 철이 올 때까지 신부와 말을 섞지 않았습니다. 그 뒤 신부는 그녀를 지옥의 마왕 입으로 보내 버리겠다고 위협했기 때문에 그녀는 더럭 겁이 나서 발효되기 전의 포도즙과 갓 딴 밤을 주며 신부와 화해했습니다. 그런 뒤로는 둘이서 실컷 재미를 보곤 했지요. 그리고 신부는 5리라 대신 여자의 탬버린 가죽을 수선해 주고 방울도 달아 주면서 여자를 아주 기쁘게 해 주었다고 합니다.

여덟 번째 날 세 번째 이야기

칼란드리노와 브루노와 부팔마코가 혈석(血石)을 찾으러 무뇨네 강*으로 간다. 칼란드리노는 그 돌을 찾았다고 믿고는 돌들을 잔뜩 짊어지고 집으로 돌아가는데, 아내가 뭐라고 하자 화가 나서 아내를 두들겨 팬다. 그리고 친구들에게 이 사실을 얘기하는데, 실은 친구들이 그보다 더 잘 아는 얘기였다.

판필로의 이야기가 끝났습니다. 그러나 이야기 도중부터 웃어 대기 시작한 부인들은 웃음을 그치지 못했습니다. 여왕은 엘리사에게 다음 이야기를 하라고 부탁했습니다. 그녀는 여전히 웃으면서 이야기를 시작했습니다.

— 친애하는 부인들이여! 제가 들려 드릴 짧은 이야기는

---

* 피렌체의 아르노 강으로 흘러들어 로마냐 방향으로 이어지는 지류.

재미있다기보다 사실에 입각한 이야기라 판필로 님의 이야기만큼 웃길지는 모르겠네요. 하지만 열심히 해 볼게요.

언제나 새로운 관습과 괴상한 사람들이 쏟아져 나오는 우리 도시에 오래지 않은 옛날, 칼란드리노라는 단순하면서 엉뚱한 화가가 살았어요. 이 사람은 브루노, 부팔마코라는 화가들과 어울려 다녔어요. 이들은 대단히 쾌활하지만 다른 한편으로는 영악하고 기민한 사람들이라, 칼란드리노가 하는 짓이나 그의 단순한 성격을 즐기곤 했답니다. 한편, 당시 피렌체에는 마음먹는 일마다 재미나게 잘해 내는, 유능하고 교활한 마소 델 사지오라는 청년이 있었어요. 마소는 칼란드리노의 단순한 면면을 듣고서 한번 골려 먹거나 말도 안 되는 걸 믿게 해 재미를 얻어 볼까 생각했어요.

그러던 어느 날 마소는 산 조반니 성당에서 우연히, 최근 제단 위에 새로 설치된 벽화와 양각들*을 열심히 구경 중인 칼란드리노를 만났어요. 그걸 보고 마소는 자기 계획을 실행할 절호의 시간과 장소라고 생각했어요. 그는 동행한 친구에게 자기 계획을 얘기해 주고 함께 칼란드리노가 혼자 앉아 있는 곳으로 슬며시 다가갔어요. 그리고 그를 못 본 척하면서 저들끼리 이런저런 돌들의 성질에 대한 얘기를 늘어놓았지요. 그렇게 하면서 자기가 돌에 관한 대가인 것처럼 그럴듯하게 꾸민 것이었어요. 무심코 얘기를 듣던 칼란드리노는 얼마 후에 비

---

* 이 글이 쓰인 시기를 짐작할 수 있는 부분. 1313년 산 조반니 성당은 리포 디 베니비에니에게 제단 위의 감실을 그림과 조각으로 장식하도록 의뢰했다.

밀 얘기가 아닌 것을 알고 자리에서 일어나 그들 얘기에 끼어들었어요. 그것이야말로 마소가 원하던 것이었지요. 마소는 얘기를 계속 이어 나가면서 칼란드리노가 어디서 그런 마력을 지닌 돌들을 구할 수 있는지 질문하도록 유도했던 거예요. 마소는 그런 돌들은 대부분 베를린초네라는 바스크인들의 땅에 있다고 대답했어요.* 그곳은 사람들이 벤고니라고 부르는 지방에 있는데, 그곳에서는 소시지로 포도나무를 묶고 1데나로만 있어도 거위 한 마리를 살 수 있으며 거기에 병아리를 덤으로 준다면서 말입니다. 뿐만 아니라 그곳에는 파르마산(産) 치즈가 산처럼 쌓여 있고, 그 산에 사는 사람들은 다른 일은 할 것도 없이 마카로니와 라비올리를 만들어 닭을 삶은 수프에 넣어 요리하면 되고, 그걸 아래로 던지면 먹고 싶은 사람이 얼마든지 먹는다고도 했지요. 또 근처에는 물 한 방울 섞이지 않은 진짜 백포도주 강이 흐르고 있어서 아무나 실컷 마실 수 있다는 말도 덧붙였어요.

"세상에! 정말 근사한 곳이군요. 그런데 삶아 낸 닭은 어떻게 한답니까?" 하고 칼란드리노가 물었어요.

마소가 대답했어요.

---

* 여기서 마소는 여섯 번째 날 열 번째 이야기의 치폴라 수사나 여덟 번째 날 아홉 번째 이야기의 브루노가 우둔한 사람들에게 그러듯 칼란드리노를 홀리는 기묘한 이야기를 들려준다. 베를린초네(여덟 번째 날 아홉 번째 이야기에도 등장한다.)라는 단어는 berlingare('수다를 떨다.'라는 뜻.)나 berlingaio('폭식가'라는 뜻.) 혹은 berlingaccio('사육제의 마지막 목요일'을 가리킨다.) 같은 말들을 연상시킨다. 바스크인은 여덟 번째 날 아홉 번째 이야기에서 묘사하듯 막연하고 신비로운 민족을 암시한다.

"그야 바스크 사람들이 모두 먹어 치우죠."

칼란드리노가 다시 물었지요.

"당신은 거기 가 봤소?"

마소가 대답했어요.

"가 봤느냐고요? 당연하지. 천 번도 더 갔을 거요."

그러자 칼란드리노가 계속 물었어요.

"얼마나 먼가요?"

마소가 대답했어요.

"여기서 1000마일도 넘을 거요. 당신이 밤새도록 꼽아도 모자랄 거리지요."

"그럼 아브루치보다 더 멀겠습니다그려."

"그럼요! 더 멀고말고요." 하고 마소가 대답했어요.

단순한 칼란드리노는 마소가 엄숙한 표정으로 웃지도 않고 얘기하자 진실이 분명하니 저렇게 자신만만하겠지 생각하고 믿어 버렸어요. 그리고 이렇게 말했지요.

"나한테는 너무 먼 곳이군요. 조금만 더 가깝다면 당신과 함께 가서 그 마카로니 범벅에 풍덩 빠져 실컷 먹어 봤으면 원이 없겠네요. 그런데 여쭙겠습니다만, 이 지방에 그처럼 마력이 있는 돌은 혹시 없을까요?"

마소가 대답했어요.

"있지요! 아주 엄청난 마력을 지닌 돌이 두 종류 있습니다. 하나는 세티냐노와 몬티시*에서 나는 환석인데, 효능이 대단

---

*피렌체 부근에 있는 마을들로, 채석장으로 유명하다.

해서 그걸로 맷돌을 만들면 밀가루가 저절로 쏟아져 나온다고 하네요. 그래서 그곳 사람들은 '은총은 하느님에게서, 맷돌은 몬티시에서'라고들 말하지요. 하지만 그런 환석들이야 하도 많이 널려 있으니 우리 같은 사람들은 별 관심도 없어요. 에메랄드가 그 사람들한테 그렇지요. 그곳에는 모렐로 산보다도 더 큰 산이 있는데, 나른 선 몰라도 한밤중에 번찍거리며 빛을 낸다고 합디다. 그리고 이런 것도 알아 두면 좋을 거요. 맷돌을 잘 만들어서 거기에 구멍을 내기 전에 반지를 끼운 다음* 술탄에게 가져가면 부르는 대로 값을 쳐준답니다. 또 다른 돌은 돌 세공사들이 혈석이라 부르는 건데, 그 마력이 어마어마해서 사람이 그 돌을 갖고 있는 동안은 아무도 그가 어디에 있는지 보지 못한다는 겁니다."

그때 칼란드리노가 말했어요.

"정말 엄청난 마력이로군요. 그런데 대체 그게 어디 있다는 거요?"

마소는 무뇨네에 가면 흔히 볼 수 있다고 대답했지요.

"그 돌이 얼마나 큰가요? 색깔은 어때요?"

"크기는 여러 가지죠. 어떤 건 크고 어떤 건 좀 작고. 하지만 색은 죄다 한가지인데, 거의 검정에 가깝지요."

칼란드리노는 이 모든 얘기들을 머리에 새기고는 달리 볼 일이 있는 척하면서 마소와 헤어졌어요. 그리고 이 돌을 찾으러 가리라 결심했어요. 하지만 브루노와 부팔마코가 모르게

---

* 말이 안 되는 얘기를 하고 있다.

할 생각은 없었어요. 그들은 그가 특별히 좋아하는 친구들이었거든요. 그래서 우물쭈물하지 말고 다른 사람들이 찾으러 떠나기 전에 먼저 나설 수 있도록 그들을 찾아내야겠다고 생각했지요. 그리하여 그날 오전 시간을 그 친구들을 찾는 데 써버렸답니다. 그러다가 마침내 아홉 번째 시간*이나 돼서야 그들이 파엔차 성문 밖에 있는 수녀원에서 일하고 있다는 걸 생각해 내고는 그 더운 날 볼일까지 다 집어치우고 거의 뛰다시피 가서 그들을 불러내 이렇게 말했어요.

"이보게들! 자네들이 내 말을 들으면 우린 피렌체에서 제일가는 부자가 될 수 있어. 실은 믿을 만한 사람한테서 들은 얘기로, 무뇨네 강에 가면 어떤 돌이 있는데, 그 돌을 들고 있는 사람은 다른 사람들 눈에 보이지 않는다는 거야. 그러니 꾸물거리지 말고 다른 사람들이 가기 전에 우리가 먼저 찾으러 가자고. 돌에 대해서는 내가 잘 아니까 틀림없이 찾을 거야. 돌을 손에 넣기만 하면 우리가 할 일은 따로 없어. 그걸 주머니에 넣고 은행 환전소에 가는 거지. 거긴 자네들도 알다시피 언제나 은화와 금화가 산더미처럼 쌓여 있지 않나. 그걸 원하는 대로 가져오면 되는 거야. 아무도 우릴 보지 못할 테니 우린 금방 부자가 된다고. 온종일 달팽이마냥 벽에 달라붙어 얼룩덜룩 칠하고 있을 필요가 없단 말일세."

이 말을 들은 브루노와 부팔마코는 그만 웃음이 터지려는 것을 겨우 참고서 서로를 향해 눈을 크게 떠 보이며 짐짓 크게

---

* 대략 오후 3시를 가리킨다.(『데카메론』 1권 45쪽 각주 참조.)

놀란 척했어요. 그리고 훌륭한 생각이라며 칼란드리노를 칭찬했어요. 부팔마코는 그 돌의 이름이 뭐냐고 물었어요.

칼란드리노는 머리가 대단한 반죽이라 이름이 이미 머리 밖으로 나간 지 오래였지요. 그래서 이렇게 대답했어요.

"이름은 알아 뭐하나! 효능만 알면 되지. 어정거리지 말고 빨리 찾으러 가는 게 좋겠네."

브루노가 말했어요.

"그렇다면 그게 어떻게 생겼나?"

칼란드리노가 말했어요.

"모양이야 제각각이지만 색깔은 죄다 거무튀튀하다더군. 그러니까 거무스름한 건 죄다 주워야 되네. 그래 놓으면 거기 진짜가 있지 않겠나. 자, 시간이 없어! 빨리 가자고!"

그때 브루노가 "잠깐만!" 하고 막아서며 부팔마코에게 말을 돌렸어요.

"칼란드리노 말이 맞긴 하겠지만 아무래도 그럴 때는 아닌 것 같네. 이렇게 해가 중천에 있으니 무뇨네 강둑에 볕이 쨍쨍해서 돌이 다 말라 버렸을 것이고, 그로 인해 지금쯤이면 죄다 하얗게 보이지 않겠나. 아침이라면 해가 말려 버리기 전이니 검은색이 나타날 걸세. 게다가 오늘은 일하는 날이라 무뇨네 강가에는 여러 이유로 사람들이 득실거릴 거야. 그 사람들이 보면 우리가 무얼 하는지 추측할 수 있을 거고, 그러면 다들 우리처럼 하겠지. 그렇게 되면 돌이 그들 손에 다 들어갈 거고 우리가 거기 간 보람은 없어지고 말 거야. 자네들도 그렇겠지만 내 생각에는 말이야, 이건 아침에 해야 할 일이라고. 그래야 하얀 돌 사이에서 검은 돌을 더 잘 가려낼 테니까. 그리고 아무도 그런 곳에 가지 않는 휴무일이 좋겠네."

부팔마코는 브루노의 의견을 전적으로 지지했고 칼란드리노도 그에 따랐어요. 그래서 그들은 돌아오는 일요일 아침에 셋이서 함께 돌을 찾으러 가기로 결정했어요. 칼란드리노는 누군가 자기를 믿고 일러 준 일이니 이 일을 세상 누구에게도 얘기해서는 안 된다고 신신당부했지요. 그에 덧붙여서 벤고디라는 지방에 대해 들었던 것도 얘기해 주며 역시 같은 다짐을 받아 냈답니다. 칼란드리노가 떠나자 그들은 이 일을 앞으로 어떻게 진행하면 좋을지 저들끼리 의논했어요.

칼란드리노는 일요일 아침을 학수고대하다가 마침내 그날이 오자 날이 밝기가 무섭게 자리에서 일어났어요. 그리고 친구들을 불러서 산 갈로 문으로 나가 무뇨네 강 쪽으로 걸음을 재촉하여 돌을 찾으며 내려갔어요. 칼란드리노는 아주 열성적으로 앞장서서 여기저기를 재빠르게 뛰어다니면서 검게 보이는 돌이라면 죄다 주워서 주머니에 집어넣었지요. 친구들은 건성건성 다니며 하나둘씩 돌을 모았지만 칼란드리노는 얼마 가지도 않아 주머니가 금방 불룩해졌답니다. 에노*식으로 딱 달라붙지 않는 옷자락을 올려 묶어서 자루처럼 만들어 가죽 허리띠로 단단히 붙들어 맸는데 이것도 금방 가득 찼고, 그래서 이번에는 망토로 자루를 만들었지만 이것도 잠깐만에 가득 차 버렸지요. 이제 칼란드리노가 돌도 실컷 주운 것

---

* 오늘날 벨기에의 한 지역으로, 직물 산업의 중심지였다.

같고 아침 먹을 시간도 되었고 해서, 브루노는 미리 짜 둔 계획에 따라 부팔마코에게 이렇게 말했어요.

"칼란드리노는 어디 갔어?"

부팔마코는 칼란드리노가 뻔히 바로 옆에 보이면서도 주변을 이리저리 둘러보며 한다는 말이 "모르겠네. 조금 전만 해노 요 옆에 있었는데." 하는 거였어요.

브루노가 말했지요.

"그러게. 바로 조금 전까지도 있었잖아! 어쩌면 벌써 집에 가서 밥을 먹고 있을지도 몰라. 우리가 눈이 벌게져서 무뇨네 쪽으로 내려와 검은 돌을 찾는 동안 가 버린 모양이야."

"그럼 우린 뭐야! 우릴 조롱하고 내팽개친 거 아냐. 애초에 그놈 말을 믿은 우리가 바보였네. 제기랄! 무뇨네에서 그런 마력의 돌을 찾겠다고 생각하는 얼빠진 놈이 우리 말고 또 어디 있겠어?"하고 부팔마코가 말했어요.

칼란드리노는 이런 얘기를 듣고서 그 돌이 자기 손에 들어왔고 그 마력으로 자기가 바로 앞에 서 있는데도 그들이 못 보는 거라고 상상했어요. 뜻밖의 행운이 너무 기뻐서 그는 친구들에게 아무 말도 하지 않고 집으로 돌아가야겠다고 생각했지요. 그래서 몸을 돌려서 왔던 길로 걸음을 옮겼어요.

그걸 보고서 부팔마코는 브루노에게 말했어요.

"우린 뭘 하지? 우리도 가야 하잖아?"

"가세. 하지만 앞으로는 절대 칼란드리노에게 이런 꼴을 당하지 않을 거야. 오늘 아침 내내 여기 있었던 것처럼 지금 옆에 있다면 내 이 돌멩이로 그놈 발뒤꿈치를 이렇게 콱 쳐 가지고 한 달은 이런 짓 못 하게 만들 텐데 말이야."

브루노는 이렇게 말하면서 손을 뻗어 돌멩이를 주워서 칼란드리노의 발뒤꿈치를 향해 힘껏 내던졌어요. 돌을 맞은 칼란드리노는 어찌나 아픈지 펄쩍 뛰면서 숨을 몰아쉬었지만, 입을 꾹 다물고 그대로 걸었어요.

부팔마코는 아까 주운 돌 하나를 쥐고 브루노에게 말했어요.

"이것 참 잘생긴 돌일세. 이걸로 칼란드리노 허리나 후려갈 겼으면 딱 좋겠구먼!"

그리고 돌을 던졌고, 칼란드리노의 허리를 정통으로 맞혔답니다. 그런 식으로 한마디씩 주고받으며 무뇨네 강을 따라 산 갈로 문까지 돌아온 두 사람은 주워 온 돌을 바닥에 버리고 세관원들과 잠시 서서 애기를 나눴어요. 세관원들은 이미 그들에게서 애기를 들은 터라 칼란드리노가 안 보이는 척하면서 그를 그냥 지나가게 두고는 허리를 잡고 웃었지요. 칼란드리노는 아무런 제지도 받지 않고 칸토 알라 마치나 근처에 있는 집까지 갔어요. 운명의 여신도 이런 장난을 즐겼던 것일까요, 칼란드리노가 강으로 갔다가 도시로 돌아오는 동안 아무도 그에게 말을 붙여 오지 않았어요. 모두가 아침을 먹느라 지나 다니는 사람도 몇 명 없었지요.

이렇게 해서 칼란드리노는 돌을 잔뜩 지고서 집으로 들어 갔어요. 그때 마침, 테사라는 이름의 아름답고 똑똑한 아내가 우연히 계단 입구에 서 있었지요. 남편이란 사람이 아침에 나가 한참이 지나서야 들어오는 꼴을 보고 아내는 다소 짜증이 나서 투덜거리기 시작했어요.

"아이고, 이 화상아! 귀신이 데려왔나! 다른 사람은 다들 밥을 먹었는데 당신은 어째서 이제야 돌아오는 거예요?"

그 소리를 들은 칼란드리노는 자기가 아내의 눈에 보인다는 걸 알고서 실망스럽고 분한 마음에 소리를 질렀어요.

"이런 뒈질 년을 봤나! 왜 거기 서 있는 거야? 날 아주 잡아먹는구먼! 내 이걸 그냥 둘 줄 알아!"

그리고 계단을 뛰어올라 가서 갖고 온 그 많은 돌들을 쏟아 놓았어요. 그러고는 분통을 터뜨리며 아내에게 덤벼들어 머리채를 휘어잡아 바닥에 내팽개치고, 거기에다 손발을 할 수 있을 만큼 다 휘둘러 온몸을 마구 때렸답니다. 주먹질과 발길질로 머리에는 머리카락이 한 올도 남아나지 않고 뼈가 다 으스러질 정도였지요. 아내가 손으로 성호를 그으며 아무리 빌어도 소용이 없었어요.

한편, 부팔마코와 브루노는 세관원들과 시시덕거리다가 어슬렁거리며 칼란드리노를 멀찍이 따라오고 있었지요. 그의 집 문 앞에 다다르니 아내를 무자비하게 구타하는 소리가 들리기에 그들은 그 순간 막 달려온 것처럼 하면서 칼란드리노를 불렀어요. 칼란드리노는 땀으로 범벅이 된 채 숨을 몰아쉬며 벌게진 얼굴을 창문으로 내밀었어요. 그리고 두 사람에게 위로 올라오라고 했지요. 두 사람이 약간 난처한 척하면서 위로 올라가서 보니 방은 온통 돌투성이였고, 한쪽 구석에서는 부인이 옷이 갈기갈기 찢긴 채 산발을 하고 피멍이 든 짓이겨진 얼굴로 서럽게 울고 있었으며, 다른 쪽에서는 칼란드리노가 녹초가 되어 주저앉아 숨을 몰아쉬고 있었어요.

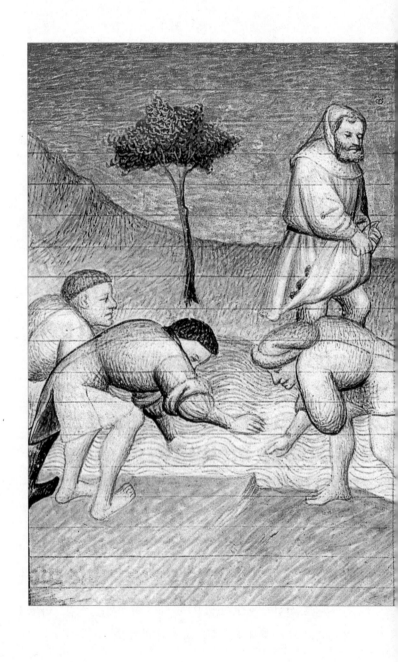

크리스틴 드 피장, 『데카메론』 프랑스어판 삽화,
15세기 초, 바티칸 도서관(이탈리아 로마) 소장.

둘은 이 광경을 잠시 둘러보고 난 뒤 말했어요.

"이게 다 뭔가, 칼란드리노? 이 많은 돌로 벽이라도 쌓으려는 건가?" 그런 뒤 이렇게 덧붙였지요. "그리고 테사 부인은 무슨 일인가? 자네가 때린 모양인데, 무슨 사연인가?"

칼란드리노는 무거운 돌을 지고 와 피곤한 데다 아내를 때릴 때 터뜨린 분노, 그리고 다 가졌다 놓친 행운에 대한 아쉬움 때문에 한마디 말도 내뱉을 기운이 없었지요. 그가 말을 못 하자 부팔마코가 다시 입을 열었어요.

"칼란드리노! 자네가 뭣 때문에 화를 내는지 모르겠지만, 그런 식으로 우릴 무시하면 안 되지. 그 귀한 돌을 함께 찾으러 가자고 꼬여 놓고서 온다 간다 말 한마디 없이, 젠장, 무뇨네 강에 이 지지리도 못난 둘을 팽개치고 혼자 와 버리다니. 우리야말로 공연한 봉변 아닌가! 앞으로는 절대 이런 일이 없도록 해 줘!"

이 말을 듣고 칼란드리노는 있는 힘을 짜내어 말했어요.

"일이 자네들 생각대로 되지 않았다고 해서 너무 화내지는 말게. 내가 재수 없는 놈이지! 그 돌을 찾아내고도 말이야. 내 말이 정말인지 아닌지 들어 볼 텐가? 자네들이 처음에 내가 어디 있나 하며 찾았을 때 난 열 발도 떨어져 있지 않았어. 그런데 자네들 눈에 내가 보이지 않는 모양이어서, 자네들보다 조금 서둘러 집으로 돌아온 거야."

그리고 그들이 주고받은 말이며 행동을 처음부터 끝까지 상세하게 설명한 다음 돌멩이에 얻어맞은 뒤꿈치와 허리의 멍을 보여 주면서 이렇게 말을 이었어요.

"내 말 좀 들어 봐. 여기 자네들이 보듯 이 돌들을 갖고서 관문을 지나는데, 아무도 말을 건네지 않더라고. 세관원들이 자잘한 것까지 다 살피면서 얼마나 귀찮고 짜증나게 하는지는 자네들도 잘 알지 않나. 그것뿐이 아니었네. 보통 때 같으면 말을 걸고 한잔하자며 잡아끌던 놈들이 날 보고도 보이지 않는시 날을 붙이기는커녕 거늘떠보지도 않더라니까. 그런데 그렇게 집에 돌아와 보니, 이 악마 같은 망할 계집이 앞에 툭 나타나더니 날 알아보지 않았겠나. 자네들도 알다시피 계집들이란 무엇이고 간에 효능을 없애 버리니 말일세. 그 때문에 피렌체에서 제일 재수 좋은 사람이 될 것을 제일 재수 없는 놈이 되어 버리고 말았다고. 그래서 이놈의 여편네를 내 이 두 손으로 아주 그냥 초주검을 만들어 놨지. 내가 왜 이년 숨통을 끊어 놓지 않았는지 나도 모르겠네. 이걸 처음 만나고 집에 들여놓은 때가 저주스러울 뿐이야."

그리고 다시 화가 치미는지 벌떡 일어나 다시 아내를 때리려고 하는 것이었어요.

부팔마코와 브루노는 얘기를 들으며 칼란드리노의 말에 짐짓 놀라는 시늉도 하고 고개를 주억거리기도 하면서 웃고 싶은 걸 억지로 참았어요. 거의 웃음이 터질 뻔했지요. 그러나 칼란드리노가 격노하여 아내를 또다시 때리려고 몸을 일으키는 걸 보고 얼른 가로막고 서서 말렸어요. 이번 일에 부인은 아무 잘못이 없으며, 여자들이란 사물의 효능을 없애 버리는 존재라는 걸 알면서도 그날 아내에게 앞에 나타나지 않도록 조심시키지 않은 게 잘못이었다면서 말이에요. 운이 따르지 않았던지, 아니면 돌을 발견했을 때 알려 주어야 했을 텐데 그러지 않고 친구들을 속일 마음이 있어서였는지, 어쨌든 하느님께서 이런 일을 예견하도록 해 주시지 않은 거라는 말도 덧붙였어요. 두 사람은 여러 가지 말들을 해 가며 그 불쌍한 여자와 그를 화해시키느라 무진 애를 쓰고 난 뒤, 돌이 가득한 집에 이 울적한 남자를 남겨 두고 가 버렸답니다.

여덟 번째 날 네 번째 이야기

피에솔레의 사제가 어떤 미망인을 사랑한다. 그는 미망인의 사랑을 받지 못하고, 미망인인 줄로 알고 동침한다는 것이 미망인의 하녀와 동침한다. 그 현장을 미망인의 남동생들이 사제의 주교에게 보여 준다.

모두가 무척이나 즐거워하는 가운데 엘리사가 이야기를 끝내자 여왕은 에밀리아를 돌아보며 다음 이야기를 하라는 신호를 보냈습니다. 에밀리아는 곧 이야기를 시작했습니다.

— 훌륭하신 부인들이여! 앞에서 여러분이 들려주신 여러 이야기들은 신부와 수도사 그리고 모든 성직자들이 얼마나 우리 여자들을 성가시게 하는지를 잘 드러내 준 것 같습니다. 하지만 그것 말고도 할 이야기가 많답니다. 저는 앞의 이야기들에 한 가지를 더 보태려 합니다. 바로 세상 관습을 무시하고

어느 귀족 미망인을, 그 미망인의 의사와 상관없이 좋아했던 성당 사제에 관한 이야기예요. 매우 현명했던 그 미망인은 사제가 행동한 만큼 갚아 주었답니다.

여러분도 아시는 바와 같이 여기서 우리 눈에도 보이는 피에솔레 언덕은 지금은 폐허가 됐지만 한때는 큰 거리를 이루고 있어서 주교를 두지 않았던 적이 한 번도 없었어요. 그래서 지금도 주교가 있는 것이지요. 그곳의 가장 큰 성당* 근처에 그렇게 크지 않은 집을 소유한 피카르다라는 귀족 미망인이 살았어요. 썩 여유로운 형편은 아니었기에 여자는 한 해의 대부분을 젊고 선량한 두 남동생과 함께 그 집에서 지냈답니다. 부인은 대성당에 자주 나갔는데, 성당의 사제가 세상에 온통 그녀밖에 보이지 않을 정도로 홀딱 반하고 말았어요. 그러길 얼마 후에는 무척이나 대담해져서 이 여자가 자기의 기쁨이라는 둥, 자기가 그녀를 사랑하듯이 그녀도 자기를 사랑하고 있으며 그녀가 그 사랑에 만족하고 있다는 둥 떠들고 다니는 것이었어요.

사제는 나이가 지긋했지만 마음만은 누구 못지않게 젊었으며 건방지고 뻔뻔한 사람이었어요. 또 무슨 일에나 자신만만하고, 태도나 품성이 사람을 불쾌하게 만드는 데다 욕심이 많고 천박해서 그를 좋아하는 사람이 아무도 없었지요. 그중에서도 그를 특히 싫어한 사람은 바로 그 미망인이었어요. 어디 하나 마음에 드는 구석이 없는 사제의 행동거지에 대해 부인

---

*피에솔레 광장의 두오모 성당.

은 두통이 날 정도로 혐오감을 갖고 있었던 거예요. 그런데 사제가 그렇게 떠들고 다니자 현명한 부인은 사제에게 이렇게 대답했어요.

"신부님! 신부님이 저를 사랑하신다니 저로서는 정말 감사한 일입니다. 그러니 저도 신부님을 사랑해야겠지요. 물론 사랑하겠습니다. 하지만 신부님의 사랑과 저의 사랑 사이에 하등 정숙하지 못한 점이 있어서는 안 됩니다. 신부님은 저의 정신적 아버지이며 사제이십니다. 더욱이 신부님은 이제 나이가 드신 만큼 단정하고 순결해야 합니다. 한편 저로 말할 것 같으면 이런 사랑놀이에 마음이 들뜨는 어린애가 아니라 미망인입니다. 미망인이 얼마나 정숙해야 하는지는 신부님이 더 잘 아실 겁니다. 따라서 신부님이 요구하시는 방법대로 저는 신부님을 사랑해 드릴 수도 없고 신부님의 사랑을 받아들일 수도 없습니다. 그러니 너그러이 용서해 주시기 바랍니다."

사제는 이번에는 부인에게서 따로 얻은 것이 없었지만 첫 번째 공격에 움찔하거나 두 손을 들고 말 사람이 아니었어요. 그는 계속해서 오만하고 뻔뻔스럽게 편지를 쓰고 사람을 보내는 등 부인을 유혹했고, 부인이 성당에 나오기라도 하면 자기가 직접 나서서 접근하기까지 했지요. 그런 식의 공세가 너무 부담스럽고 또 짜증이 났던 부인은 적당한 방법으로 그에게서 벗어나기로 마음먹고 우선 남동생들과 의논했어요. 달리 어쩔 도리가 없었으니까요. 그래서 부인은 사제가 치근댄다는 것과 자기가 생각하는 계획을 말해 줬어요. 그리고 그 계획에 대해 남동생들과 충분히 협의한 다음 며칠이 지나서 여느 때와 마찬가지로 성당에 나갔어요. 사제는 부인을 보자 얼른 쫓아와서 늘 그래 왔듯 친한 척하며 말을 걸었지요.

부인은 사제를 피하지 않고 환한 얼굴로 맞았어요. 한쪽 구석에 이르러 사제가 늘 하던 대로 많은 말들을 주워섬기자 부인은 긴 한숨을 내쉬며 이렇게 말했어요.

"신부님! 성이 아무리 튼튼해도 매일 공격을 당하면 언젠가는 함락되고 만다더니 저한테 지금 그런 일이 일어나려나 봐요. 신부님은 때로는 부드러운 말과 정다운 태도로 그리고 다른 때는 또 다른 것으로 저를 공격하셔서 저의 결심을 허물어 버리시고 말았네요. 이토록 저를 사랑해 주시니 이제 저는 신부님 것이 되기로 했습니다."

이 말을 듣고 사제는 너무나 기뻐하며 말했어요.

"부인! 정말 고맙소! 사실 말이지, 어떤 여자도 그런 적이 없었는데 부인은 어찌 그리 매몰찰까 싶어 나도 매우 놀라던 참이었소. '여자란 돈은 아니더라도 은으로 만들어진 존재라 누구도 쇠망치에 견디지 못한다.' 이게 내가 가끔 하던 말이거든요. 어쨌든 지금 그런 건 아무래도 좋아요. 자, 언제 어디서 단둘이 만날 수 있을까요?"

"나의 친절하신 분! 언제가 됐든 우리한테 좋지 않겠어요? 저한테는 밤을 함께 지세워야 하는 남편이 없으니까요. 하지만 어디가 좋은지는 잘 모르겠네요."

그러자 사제가 말했어요.

"그래요? 그럼 부인 집은 어떨까요?"

"신부님! 아시다시피 저에게는 젊은 남동생이 둘이나 있어요. 그 애들은 밤이나 낮이나 친구들을 집으로 끌어들인답니다. 더욱이 집이 그렇게 넓지도 않고요. 그러니 아무 소리도 내지 않거나 장님처럼 어둠 속에서도 꼼짝 않고 있을 사람이 아니면 저희 집에 올 수 없어요. 그래도 좋으시다면 오셔도 좋고요. 어차피 동생들은 제 방에 들어오지 않으니까요. 하지만 동생들 방과 세 방이 붙어 있어서 아무리 작은 소리로 소곤거려도 다 들린답니다."

"부인! 하루나 이틀 밤 정도는 상관없어요. 더 편안한 장소로 어디가 좋을지는 제가 차차 생각해 보겠습니다."

"신부님! 그 일은 신부님께 맡기겠습니다. 하지만 한 가지 부탁드릴 것이 있어요. 이 일은 비밀로 해야 합니다. 절대 말이 새 나가지 않도록 해 주세요."

그 말에 사제는 이렇게 말했어요.

"부인! 그 점은 걱정 마세요. 그리고 가능하다면 오늘 밤에 만나도록 합시다."

부인은 "좋아요." 하고 대답하고서 언제, 어떻게 오면 되는지 지침을 주고 자리에서 일어나 집으로 돌아갔어요.

부인에게는 세상에 둘도 없을 만큼 얼굴이 못생기다 못해 아예 기형적인 데다 나이도 많은 하녀가 있었어요. 심한 납작코에 입은 비뚤어졌고 입술은 두껍고 이는 들쭉날쭉 큼지막했고, 게다가 눈은 사팔뜨기에 눈병이 하루도 가실 날이 없었으며, 얼굴빛은 마치 피에솔레가 아니라 세니갈리아*에서 여

---

* 이탈리아 중부에 있는 도시로, 여름이면 말라리아가 창궐했다.

름을 지내고 온 것같이 누렇고 푸르뎅뎅했지요. 그뿐 아니라 절름발이여서 오른쪽을 쩔뚝거리며 걸었어요. 하녀의 이름은 치우타였는데, 얼굴이 녹황색이었기 때문에 누구나 치우타차*라고 불렀지요. 치우타차는 몸뚱이가 기형이었던 만큼 심성도 고약했어요. 부인은 이 하녀를 불러 이렇게 말했어요.

"치우타차! 오늘 밤 나를 위해 일을 좀 해 주게. 그러면 예쁜 새 옷을 사 주겠네."

치우타차는 새 옷이라는 말에 귀가 번쩍 뜨였어요.

"마님께서 새 옷을 사 주신다면야 불에든 어디에든 뛰어들어야지요."

"좋아. 그럼 오늘 밤 어떤 남자하고 내 침대에서 자 주어야겠네. 그리고 그 남자를 사랑해 줘야 하네만, 소리는 내지 말아야 해. 자네도 알다시피 옆방에 동생들이 자고 있으니 들리게 하면 안 되네. 그러고 나면 옷을 사 주겠네." 하고 부인이 말했어요.

그러자 치우타차는 이렇게 말했어요.

"아무렴요! 필요하시다면 하나가 아니라 여섯하고도 자겠습니다요."

이윽고 밤이 되자 약속한 대로 사제 양반이 왔어요. 두 동생은 부인이 계획한 대로 자기들 방에서 귀를 기울이고 있었지요. 사제는 살그머니 부인의 어두운 방으로 들어가서 부인한

---

* 이탈리아어에서 명사에 접미사 ' - 아차(- azza)'가 붙으면 더럽고 지저분한 느낌을 준다.

테 들은 대로 침대로 들어갔어요. 그리고 치우타차는 반대편에서 부인이 일러 준 대로 사제를 맞아들였지요. 사제 양반은 옆에 있는 것이 부인이라 믿고 치우타차를 끌어안은 채 아무 말도 없이 입을 맞추기 시작했어요. 치우타차 쪽에서도 그에 응했지요. 이리하여 사제는 오랫동안 바라고 바라던 것을 손에 넣은 듯 지우타차를 애무하기 시작했어요.

부인은 일이 이 정도로 진행되자 동생들에게 미리 계획한 것을 실행하게 했어요. 동생들은 살그머니 방에서 나와 광장으로 향했어요. 그리고 다행스럽게도 큰 수고 없이 자기들이 바라던 바를 이룰 수 있었어요. 굉장히 더운 때여서 주교가 이 두 청년에게 그들 집에 가서 기분 전환 좀 할 겸 술이나 한잔하자고 했더랬는데, 마침 주교는 이들이 자기를 만나러 오자 다시 그런 제안을 하면서 길을 나섰던 거예요. 그래서 등 여러 개를 환하게 밝힌 부인의 시원한 안마당으로 들어가 맛 좋은 포도주를 즐겁게 마셨지요.

어느 정도 마셨을 때 동생들이 이렇게 말했어요.

"주교님! 이렇게 저희 초대에 응하여 누추한 집까지 와 주시고 저희와 시간을 함께해 주셔서 정말 감사합니다. 그런데 주교님께 조그마한 것 하나를 보여 드리고자 하는데 주교님께서 과연 보고 싶어 하실지 모르겠습니다."

주교는 흔쾌히 보겠다고 대답했어요. 그러자 동생 하나가 작은 횃불을 켜 손에 든 채 앞장을 섰고 주교와 다른 사람들은 그 뒤를 따랐지요. 그들은 사제 양반이 치우타차와 자고 있던 방으로 직행했어요. 한편, 사제는 말을 모는 데 여념이 없던 상태에서 그들이 도착하기 바로 전에 벌써 3마일을 더 달린 터라 지쳐서 휴식을 취하고 있었어요. 더운데도 치우타차를 꼭 끌어안고 말이에요. 그때 손에 횃불을 든 동생이 방 안으로 성큼 들어섰고 주교와 다른 사람들이 그 뒤를 따르면서 사제가 치우타차를 품고 있는 걸 모두가 똑똑히 보게 됐어요. 그 바람에 눈을 번쩍 뜬 사제 양반은 횃불과 함께 사람들이 자기 주변에 서 있는 것을 발견하고 너무 부끄러워 허둥지둥 이불 속에 머리를 처박았어요. 주교는 큰 소리로 꾸짖으며 사제의 머리를 끌어내서 누구와 자고 있었는지 보여 줬어요. 그러자 사제는 부인에게 속았다는 것을 알고 정말 골고루 창피를 당하는 것만 같아 일순 너무나도 비참한 생각이 들었답니다. 그리고 주교의 명령에 따라 옷을 주워 입고 저지른 죄의 대가를 단단히 치르기 위해 감시를 받으며 자기 집으로 돌아갔어요. 주교는 도대체 어쩌다가 사제가 치우타차와 누워 있게 된 건지 물었어요. 부인의 동생들은 사제에 관한 모든 것을 처음부터 끝까지 차근차근 얘기했어요. 그 얘기를 듣고 주교는 부인뿐 아니라 손에 피를 묻히지 않고 사제를 징벌한 동생들을 칭찬했답니다.

주교는 사제의 죄에 대해 사십 일 동안이나 눈물을 흘리게 했지만 사랑과 분노는 사제를 사십구 일*보다 더 오랫동안 울게 만들었어요. 또한 그로부터 어지간히 세월이 흐른 뒤에도 사제가 길을 가면 아이들이 손가락질을 하며 이렇게 말하는

---

*그 정도로 아주 긴 시간이라는 뜻.

것이었어요.

"저기 봐라! 치우타차랑 잔 사람이야!"

그게 그로서는 얼마나 짜증나는 일이었는지, 거의 미칠 지경이었지요. 이렇게 해서 지혜로운 부인은 뻔뻔스러운 사제의 성가신 추근거림에서 벗어날 수 있었던 거예요. 그리고 치우타차는 옷 한 벌을 얻어 입었지요.

여덟 번째 날 다섯 번째 이야기

마르케 출신의 판사가 피렌체 법정에서 재판을 하는 동안 세 청년이 그의 바지를 벗긴다.

에밀리아가 이야기를 마치자 모두가 미망인을 칭찬하기에 바빴습니다. 여왕이 필로스트라토를 바라보며 이렇게 말했습니다.

"자, 이제 당신이 말할 차례군요."

그는 바로 준비됐다고 대답하고 이야기를 시작했습니다.

─유쾌한 부인들이여! 조금 전 엘리사 님이 말한 마소 델 사지오라는 청년의 이름을 들으니 원래 하려고 마음먹었던 이야기 대신 그 청년과 친구들의 이야기를 해야겠다는 생각이 듭니다. 제 이야기에는 입에 담기 부끄러운 용어들이 사용되기 때문에 적절치 못한 면이 있지만, 그럼에도 웃긴 장면들

이 많아 이 이야기를 들려 드릴까 합니다.

여러분 모두가 들으셨을 것 같은데, 우리 도시에는 가끔 마르케 출신 관리들이 부임해 옵니다. 그들은 일반적으로 성정이 메마르고 성격이 소심해서 굉장히 무의미하고 인색한 생활을 합니다. 그들이 하는 짓거리를 요약하자면 허접스러움 그 자체라고 할 수 있겠습니다. 타고난 거지 근성과 인색함 때문에 그들은 판사나 공증인을 법률 학교에서 데려오지 않고 농사꾼이나 구둣방 점원 가운데서 빼내 온 듯한 사람들로 채우지요.

자, 그런 식으로 한 사람이 행정관 자리에 부임해 왔는데, 함께 데려온 많은 판사들 중에 니콜라 다 산 레피디오 씨라는 사람이 끼어 있었습니다. 아무리 잘 봐줘도 대장장이로밖에 보이지 않는 이 사람은 형법 재판을 관장하는 판사들 사이에 자리를 배치받았습니다. 시민들은 특별히 관계되지 않아도 재판소에 가는 일이 종종 있지요. 마소 델 사지오가 그런 경우였는데, 어느 날 아침 그는 친구를 찾으러 재판소에 갔다가 방금 말한 그 니콜라 씨가 앉아 있는 꼴이 꼭 괴상하게 생긴 덩치 큰 새처럼 보이기에 그를 유심히 관찰하게 되었습니다. 니콜라 씨는 머리에는 거무튀튀한 가죽 모자를 쓰고* 허리에는 잉크와 펜을 넣은 통을 찼으며 몸에 맞지도 않는 헐렁한 옷을 입고 있었습니다. 그 밖에도 여러 가지 면에서 교육받은 점잖

---

* 당시 판사나 의사는 흰색과 회색이 섞인 다람쥐 가죽을 덧댄 모자를 썼다.(여덟 번째 날 아홉 번째 이야기 참조.) 니콜라의 모자는 기름과 땀에 절어서 변색된 것이다.

은 사람과는 한참 거리가 멀어 보였습니다. 그중에서도 특별히 눈에 띄는 것은 바로 바지였습니다. 앉으면 배가 조이는지 앞섶을 열어 놓아서 다리 중간까지 이르도록 속이 보일 지경이었거든요.

그런 꼴을 너무 뚫어져라 쳐다보는 것도 그렇고 해서 마소는 찾으러 갔던 친구도 내버려 두고 뭔가 새로운 게 없나 하며 거리로 나섰습니다. 그러다 두 친구를 만났는데, 하나는 리비였고 다른 하나는 마테우초였습니다. 둘 다 마소 못지않게 장난을 좋아했지요. 마소가 두 사람에게 말을 붙였습니다.

"이보게들, 괜찮다면 나와 함께 재판소에 가 보자고. 자네들이 이제껏 본 적이 없는 멍청이 신참을 보여 주고 싶으니까 말이야."

그러고는 그들을 재판소로 데려가서 그 판사와 그가 입고 있는 바지를 보여 주었습니다. 멀리서부터 그 모양을 보고 웃기 시작한 그들은 판사 양반이 앉아 있는 긴 의자 가까이 다가갔다가 그 의자 아래로 아주 쉽게 들어갈 수 있다는 걸 알아냈습니다. 게다가 판사 양반이 발을 올려놓은 나무판이 부서져 있어서 그 안으로 손과 팔도 문제없이 넣을 수 있었지요.

그래서 마소는 친구들에게 이렇게 말했습니다.

"우리가 저 판사의 바지를 벗겨 보면 어떨까? 정말 재미있을 것 같지 않아?"

그들은 그렇게 해 볼까 하는 생각을 벌써부터 하고 있던 참이었습니다. 그래서 말과 행동을 어떻게 하면 될지 의논하고 나서 다음 날 아침 재판소에서 다시 만났습니다. 재판소는 사람들로 꽉 차 있었습니다. 마테우초는 사람들 몰래 의자 밑으로 들어가 판사가 발을 걸치고 있는 나무판 바로 아래까지 접근했습니다.

마소는 한쪽에서 판사 양반한테 다가가 긴 겉옷 끝자락을 붙잡았고 리비도 다른 쪽에서 그렇게 했습니다. 그리고 마소가 이렇게 시설었습니다.

"판사님! 오, 판사님! 제발 부탁드립니다. 저쪽에 있는 저 도둑놈 자식이 도망치기 전에, 저한테서 훔쳐 간 장화를 찾아 주십시오. 자기는 훔치지 않았다고 하지만, 놈이 밑창을 갈고 한 달이나 신고 돌아다녔습니다요."

그러나 리비가 반대쪽에서 소리를 버럭 질렀습니다.

"판사님! 그 말 믿지 마십시오. 저놈 부랑자거든요. 자기가 훔쳐 간 가방 때문에 제가 자기를 고소하러 온 줄 알고 제가 오래전부터 갖고 있던 장화를 자기 것이라고 우기는 겁니다요. 저를 못 믿으시겠다면 제 주변 사람들을 증인으로 데려올 수도 있습니다. 푸줏간 하는 그라사도 있고, 베르차이아의 산타 마리아 성당 청소부도 있는데요, 아까 보니까 집으로 가더라고요."

마소는 다른 쪽에서 리비의 말을 가로막으면서 소리를 질렀고, 리비도 되받아 소리를 질렀습니다. 그러자 판사는 둘의 말을 더 잘 들어 보려고 일어나서 그들에게로 다가섰습니다. 바로 그때 마테우초가 기회를 포착해서는 나무판 틈으로 손을 뻗어 판사의 바지 자락을 잡아당겼습니다. 판사는 몸이 마르고 엉덩이가 홀쭉했던 터라 바지는 그대로 벗겨졌습니다.

장인 귈베르트 드 메츠와 장 만셀의 미니아튀르, 1430~1440,
프랑스 국립 박물관 아스날 도서관(프랑스 파리) 소장.

이에 놀란 판사가 영문도 모르고 윗도리를 앞으로 잡아당겨 몸을 가리며 앉으려 하자 한쪽에서는 마소가 다른 쪽에서는 리비가 판사를 붙잡고 아우성을 치는 것이었습니다.

"판사님! 판사님은 비겁하십니다. 듣지도 않으시고 판결도 안 내리시고 도망가려 하시다니요. 이 도시에서는 이렇게 작은 사건은 서면으로 제출하지 않습니다요."

이렇게 말하면서 윗도리로 가리지 못하게 옷을 꼭 잡고 늘어지는 바람에 법정 안에 있던 사람들은 판사의 바지가 벗겨진 것을 알게 됐습니다. 마테우초는 그러고도 한참을 들러붙어 있다가 마침내 손을 놓고는 슬며시 밖으로 나가 줄행랑을 쳤습니다.

리비는 일이 잘됐다고 생각하며 이렇게 말했습니다.

"저는 이 일을 시의회에 호소할 겁니다!"

그러자 마소도 다른 쪽에서 옷자락을 놓으며 말했습니다.

"저는 몇 번이 됐든 다시 올 겁니다. 오늘 아침처럼 판사님이 바쁘지 않을 때를 골라서 말입니다."

그리고 그 둘은 뒤도 돌아보지 않고 각각 이쪽저쪽으로 가 버렸습니다.

판사 양반은 그제서야 장난이란 걸 알고서 마치 자다가 일어난 사람처럼 그 많은 사람들 앞에서 바지를 추어올렸습니다. 그리고 장화와 가방을 문제 삼던 사람들은 어디 갔느냐고 물었습니다. 그러나 이미 그들이 도망친 것을 알게 되자, 자리에 앉아 재판하는 판사의 바지를 벗기는 관습이 피렌체에 있다면 자기한테 진즉 얘기했어야 하는 게 아니냐며 하느님의 내장*을 두고 욕설을 퍼부었습니다.

　한편, 행정관은 이 소식을 듣고 노발대발했습니다. 그러나 훌륭한 판사들을 데려와야 할 자리에 변변치 않은 사람들을 싼 맛에 데려온 것을 피렌체 사람들이 얼마나 잘 아는지 보여 주려고 꾸민 일일 뿐이라며 나중에 친구들이 지적해 주자, 그제야 행정관은 입을 다무는 것이 상책이라고 생각해서 그때부터 일절 불문에 붙였다고 합니다.

---

*『데카메론』에서 "그리스도의 육체"와 비슷하게 맹세나 저주를 할 때 쓰이는 표현.

여덟 번째 날 여섯 번째 이야기

브루노와 부팔마코는 칼란드리노의 돼지를 훔치고는 돼지를 다시 찾으려면 생강으로 만든 환약과 베르나치아 포도주로 점을 쳐야 한다고 칼란드리노를 설득한다. 그러고는 알로에로 쓴맛이 나게 만든 못생긴 생강 환약 두 개를 차례로 먹으라고 준다. 그리고 아내에게 일러바치겠다고 위협해서 돈을 뜯어낸다.

필로스트라토의 이야기가 끝나기도 전에 사람들은 웃느라 정신이 없었습니다. 여왕은 필로메나에게 이야기를 이어 가라고 청했고, 필로메나는 이야기를 시작했습니다.

— 우아한 부인들이여! 필로스트라토 님은 마소라는 이름을 듣고 생각이 나서 방금과 같은 이야기를 들려주셨다고 하는데, 저 역시 칼란드리노와 그 친구들 이름을 들으니 생각나는 것이 있어서 그들에 관련된 이야기를 해 볼까 합니다. 여러

분도 틀림없이 좋아하실 거예요.

앞에서 많이 들으셨으니 칼란드리노와 브루노, 그리고 부 팔마코가 어떤 사람들인지는 새삼 설명할 필요가 없겠지요. 그러니 칼란드리노가 피렌체에서 그리 멀지 않은 곳에 조그 마한 땅을 갖고 있었다는 데서부터 이야기를 시작하겠습니 다. 아내가 혼수로 가져온 이 땅에서 칼란드리노는 여러 가지 작물을 수확했고, 해마다 돼지를 한 마리 키웠어요. 그리고 12월이 되면 아내와 함께 그곳으로 가서 돼지를 잡아 소시지 를 만들곤 했죠.

그런데 어느 핸가, 아내가 건강이 좋지 않아 칼란드리노 혼 자서 돼지를 잡으러 가게 됐어요. 칼란드리노의 아내가 함께 가지 않는다는 얘기를 들은 브루노와 부팔마코는 칼란드리노 의 농장 가까이에 사는 친한 친구인 어느 신부를 찾아가서 며 칠 묵기로 했어요. 그들이 도착한 날 아침에 칼란드리노는 돼 지를 잡았어요. 그리고 그들이 신부와 함께 있는 것을 보자 이 렇게 말했지요.

"잘들 왔네! 내가 얼마나 잘하는지 자네들에게 보여 주고 싶었는데."

그리고 그들을 집으로 데리고 가서 돼지를 보여 줬어요.

그들이 봐도 돼지는 아주 먹음직스러웠어요. 칼란드리노는 하인을 시켜서 소금에 절일 거라고 말했지요. 그러자 브루노 가 말을 받았어요.

"저런! 이 어리석은 사람아! 이걸 팔아 그 돈으로 좀 즐겨 보면 어떻겠나! 마나님한테는 도둑맞았다고 하면 되잖아."

칼란드리노가 말했어요.

"안 돼! 마누라가 믿을 것 같은가. 날 집 밖으로 쫓아내고 말걸! 그런 말은 두 번 다시 하지 말게. 난 못 해."

몇 마디 말이 더 오갔지만 두 사람은 뜻을 이루지 못했어요. 그러고는 칼란드리노가 예의상 초대한 저녁 식사도 거절하고 돌아가 버렸지요.

브루노는 부팔마코에게 이렇게 말했어요.

"오늘 밤에 그 돼지를 훔치는 게 어때?"

"어떻게 훔치지?"

"내가 잘 봐 뒀지. 놈이 돼지를 원래 놔둔 곳에서 다른 데로 옮기지만 않으면 돼."

"그렇다면 해 보세. 안 할 이유가 없지 않나? 잘되면 신부랑 신나게 즐겨 보자고." 하고 부팔마코가 말했어요.

신부는 대단히 재미있겠다고 말했어요. 그러자 브루노가 이렇게 말했어요.

"여기서 기지가 좀 필요해.* 자, 부팔마코! 칼란드리노는 욕심이 많아서 공짜라면 환장을 하는 놈이야. 우선 놈을 술집으로 끌고 가세. 거기서 신부가 우리를 대접하느라 돈을 다 낸다고 하면서 놈에게는 한 푼도 쓰지 않게 하는 거지. 그러면 놈은 술을 실컷 퍼마시고 바로 취할 거야. 놈은 지금 집에 혼자 있으니 일이 잘되지 않겠나?"

---

* 연옥의 험준한 비탈을 오르는 단테에게 베르길리우스도 비슷한 말을 한다. "자, 여기서는 기지를 좀 부려야겠구나."(『신곡 – 연옥편』 10곡 10행.)

그들은 브루노가 말한 대로 했어요. 칼란드리노는 신부가 다 계산하는 것을 보고는 마구 퍼마셨어요. 필요 이상으로 엄청나게 마셔 댔지요. 그런 뒤 술집에서 나오니 밤도 어지간히 깊었고 식사를 따로 하고 싶지도 않아서 집으로 돌아가 문을 그냥 열어 놓은 채 침대로 직행했어요. 물론 자기는 잘 잠갔다고 생각했겠죠. 부팔마코와 브루노는 신부와 함께 식사를 한 다음 브루노가 미리 봐 둔 곳으로 해서 칼란드리노의 집 안으로 들어가기 위해 연장을 들고 살금살금 접근했어요. 그런데 문이 활짝 열려 있기에 그냥 안으로 들어가서는 돼지를 들고 나와 신부의 집에 가져다 두고 잠을 자러 갔지요.

다음 날 아침, 술이 깬 칼란드리노가 일어나 아래로 내려가 둘러보니 돼지가 보이지 않는 것이었어요. 문도 열려 있었고요. 그래서 누가 돼지를 가져갔는지 이 사람 저 사람한테 물었지만 아무도 대답을 못 했어요. 돼지를 도둑맞았으니 난리가 났겠죠.

"이걸 어쩌나, 아이고, 큰일 났네. 아이고!"

브루노와 부팔마코는 일어나자마자 칼란드리노가 돼지를 도둑맞고 어떻게 하고 있는지 보려고 그쪽으로 갔어요. 칼란드리노는 그들을 보자 울먹이면서 이렇게 말했어요.

"아이고, 이 친구들아! 어쩌면 좋나! 돼지를 도둑맞았단 말이야!"

브루노는 은근히 다가서며 이렇게 말했어요.

"자네, 어쩌다 이렇게 거짓말까지 하게 됐나!"

그러자 칼란드리노가 말했어요.

"아이고! 정말이라니까, 정말!"

"아무렴, 더 크게 떠들게. 그래야 다들 믿을 것 아닌가!" 하고 브루노가 말했어요.

그러자 칼란드리노는 더 크게 소리를 질렀어요.

"하늘이 내려다보네! 진짜라니까! 돼지를 도둑맞았다고!"

그러자 브루노가 말했어요.

"옳지, 옳지! 그렇게 하는 거야. 크게 떠들라고! 그래야 다들 듣고 자넬 믿을 테니까."

칼란드리노가 말했어요.

"아이고, 이거 속이 다 뒤집어지는구먼! 자네는 나를 믿지 않는단 말이지. 돼지를 도둑맞은 게 아니라면 내 목을 매달아도 좋네!"

"어허! 어떻게 그럴 수 있단 말인가? 어제 여기 있는 걸 이 눈으로 봤는데. 돼지가 바람에 날려 가기라도 했단 말인가?"

"도둑맞았다니까."

"말도 안 되지! 어떻게 그게 가능하냐고?"

그러자 칼란드리노가 말했어요.

"틀림없다니까! 도둑맞은 거야. 난 이제 끝장이야. 집엔 어떻게 돌아간단 말인가. 마누라도 믿지 않을 거야. 설령 믿는다 해도 이제 마누라랑 잘 지내긴 아주 글렀네."

그러자 브루노가 말했어요.

"그것참! 일이 정말 그렇게 된다면 참 큰 일이군. 하지만 보게, 칼란드리노. 어제 내가 자네에게 그렇게 말하라고 하지 않았나. 자네, 이제 보니 마누라와 우리를 동시에 속이려고 하는 거 아닌가!"

칼란드리노는 이제 부르짖기 시작했어요.

"하, 어쩌면 이렇게 힘이 빠지게 만드나! 하느님과 성인들, 세상 모든 걸 모욕하려 드는가! 확실히 간밤에 돼지를 도둑맞았단 말이야!"

그러자 부팔미고가 나섰어요.

"정말 그렇다면 도로 찾아올 생각을 해야지."

"무슨 수로 찾는단 말인가?"

부팔마코는 이렇게 설명했어요.

"설마 인도에서 돼지를 훔치러 왔을 리는 없고. 틀림없이 근처에 있는 놈이 그랬을 거야. 자네가 사람들을 불러 모으면 내가 빵과 치즈로 시험을 해 볼 수 있네.* 그러면 당장 범인을 잡아 낼 수 있지."

브루노가 말했어요.

"그렇지! 동네 사람들을 불러다가 빵과 치즈로 한번 해 봐! 그중 누군가가 훔쳐 간 게 뻔하니까. 하긴 그런 걸 하려고 하는 줄 알면 오지도 않겠지만."

"그럼 어떻게 한단 말인가?" 하고 부팔마코가 말했어요.

그러자 브루노가 대답했어요.

---

* 일종의 점치는 행위로, 당시 거의 의식에 가까운 형태로 널리 퍼져 있었다. 빵과 치즈로 어떤 모양을 만든 다음 거기에 축복을 내리고 절도를 했다고 의심되는 사람에게 거기에 대고 무죄를 서약하라고 한다. 그리고 특별한 기도문을 외운 다음 피의자에게 먹으라고 주고 그가 삼키지 못하면 죄가 있다고 보았다.

"생강 환약과 베르나치아 포도주로 한번 해 보자고. 마시러 오라고 하는 거지. 그럼 다들 생각도 못하고 올 것 아닌가. 빵과 치즈처럼 생강 환약도 효과가 있거든."

부팔마코가 말했어요.

"당연히 자네 말이 맞아. 그런데 칼란드리노! 자네는 어떻게 생각하나? 그렇게 할 텐가?"

칼란드리노가 말했어요.

"오히려 내가 정말 바라는 일일세. 누가 훔쳤는지만 알면 한결 위안이 될 것 같으니 말이야."

브루노가 말했어요.

"그럼 해 보세! 자네가 돈을 주면 내가 피렌체에 가서 자네 대신 물건들을 준비해 줄 수도 있네."

그러자 칼란드리노는 40솔도 정도 되는 돈을 선뜻 내놨어요. 브루노는 잘 영근 생강을 한 바구니 사다가 약사인 피렌체 친구에게 가져가서 그중 못생긴 놈으로 두 개를 골라 간에 좋다는 알로에 즙*을 섞어 달라고 했어요. 그런 다음 다른 것들처럼 그 두 개에도 설탕을 입혔고, 다른 것들과 구별이 안 되거나 뒤바뀌지 않도록 특별한 표시를 하게 했어요. 아주 잘 알아볼 수 있게 말입니다. 그리고 고급 베르나치아 포도주 한 병을 사 들고 마을로 돌아와 칼란드리노에게 이렇게 말했어요.

"내일 아침에 자네가 의심 가는 사람들을 다 불러 모으게. 쉬는 날이니 다 올 거야. 나는 오늘 저녁에 부팔마코와 함께

---

* 쓴맛이 아주 강하다.

환약에 기도문을 걸어 뒀다가 내일 아침에 자네 집으로 가져오겠네. 그리고 자네를 위해서 내가 손수 환약을 나눠 주고 그 밖의 일들도 다 알아서 하겠네."

칼란드리노는 그렇게 하자고 했어요. 다음 날 아침 성당 앞의 느릅나무 주위에는 농장에 일을 하러 온 피렌체의 젊은 사람들과 마을 주민들이 꽤나 보여들었어요. 브루노와 부팔마코가 환약이 담긴 상자와 포도주 병을 들고 와서 사람들을 둥글게 모은 다음, 브루노가 이렇게 말했어요.

"여러분! 여기 모이게 한 이유를 제가 말씀드리는 게 좋겠습니다. 여러분 마음에 들지 않는 일이 일어나도 저를 원망하지 않으셨으면 해서 말입니다. 사실 여기 있는 칼란드리노가 어젯밤에 탐스러운 돼지를 도둑맞았는데, 누가 훔쳤는지를 알 수가 없어요. 여기 모인 우리 가운데 돼지를 훔쳐 간 사람이 있는 게 확실하니, 누가 그랬는지 찾으려고 합니다. 이 환약을 하나씩 나눠 드릴 테니 먹어 보시고 또 포도주를 마셔 주시기 바랍니다. 지금부터 여러분이 아셔야 할 것은 돼지를 훔쳐 간 사람에게는 환약이 독약보다 쓰게 느껴져 목구멍으로 넘기지 못하고 뱉어 버리게 된다는 겁니다. 그러니 이렇게 많은 사람들 앞에서 망신을 당하느니 저지른 죄를 뉘우치고 신부님께 고백하는 것이 좋지 않을까 생각합니다. 그렇게 하신다면 이런 시험을 할 필요가 없을 겁니다."

그러자 모두가 기꺼이 먹겠다고 말들을 하는 것이었어요. 그래서 브루노는 칼란드리노를 포함해서 사람들을 일렬로 서게 하고는 차례대로 환약을 나눠 줬어요. 마침내 칼란드리노

차례가 되자 브루노는 표시를 해 놓은 못생긴 생강 환약 중 하나를 손에 쥐어 줬어요. 칼란드리노는 곧바로 입에 던져 넣고 씹기 시작했어요. 하지만 혀가 알로에를 느끼자마자 그 쓴맛을 견디지 못하고 뱉어 버렸어요. 사람들은 누가 뱉었는지 보려고 눈을 동그랗게 뜨고 서로의 얼굴을 살폈지요. 한편 브루노는 아직 환약을 다 나눠 주지 않았기 때문에 모르는 척하고 있었는데, 뒤편에서 "아니, 칼란드리노! 이게 무슨 일인가?" 하는 소리가 들려왔어요. 그래서 고개를 획 돌려 보니 칼란드리노가 환약을 뱉었지 뭐예요? 그래서 브루노는 이렇게 말했지요.

"다들 잠깐 기다려 보시오. 다른 이유가 있어서 뱉었는지도 모르니 다른 걸 줘 봅시다."

그리고 두 번째 환약을 집어 그의 입에 넣어 주고 다른 사람들에게도 다 나눠 줬지요. 처음 것도 쓰다고 생각했던 칼란드리노에게는 이것도 너무나 썼어요. 하지만 차마 뱉을 수가 없어 한동안 입안에서 우물우물 씹자니 개암같이 굵은 눈물이 후두둑 떨어지는 것이었어요. 그래서 마침내 더 견디지 못하고 먼저처럼 뱉어 버리고 말았답니다. 부팔마코와 브루노는 사람들에게 포도주를 부어 주고 있었는데, 다른 사람들과 함께 이런 꼴을 보고서, 칼란드리노가 자기 돼지를 훔친 것이 확실하다고 한목소리로 외쳤어요. 개중에는 거친 욕설을 퍼붓는 사람들도 있었지요.

그러다가 다들 돌아간 뒤에 브루노와 부팔마코만 칼란드리노 곁에 남았어요. 부팔마코가 이렇게 말을 꺼냈어요.

"자, 이제 자네가 자네 것을 훔쳤다는 게 확실해졌네. 자네는 돼지를 처분하고 그 돈으로 우리한테 술 한잔 사기 싫어서 돼지를 도둑맞았다고 하고 싶었겠지."

칼란드리노는 아직 알로에의 쓴맛이 가시지 않아 괴로워하면서도 맹세코 돼지를 훔친 적이 없다고 주장했어요. 그러자 부팔마코가 밀했어요.

"어쨌든, 이 친구야! 말해 보게. 값은 잘 쳐서 받았나? 6피오리노 정도 받았나?*"

이 말을 듣자 칼란드리노는 절망했어요. 그러자 브루노가 말했어요.

"내 말 잘 듣게, 칼란드리노! 여기 모여 우리와 함께 먹고 마신 사람들 중 하나가 그러더군. 자네가 몰래 여자를 감춰 놓고서 모은 걸 다 거기다 가져다주고 있으니 그 돼지도 필시 거기로 보냈을 거라고. 자네 이젠 사람 속이는 것까지 배웠는가! 언젠가 검은 돌을 줍는답시고 무뇨네까지 우릴 데리고 갔었지! 그때도 자넨 우릴 어리둥절하게 해 놓고서 혼자 집으로 돌아가 버렸고, 그러고 나서 돌을 발견했다고 우릴 속이려 들지 않았나! 그러니 이번에도 누구한테 주거나 팔아 버렸을 그 돼지를 갖고 도둑을 맞았다고 난리를 피우면서 우릴 속이려는 게 아닌가! 우린 이제 자네 속셈을 빤히 아니, 더는 속이지 못할 걸세! 솔직히 말해서 우리로선 이 점을 치는 게 정말 힘들

---

* 당시 피렌체에서 높은 가격을 가리킬 때 6이라는 숫자를 썼다. 따라서 흥정은 잘했느냐는 뜻이다.

었네. 그러니 테사 부인한테 모조리 일러바치기 전에 수탉 두 마리만 내놓으라고!"

칼란드리노는 자기 말을 믿어 주지 않는 것이 정말 슬펐지만, 아내한테 욕을 먹고 싶지 않아서 수탉 두 마리를 줘 버렸어요. 브루노와 부팔마코는 손해를 입은 데다 조롱까지 당한 칼란드리노를 내버려 둔 채 소금에 절인 돼지를 갖고 피렌체로 돌아갔답니다.

여덟 번째 날 일곱 번째 이야기

어느 학자가 사랑하는 미망인이 다른 남자한테 폭 빠져서는 눈이 오는 겨울밤에 그 학자를 기다리게 한다. 수모를 당한 학자는 계책을 써서 7월 중순의 태양 아래 미망인을 하루 종일 알몸으로 탑 위에 세워 두고 파리와 빈대에 시달리게 만든다.

여자들은 칼란드리노의 불쌍한 모습을 떠올리며 연신 웃어 댔습니다. 만일 칼란드리노가 결국 돼지를 도둑맞은 데다 수탉마저 빼앗겼다는 걸 생각하지 않았더라면 웃음은 계속되었을 겁니다. 필로메나의 이야기가 그렇게 끝나자, 여왕은 팜피네아에게 이야기를 하라고 지시했습니다. 팜피네아는 즉시 이야기를 시작했습니다.

—— 친애하는 부인 여러분! 재주는 재주로 망한다는 말이 있어요. 그러니 남을 조롱하며 즐기는 건 현명한 일이 아닙니

다. 지금까지 조롱에 관련된 이야기들은 많이 나왔지만, 조롱을 당한 사람이 복수를 한 이야기는 아직 나오지 않았어요. 그래서 저는 우리 도시의 어느 부인이 앙갚음을 당한 이야기를 들려 드리려 합니다. 조금 불쌍한 마음이 드는 것도 사실이지만, 이 부인이 먼저 사람을 조롱했고, 그래서 거꾸로 지독한 욕을 보게 됐다는 점을 고려하면 정당한 복수였다는 생각도 드네요. 이런 이야기를 듣는 것은 여러분에게도 도움이 될 거예요. 다른 사람을 조롱하지 않도록 조심하게 될 테고 분별력도 갖게 될 테니 말입니다.

아직 그렇게 오래된 일은 아닙니다만, 피렌체에 외모가 아름답고 기품이 당당하며 태도도 매우 반듯해 보이는 젊은 여자가 살았습니다. 이름은 엘레나라고 하며, 상당히 많은 재산을 지니고 있었지요. 여자는 남편이 죽어 미망인이 됐지만 다시 결혼을 하려 하지는 않았어요. 어떤 우아한 미남 청년에게 빠져 그의 젊음을 선택했기 때문이지요. 자기가 깊이 신뢰하는 하녀가 다리를 놔 줘서 그 청년과 뻔질나게 만나면서 너무나도 좋은 시간을 보내노라니 이젠 고독이란 것을 아예 잊을 정도가 됐던 거예요. 그러던 차에 우리 도시의 귀족으로, 파리에서 오래 공부한 리니에리라는 청년이 세상의 여느 학자들처럼 학문을 돈벌이에 팔아먹지 않고 최고의 귀족답게 사물의 이치와 원리를 탐구하기 위해 마침내 피렌체로 돌아왔어요. 청년은 고상한 태도와 학문 덕분에 피렌체에서 많은 사람들에게 존경을 받으며 살았지요.

그런데 세상일이 흔히 그렇듯, 어쩌다 보니 리니에리는 사물의 심오한 이치를 탐구하기보다는 사랑에 코가 꿰이고 말았답니다. 어느 날 축제에 가던 그의 눈앞에 앞서 말씀드린 엘레나가 나타난 거예요. 우리 주변의 미망인들처럼 엘레나는 검은색 옷을 차려입고 있었지만, 청년의 눈에는 그때까지 보았던 어떤 여자보다 아름답고 사랑스럽게만 보였어요. 저 여자의 보드라운 일몸을 품는 사야발로 신이 가장 큰 축복을 내리기 위해 불러 주신 자라는 생각이 들 정도였지요. 그래서 한번, 또 한 번 그녀를 주의 깊게 바라보노라니 큰일이나 귀한 물건은 고생 없이는 얻을 수 없다는 생각이 들었고, 그래서 그녀의 환심을 사기 위해서는 어떠한 고생이나 어떠한 열성도 마다하지 않으리라 작정을 했어요. 그렇게 해야만 그녀의 마음에 들어서 그녀의 사랑을 얻고 그렇게 해야 그녀를 자유롭게 해 줄 수 있으리라 생각했던 거예요.

한편, 지옥에서도 눈을 내리깔 여자가 아니었던 이 젊은 부인은 평소보다 더 부지런히 두리번거리며 주위를 살펴보았기 때문에 누가 자기에게 호감을 갖고 있는지 금방 알 수 있었어요. 그래서 리니에리를 의식하고 웃으면서 속으로 중얼거렸지요. '오늘 여기 온 게 헛수고는 아니었군. 내 짐작이 맞다면 완전히 봉 한 마리 잡은 것 같은데.' 그리고 몇 번 곁눈으로 흘긋대며 자기도 그에게 관심이 있다는 걸 어떻게든 알리려고 했어요. 자신의 미모로 낚아서 붙잡아 두면 그만큼 자신의 미모는 더 가치가 높아지고, 자기가 사랑을 준 사람은 특히나 자신의 미모를 더 잘 알아줄 거라고 생각했던 거예요.

그리하여 총명한 학자는 철학적인 사고는 내팽개치고 마음을 온통 그녀에게 빼앗기고 말았답니다. 그리고 그녀가 틀림없이 자기를 좋아한다고 믿고는 그녀의 집을 알아내서 이런저런 핑계를 대 가며 그 앞을 왔다 갔다 하기 시작했어요. 앞서 말한 이유로 부인은 이를 자랑스레 여기며 그를 무척 보고 싶어 한다는 듯이 행동했어요. 학자는 방법을 찾던 끝에 여자의 하녀에게 접근하여 자기 사랑을 밝히고는 힘을 좀 써서 부인과 연결시켜 달라고 부탁했어요.

하녀가 그러겠다고 약속하고 부인에게 얘기를 전하니 부인은 세상에서 들었던 어떤 웃음보다도 더 크게 깔깔거리며 이렇게 말했어요.

"그 양반 파리에서부터 가져온 학문은 어디다 잃어버렸다던? 그래, 좋아. 어디 그 양반이 찾고 있는 걸 한번 줘 보지. 다음에 너한테 뭐라 하거든 이렇게 말해, 그 양반이 날 사랑하는 것보다 내가 더 사랑한다고. 하지만 마님은 정절을 지켜야 하고, 다른 부인들 앞에서도 떳떳해야 한다고 말이야. 평판대로 현명한 양반이라면 내 처지를 깊이 헤아려 주겠지."

여러분, 이 앙큼한 여자는 학자를 궁지에 빠뜨리는 일이 무슨 결과를 초래할지 정말 몰랐던 거예요. 하녀는 학자를 만나서 부인이 하라고 했던 얘기를 전해 줬고, 학자는 크게 기뻐하면서 이전보다 더 살가운 태도로 편지를 쓰고 선물을 보내며 법석을 떨었어요. 부인은 보내는 것은 뭐든 받았지만 회답은 언제나 보잘것없었지요. 그런 식으로 부인은 오랫동안 사람을 갖고 놀았던 것입니다.

그러다 마침내 부인은 애인에게 이 모든 일을 실토해 버렸어요. 그러자 애인은 크게 화를 내면서 리니에리를 질투하기까지 하는 것이었어요. 여자는 그런 일로 자기를 의심하는 것이 얼마나 잘못된 것인지 보여 주기 위해 그러지 않아도 한창 졸라 대던 학자에게 하녀를 보내 이렇게 전하게 했어요. 마님은 당신의 사랑을 너무나도 잘 알고 있었지만 워낙 시간이 없어서 그 뜻을 살 따르지 못했는데, 이제 크리스마스 축제 때 함께 시간을 보낼 수 있으리라 기대하고 있으며, 그러니 별일 없으시면 마님 댁 안뜰로 오시라고, 마님도 가능한 한 먼저 나가 있을 것이라고 말이지요. 학자는 세상 누구보다도 행복한 사람이 되어 예정된 시간에 맞춰 부인의 집으로 갔어요. 그러자 하녀가 나와 안뜰로 안내하고 안으로 문을 잠갔어요. 학자는 거기서 부인을 기다렸지요.

부인은 그날 저녁 애인을 불러 즐겁게 식사를 하면서 그날 밤에 계획한 일을 들려주고 이렇게 덧붙였어요.

"그러니까 당신이 바보같이 질투하는 그 사람을 내가 어떤 방식으로 사랑했고 그에게 어떤 사랑을 품고 있는지 잘 보시란 말이에요."

이 말을 듣고 애인은 매우 기뻐하며 부인이 꾸몄다는 일을 간절히 보고 싶어 했어요. 그런데 마침 전날 눈이 펑펑 쏟아져서 온 세상은 눈으로 덮여 있었어요. 그래서 학자는 생각보다 춥다고 느끼면서도 이제 곧 쉬게 되기를 기다리면서 꾹 참고 있었지요.

부인은 이제 애인에게 이렇게 말했어요.

"침실로 가요. 거기 들창에서 당신이 질투하는 사람이 뭘 하는지, 또 말 좀 섞으라고 보낸 하녀에게 뭐라고 대꾸하는지 좀 지켜보자고요."

그들이 들창으로 가서 밖에서는 보이지 않도록 안뜰을 내려다보니 다른 들창에서 하녀가 학자에게 이런 얘기를 하는 것이 들렸어요.

"리니에리 님! 마님께서는 정말이지 너무나 죄송하게 생각하고 계세요. 글쎄, 오빠 되시는 분이 하필 오늘 저녁에 오셨어요. 한참 동안 얘기도 하시고 저녁도 함께 드셨는데, 아직도 돌아가지 않으셨지 뭡니까. 하지만 이제 곧 돌아가실 것 같아요. 그 때문에 마님께서 아직 안뜰로 나오시지 못했지만 이제 곧 나오실 거예요. 마님께서 오랫동안 기다리게 해서 죄송하다고 전해 달라십니다."

학자는 이 말을 곧이듣고 이렇게 대답했어요.

"나의 부인에게 내 걱정은 조금도 하지 말라고 전하게. 그저 편하게 일을 처리하고 오셔도 된다고 말이야. 하지만 가능한 한 빨리 오시면 좋겠구먼."

하녀는 안으로 돌아와서 그대로 잠자리에 들었고 부인은 애인에게 이렇게 말했어요.

"어때요? 당신이 걱정하듯 내가 저 사람을 사랑한다면 저렇게 꽁꽁 어는 꼴을 그냥 보고만 있겠어요?"

부인은 이렇게 말하고 이미 마음이 좀 풀린 애인과 함께 침대로 가서 킬킬거리며 불쌍한 학자를 비웃고 조롱하면서 끝없는 육체의 쾌락에 빠져들었답니다.

어디 앉을 곳도 없고 추위를 피할 곳도 없었기 때문에 학자

는 몸을 녹이기 위해 안뜰을 이리저리 돌아다녔어요. 그러면
서 그렇게 오래 머물고 있는 부인의 오빠에 대해 욕을 실컷 늘
어놓았지요. 그러다 문 쪽에서 무슨 소리가 들리는 것 같으면
부인이 문을 열어 주는 것이 아닐까 하여 귀를 쫑긋하다가 번
번이 실망을 하곤 했답니다.

부인은 한밤중까지 애인과 즐기고 나서 이렇게 말했어요.

"저 학자 어떻게 생각해요? 저 양반의 학식과 내가 품고 있
는 사랑 중 어느 것이 더 큰 것 같아요? 지난번에 내가 몇 마디
한 걸로 당신이 의심을 품었는데, 이제 내가 저 양반에게 추위
로 고통을 안겨 주었으니, 의심이 싹 가시지 않나요?"

그러자 애인이 대답했어요.

"내 몸의 심장과도 같은 사람아! 당연히 가셨지. 그대는 나
의 행복이자 휴식이며 기쁨이고, 나의 모든 희망이라오. 그러
니 나는 그대의 것이오."

그러자 부인이 말했어요.

"그렇다면 그 증거로 천 번만 입을 맞춰 주세요."

그러자 젊은 애인은 부인을 으스러져라 껴안고 천 번이 아
니라 십만 번도 더 입을 맞췄어요.

둘은 이렇게 희희낙락거리다가 이윽고 부인이 말했어요.

"자, 이제 잠깐 일어나 볼까요. 내 새로운 애인이 하루 종일
나를 향해 태우던 불이 이제 좀 꺼졌는지 보러 가요."

둘은 일어나 아까 그 들창으로 갔어요. 안뜰을 내려다보니
학자는 추위를 이기지 못하고 이를 달달 떨면서 그 소리에 맞
춰서 굉장히 빠른 박자로 눈 위에서 발을 놀리며 춤을 추고 있

었어요. 이를 본 부인이 말했어요.

"어때요, 나의 달콤한 희망? 나는 나팔이나 피리 없이도 남자들을 저렇게 방정맞게 춤추게 하잖아요?"

이 말에 애인은 웃으며 대답했어요.

"나의 너무나도 달콤한 여자여, 당신 말이 맞아요!"

부인이 말했어요.

"아래 현관까지 가 보고 싶어요. 내가 말을 걸 테니 당신은 잠자코 계세요. 저 사람이 어떤 얘기를 하는지 들어 봅시다. 그냥 보는 것과는 또 다른 재미가 있을 거예요."

부인은 살그머니 방문을 열고 현관으로 내려가 거기서 문을 열지 않고 틈에 입을 대고 낮은 목소리로 그를 불렀어요.

학자는 자기를 부르는 소리를 듣고 하느님이 이제야 나를 안으로 들이시는구나 하고 생각하며 현관으로 달려가 이렇게 말했어요.

"나 여기 있소, 부인! 빨리 문 좀 열어 주시오. 추워서 죽을 것만 같소."

그러자 부인이 말했어요.

"아, 이를 어쩌죠? 당신이 얼마나 추우실지 알아요. 더욱이 이렇게 눈까지 내렸으니 얼마나 추우시겠어요. 파리에도 눈이 많이 내린다죠. 그렇지만 문을 열어 드릴 수는 없답니다. 그 못된 오라버니가 지난 저녁에 오셔서 함께 식사를 하시고 아직도 가지 않으시니 말예요. 하지만 이제 곧 돌아가실 테니, 그러면 곧바로 문을 열어 드릴게요. 기다리시느라 힘드실 것 같아서 위로해 드리려고 이렇게 겨우 빠져나와 한걸음에 달려왔어요."

학자가 말했어요.

"아이고! 부인! 제발 문 좀 열어 주세요. 조금 전부터 눈이 엄청나게 퍼붓기 시작했는데 지금도 이렇게 내리니, 어서 빨리 지붕 아래에 들어갈 수 있도록 좀 해 주세요. 그렇게만 해 주시면 일마라도 지나리겠습니다."

그러자 부인이 말했어요.

"어머나! 고마우셔라. 하지만 그럴 수가 없네요. 이 문은 열릴 때마다 큰 소리를 내거든요. 조금만 열어도 오라버니가 그 소리를 들으실 거예요. 그러니 이제 그만 돌아가시라고 오라버니께 말씀드릴게요. 그런 뒤에 금방 문을 열어 드리죠."

학자가 말했어요.

"그럼 빨리 가 보세요. 그리고 부탁입니다만, 내가 안에 들어가게 되면 바로 몸을 데울 수 있도록 불을 좀 활활 지펴 주시면 좋겠습니다. 너무나도 추워서 이제는 아무것도 느끼지 못할 지경입니다."

부인이 말했어요.

"그러실 리 없을 텐데요. 당신이 저한테 뻔질나게 보낸 편지에는 저에 대한 사랑으로 온몸이 불타오른다고 쓰셨잖아요. 그게 다 저를 놀리신 거로군요. 어쨌든 저는 가요. 기운 내시고 조금만 기다리세요."

애인은 이런 수작을 듣고 여간 유쾌하지 않았어요. 그리고 부인과 함께 침실로 돌아가 잠은 잠깐만 자고 즐거움을 만끽하면서 학자를 조롱하는 데 온 밤을 거의 다 써 버렸답니다.

황새처럼 이를 심하게 맞부딪던 가엾은 학자는 속았다는 걸 깨닫고는 현관문을 열고 들어가려고 몇 번이고 시도했고, 또 달리 밖으로 나갈 곳이 있는지 살펴봤어요. 그러다 방법이 없다는 걸 알고는 우리에 갇힌 사자처럼 이리저리 왔다 갔다 하며 혹독한 추위를 저주하고 부인의 못된 행동을 비난하며 긴긴 겨울밤을 자신의 순진함과 더불어 불평했지요. 그러는 동안 부인에 대해 심한 분노를 느끼면서 지금까지 오랫동안 간직해 온 열렬한 사랑을 순식간에 잔혹하고 격렬한 증오로 바꾸고 말았어요. 그리하여 복수할 길을 찾으면서 이리저리 궁리를 거듭했지요. 이제 복수심은 앞서 부인을 열망했던 것보다 훨씬 더 강하게 그를 사로잡았답니다.

긴긴 겨울밤이 지나고 날이 밝아 오기 시작했어요. 그러자 부인의 지시를 받은 하녀가 내려와 안뜰 문을 열어 줬어요. 그리고 사뭇 안됐다는 표정으로 이렇게 말했어요.

"어제 저녁에 오신 그분 때문에 정말 재수가 없으셨네요! 그 사람 때문에 이렇게 추위에 떨며 고생하셨으니 말이에요. 그런데 이거 아시죠? 진정하세요. 어젯밤에는 뜻을 이루지 못하셨지만 다음 기회가 또 있을 거예요. 이 일로 해서 마님께서 얼마나 속상해하셨는지 몰라요."

학자는 몹시 화가 났지만 현명한 사람이었던 만큼, 이제 와서 협박을 해 봐야 되레 협박만 당하게 될 거라는 걸 잘 알았어요. 그리하여 폭발할 듯한 분노를 가슴에 삭이고 목소리를 낮춰 화난 모습을 전혀 보이지 않으면서 이렇게 말했어요.

"진정코 말하지만, 어젯밤처럼 몹쓸 꼴을 당한 적은 처음이

네. 하지만 부인의 잘못은 절대 아닐 거야. 나를 가엾게 여기셔서 나에게 사과하고 위로하려고 이 아래까지 몸소 내려오시지 않았는가. 그리고 자네 말대로 어젯밤이야 그랬다 쳐도 다음 기회가 또 있겠지. 부인께 그렇게 전하고 자네도 잘 지내기 바라네."

학자는 온몸이 꽁꽁 얼어서 간신히 집으로 돌아왔어요. 그리고 피로와 수면 부족으로 죽을 지경이 되어 침대에 몸을 던지고 잠들어 버렸어요. 잠에서 깬 뒤에도 손과 발이 거의 잘려 나간 것 같은 느낌이 들어 의사들을 불렀지요. 의사들은 추위 때문에 그런 거라며 치료를 했어요. 의사들이 서로 이리저리 의논하며 신속하게 치료를 한 덕분에 얼마 후에는 신경이 되살아났고 혼자서 거동할 수 있을 만큼 몸을 회복했지요. 만일 그가 젊지 않고 날씨가 따뜻해지지 않았다면 살아남지 못했을지도 모릅니다. 하지만 건강을 되찾고 기운을 차리자, 학자는 증오심을 꼭꼭 숨겨 두고 미망인을 여전히 사랑하는 척했어요.

그렇게 시간이 어느 정도 흐른 어느 날, 운명이 그의 바람을 만족시킬 만한 기회를 마련해 줬어요. 미망인의 사랑을 받던 청년이 사랑을 돌보지 않고 다른 여자한테 빠져서 미망인의 바람을 전혀 들어주지 않았던 거예요. 미망인은 비탄에 빠져 미망인은 눈물만 흘리며 심신이 쇠약해져 갔지요. 미망인을 몹시 가엾게 여긴 하녀는 애인을 잃고 고통스러워하는 주인을 일으켜 줄 방법을 찾던 중 여느 때와 같이 집 앞을 지나가던 학자를 보고는 어리석은 생각을 떠올렸어요. 전처럼 애인이 주인을 사랑하게 하려면 뭔가 마법 같은 것이 필요하지 않을까, 그렇다면 학자가 그에 관해 틀림없이 뭔가 알지 않을까 하는 생각을 한 거예요. 하녀는 이 생각을 부인에게 말했어요. 원래 그다지 영리하다고 할 수 없는 이 부인은 만일 학자가 마법을 알고 있었다면 자기 자신을 위해서라도 당연히 시행했을 거라는 생각은 하지 못하고 하녀의 말에만 마음을 빼앗긴 채 당장 학자에게 가서 마법을 걸어 주실 수 있는지 알아보고 사례로 원하는 것을 다 들어주겠다는 약속도 전하게 했어요.

하녀는 사절의 역할을 충실하게 수행했어요. 학자는 이 말을 듣자 굉장히 기뻐하며 속으로 생각했지요. '오, 하느님! 감사합니다! 제가 쏟아 부은 열렬한 사랑의 대가로 모욕을 선사한 그 못된 여자에게 하느님의 도움으로 벌을 내릴 때가 왔군요.' 그리고 하녀에게 이렇게 말했어요.

"그런 일이라면 염려하지 마시라고 부인께 전하게! 설령 애인이 인도에 갔다 해도 즉각 돌아와서 부인의 뜻에 반하여 행동한 것에 대해 용서를 빌도록 만들겠다고 말씀드리게. 그런데 이에 관해서 부인께서 아셔야 할 일이 있으니, 언제 어디서 만날 수 있는지 알려 달라고 하게. 내가 위안의 말씀을 전하더라는 얘기도 전해 주고."

하녀는 이 대답을 전했고, 두 사람은 프라토 성문 근처의 산타 루치아 성당에서 만나기로 했어요.

그리하여 부인과 학자는 그곳에서 단둘이 만나 얘기를 나눴어요. 부인은 학자를 거의 죽을 지경으로 몰고 갔던 일은 전혀 기억하지 못한 채 자신의 사정과 자기가 바라는 것들만 미주알고주알 늘어놓으며 애걸했지요. 그러자 학자는 이렇게 말했어요.

"부인! 사실 나는 파리에서 마법도 배웠습니다. 마법이라면 특히 자신이 있지요. 그런데 하느님께서는 마법을 극도로 싫어하시기 때문에 나는 나를 위해서나 다른 사람을 위해서 마법을 쓰지 않으리라 굳게 맹세했습니다. 하지만 부인께 품고 있는 내 사랑의 힘이 너무도 크니 부인이 하고자 하시는 일을 도저히 거절할 수 없군요. 그로 인해 내가 악마의 집으로 갈 수밖에 없다 하더라도 부인의 뜻대로 해 보겠습니다. 그런데 이 마법은 부인이 생각하는 것보다 더 힘든 일임을 아셔야합니다. 여자가 사랑하는 남자를 다시 불러내거나, 또 남자가 여자를 불러낼 때는 당사자가 하지 않으면 안 되기 때문에 특히나 어려운 것입니다. 또 한밤중에 호젓한 곳에서 혼자 해야 하기 때문에 그 일을 하려면 심장이 튼튼해야 합니다. 그런 일들을 부인이 과연 하실 수 있을지 모르겠군요."

사랑에 얼이 빠져 분별이 없어진 부인은 이렇게 말했어요.

"사랑이 이렇게도 저를 못살게 하니 잘못해서 저를 버린 그분을 되찾기 위해서라면 무슨 일이든 못 할 것이 없어요. 그러니 제가 어떻게 해야 하는지 분명하게 가르쳐 주시기를 부탁드려요."

이에 학자는 슬프면서도 교활한 마음에 이렇게 말했어요.

"부인! 그렇다면 부인이 되찾고자 하는 사람의 이름으로 주석 인형을 만들어야 할 것 같습니다. 내가 그걸 만들어 보내거든 부인은 달이 중천에 떠올라 첫잠이 들 무렵 흐르는 물에 혼자서 옷을 벗고 들어가 인형과 함께 일곱 번 목욕을 하세요. 그런 다음에 알몸으로 나무 위나 어디 빈집 지붕 위로 올라가서 인형을 손에 들고 북쪽을 돌아보며 내가 써 드릴 기도문을 일곱 번 외우세요. 그렇게 하고 나면 이제껏 한 번도 보지 못한 기막히게 아름다운 소녀 둘이 부인에게 와서 인사를 하고 무슨 일을 해 드릴지 상냥하게 물을 것입니다. 그 두 소녀에게 부인이 원하는 바를 잘 얘기하세요. 이때 이름을 혼동하시면 안 됩니다. 부인이 얘기를 다 마치면 소녀들은 돌아갈 겁니다. 그러면 부인은 옷을 벗어 둔 곳으로 내려와서 옷을 입고 집으로 돌아가면 됩니다. 이렇게 하면 틀림없이 다음 날 밤까지 부인의 애인이 울면서 돌아와 용서를 빌 겁니다. 그리고 이후로는 애인이 다른 여자 때문에 부인을 버리는 일이 없을 겁니다."

부인은 이런 말들을 듣고 그 자리에서 완전히 믿어 버렸어요. 그리고 애인을 벌써 품에 안은 듯한 기분이 들어 이렇게 말했어요.

"염려 마세요. 무지무지하게 잘해 낼 거예요. 그런 일에 아주 딱 들어맞는 곳을 알거든요. 아르노 강 상류 쪽에 제 소유지가 있는데, 그 근처에 지류가 흘러요. 이제 막 7월이 시작됐으니 목욕하기도 아주 좋을 거예요. 뿐만 아니라 제 기억으로는 개천에서 멀지 않은 곳에 사람이 살지 않는 작은 탑이 있어요. 간혹 양치기들이 길 잃은 양들을 찾아다니다 밤나무 사다리를 타고 바닥처럼 평평한 곳으로 올라가는 일이 있을 뿐 굉장히 적적하고 외진 곳이에요. 저는 그곳에 올라가서 당신이 말씀하신 것을 최선을 다해 수행하겠어요."

부인이 말한 장소와 탑을 잘 알고 있던 학자는 부인이 어떻게 행동할지 확인할 수 있다는 생각에 기쁜 마음이 들었어요.

"부인! 나는 아직 그 근처에 가 본 적이 없어서 부인의 소유지나 탑이 어디 있는지 잘 모르겠습니다만, 부인 말처럼 그렇다면 더 바랄 것이 없겠네요. 그럼 잠시 후에 주석 인형과 기도문을 보내 드리지요. 그런데 간곡히 부탁드리지만, 부인께서 소망을 이루시고 내가 쓸모가 있다는 걸 알게 되시면 꼭 기억해 주시고 나와 맺은 약속을 지켜 주시기 바랍니다."

부인은 틀림없이 그렇게 하겠다고 말하고 학자와 헤어져 집으로 돌아갔어요.

학자는 자기 계획대로 일이 진행될 것 같자 기쁜 마음으로 마술적인 형상의 인형을 만들고 기도문이랍시고 뭔가를 써넣은 뒤 적당한 때에 부인에게 보냈어요. 보내면서 그날 밤에 자기가 지시한 일을 지체하지 말고 수행하라고 전하게 했지요. 그런 다음에 하인 하나를 몰래 데리고서 어느 친구의 집으로 갔어요. 탑에서 멀지 않은 그곳에 가서 자기 생각을 실행하려는 것이었지요.

한편, 부인은 하녀를 데리고 길을 떠나 자기 소유지로 향했고, 밤이 되자 잠자리에 드는 척하며 하녀를 자러 보냈어요. 그런 다음 첫잠이 드는 시간이 되자, 슬며시 집에서 나와 탑을 향해 아르노 강변을 걸었어요. 근처에서 학자와 그 하인이 계속해서 그녀를 주시하고 있었지만 부인은 아무것도 보지도 듣지도 못했지요. 부인은 옷을 벗어서 수풀 아래에 숨겼고 인형과 함께 일곱 번 목욕을 했어요. 그러고 나서 손에 인형을 들고 알몸으로 탑을 향해 걸었어요. 학자는 어두워질 때부터 이미 버드나무와 다른 나무들 사이에 몸을 숨기고 부인의 거동을 주시하고 있었어요. 부인의 발가벗은 몸이 거의 스치듯 지나가자 학자의 눈에 부인의 몸이 허여멀거니 밤의 어둠을 뚫고 솟아오르는 게 보였어요. 가슴을 비롯해 몸의 다른 부분들이 도드라졌는데, 그 아름다운 몸매를 보고 또 잠시 후에 일어날 일을 생각하자니 일말의 동정이 일기도 했지요. 한편, 육체의 자극이 일시에 그를 습격해서 다리 사이에 수그리고 있던 것을 일어나게 만들었고, 엿보던 자리를 박차고 일어나 그녀를 껴안고 마음껏 즐기면서 그것을 위로하고 싶은 마음이 들기도 했지요. 그리하여 욕망과 복수 사이에서 자칫 욕망에 무릎을 꿇을 뻔했지만, 자기가 누구이며 자기가 어떤 모욕을 받았는지, 어떤 이유로, 누구 때문에 그렇게 됐는지 머리에 떠오르자 다시 분노가 솟아올랐고, 그에 따라 동정이라든가 육신의 욕구가 사라졌으며, 원래 계획대로 부인이 그냥 지나가도록 두었답니다. 부인은 탑 위로 올라가서 북쪽을 향해 자리를 잡고 학자가 가르쳐 준 기도문을 외우기 시작했어요. 학자는 탑 안으로 들어갔고 살금살금 다가가서 부인이 타고 오른 사다리를 치워 버렸어요. 그리고 부인이 무슨 말을 하고 무슨 행동을 할지 기다렸지요.

부인은 기도문을 일곱 번 외우고 두 소녀가 오기를 오래오래 기다렸어요. 날씨는 부인이 생각했던 것보다 훨씬 더 추웠답니다. 새벽의 여명이 밝아 올 때까지 그 자리에서 꼼짝 않고 있던 부인은 학자가 얘기했던 일이 끝내 일어나지 않자 몹시 슬퍼하며 혼자 중얼거렸어요.

"아무래도 내가 언젠가 밤에 골탕을 먹였던 걸 그 양반이 앙갚음하려고 별렀던 것 같아. 그런데 이런 식의 보복이라면 좀 서투른 거 아닌가? 그때와 비교하면 오늘 밤의 길이는 절반도 안 되고 추위도 별로 대단하지 않으니 말이야."

그래서 닐이 완전히 새기 전에 탑에서 내려오려고 하다가 사다리가 없어진 걸 알았어요. 그제야 부인은 비로소 발아래 세상이 꺼져 버린 듯한 심정이 되어 정신을 잃고 탑 바닥에 쓰러져 버리고 말았어요. 그리고 기력이 돌아온 뒤에는 처참하게 눈물을 흘리며 괴로워하기 시작했지요. 틀림없이 그 작자가 꾸민 짓이라는 걸 확신했기 때문에, 그제야 다른 사람에게 상처를 준 것이라든가 당연히 경계해야 할 사람을 너무 믿었던 것을 후회했던 거예요. 그런 상태로 오랜 시간이 흘렀어요.

그러다 어디 내려갈 길이 없을까 둘러봐도 아무것도 보이지 않자, 다시 눈물을 흘리며 절망적인 생각에 사로잡혀 혼자 이렇게 중얼거리는 것이었어요.

"아아, 나처럼 불행한 여자가 또 있을까. 이렇게 알몸으로 있는 걸 알면 형제들, 부모들, 이웃들, 그리고 피렌체 사람들 전체가 뭐라고 할까? 나를 정숙한 여자라고 생각하던 사람들이 못된 년이라고 손가락질하겠지. 거짓말로 평계를 대려면 그럴 수도 있겠지만, 그놈의 학자가 모든 사실을 알고 있으니 호락호락 넘어가지 않을 테고. 아이고, 내 신세야! 젊은 애인과 명예를 한꺼번에 잃고 말았구나!"

이렇게 넋두리를 하고 나니 더 괴로워져서 당장에라도 탑에서 몸을 던지고 싶은 생각이 들었어요.

하지만 벌써 태양이 떠올랐기 때문에 탑의 한쪽 벽에 몸을 기대고 앉아서 하녀에게 보낼 양치기 소년이라도 지나가지 않나 둘러보고 있으려니 수풀 근처에서 자고 있던 학자가 깨어나 그녀를 보았고 그녀도 그를 봤지요. 학자가 부인에게 이렇게 말했어요.

"좋은 아침입니다, 부인! 그래, 소녀들이 왔던가요?"

부인은 그를 보고 그의 말을 듣자 다시 흐느껴 울면서 할 말이 있으니 탑으로 좀 와 달라고 애원했어요. 학자는 지극히 정중하게 그에 응했어요.

부인은 바닥에 엎드려서 얼굴만 입구 쪽으로 내밀고는 울면서 말했어요.

"리니에리 님! 제가 끔찍한 하룻밤을 당신께 선사했다면 당신도 이제 충분히 복수를 하셨습니다. 아무리 7월이라고는 하지만 알몸으로 밤을 지새우자니 정말 춥더군요. 당신을 속인 일이나 당신을 믿었던 제 어리석음 때문에 너무나 울어서 눈이 머리에 붙어 있는 게 놀라울 정도랍니다. 그러니 제발 부탁드립니다. 저를 사랑하셔서도 아니고 신들을 사랑하셔서도 아니고 당신 자신을 사랑하시어 이제 그만 제 옷을 가져오게 하시고 이곳에서 내려갈 수 있게 해 주세요. 신사인 당신이 제게서 받은 모욕은 지금까지 하신 것으로 충분히 갚으셨다고 생각합니다. 그리고 돌려주시려고 해도 돌려주실 수 없는 제 명예만은 빼앗지 말아 주세요. 저와 함께하려던 그날 밤을 제가 빼앗았다면 당신이 좋으실 때 언제든 제가 그 밤 대신으로 몇 밤이라도 함께해 드리겠습니다. 그러니 이 정도로 그만둬 주세요. 당신은 명예를 지닌 분으로서 만족할 만큼 복수를 하셨고 어리석은 저를 일깨워 주셨습니다. 당신의 힘을 한낱 여자에게 이렇게 휘두르지 마세요. 독수리가 비둘기를 이겼다고 해서 영광스러운 건 아니지 않을까요? 제발 이렇게 빌 테니 하느님의 사랑과 당신의 명예를 위해서 저를 불쌍히 여겨 주세요."

독한 마음을 지니고 자기가 받은 모욕을 곱씹어 보기도 하고 부인의 눈물과 애원을 지켜보기도 하던 학자의 마음속에서는 쾌감과 비탄이 한꺼번에 일었어요. 바라고 바라던 복수의 쾌감과 인정 많은 그의 본성이 부인의 불쌍한 처지를 보고 불러낸 비탄이 말이에요. 하지만 연민은 복수를 하고자 하는 욕망을 이기지 못했지요.

"엘레나 부인! 그때 나는 눈물을 쏟아 낼 수도 없었고 지금 당신이 그러듯 꿀처럼 달콤한 말을 지껄일 수도 없었어요. 눈으로 덮인 부인의 안뜰에서 얼어죽을 뻔했던 그날 밤 지붕 아래 잠시라도 몸을 들이게 해 달라고 애원하던 나에게 약간의 동정이라고 베풀어 주셨다면, 오늘 당신의 소원을 들어주는 것이 큰일은 아니었을 겁니다. 이제 과거보다 당신의 명예가 그렇게 소중하고 알몸으로 있는 게 그렇게 괴로우시다면, 그날 밤 당신도 기억하시겠지만 당신의 안뜰에서 이를 달달 떨면서 눈을 밟으며 헤매는 나를 조롱하면서 당신을 알몸으로 품었던 그자에게 부탁해 보시는 게 어떻겠어요? 그자에게 도와 달라고 하세요. 그자에게 옷을 갖다 달라고 하시고 그자에게 부인이 딛고 내려갈 사다리를 가져오라고 하세요. 당신의 명예를 지켜 준다고 굳게 믿고 계시는 그자에게, 그리고 지금이나 언제나 수천 번이고 믿어 의심하지 않았던 그자에게 부탁하시라는 말입니다. 어째서 부인은 그자를 불러 도와 달라고 하지 않는 겁니까? 그 이상으로 적절한 사람이 어디 있습니까? 당신은 그의 사람입니다. 당신을 돌보지 않고 도와주지 않는다면 그자는 도대체 무엇을 돌보고 도와준단 말입니까? 정말 어리석군요. 그자를 부르세요. 당신이 그자에 대해 품고 있는 사랑을 시험하시고, 당신과 그의 지혜로 나를 우둔함에서 구할 수 있는지 시험해 보세요.

우둔함이라고 하니까 생각나는데, 당신은 그와 즐기면서 나의 학식과 당신이 그에게 품고 있던 사랑 중 어떤 것이 더 대단한지 그에게 물었다지요. 나는 내가 원하지 않으면 그 무엇도 할 수 없습니다. 설령 원한다 해도 당신이 거절할 수 있는 일이라면 그 또한 할 수 없어요. 그러니 만일 당신이 여기서 무사히 벗어나신다면 여기서 보내신 밤들을 당신 애인을 위해 잘 간직하세요. 그 밤들은 당신의 것이고 그의 것이니까요. 나는 하룻밤으로도 충분했어요. 그런 모욕은 한 번이면 족합니다. 그런데 당신은 나의 호의를 얻으려고 그 간교한 말솜씨를 동원해서 나를 훌륭한 신사라고 추켜세우는군요. 또 그러면서 뒤로는 나를 도량이 넓은 인물로 행동하게 하면서 자신의 못된 행동으로 인해 받는 벌에서 꺼내 주도록 꼬드기는군요. 하지만 당신의 감언이설은 내 지성의 눈을 흐리게 하지 못할 겁니다. 지난날의 불충한 신의는 그랬는지 모르지만요.

나는 나를 압니다. 파리에서 공부하는 동안 스스로 터득하기도 했고 당신이 하룻밤 만에 가르쳐 주기도 했지요.

설령 내가 고매한 인물이라 하더라도 그 고매함이 영향을 미칠 대상은 당신이 아닙니다. 당신과 같은 잔인한 야만인에게는 극단적인 징벌이 필요하고 마찬가지로 복수가 필요합니다. 그건 곧 죽음을 의미합니다. 당신이 밀한 것과 같은 일은 인간 세계에 맞지 않아요. 내가 독수리가 아닌 것처럼 당신은 비둘기가 아닙니다. 오히려 독사와도 같아요. 나는 독사가 태곳적부터 인류의 적이라고 생각하기 때문에 온갖 증오와 모든 힘을 다해서 응징하려 합니다. 그러니 내가 당신에게 하는 일은 복수라기보다는 지옥의 징벌과 같은 것이라고 하는 것이 더 적절할 겁니다. 복수란 모욕을 넘어서는 것이며 징벌보다 한참 모자라는 것이니까요. 내가 정녕 복수를 하고자 한다면, 당신이 내 목숨을 얼마나 갖고 놀았는지 기억할 것이오. 그래서 당신 목숨을 단순히 빼앗는 데 그치지 않고 당신을 비열하고 악독한 매춘부처럼 죽일 것이오. 그러기를 백 번 해도 시원치 않을 것이오.

몇 년만 지나면 주름으로 뒤덮일 그따위 볼품없는 얼굴 빼고, 고생에 찌든 여느 하녀와 당신이 어디가 다르단 말이오? 그러니 아까 나를 훌륭한 사람이라고 부르셨는데, 훌륭한 남자 하나 죽이는 것쯤은 눈 하나 깜짝하지 않겠지요. 하지만 그런 훌륭한 사람은 당신 같은 사람 수십만이 세상이 다하는 날까지 달려들어도 하지 못할 세상에 이로운 일을 단 하루에 해치울 수 있어요. 당신이 지금 당하는 이만한 고통을 통해 인

간적으로 성숙한 사람들을 희롱하고 배운 사람들을 능멸하는
것이 무슨 의미인지 가르쳐 드리고, 만일 여기서 빠져나간다
면 그런 바보 같은 일에 다시는 빠져들지 않도록 교훈을 새기
게 해 드리죠.

그렇게 내려오고 싶으면 어째서 땅으로 몸을 던지지 않는
겁니까? 그렇게 하면 하느님의 도움으로 당장에 목이 부러져
서 당신이 지금 받고 있다는 그 고통에서 벗어날 것이고 나는
세상에서 가장 행복한 사람이 될 텐데요. 이제 더 이상 아무
말도 하지 않겠습니다. 내가 당신을 그 위로 잘 올려 보냈으니
이제 당신이 스스로 내려오리라 믿습니다. 나를 그렇게 잘 조
롱했듯이 말입니다."

학자가 이렇게 말하는 동안 불쌍한 부인은 하염없이 흐느
꼈어요. 시간은 계속 흘렀고 어느새 태양은 중천으로 솟아올
랐어요. 학자가 입을 다물자 부인은 이렇게 말했어요.

"아아, 무정한 사람이여! 그 저주스러운 밤이 그렇게도 통
탄스러웠나요? 저의 잘못이 그렇게도 악랄했나요? 그래서 저
의 젊은 미모와 쓰디쓴 눈물과 엎드려 비는 애원, 이 모든 것
들이 당신을 조금도 움직이지 못하는 건가요? 그래도 조금만
마음을 움직여 원한을 가라앉혀 주세요. 제가 마지막으로 당
신을 믿고 저의 모든 비밀을 털어놓았기에 당신은 바라던 대
로 제게 잘못을 깨우쳐 주실 수 있었잖아요. 제가 당신을 믿지
않았더라면 복수할 길은 열리지 않았을 거예요. 너무나도 원
하셨던 그 복수의 길 말입니다. 아아! 노여움을 거두시고 저
를 용서해 주세요! 만일 당신이 용서하시고 여기서 내려가게

해 주신다면 저는 그 신의 없는 청년을 완전히 포기하고 당신만을 애인이자 주인으로 섬기겠어요. 설령 당신이 제 미모에 침을 뱉으며 하찮고 가치 없는 것으로 여긴다고 해도 말입니다. 아름다움이란, 다른 여자들의 아름다움을 포함해서 그것이 어떤 것일지라도, 또 전혀 정겹지 않은 것이라고 할지라도, 젊은 남자들이 열망하는 것이고 그들의 즐거움이 된다고 알고 있습니다. 당신도 늙은 분은 아니잖아요. 저를 아무리 잔인하게 대하신다고 해도, 당신이 거짓말을 하는 게 아닌 이상 제가 이렇게 당신 눈앞에서 절망한 나머지 몸을 던져 치욕스럽게 죽어 가는 것을 원하신다고는 도저히 생각할 수 없어요. 저를 그렇게도 사랑하셨던 당신이 말이에요. 아아! 제발 이렇게 빌겠어요. 햇볕이 너무나 뜨겁게 달아오르기 시작하네요. 간밤에는 추위가 괴롭히더니, 이제는 더위가 견딜 수 없을 정도로 저를 괴롭혀요."

학자는 그녀의 말을 재미 삼아 듣고 있다가 이렇게 대답했어요.

"부인! 당신이 나를 신뢰하고 의지했던 것은 나에 대한 사랑 때문이 아니라 잃어버린 사랑을 되찾기 위해서였소. 그러니 이 혹독한 불행을 받아들이는 수밖에 없습니다. 그리고 이런 방법만이 복수를 꿈꾸는 나에게 남은 유일하고 적절한 길이라고 믿으신다면 그건 완전히 잘못 생각한 겁니다. 내게는 수천 가지 방법이 있었소. 당신을 사랑하는 척하면서 나는 당신 발밑에 수천 개의 함정을 파 놓았소. 만일 지금 이런 일이 일어나지 않았어도 얼마 시간이 지나지 않아 당신은 다른 함정에 빠졌을 겁니다. 더 큰 고통과 수치를 겪어야 할 함정에 말이지요. 내가 이렇게 한 것은 당신을 편안하게 해 주기 위해서가 아니라 내가 기쁨을 맛보기 위해서였소. 설령 모든 것이 수포로 돌아간다고 하더라도 나에게는 펜이 남아 있지요. 펜을 휘둘러 당신에 대해 모든 걸 써서 세상에 퍼뜨렸다면 당신은 아마 세상에 태어난 것을 수천 번은 후회하게 되었을 겁니다. 펜의 힘은 경험해 보지 않은 사람은 도저히 짐작할 수 없을 정도로 강력합니다.

분명히 맹세합니다만, 지금의 이 복수가 처음처럼 끝까지 나에게 즐거움을 안겨 주듯이, 당신이 눈을 뽑아 버리지 않고는 견디지 못할 정도로 다른 사람들이 아니라 당신 자신에 대해 수치를 느끼도록 당신에 대해 모든 것을 썼을 겁니다. 그러니 바다가 작은 개울물을 불어나게 했다고 해서 바다를 비난하지는 마세요. 앞서도 말했지만, 당신의 사랑이라든가 당신이 나의 것이 된다든가 하는 것은 전혀 관심이 없어요. 당신은 지금까지 그랬듯 그 사람의 것으로 그냥 있으세요. 나도 과거에는 그 사람이 미웠지만, 그가 당신한테 한 행동을 보고 지금은 그 사람이 좋아졌어요. 당신 같은 여자들은 지극히 생기발랄한 육체에 검은 콧수염을 기른 사내들이 가슴을 펴고 당당하게 걸어가거나 춤을 추거나 운동을 하거나 하는 걸 보면 홀딱 반해서 관심을 끌어 보려고 합니다. 젊은 사내들이 하는 그런 것들은 나이 든 사람들도 과거에 했던 것들이고, 나이 든 사람들은 늘 배울 점들이 있다는 걸 알지요. 그런데 당신들은 젊은 사내들을 더 뛰어난 기사라고 평하면서, 원숙한 사람들보다 몇 마일은 더 뛸 수 있다고 믿는단 말이오.

내가 분명히 밝혀 두는데, 젊은 사내들은 힘이 철철 넘쳐서 거칠게 꼬리를 휘두릅니다만, 나이 든 사람들은 숙련가들답게 이[蟲]들이 어디 있는지 기가 막히게 알아내지요. 그리고 향기는 조금 덜 나더라도 맛이 좋은 걸 골라야 한다고 말해 주고 싶이오. 밀을 너무 빨리 몰년 금방 지치는 법이지요. 아무리 젊더라도 천천히 쉬어 가야지, 그렇지 않으면 다른 사람보다 더 늦게 숙소에 도착할 것이고 도착해서도 얼마 동안은 쉬어야 한답니다. 지성이 없는 동물과도 같은 당신네 여자들은 아름다운 한 줌의 외모 속에 얼마나 많은 악이 숨겨져 있는지 몰라요. 젊은 축들은 한 여자로 만족하지 않고 여러 여자들을 원하기 마련입니다. 많으면 많을수록 좋아한단 말이오. 젊은 사내들은 사랑에도 변덕을 떠는데, 지금 당신의 경우가 아주 잘 맞는 증거라고 할 수 있겠네요. 그리고 젊은 사내들은 저희 여자들에게 존중받고 대접받을 권리가 있다고 생각합니다. 마찬가지로 자기 손에 넣은 여자들을 자랑하는 것보다 더 큰 명예는 없다고 생각하지요. 그런 실수를 하기 때문에 많은 여자들이 입이 무거운 신부들에게 몸을 맡기는 것입니다.

당신은 당신의 사랑 행각을 아는 사람이 당신 하녀와 나밖에 없다고 생각하시는 모양인데, 대단히 잘못 알고 계시는 겁니다. 그 사람 집 근처에서는 거의 당신에 관한 얘기만 하고 당신 집 근처에서도 마찬가지입니다. 그러나 당사자 귀에는 그런 얘기들이 제일 마지막에 들어가지요. 젊은 사내들은 언제나 빼앗아 가지만 나이 든 사람들은 언제나 뭔가를 줍니다.

크리스틴 드 피장, 『데카메론』 프랑스어판 삽화,
15세기 초, 바티칸 도서관 소장.

당신은 선택을 잘못했으니, 그냥 당신이 속한 그 사람의 것으로 있으면 됩니다. 당신이 희롱한 나는 다른 사람에게 맡겨 두시고요. 나는 당신보다 훨씬 더 훌륭하고 당신보다 더 나를 잘 알아주는 여자를 만났거든요. 그러니 당신은 그냥 이 자리에서 뛰어내려요. 나에게서 이런 잔소리를 들을 필요가 없는 다른 세계로 가세요. 내 이 두 눈이 아주 확실하게 볼 수 있도록 말입니다. 나는 이미 당신의 영혼이 악마의 품 안에 안겨 있다고 생각합니다. 그러니 아래로 곤두박질하는 당신을 내 눈으로 본다면 내가 어지러움을 느낄지 아닐지 알 수 있을 겁니다. 하지만 당신이 그렇게까지 나를 기쁘게 하리라고는 생각하지 않으니, 그냥 태양이 당신을 데워 주는 동안 내가 겪은 추위를 떠올리시기 바랍니다. 그렇게 더위와 몸을 섞어 보시면 틀림없이 햇볕도 쾌적하게 느끼실 겁니다."

절망에 빠진 부인은 학자의 말이 곧 참혹한 죽음을 뜻한다는 걸 알고 다시 흐느껴 울면서 이렇게 말했어요.

"아아! 저를 조금도 동정하지 않으신다고는 하지만, 당신이 만나셨다는, 당신을 그렇게도 사랑하신다는, 저보다 더 현명한 그 여자 분에게 품으신 사랑을 조금만 저에게 나눠 주세요. 제발 그분의 사랑으로 저를 용서해 주세요. 옷을 입을 수 있게 좀 가져다주세요. 그리고 저를 내려가게 해 주세요."

그러자 학자는 껄껄 웃더니 벌써 시간이 세 번째 시간*을 훨씬 지나고 있는 걸 보고 이렇게 말했어요.

---

* 대략 오전 9시를 가리킨다.(『데카메론』 1권 45쪽 각주 참조.)

"아니, 그 여자 분을 들먹이며 나한테 용서를 비니 이거 안 된다고 하지는 못하겠네요. 좋아요. 옷이 어디 있는지 가르쳐 주세요. 내 가서 가져오지요. 그리고 여기서 내려오게 해 드리지요."

부인은 그 말을 듣고 어느 정도 안심이 되어 학자에게 옷을 놔둔 곳을 가르쳐 줬어요. 학자는 탑에서 나오면서 하인에게 그곳을 떠나지 말고 자기가 돌아올 때까지 아무도 안으로 들이지 않도록 부인 곁에 꼭 붙어서 감시를 하라고 명령했어요. 그렇게 하고 친구 집으로 가서 아주 천천히 식사를 한 다음 느지막이 잠자리에 들었어요.

탑 위에 남겨진 부인은 얼빠진 희망에 약간 기운이 났지만, 그래도 너무나도 고통스러워서 조금 그늘이 진 벽에 기대앉아 애절한 마음으로 학자를 기다렸어요. 그래서 때로는 이런저런 생각도 하고 때로는 훌쩍이기도 하고 때로는 옷을 가지고 돌아온다는 학자의 말에 희망을 품었다가 절망하기도 하고, 또 불길한 생각에 사로잡히기도 하면서 그렇게 절망에서 헤어나지 못했어요. 그러다 간밤을 뜬눈으로 지새운 탓에 깊은 잠에 빠져 버렸어요. 그러던 중 벌써 여섯 번째 시간*이 되어 부인의 부드럽고 연약한 육체와 아무것도 쓰지 않은 머리 위로 햇볕이 맹렬하게 바로 내리쬐는 바람에 살갗이 타고 온몸이 아주 미세한 틈들로 갈라지는 것이었어요. 그런 지경이었으니 깊이 잠들어 있다가도 깰 수밖에 없었지요.

---

* 대략 정오를 가리킨다.(『데카메론』 1권 45쪽 각주 참조.)

마치 살이 익어 버린 느낌이 들었는데, 조금 움직여 보니 움직일 때마다 타 버린 살갗이 갈라지고 벗겨지는 것 같았어요. 태운 양피지를 찢으면 그러듯이 말입니다. 게다가 머리도 타는 듯이 쓰라리고 쪼개지는 것만 같은 것이 더 이상 놀랄 일도 없을 지경이었지요. 그리고 탑의 마룻바닥은 뜨거워져서 어디 한 군데 서 있을 자리가 없었어요. 그래서 부인은 가만히 있지 못하고 이리저리 울면서 발을 동동 굴렀답니다. 그뿐인가요. 한 점 바람도 없이 파리와 빈대가 엄청나게 떼로 몰려들어서 발가벗은 몸을 격렬하게 물어 대니, 한 마리 한 마리가 마치 송곳으로 찌르는 것만 같았어요. 부인은 속절없이 손을 이리저리 내저으면서 자신의 인생과 애인과 학자를 계속해서 저주했지요. 이렇게 말도 못할 더위와 태양과 파리와 빈대, 그리고 또 배고픔과 그보다 더한 갈증에 불안하고 절망적인 생각마저 겹쳐 고통 받던 부인은 갑자기 벌떡 일어나서 주위에 누가 보이거나 들리지 않는지 열심히 둘러보기 시작했어요. 무슨 일이 일어나도 상관없으니 사람을 불러서 도움을 청할 작정이었지요. 하지만 운명이 친절을 베풀지 않으니 그마저도 소용이 없었어요.

날씨가 워낙 더워서 농부들은 모두 들판을 떠났고 더욱이 그날은 하필 저들의 집에서 작물을 타작하는 날이라 다들 일하러 나오지 않았지요. 그러니 들리느니 매미 소리고 보이느니 아르노 강뿐이었어요. 강물을 보노라니 그 물을 마시고 싶은 욕망이 차올라 갈증이 사라지기는커녕 더하기만 했어요. 또 저 멀리 숲이나 그늘, 집들이 보였지만 손이 닿지 않으니 괴로움만 더 컸지요. 자, 이 불행한 미망인 얘기를 계속해야 할까요? 그녀는 위로는 햇빛 때문에, 아래로는 바닥의 열기 때문에, 그리고 옆으로는 파리와 빈대의 습격으로 인해서 곤죽이 되어 버렸고, 지난밤까지도 하얗고 보드랍던 피부는 간데없이 이제는 성이 난 듯 새빨갛게 변하고 피딱지가 말라붙어 누구라도 그 모습을 보았다면 세상에서 가장 추악한 괴물로 여겼을 거예요.

그런 꼴로 아무런 도움이나 희망도 없이 죽음만을 기다리고 있을 때, 점심때가 좀 지나서야 느지막이 일어난 학자가 부인을 생각해 내고 어떻게 됐나 보려고 탑으로 돌아왔어요. 그리고 그때까지 쫄쫄 굶고 있던 하인은 식사를 하러 보냈지요. 부인은 학자가 오자 그 소리를 듣고 너무나도 심한 고통에 숨이 곧 끊어질 듯하면서도 마루의 입구로 와 앉아서 흐느끼며 이렇게 말했어요.

"리니에리 님! 당신은 이제 충분히 복수를 하셨어요. 제가 당신을 밤에 제 안뜰에서 얼게 만들었다면, 당신은 낮에 이 탑 위에서 저를 굽다 못해 태워 버리셨어요. 뿐만 아니라 허기와 갈증으로 죽을 지경입니다. 그러니 제발이지 이 위로 올라오셔서 제 목숨을 거둬서 그만 고통을 없애 주세요. 이제는 죽고만 싶어요. 이 정도만 해도 너무너무 괴롭습니다. 그런 은혜도 베풀지 않으실 거라면, 물이라도 한잔 가져다 입이라도 축일 수 있게 해 주세요. 이제는 온몸이 말라붙어서 눈물조차 나오지 않네요."

학자는 목소리로 미루어 부인이 쇠진한 것을 충분히 알았어요. 또 일부분이긴 하지만 몸뚱이가 햇볕에 타서 화상을 입은 것도 봤어요. 그런 꼴로 눈물 어린 애원을 해 오니 동정심이 조금은 솟아났지요. 하지만 학자는 딱 잘라 대답했어요.

"몹쓸 여자 같으니라고! 나는 결코 내 손으로 당신을 죽이지 않을 거요. 죽고 싶으면 당신 손으로 죽으시오. 더워 미쳐서 물을 원한다면 당신이 내가 추워 죽을 지경일 때 쥐어 준 불만큼만 주겠소. 나는 추위 때문에 너무나도 고통스러웠소. 내가 추위로 얻은 병은 냄새나는 퇴비에서 나오는 열로 치료해야 했소. 그러나 당신이 입은 화상은 장미 향수의 냉기로 치료하면 되겠지. 나는 기력과 목숨을 잃을 뻔했지만, 그 화상은 뱀의 묵은 껍질을 벗겨 버리듯 당신에게 꽤나 예쁜 살갗을 남기지 않겠소?"

그러자 부인이 대답했지요.

"정말 너무하세요. 그런 식으로 얻은 아름다움 따위는 나를 미워하는 사람들에게나 줘 버리세요. 당신은 정말이지 야수보다도 더 잔인한 사람이네요. 어쩌면 이렇게까지 사람을 괴롭힐 수 있나요? 설령 내가 세상에서 가장 잔인한 방법으로 당신 친지들을 다 죽였다 해도 당신이나 다른 누구에게서 이렇게까지 지독한 복수를 당할 수는 없을 거예요. 도시 전체를 죽음으로 몰아넣은 반역자가 있다 해도 이렇게 햇볕에 몸이 타들어 가게 하고 파리에 물어뜯기게 하는 것보다 더 끔찍한 형벌을 내릴 수 있다고는 생각되지 않아요. 게다가 당신은 물한 잔도 주지 않으시는군요. 사형 판결을 받은 죄수도 형장으로 갈 때는 원하면 얼마든지 포도주를 마시게 해 줍니다. 그렇군요. 이제 알았어요. 당신이 끝까지 그 가혹한 잔인성을 고집한다는 걸. 그리고 저의 애원에 조금도 마음을 움직이지 않으리라는 것도. 하느님은 제 영혼을 불쌍히 여기실 테니 인내하며 죽음을 받아들이기로 하겠어요. 그리고 하느님께 당신의 행패를 공정한 눈으로 굽어살피시도록 빌겠어요."

이렇게 말하고 나서 부인은 견딜 수 없이 괴로워하면서 마루 중간으로 자리를 옮겼어요. 이 지독한 열에서 헤어나지 못하리라는 절망감에 사로잡혀서 말이에요. 그리고 견딜 수 없는 괴로움과 갈증으로 숨이 끊어질 것 같은 가운데 시종 흐느껴 울면서 자신의 불행을 슬퍼했어요.

이윽고 저녁 무렵이 되자, 학자는 이 정도면 할 만큼 했다고 여기고 그녀의 옷을 가져오게 하여 하인의 망토에 싸서 불쌍한 부인의 집으로 향했어요. 집에서는 부인의 하녀가 불안한 모습으로 안절부절못하고 문 앞에 주저앉아 있었지요. 학자는 이렇게 말을 걸었어요.

"이보게! 부인은 안녕하신가?"

하녀는 이렇게 대답했어요.

"나리, 저는 잘 모르겠습니다. 엊저녁에 잠자리에 드시는 걸 봤는데 아침에 보니 침실에도 없고 도대체 찾을 수가 없습니다. 무슨 일이 일어났는지 모르겠어요. 정말이지 너무나 걱정입니다. 나리는 혹시 아시는 게 있으신지요?"

학자는 이렇게 대답했어요.

"내가 부인을 모신 곳으로 자네도 데리고 갈 걸 그랬군. 그렇게 했더라면 부인의 잘못을 벌한 것처럼 자네한테도 벌을 내렸을 텐데 말이야! 하지만 자네가 저지른 죄의 대가를 치르지 않고서는 내 손에서 결코 빠져나갈 수 없을 거야. 나한테 한 짓을 기억하지 못하면 아무한테나 또 그런 장난질을 칠 것 아닌가."

이렇게 말하고 나서 학자는 자기 하인에게 말했어요.

"그 옷을 주고 원하면 부인한테 가라고 해라."

하인은 분부대로 하녀에게 옷을 주었어요. 옷을 알아본 하녀는 방금 전에 들은 얘기가 있기에 혹시 이 사람들이 부인을 죽인 게 아닐까 부쩍 의심이 들어 소리를 지를 뻔했어요. 하지만 학자가 가고 난 즉시로 울며불며 옷을 갖고 탑을 향해 뛰어갔어요.

그런데 하필이면 그날 부인 소유의 농장 소작인 한 사람이 돼지를 두 마리나 잃어버린 거예요. 돼지들을 찾던 소작인은 학자가 탑을 떠난 바로 직후에 그 탑 근처까지 오게 됐지요. 거기서 돼지들이 어디 있나 하고 두리번거리다가 불행한 부인이 내는 신음 소리를 듣게 되었어요. 그래서 소작인은 위쪽으로 올라가 있는 힘껏 소리를 질렀어요.

"그 위에서 누가 우는 거요?"

부인은 자기 소작인의 목소리라는 걸 알고 이름을 부르며 대답했어요.

"여보게! 하녀를 찾아서 이리로 오라고 좀 해 주게!"

소작인은 그 목소리를 알아듣고 이렇게 말했어요.

"아이고! 마님! 누가 마님을 그 위에 올려놓으셨나요? 마님의 하녀는 하루 종일 마님을 찾아다니던데요. 그런 곳에 계시리라고 누가 생각이나 했겠습니까?"

그리고 소작인은 사다리로 쓸 나무를 두 개 가져다가 세워 놓고 막대기들을 가로질러 덩굴로 비끄러매기 시작했어요. 이렇게 하는 동안에 하녀가 달려와 탑으로 들어와서는 목소리를 가다듬을 새도 없이 손뼉을 치면서 울부짖는 것이었어요.

"아이고! 마님! 대체 어디 계세요?"

부인은 이 소리를 듣고 기운이 나서 말했어요.

"아이고, 너냐! 나 이 위에 있다. 울지 말고 어서 옷을 이리 다오."

하녀는 이 말을 듣고서 마음이 놓여 소작인이 비끄러맨 사다리에 발을 걸쳤어요. 그리고 소작인의 도움으로 막대기를 딛고 위로 올라갔지요. 그러자 인간의 몸뚱이라기보다는 불에 그슬린 장작처럼 완전히 초췌한 모습으로 바닥에 벌거벗고 누워 있는 부인의 모습이 눈에 들어왔어요. 하녀는 자기 얼굴을 쥐어뜯으며 엉엉 울었답니다. 주인이 마치 죽기라도 한 듯 그 위로 엎어지면서 말이에요. 부인은 그만 울고 어서 옷을 입혀 달라고 간절하게 애원했어요. 그리고 옷을 가져온 하녀와 바로 그 자리에 있는 소작인 외에는 자기가 어디에 있었는지 아는 사람이 없다는 것을 알고 적이 안심을 하며 아무에게도 말하지 말 것을 신신당부했어요. 소작인은 이런저런 위로를 하면서 걸을 수 없게 된 부인을 일으켜 세워 무사히 탑 밖으로 끌어낼 수 있었어요. 뒤에 남은 못된 하녀는 조심성 없이 내려오다가 그만 발이 미끄러져 사다리에서 떨어지는 바람에 다리가 부러지고 말았고요. 얼마나 아팠던지 하녀는 마치 사자가 으르렁대듯 울부짖었답니다.

소작인은 부인을 풀밭 위에 뉘어 놓고 하녀가 어떻게 됐는지 보러 갔어요. 그리고 다리가 부러진 하녀를 발견하고 역시 풀밭으로 데려와 부인 옆에 뉘었지요. 부인이 그 꼴을 보니 엎친 데 덮친 격이지 뭡니까. 하녀 다리가 부러져 버렸으니 이제 도움을 바랄 수도 없겠고, 대책이 없어 또다시 처절하게 눈물을 흘렸어요. 어떻게 위로해 볼 도리가 없어 소작인도 그저 울기만 했지요.

그러나 해는 벌써 기울었고 그런 곳에서 밤을 지내면 안 되겠기에 소작인은 절망에 빠진 부인의 동의를 얻어 우선 자기 집으로 갔어요. 그리고 두 형제와 아내를 불러 탁자를 하나 갖고 돌아와 그 위에 하녀를 태워 집으로 돌아갔지요. 한편, 부인이 시원한 물을 약간 마시고 위로를 받으며 원기를 회복하자, 소작인은 그녀를 부축해 집으로 데려가서 침대 위에 내려놓았어요. 소작인의 부인은 죽에 적신 빵을 내놓았고, 옷을 벗긴 다음 부인을 침대에 뉘었어요. 그러고 나서 부인과 하녀가 그날 밤으로 피렌체로 돌아갈 수 있도록 조치를 취했답니다.

집에 돌아오자 부인은 온갖 수단을 동원하여 자기와 하녀에게 일어난 일들을 터무니없는 얘기로 꾸며서 형제자매와 다른 사람들이 그녀가 마법에 걸렸던 것처럼 믿게 만들었어요. 의사들이 급히 달려왔지만 부인은 피부가 자꾸 침대보에 달라붙어 몇 번이나 벗겨지는 바람에 숨이 넘어갈 듯 고통과 불안을 호소했지요. 그러다 마침내 고열과 다른 증세들을 성공적으로 치료했고, 마찬가지로 하녀도 다친 다리를 치료했어요. 이로 인해 부인은 애인을 깨끗이 잊어버리고 앞으로는 사람을 조롱하거나 사랑하는 일에 신중히 처신하게 되었답니다. 학자는 하녀의 다리가 부러졌다는 얘기를 듣고 복수가 아주 완전히 이루어졌다 싶어 매우 기뻤지만 다른 말은 하지 않았어요.

그것이 어리석은 젊은 부인이 남을 조롱한 결과였어요. 아무리 학자라고 해도 여느 사람들처럼 남을 속여 넘길 수 있다는 것과, 모두가 그렇지는 않겠지만 대부분의 학자들이 악마의 꼬리가 어디 달렸는지 다 안다는 것을 생각하지도 못한 채 그런 봉변을 당한 것이지요. 그러니 여러분! 사람을 놀릴 때는 조심해야 합니다. 특히 학자들은 말이에요.

여덟 번째 날 여덟 번째 이야기

두 사람이 친하게 지낸다. 그런데 한 사람이 다른 사람의 아내와 관계를 갖는다. 그것을 안 다른 사람은 아내와 짜고 그 사람을 상자에 가둔 다음 그 위에서 그 사람의 아내와 관계를 갖는다.

엘레나 부인이 당한 일은 부인들의 마음을 무겁고 심란하게 했지만, 일면 그럴 만했다고 평가하며 동정의 마음을 누그러뜨렸습니다. 한편, 학자의 보복은 좀 지나쳤고 끈질겼으며 정말 잔인했다고 다들 입을 모았습니다. 어쨌든 팜피네아의 이야기도 끝나고 해서 여왕은 피암메타에게 이야기를 이어가라고 청했습니다. 피암메타는 기다렸다는 듯이 밝은 모습으로 이렇게 말했습니다.

— 사랑스러운 부인들이여! 상처 입은 학자의 보복이 여러분의 마음을 다소 괴롭게 한 듯하니 저는 좀 더 유쾌한 뭔가로

여러분의 우울한 마음을 어루만져 드릴까 합니다. 모욕을 받았으나 잘 참고 있다가 복수를 한 어느 청년에 관한 짧은 이야기입니다. 이야기를 들으시면 사람이 모욕을 당해 복수를 하고자 할 때는 적당한 선을 넘어서 응징하는 대신 받은 만큼만 해도 된다는 걸 알게 되실 거예요.

제가 늘은 바에 의하면 시에나에 대단히 부유하고 가문도 상당히 훌륭한 청년 둘이 살았다는데, 여러분도 아실 겁니다. 한 사람의 이름은 스피넬로초 타베나였고 다른 사람의 이름은 체파 디 미노였다는군요. 둘 다 집이 카몰리아 구역에 있어서 서로 가까웠기에 두 사람은 언제나 함께 어울렸고, 서로를 매우 좋아해서 친형제처럼 보일 정도였답니다. 그들에겐 각자 매우 아름다운 아내가 있었어요.

그런데 스피넬로초는 체파가 집에 있거나 말거나 체파의 집에 뻔질나게 드나들었는데, 그러다 보니 체파의 아내와 야릇한 사이가 되어 결국은 서로 몸을 섞게 되었고 이 관계는 오랫동안 아무도 모르게 계속됐답니다. 그렇게 시간이 많이 흐른 어느 날, 체파가 집에 있다는 걸 아내가 모르는 상태에서 마침 스피넬로초가 체파를 찾아왔어요. 아내는 남편이 집에 없다고 말했지요. 그러자 스피넬로초는 곧바로 집 안으로 들어와 거실에 다른 사람이 없다는 걸 확인하고는 그녀를 껴안고 입을 맞추기 시작했어요. 물론 그녀도 그렇게 했지요. 체파는 그 꼴을 보고 미동도 하지 않은 채 두 사람이 하는 짓을 가만히 지켜보기로 했어요. 그러나 지켜보고 자시고 할 것도 없이 스피넬로초가 자기 아내를 껴안고 방으로 들어가 문을 잠가 버리는 것이었어요. 체파로서는 기가 막힐 노릇이었지요. 하지만 아무리 떠들어 봐야 망신만 당하고 자기가 받은 모욕이 줄어들기는커녕 더 늘어날 것이 뻔하다는 걸 알았기에 이웃들 모르게 스스로 만족할 만큼 복수를 하려면 어떻게 해야 하나 곰곰이 생각했어요. 한참 머리를 굴리다 보니 방법이 떠오른 것 같았어요. 그래서 그는 스피넬로초가 아내와 즐기는 동안 계속 몸을 숨기고 있었죠.

마침내 남자가 떠나고 나서 체파가 침실로 들어가 보니 아내는 스피넬로초와 서로 희롱하다가 떨어뜨렸던 머릿수건을 매만지고 있었어요. 그는 이렇게 말했죠.

"당신, 뭐하는 거야?"

그러자 아내가 대답했어요.

"보면 몰라요?"

그러자 체파가 말했어요.

"아, 물론 알지. 그런데 보고 싶지 않은 것도 봤단 말이지!"

그리고 자기가 본 걸 구구절절 얘기했어요. 그러자 아내는 너무나도 당황해서 이리저리 변명을 늘어놓다가 마침내 스피넬로초의 요구를 딱 잘라 거절하지 못했다고 고백하고, 흐느껴 울면서 용서를 빌었어요.

그러자 체파는 이렇게 말했어요.

"이봐! 당신이 나빠. 내 용서를 받고 싶으면 내가 시키는 일을 완벽하게 해야 할 거야. 내 말 잘 들으라고. 당신 말이야, 내일 세 번째 시간이 지날 때쯤 스피넬로초한테 어떻게든 나를 따돌리고 당신한테 오라고 말해. 그리고 그가 여기 도착할 때쯤 되면 내가 돌아올 테니, 당신이 그놈을 이 상자에 넣고 자물쇠를 채우라고. 일단 그렇게 해 두면 그다음 할 일은 그때 가르쳐 주지. 조금도 겁낼 건 없어. 그놈한테는 어떤 해도 입히지 않겠다고 내 약속하지."

아내는 남편 마음을 풀어 주고자 그렇게 하겠다고 말하고는 그대로 했어요.

다음 날 체파와 스피넬로초는 함께 있었는데, 세 번째 시간이 되자 체파의 아내와 약속을 해 둔 스피넬로초가 체파에게 이렇게 말했어요.

"오늘 아침에 어떤 친구와 식사 약속을 했네. 기다리게 하고 싶지 않으니 이제 그만 가 봐야겠군."

그러자 체파가 말했어요.

"지금이 식사할 시간은 아니잖나."

"상관없어. 내 문제로 꼭 얘기할 게 있거든. 그래서 이른 시간에 보자고 한 거야."

그리고 스피넬로초는 체파와 헤어져 길을 멀리 돌아서 체파의 집으로 갔어요. 그런데 그가 체파의 아내와 침실로 막 들어가려고 하는데 체파가 돌아왔어요. 체파가 돌아오는 소리를 듣고 아내는 겁에 질린 듯한 표정을 지으며 남편이 말했던 그 상자에 스피넬로초를 넣고 자물쇠를 채운 다음 방에서 나왔어요.

체파는 위층으로 올라와 이렇게 말했어요.

"여보! 식사해야지?"

아내가 대답했어요.

"그래야죠."

그러자 체파가 말했어요.

"스피넬로초는 오늘 아침에 친구랑 식사를 하러 갔으니 부인이 혼자 있을 거야. 창문으로 좀 불러 봐. 어서 와서 함께 식사를 하자고 말이야."

아내는 지은 죄가 있어서 꼼짝 없이 남편이 하라는 대로 순종했지요. 스피넬로초의 아내는 체파의 아내가 자꾸 권하는데다 남편도 집에 없었던 터라 식사를 함께하려고 왔어요. 그녀가 오자 체파는 너무나도 뜨겁게 환영하면서 친근하게 손을 잡고는 자기 아내더러 부엌에 좀 가 보라고 낮은 목소리로 말했어요. 그리고 그녀를 침실로 데려가서 문을 잠가 버렸지요. 스피넬로초의 아내는 침실 문을 잠그는 것을 보고 이렇게 말했어요.

"어머나! 체파 씨! 뭐하시는 거예요? 이러려고 저러러 오라고 한 건가요? 이게 제 남편의 충직한 친구로서 당신이 그이에게 보내는 사랑인가요?"

체파는 그 말을 듣고 그녀의 남편이 갇혀 있는 상자로 다가가서 상자를 잘 붙들고서 이렇게 말했어요.

"부인! 불평을 하시기 전에 내 말을 좀 들어 보세요. 나는 스피넬로초를 형제처럼 사랑했고 또 사랑하고 있어요. 그런데 어제, 그 친구는 내가 모르는 줄 알지만, 너무나도 믿었던 그 친구가 자기 아내와 그러듯 내 아내와 자는 걸 알게 됐습니다. 그러나 나는 그 친구를 사랑하니 그저 받은 대로 돌려주고 싶을 따름입니다. 말하자면 그가 내 아내를 가졌듯 나도 당신을 갖고자 하는 것이지요. 당신이 응하지 않으면 이 일로 인해 당신 남편은 큰 봉변을 당할 겁니다. 물론 봉변을 줄 사람은 바로 나고요. 나는 이 이해할 수 없는 일을 그냥 지나칠 생각이 없으니, 당신이나 그 친구가 마음 놓고 살 수 없도록 뭔가를 해 버릴 겁니다."

체파가 워낙 여러 가지 확신에 잔 말들을 내놓았던 터라 그녀는 그 말을 믿고 이렇게 말했어요.

"체파 씨! 당신의 복수가 나한테 달렸으니 나한테 하시려는 일을 기꺼이 따르겠어요. 그런데 우리가 이렇게 해야만 한다고 해도 당신 아내와는 계속해서 좋은 사이로 남게 해 주셔야 해요. 당신 아내나 나나 마찬가지 신세이니, 지금까지처럼 지내고 싶어요."

이에 체파가 대답했어요.

"물론 그렇게 하지요. 뿐만 아니라 당신 외에는 아무도 가질 수 없는 비싸고 아름다운 보석을 드리겠습니다."

그렇게 말하고 나서 체파는 스피넬로초의 아내를 껴안고 입을 맞추면서 여자의 남편이 갇혀 있는 상자 위에 눕혔어요. 그리고 그 위에서 마음껏 저 하고 싶은 대로 여자와 즐기고 여자도 그와 즐겼답니다.

상자 안에서 체파가 늘어놓는 얘기와 자기 아내의 대답을 다 듣고, 자기 머리 위에서 이루어지는 현란한 춤 소리를 들으면서 스피넬로초는 죽음과도 같은 괴로움을 오랫동안 맛봐야 했어요. 체파가 무섭지 않았으면 그렇게 갇힌 속에서라도 아내에게 큰 소리로 마구 욕을 퍼부었겠지요. 그러나 원래 나쁜 짓은 자기가 먼저 시작했고 체파가 그렇게 하는 것도 이유가 없지 않다고 돌이켜 생각하다 보니, 체파가 자기를 친구로서 인간적으로 대해 주기만 해도 다행이고 계속해서 더 친한 친구가 되어야겠다는 생각만 들었지요.

마음껏 여자와 즐긴 체파는 상자에서 내려왔어요. 그리고 여자가 약속한 보석을 요구하자 방문을 열고 아내를 들어오게 했어요. 아내는 웃으면서 "당신은 내가 주었던 걸 그대로 갚아 주는구려." 하고만 말할 뿐 다른 얘기는 하나도 하지 않았어요.

이에 체파가 말했어요.

"이 상자를 열지그래!"

아내가 상자를 열었어요. 체파는 그 안에 있던 스피넬로초를 그의 아내에게 보여 줬어요. 체파를 보면서 자기가 저지른 짓을 그가 알고 있다는 사실을 알게 된 남편과, 자기 남편을 보면서 자기가 남편 머리 위에서 한 짓을 남편이 듣고 느꼈으리라는 것을 알게 된 아내. 그들 중 어느 쪽이 더 부끄러웠을지는 더 얘기해 봐야 할 겁니다. 체파는 스피넬로초의 아내에게 이렇게 말했어요.

"이게 당신에게 드리는 보석입니다."

스피넬로초는 상자에서 나와 길게 변명하지 않고 이렇게 말했어요.

"체파! 이게 바로 피장파장이라는 거야. 좋은 게 좋은 거 아닌가. 아까 내 아내한테 자네가 말했던 것처럼 이제 전과 같이 친구로 지내자고. 우리가 아내들을 따로 가졌다는 것 말고는 다른 점이 하나도 없으니, 이제부터는 아내를 공유하는 게 좋을 것 같네."

체파는 그 제안이 마음에 들었어요. 그래서 넷은 함께 세상에서 가장 평화롭게 식사를 했어요. 그리고 그 뒤로는 아내들은 각각 두 남편을 데리고 살았고 남편들 각자도 두 아내를 데리고 살았지요. 그렇게 함께 살면서 그들은 싸우지도, 다투지도 않았답니다.

여덟 번째 날 아홉 번째 이야기

의사인 시모네 선생은 브루노와 부팔마코가 참가한다는 모임에 끼기 위해서 한밤중에 어떤 곳에 가게 된다. 거기서 부팔마코는 그를 오물이 가득 찬 구덩이에 던져 넣고 도망친다.

부인들은 두 명의 시에나 사람이 아내들을 공유했다는 것에 대해 이러쿵저러쿵 말이 많았습니다. 한편, 여왕은 디오네오가 하루 중 맨 나중에 이야기하는 특권을 존중하기 위해 이야기를 시작했습니다.

— 사랑하는 부인들이여! 스피넬로초가 체파에게 조롱을 당한 것은 자업자득이라고 생각해요. 그러므로 팜피네아 님이 아까 보여 주신 대로, 응당 받아야 할 사람에게 속임수를 쓰는 사람이나 적당한 방법을 찾아 조롱하는 사람을 크게 비난할 필요는 없다고 생각합니다. 스피넬로초도 응당 받을 것

을 받은 셈이지요. 저도 적절한 방법을 찾아 상대를 속여 넘긴 사람의 이야기를 하고자 합니다만, 그렇게 한 사람들을 책망할 것이 아니라 오히려 칭찬해 줘야 한다고 생각해요. 제 이야기에서 골탕을 먹은 사람은 텅 빈 머리로 다람쥐 가죽을 뒤집어쓰고 피렌체에서 볼로냐로 돌아온 어느 의사였어요.

우리 도시 사람들이 판사나 의사 또는 공증인이 되어 통이 넓고 긴 예복을 입고 새빨간 망토에 다람쥐 가죽으로 만든 모자를 쓰고 그 밖에 강력한 권위로 치장한 차림새를 하고 볼로냐에서 돌아오는 건 우리가 늘상 보는 일이지요. 그런 모양새가 어떤 효력을 발휘하는지 역시 우리가 날마다 보는 바와 같습니다.

그런데 학문보다는 아버지를 잘 둬서 부자가 된 시모네 다빌라 선생이 새빨간 망토에 큼지막한 휘장을 달고 자기 말로는 의학 박사가 되어 돌아와 지금 우리가 코코메로가(街)라고 부르는 거리에 거처를 정한 것은 그리 오래된 일이 아니었어요. 방금 말씀드린 대로 이제 막 돌아온 이 시모네 선생은 묘한 습관들을 여럿 갖고 있었는데, 그중에서도 거리를 지나는 사람들을 보면서 옆에 있는 사람에게 그들이 누구냐고 묻는 버릇이 있었어요. 마치 사람들의 행동을 관찰하고 고려해서 각자의 병에 맞는 약을 조제해야 한다는 듯이 말이에요.

그런데 그 많은 사람들 중에서도 특히 그의 눈길을 끈 사람들은, 오늘 우리 이야기에 두 번이나 등장한 브루노와 부팔마코였습니다. 둘은 늘 함께 지냈고 집도 서로 가까웠지요. 의사의 눈에는 이들이 세상일에 연연하지 않고 즐겁게 살아가는 사람으로 비쳤기에(실제로도 그랬지만요.) 여러 사람에게 그들에 대해 물었어요. 그래서 그들이 가난하고 그림을 그린다는 얘기를 들었지만 가난한 사람들이 저렇게 즐겁게 산다는 게 도저히 이해가 가지 않았지요. 그리고 상당히 약삭빠른 사람들이라는 얘기도 들었던 터라 남들이 모르는 다른 쪽에서 뭔가 큰 수익이 나도록 장치를 마련해 둔 게 틀림없다고 결론을 내렸답니다.

그래서 될 수 있으면 그 둘 모두와, 안 되면 둘 중 하나하고라도 친해졌으면 하고 생각하던 중 우선 브루노와 친구가 되는 데 성공했어요. 그런데 브루노는 몇 번 만나지도 않아 의사가 한 마리 동물*에 지나지 않는다는 걸 감지하고는 그저 자기가 지어낸 신기한 얘기들이나 들려주며 세상에서 가장 즐거운 시간을 보내게 되었답니다. 의사도 마찬가지로 브루노와 함께하는 것이 못 견디게 즐거워지기 시작했지요. 이렇게 몇 번인가 식사에 초대하고 나서 이제는 이 정도는 말할 만큼 꽤 친해졌다 생각하여, 브루노와 부팔마코에 대해 놀랍게 생각했던 부분을 물어봤어요. 가난하면서도 어쩌면 그렇게 즐겁게 살 수 있느냐고 말이지요. 그리고 자기에게도 그 방법을 가르쳐 달라고 사정했어요.

브루노는 의사의 말을 듣고 별 우둔하고 시시한 질문도 다 한다고 생각하면서 허허 웃고는 그런 어리석은 질문에 맞는 대답을 해 주기로 마음먹고 이렇게 말했어요.

---

*그 정도로 어리석다는 뜻.

"선생님! 저는 우리가 어떻게 사는지 사람들에게 널리 떠들어 대고 싶지 않습니다. 하지만 선생님과는 친분이 있고 또 다른 사람한테 말씀하시지 않으리란 걸 아니까 말씀드리지요. 저와 제 친구가 정말 재미나게 산다는 건 선생님이 보시는 것 이상으로 사실입니다. 하지만 우리가 하는 예술이나 우리가 가진 부동산에서 쥐꼬리만큼 들어오는 수입으로는 우리가 쓰는 물값도 치를 수 없지요. 그렇다고 우리가 도둑질이나 하러 다닌다고 생각하시면 곤란하고요. 우린 그냥 해적질을 하러 갑니다. 거기서 우리가 마음에 두었던 것이나 우리에게 필요한 모든 것을 남한테 손해를 끼치지 않고 얻는 것이죠. 그게 선생님이 보시듯 즐겁게 살 수 있는 비결입니다."

의사는 이 말을 듣고 무슨 말인지 어리둥절해하면서 그저 놀랄 따름이었어요. 그리고 해적질을 하러 간다는 게 대체 무슨 뜻인지 너무나도 궁금해하면서 아무한테도 말하지 않을 테니 제발 설명 좀 해 달라고 애원했어요.

그러자 부르노가 이렇게 말했어요.

"어허! 선생님! 무슨 말씀을 듣고 싶으신 겁니까? 선생님께서 알고자 하는 것은 너무나 엄청난 비밀입니다. 누가 알기라도 하면 저는 파멸에 빠져 세상에서 추방될 것이며, 결국 산 갈로의 지옥 마왕 입에 처박힐 겁니다. 하지만 레냐이아*에서 나오는 고급 멜론 같은 선생님의 인품을 좋아하고 신뢰하니 선생님께서 원하시는 일을 거절할 수가 없군요. 아까 약속하

---

* 피렌체 교외 지역으로, 고급 멜론의 산지로 유명하다.

셨듯이 몬테소네*의 십자가를 두고 아무한테도 말하지 않겠다고 서약해 주신다면 그런 조건으로 말씀드리겠습니다."

의사는 아무한테도 말하지 않겠다고 다짐했고, 그러자 브루노가 입을 열었어요.

"그렇다면 말씀드리지요. 존경하는 선생님, 그렇게 오래되지는 않았습니다만, 이 도시에 스코틀랜드 출신의 마이클 스콧**이라는 강신술의 대가가 살았다는 것을 아실 겁니다. 지금은 대부분 돌아가신 당시의 많은 귀족들이 그분을 정말 존경했지요. 그런데 그 대가가 이 도시를 떠날 때 사람들의 간절한 청을 받아들여 아끼던 제자 둘을 남겨 놓고 가면서 자기를 존경했던 귀족들이 원하는 것은 뭐든지 들어주라고 당부를 하셨습니다. 그래서 두 제자는 말씀드린 귀족들에 관계된 연애라든가 다른 잡일들을 뭐든지 도와주었습니다. 그들은 우리 도시와 사람들의 생활을 좋아해서 그 뒤로도 계속 이곳에 머물면서 귀족이든 평민이든 부자든 가난뱅이든 상관없이 생활 방식이 자기들과 맞는다는 이유 하나만으로 그 누구와도 아주 친밀한 관계를 유지했지요. 그리고 스물다섯 명쯤 되는 사람들로 친목 모임 같은 것을 조직해서 적어도 한 달에 두 번은

---

* 피렌체 교외 지역으로, 유명한 수도원과 성당들이 들어서 있었다.
** 스코틀랜드 출신의 저명한 사상가. 페데리코 2세 밑에서 점성술사로 활약했고 철학과 천문학, 화학에 관한 책들을 썼다. 단테는 그의 기술을 크게 칭찬하는 말들을 늘어놓으며 지옥의 네 번째 고리에 배치한다.(『신곡―지옥편』 20곡 116행 이하 참조.) 그에 대해서는 다소 환상적인 느낌의 평들이 주를 이룬다.

그들이 정한 모처에서 정기적으로 만났어요. 모일 때마다 회원들이 원하는 바를 말하면 두 제자는 곧장 그날 밤으로 그것을 완수했던 겁니다.

부팔마코와 저도 이들과 특별한 친분이 있어서 그 모임에 들어갔고 지금도 모임의 회원으로 있습니다. 자, 들어 보세요. 우리는 왕왕 함께 모입니다만, 우리가 식사를 하는 거실의 장식들과 황실 양식의 식탁들을 보시면 놀라 자빠지실 겁니다. 게다가 회원들 하나하나의 시중을 드는 기품 있고 아름다운 그 수많은 남녀 하인들, 우리가 먹고 마시는 데 사용하는 식기들, 접시와 주전자, 포도주 병과 그 밖에 금과 은으로 된 도자기들은 정말 놀랍기 그지없는 것들이죠. 이런 것들이 갖춰진 가운데 수많은 종류의 음식이 각자의 취향에 따라 때맞춰 사람들 앞에 놓입니다. 그뿐인가요. 무수한 악기의 달콤한 소리와 황홀한 멜로디의 노래가 얼마나 귀를 간질이는지 도저히 일일이 묘사할 수 없네요. 식사할 때 켜지는 촛불이 몇 개인지, 소비되는 과자가 얼마나 되는지, 마시는 포도주가 얼마나 값진 것들인지도 말로 다 할 수 없을 정도랍니다. 그런데 그 모임에 나갈 때 우리가 어떤 복장을 할 거라고 생각하시나요? 선생님께서 지금 보시는 식으로 대충 입을 거라 생각하시면 곤란합니다. 우리는 황제가 부럽지 않을 만큼 최고급 옷을 입고 화려한 보석으로 치장을 합니다.

하지만 여러 가지 즐거움 중에서도 단연 최고는 아름다운 여자들을 만날 수 있다는 것이지요. 아름다운 여자들은 남자가 원하면 그 즉시 세상 어디서나 달려온답니다. 바르바니키

족의 여자, 바스크의 여왕, 술탄의 아내, 오스베크의 황녀, 노르웨이의 수다녀, 베를린초네의 사랑녀, 나르시아의 발랄녀와 같은 여자들을 보실 수 있습니다.* 제가 왜 이들을 열거하는 줄 아십니까? 세상에 있는 여왕이란 여왕은 죄다 오니까 그러는 겁니다. 프레스토 조반니의 스킨키무라까지 온다니까요.** 그다음이 볼만합니다. 여자들은 과자를 먹고 포도주를 마신 다음 두어 번 춤을 추고 나서 각자 배정된 남자들이 원하는 대로 침실로 갑니다. 그 침실들은 낙원이라고나 할까요, 너무나도 아름답고, 선생님이 카민***을 갈 때 선생님 가게의 향미료 약단지****에서 풍겨 나오는 향기로운 냄새로 가득 차 있습니다. 그리고 베네치아 총독의 침대보다도 더 훌륭하다고 여기실 침대들이 있죠. 다들 거기로 쉬러 가는 겁니다. 옷감을 짜기 위해 부지런히 베틀을 돌리느라 얼마나 분주할지는 선생님 상상에 맡기겠습니다!*****

---

* 브루노는 실제로 있는 나라들과 없는 나라들을 되는 대로 뒤섞어 여자들의 지위를 덧붙이거나 특성에 맞춰 엉터리 이름을 지어 내면서 어리석은 의사 선생을 희롱하고 있다. 여섯 번째 날 열 번째 이야기의 치폴라 수사와 여덟 번째 날 세 번째 이야기의 마소가 늘어놓는 말장난들과 비교된다.
** 에티오피아의 전설적인 황제이자 신부였던 프레스터 존을 피렌체에서는 프레스토 조반니라고 불렀다. 엄청난 부와 초자연적인 권능을 상징하는 인물이었다. 스킨키무라는 '부인' 혹은 '여왕'을 뜻한다.
*** 향내를 풍기는 약초로, 씨를 갈아서 약물이나 향수에 타서 쓴다.
**** 특히 황양 나무로 만든 그릇을 가리키며, 약재 분야의 특수한 분위기를 자아낸다.
***** 이 대목은 특히 이슬람교에서 천국에 들어가는 모든 남성에게 주어진다고 알려진 '천국의 72인의 처녀'를 연상시킨다.

그런데 제 의견으로는 부팔마코와 제가 다른 사람보다 더 재미를 보는 것 같습니다. 부팔마코는 프랑스 여왕을, 저는 영국 여왕을 한두 번도 아니고 몇 번이나 오게 했으니까요. 둘 다 미모로는 세상에서 둘째가라면 서러울 여자들이지요. 게다가 우리는 그 여자들이 우리 말고 다른 자들은 거들떠보지도 않게 하는 방법을 터득했습니다. 이렇게 두 왕녀의 사랑을 받는다는 걸 생각해 보세요. 그러니 선생도 우리가 세상에서 누구보다도 즐겁게 살 수 있고 또 그렇게 사는 게 당연하다고 판단하실 수밖에 없겠죠?

이와 별도로 우리는 1000피오리노나 2000피오리노쯤은 필요하면 언제든 그 여자들한테서 얻을 수 있습니다. 그래서 이런 일을 속된 말로 해적질한다고 하는 것입니다. 옛날에 해적들이 사람들 재산을 빼앗았듯이 우리도 그렇게 하는 거지요. 다만 해적들과 완전히 다른 점은 그들은 빼앗은 것을 돌려주지 않지만 우리는 쓰고 나서 돌려준다는 겁니다. 자, 착하신 우리 선생님! 이제 해적질하러 간다는 말이 무슨 뜻인지 아셨나요? 한데 이런 일은 비밀에 부쳐 둬야 한다는 것도 아실 테니, 더 이상 말씀드리지 못하는 것을 양해해 주시기 바랍니다.”

의사라고 해 봐야 그 기술로 어린애들 비듬이나 가려움증밖에 치료할 줄 모르던 이 의사 선생은 브루노가 하는 말을 곧이곧대로 듣고 완전히 사실이라고 확신하게 됐어요. 그리고 그 모임에 들어가고 싶은 마음이 너무 간절하게 차올라 다른 일에는 전혀 관심을 쏟을 수 없는 지경이 됐지요. 의사는 브루노에게 두 사람이 그렇게 희희낙락하는 게 당연히 놀랄 일이 아니라고 대답했습니다만, 자기도 모임에 들여보내 달라는 청은 다음으로 미루었어요. 이제부터 이 사람과 더 친해져서 적당한 때가 오기를 기다리기로 한 거죠. 기다리는 게 정말 괴롭겠지만 자기를 더 신뢰하게 됐을 때 원하는 바를 청하기로 했어요. 당장에 그렇게 참고는 있었지만, 이제 의사 선생은 브루노와 더 친하게 지내게 됐고, 밤이나 낮이나 브루노와 침식을 같이하며 한량없는 사랑을 보여 주게 됐답니다. 그게 얼마나 대단했고 얼마나 습관처럼 계속됐던지 의사는 이제 브루노 없이는 살 수 없을 정도가 된 것 같았어요.

브루노는 잘돼 간다고 여기면서도 이렇게 대접만 받고 보답이 없으면 은혜를 모른다고 생각할까 봐 의사의 응접실에 사순절 그림을 그려 주었고 침실 입구에는 어린 양을 그려 주었으며 복도 입구에는 그의 진찰을 받을 사람들이 다른 사람들과 구별될 수 있도록 변기를 하나 그려 넣었어요. 그리고 복도에는 고양이와 쥐가 싸우는 그림을 그렸는데, 의사는 그것이 아주 훌륭한 그림이라고 생각했어요. 그런 일 외에도 식사를 함께하지 않을 때는 의사 선생에게 가끔 이런 얘기도 했답니다.

"어젯밤에 모임에 다녀왔습니다. 그 영국 여왕이 좀 싫증이 나서 이번에는 알타리시의 그란 칸의 구메드라*를 불러 달라

---

* "알타리시"는 하느님의 제단을 뜻하는 '알타레'를 마르코 폴로의 책에서 묘사한 몽고 지역의 신비로운 분위기를 풍기도록 변형한 것이고, "그란 칸"과 "구메드라"도 칭기즈 칸과 그 주변의 몽환적 분위기를 풍기도록 만들어 낸 말이다.

고 했지요."

그러자 선생이 말했어요.

"구메드라라니, 그게 뭔가? 그런 이름은 처음 들어 보네."

"아, 그렇지요, 선생님! 모른다고 하셔도 이상할 게 없습니다. 포르코그라소나 반나체나 같은 이름*도 사람들은 들어 본 직이 있다고 했으니까요." 하고 브루노가 말했어요.

선생이 말했어요.

"히포크라테스하고 아비센나를 말하는 거겠지."

브루노가 말했어요.

"글쎄요! 그건 저도 잘 모르겠습니다. 선생님께서 제가 말하는 이름들을 모르시듯 저도 선생님이 들먹이시는 이름들은 통 모르겠네요. 그런데 그란 칸에서 쓰는 말로 구메드라라고 하는 건 우리말로는 황후라는 뜻이라네요. 아, 보시면 정말로 눈부신 여자라고 생각하실걸요. 그 여자라면 신생님이 알약이고 관장제고 고약이고 간에 다 잊어버리시도록 만들 게 틀림없습니다."

이렇게 의사 선생의 마음에 불을 붙이는 얘기를 여러 번 들려주던 어느 날 밤에 선생 양반이 고양이와 쥐가 싸우고 있는 그림을 그리는 브루노 옆에서 불을 밝혀 주다가 지금까지 극진히 대해 줬으니 이제는 자기 마음을 보여 줘도 되지 않을까

---

* 뒤이어 나오듯, 히포크라테스, 아비센나 같은 유명한 의학자들의 이름을 우스꽝스럽게 비틀어 발음한 데는 의사 선생이 이를 교정하며 우쭐하게 만들려는 속셈이 있다. 한편, 포르코그라소는 '살찐 돼지'라는 뜻이며 반나체나는 어감으로 짐작하건대 '꼴불견 조반나 부인'이라는 뜻을 담고 있다.

하는 생각을 하게 됐어요. 그리고 단둘이 남자, 선생은 이렇게
말을 꺼냈어요.

"브루노! 내가 자네를 위해서 여러 모로 애를 쓰고 있다는
건 하느님도 아실 걸세. 나만 한 사람이 세상에 또 어디 있겠
나. 자네가 나더러 페레톨라*로 가라고 하면 내 금방 그리로
달려갈 수도 있네. 그러니 내가 자넬 믿고 친근한 마음으로 부
탁을 한다고 해서 놀라지 말았으면 하네. 알다시피 자네는 얼
마 전 자네가 참석한다는 그 즐거운 모임에 대해 얘기해 주었
네. 그런데 그 얘기를 들은 뒤로 거기에 가고 싶은 마음이 너
무나도 크게 일어나서 도무지 다른 일은 아무것도 하고 싶지
가 않아. 당연히 이유가 없지는 않지. 내가 만일 모임에 참석
하게 되면 알게 될 걸세. 무슨 말인고 하니, 자네가 이미 봤다
는 그 예쁜 여자 말일세. 내가 얼마 전에 카카빈칠리**에서 본,
나의 전 행복을 걸고 있는 고 귀여운 것을 내 품에 안겨 주지
않으면 자네가 날 우롱했다고 볼 수밖에 없다는 뜻일세. 내 말
을 들어주면 그리스도께 맹세코 볼로냐 은화 10그로소를*** 주
겠다고 했는데, 그녀는 받아들이지 않더군. 그런 상황이니 내
가 특별히 어떻게 하면 입회를 할 수 있는지 알려 주고 또 입

---

* 피렌체 근방의 황무지.
** 피렌체의 지저분하고 천한 사람들이 살던 구역을 '카카빈칠리'라고 불
렀는데, 이 말에는 '천한 출신'이라는 뜻이 담겨 있다. 이야기가 전개되면
서 지저분하고 악취를 풍기는 방향으로 결말이 지어질 것을 예고한다.
*** 1그로소는 5솔도에 해당한다. 당시 화폐 단위에 대해서는 『데카메론』
1권 62쪽 각주 참조.

회를 할 수 있도록 도와주기를 바라네. 그렇게 되기만 하면 자네는 사실 말이지, 나처럼 선량하고 충직하며 훌륭한 회원을 하나 얻는 셈 아닌가. 자네는 내가 얼마나 듬직한 남자이며 얼마나 활력적인 사람인지 진즉에 알고 있지 않나. 내 얼굴은 마치 장미 같지 않은가 말이야. 그뿐인가. 난 의학 박사야. 게다가 고상한 얘기며 고상한 노래들을 수도 없이 안다네. 어때, 하나 들어 볼 텐가."

그러더니 갑자기 노래를 부르기 시작하는 겁니다.

브루노는 의사 선생의 언행을 도저히 이해할 수 없었고 웃음이 터지려는 걸 간신히 참았답니다. 노래를 끝내고 나더니 선생은 "어떤가?" 하고 물었어요.

브루노는 이렇게 대답했지요.

"단연코 기장 줄기로 만든 피리도 따르지 못하겠네요. 목소리가 너무나도 놀랍습니다!"

"자네도 듣기 전에는 이 정도일 줄 몰랐겠지."

"물론이지요." 하고 브루노가 말했어요.

그러자 선생이 말했어요.

"그 밖에도 아는 게 많지만 지금은 이 정도로 해 두세. 우리 아버지는 자네 눈에 내가 그리 보이듯 귀족이셨네, 촌에서 사시긴 했지만. 어머니는 발레키오* 태생이셨지. 자네도 봐서 알겠지만, 나는 피렌체의 어떤 의사보다도 학식이 깊고 고급 약재들을 갖고 있네. 진짜 솔직하게 말해서 어떤 약재는 굳이 따

---

* 피렌체 근교의 마을.

지자면 100바가티니* 정도는 되네. 십 년 전부터 갖고 있던 거라고! 자, 그러니 정말이지 꼭 그 모임에 들어가도록 주선해 주게나. 솔직하게 말해서 자네가 그렇게만 해 준다면 자네가 병이 났을 때 약값을 한 푼도 받지 않겠네."

브루노는 그런 얘기를 들으며, 지금까지도 의사 선생이 머저리라고 생각해 왔지만 정말 그렇구나 생각하면서 이렇게 말했어요.

"선생님! 좀 더 이쪽으로 불을 좀 밝혀 주세요. 이놈의 쥐들 꼬리를 다 그릴 때까지 좀 가만히 계세요. 다 끝나면 대답해 드릴게요."

꼬리를 다 그리고 나서 브루노는 굉장히 난처한 얼굴을 하고 이렇게 말했어요.

"그런데 선생님! 선생님께서 저한테 큰 은혜를 베풀어 주신 것은 잘 알고 있습니다. 그렇다고 하더라도 선생님께서 부탁하시는 것은, 훌륭한 두뇌를 지니신 선생님의 입장에서는 사소한 것이겠지만 저로서는 너무나 벅차기만 합니다. 그래도 제가 아니면 누가 선생님을 위해서 대신 힘을 쓰겠습니까? 저야말로 선생님을 진심으로 존경하고 언제나 선생님의 말씀을 가슴 깊이 새기고 있는데 말입니다. 정말이지 선생님께서 하시는 말씀은 신심이 깊은 사람들이 신발을 벗고 절을 할 만큼 지혜로운 것이어서 제가 생각을 바꿀 수밖에 없겠습니다.

---

*피치올로 혹은 데나로에 맞먹는 화폐 단위로, 100바가티니는 사실상 의사 선생이 자부심을 느끼며 언급할 만큼 큰 금액이 아니다. 당시의 화폐 단위에 대해서는 『데카메론』 1권 62쪽 각주 참조.

사귀면 사귈수록 선생님은 지혜로운 분인 것 같습니다. 뿐만 아니라 그동안 제 마음을 사로잡는 것이 아무것도 없었는데, 이제 선생님이 말씀하시는 그리도 아름다운 것에 흠뻑 빠져 버렸으니 선생님을 사랑할 수밖에 없는 것입니다. 그런데 말씀드릴 것은 선생님께서 상상하시는 만큼 제가 그런 일에 별로 사신이 없다는 겁니다. 선생님께서 필요로 하시는 일은 제 능력 밖의 일입니다. 하지만 선생님의 위대하고 현명하신 성품을 걸고 비밀을 지키실 것을 약속해 주신다면 어떻게든 방법을 찾아 드리겠습니다. 아까 말씀하셨던 그런 귀한 책들과 다른 것들을 갖고 계신 만큼 확실히 이루어질 것으로 생각합니다."

이 말을 듣고 선생은 이렇게 말했어요.

"아무렴, 확실하게 말해 주게! 내가 보기에 자네는 날 잘 모르는 것 같고 내가 비밀을 지킬 줄 아는 사람이란 것도 모르는 것 같네. 과스파루올로 다 살리체토* 씨가 포를림포폴리 영주 아래서 판사로 있을 때 나한테 안 한 얘기가 없었는데, 그게 다 내가 비밀을 잘 지켰기 때문이라네. 내가 진실을 말하는지 알고 싶은가? 그 사람이 베르가미나와 결혼하려 한다는 걸 제일 먼저 누구한테 말했는지 아나? 바로 나였다네. 이제 내가 어떤 사람인지 좀 알았겠지!"

브루노는 이렇게 대답했어요.

"아이고, 잘 알겠습니다. 그런 분이 신뢰하셨다면야 저도

---

* 13~14세기 볼로냐의 저명한 의학 교수.

충분히 신뢰할 수 있습니다. 선생님께서는 이런 식으로 하시면 되겠습니다. 우리 모임에는 회장이 한 사람에 고문이 둘 있는데 두 자리 다 육 개월마다 교체됩니다. 틀림없이 다음 달에는 부팔마코가 회장이 되고 제가 고문이 될 겁니다. 다 정해진 얘기거든요. 회장이 되는 사람은 마음에 드는 사람을 입회시킬 수 있는 막강한 권한을 갖게 됩니다. 그러니 제가 볼 때 선생님은 가능한 한 부팔마코와 친하게 지내시고 그를 정중히 대해 주셔야 합니다. 부팔마코도 선생님이 이렇게 현명하신 분인 줄 알게 되면 금방 선생님을 좋아하게 될 겁니다. 그런 다음에 선생님의 톡톡 튀는 재치와 늘 간직해 오신 훌륭한 태도로 입회를 요청하시면 그 친구도 싫다고 말하지는 못할 겁니다. 저도 벌써 선생님에 대해 말을 해 두었고, 선생님을 세상에 둘도 없는 보물로 여기고 있습니다. 나머지 일은 다 저에게 맡겨 주시면 됩니다."

그러자 의사가 말했어요.

"참으로 마음에 드는 말이네. 만일 부팔마코가 학식 있는 자들과 더불어 벗하기를 좋아하는 사람이라면, 나랑 잠깐만 얘기를 나눠도 노상 나를 찾아다니도록 만들 자신이 있네. 나는 원래 지혜가 넘치는 사람이니 그 지혜를 거리에 뿌린다고 해도 주체하지 못할 정도로 남아돌 걸세."

브루노는 이 정도로 해 놓고 부팔마코에게 자초지종을 얘기해 줬어요. 얘기를 들은 부팔마코는 이 선생 나부랭이가 하고자 하는 걸 시켜 줄 시간이 오기를 천년이나 되는 듯 기다렸지요. 언제나 해적질을 하러 가나 조바심을 내던 의사 선생은 마침내 부랴부랴 부팔마코의 친구가 되려고 서둘렀고 순조롭게 친분을 맺을 수 있었어요. 그리고 세상에서 가장 훌륭한 만찬과 가장 훌륭한 오찬에 수도 없이 부팔마코를 초대했지요. 물론 브루노도 따라다녔고요. 둘은 신사처럼 거드름을 피우면서 뻔질나게 드나들었고, 선생이 최상급 포도주와 살진 수탉과 그 밖에 대단히 훌륭한 것들을 갖고 있다는 걸 들은 터라 초대를 받지 않아도 다른 누가 아니라 바로 자기들을 위해 준비된 것인 양 거리낌 없이 들러붙곤 했습니다.

의사 선생은 이제 때가 되지 않았나 하는 생각에 브루노에게 했던 것처럼 부팔마코에게 부탁을 했어요. 그러자 부팔마코는 다짜고짜 크게 화를 내며 브루노에게 고래고래 소리를 지르는 것이었어요.

"파시냐노 성당에 계신 하느님께 맹세코 말하지만, 네 코가 발뒤꿈치에 가 붙을 정도로 두들겨 패야 말귀를 알아듣겠냐? 이 배신자 같으니라고! 선생님께 이 비밀을 들춰낼 사람은 바로 너밖에 없잖아!"

그러자 의사는 정말 다른 데서 들었노라고 맹세하면서 브루노를 감싸기에 바빴어요. 그리고 현명하게 군답시고 이런저런 말들을 꽤나 늘어놓으며 부팔마코를 달랬지요.

그러자 부팔마코가 의사를 향해 이렇게 말했어요.

"선생님! 선생님께서 볼로냐에 계셨을 때 들은 얘기를 여기서까지도 입을 꼭 봉하고 계신 것은 참 잘하시는 일인 듯합니다요. 그에 더해 말씀드리자면 선생님은 세상 바보들처럼 사과가 아니라 멜론 위에서 알파벳을 공부하신 분이라는 겁니다. 멜론이 더 크지 않습니까.* 그리고 제가 잘못 생각하는 게 아니라면 선생님은 일요일에 세례를 받으셨을 겁니다. 브루노 말로는 선생님이 거기서 의학을 공부하셨다던데, 제가 볼 때는 사람을 휘어잡는 기술을 공부하신 것 같습니다. 선생님처럼 재치가 있고 얘기를 잘하시는 분은 이제껏 본 적이 없거든요."

의사 선생은 그의 말을 가로막으면서 브루노를 향해 이렇게 말했어요.

"자네, 학식 있는 사람들과 얘기를 나누고 교제한다는 게 뭔지 알겠지? 이 훌륭한 양반처럼 이렇게 내 마음을 구석구석까지 금방 살피는 사람이 또 누가 있겠나? 자네도 이분만큼은 내 가치를 알아주지 못했네. 그런데 부팔마코가 학식 있는 사람들을 좋아한다고 자네가 말했을 때 내가 뭐라고 했는지 말해 보게. 내가 말만큼이나 행동도 잘하지 않았나?"

브루노가 말했어요.

"그렇다마다요."

그러자 의사가 부팔마코에게 말했어요.

"내가 볼로냐에서 당신을 만났더라면 더 많은 얘기를 했을 거요. 거기서는 애나 어른이나 박사나 학자나 할 것 없이 모두가 나를 세상에서 최고로 떠받들어 주었지요. 내 언변과 재치

---

* 당시 아이들에게 문자를 가르칠 때 사과 위에 글자를 한두 개 써서 보여 준 다음 글자를 맞추면 그 사과를 주었다고 한다. 그런데 사과가 아니라 그보다 큰 멜론으로 공부했다는 말에는 의사 선생의 어리석음을 빗대어 놀리려는 의도가 담겨 있다.

로 죄다 나가떨어지게 만들었거든요. 말이 나온 김에 더 하자면, 내가 뭐라고 한마디만 하면 사람들은 배꼽이 빠져라 웃는 겁니다. 그러니 다들 너무나도 좋아했지요. 내가 그곳을 떠날 때는 모두가 펑펑 울었답니다. 아, 글쎄 그리고 죄다 나보고 가지 말라고 애원하는 겁니다. 전체 학생들에게 의학을 강의할 만한 사람이 나밖에 없으니 남아 달라는 거였어요. 하지만 거절했지요. 내가 지금 가진 막대한 유산을 상속받으려면 여기로 와야 했으니까요. 그래서 이렇게 된 거요."

그러자 브루노가 부팔마코에게 말했어요.

"어떻게 생각하나? 내가 자네한테 말했을 때는 믿지 않았잖아. 이런 세상에! 노새 오줌에 대해 이분만큼 잘 아는 의사*는 세상에 없다고. 여기서 파리 성문들까지 찾아 헤매도 이런 의사 선생님은 결코 만나 뵐 수 없을 거야. 그러니 이분이 원하는 걸 이젠 해 드려야만 하네!"

의사 선생이 말했어요.

"브루노가 잘 말했소. 물론 나는 피렌체에서는 그다지 잘 알려지지 않았지요. 이곳 사람들은 좀 거칠고 단순하더군요. 하지만 이곳 사람들이 나를 박사들 중에서도 어떤 사람인지 알게 되기를 바라는 바요."

그러자 부팔마코가 말했어요.

"선생님! 선생님은 정말 제가 생각했던 것보다 훨씬 더 식견이 높으십니다. 그래서 선생님 같은 학자들에게 사용해야

---

* 수의사가 하는 일을 들어 의사 선생을 놀리고 있다.

하는 용어로 말씀드립니다만, 선생님을 우리 모임의 회원으로 영입하기 위해 틀림없이 노력하겠다는 것을 매우 정밀하게* 말씀드립니다."

이런 약속이 이루어지자 두 사람을 대하는 의사 선생의 태도는 훨씬 더 정중해졌어요. 두 사람은 이를 즐기면서 세상에서 제일가는 바보들이 타는 염소에 의사 선생을 태웠어요. 그 시대 사람 중 엉덩이로는 최고라는 치빌라리** 백작 부인을 선생의 여자로 주기로 약속한 것이지요. 의사가 그 백작 부인이 누구냐고 묻자 부팔마코는 이렇게 말했어요.

"아이고, 씨 오이*** 선생님! 말도 못하게 고매한 부인이죠. 세상에 그분의 권한이 미치지 않는 경우는 거의 없습니다. 다른 사람들은 고사하고 조무래기 수사들까지도 캐스터네츠를 치면서 그분께 헌납을 하는 판이니까요. 알기 쉽게 말씀드리면, 그분이 외출이라도 하면 아무리 입단속을 해도 금방 다 알려질 정도입니다. 부인은 요전 날 밤에 발을 좀 씻고 바람도 쐬려고 아르노 강에 나가기도 했지요. 늘 그렇듯이 선생님 댁문 앞을 지나쳐서 말입니다. 그런데 부인이 대부분 시간을 보내는 곳은 라테리노입니다. 하인들이 항상 주변에 대기하고 있는데, 모두가 부인의 권위를 보여 주기라도 하듯 막대기와

---

* 아무 의미도 없는 단어를 엄숙한 어조로 쓰면서 의사 선생을 헷갈리게 만든다. 혹은 의사 선생이 외지인이기 때문에 발음이 비슷한 '솔직하게'나 '분명하게'로 들리게 해 놀리는 것으로 볼 수도 있다.
** 피렌체에서 '치빌라리'라고 불리는 곳은 오물을 처리하는 곳이었다.
*** '멍청하다.'라는 뜻과 함께 외설스러운 의미도 담겨 있다.

양동이를 갖고 다닙니다. 부인을 모시는 귀족들은 상당히 많습니다. 타마린 달라 포르타 각하, 메타 경, 마니코 디 스코파 경, 스파케라 경 등등* 모두 선생님께서 친하신 분들일 것 같은데, 이제는 뭐 다 잊어버리셨겠지요. 그렇게 근사한 부인이니 카카빈칠리 같은 여자는 그냥 잊어버리세요. 우리 생각대로만 되면 그 보드라운 품에 안기게 해 드리겠습니다."

볼로냐에서 나고 자란 의사 선생은 그들이 사용하는 어휘들을 이해하지 못했어요. 그러니 그렇게 대단한 부인이라면 대만족이라고 대답했지요. 이런 수작을 부리고 나서 얼마 있다가 이 화가들은 선생의 입회가 결정됐다고 통보했어요. 그리고 마침내 모임이 열린다는 날 밤이 되자 선생은 둘을 식사에 초대했어요. 식사를 마치고 나서는 모임에 갈 때 어떻게 하고 가야 좋겠는지 물었지요. 그러자 부팔마코가 말했어요.

"자, 선생님! 선생님께서는 크게 용기를 내셔야 합니다. 그렇지 않으면 이 기회를 놓치실 수도 있고 저희도 큰 타격을 받을 수 있습니다. 얼마나 크게 용기를 내셔야 하는지 잘 들어 보십시오. 오늘 밤 선생님은 어떻게 해서든 사람들이 잠을 잘 시각에 가장 훌륭한 옷을 차려입으시고 최근에 산타 마리아 노벨라 성당 밖에 만들어진 묘지들 중 하나 위에 앉아 계셔야 합니다. 선생님이 처음으로 회원들 앞에서 명예로운 모습을 보여야 하기 때문이지요. 또 우리도 거기에 없어서 나중에 들은

---

* 부팔마코가 제멋대로 붙인 이름들로, 순서대로 '문지기', '반토막', '빗자루', '난봉꾼'이라는 뜻이다.

작가 미상, 『데카메론』미니아튀르,
오스트리아 국립 도서관(오스트리아 빈) 소장.

애깁니다만, 선생님은 귀족이시라 백작 부인이 자비를 들여서 선생님을 목욕한 기사*로 만들고자 하신답니다. 선생님은 그저 우리가 보내 드리는 사람이 갈 때까지 거기서 기다리시면 됩니다.

선생님께서 모든 사항들에 대해 알고 계셔야 하겠기에 말씀드립니다만, 우리가 보내는 자는 실은 뿔이 돋은, 그다지 크지 않은 짐승입니다. 그 짐승은 선생님 앞에서 광장을 뛰어다니며 선생님을 놀라게 하려고 길길이 날뛸 겁니다. 하지만 선생님이 놀라지 않으시는 걸 보면 가만히 다가올 겁니다. 다가오거든 조금도 무서워하지 마시고 묘지에서 내려와서 하느님이나 성인들도 머리에 떠올리지 마시고 그 짐승 위에 올라타세요. 타고 난 뒤에는 짐승을 건드리지 마시고 그냥 팔짱을 끼고 계시면 됩니다. 그러면 짐승이 천천히 움직여서 우리한테까지 올 겁니다. 하지만 그사이 선생님께서 하느님이든지 성인들을 떠올리시거나 무서워하시면 짐승은 선생님을 내던져 버리거나 사납게 흔들어서 된통 혼낼지도 모릅니다. 그러니 정말 확신을 갖고 묘지에 가실 생각이 들지 않으시면 가지 마십시오. 선생님에게나 우리에게나 무엇 하나 이득이 될 게 없으니 말입니다.”

그러자 의사 선생이 말했어요.

---

* 이야기가 진행되는 대로 진의가 우스꽝스럽게 밝혀지겠지만, 실제로 당시 기사의 여러 종류 중에 목욕한 기사 혹은 목욕의 기사가 존재했다고 한다. 몸을 씻음으로써 모든 악을 씻어 내는 아주 거창한 의식을 치렀다고 한다.

"당신들은 아직도 날 모르는군요. 내가 손에 장갑을 끼고 긴 옷을 입고 있으니* 아마 그렇게 보시는 모양이지요. 내가 왕년에 볼로냐에 있을 때 한밤중에 뭘 했는지 알면 깜짝들 놀라실 거요. 툭 하면 친구들과 여자들한테 갔으니까. 그냥 하는 말이 아니오. 한번은 어떤 여자가 우리랑 함께 가지 않으려고 하기에(삐쩍 마른 네나, 더 한심하게는 자라다 만 듯 키도 작은 여자였지요.) 내가 그냥 주먹으로 갈기고 번쩍 들어서 냅다 던져 버렸다는 거 아니오. 그런 밤도 있었다니까. 그랬더니 그제야 순순히 따라오더군. 그리고 또 한번은 이런 일도 있었소. 성모송 기도 시간이 좀 지나서 하인 하나만 데리고 이름 없는 수도사들의 묘지 옆을 지나가고 있었는데, 바로 그날 그 묘지에 어떤 여자가 매장됐지만 난 전혀 무섭지 않았어요. 그러니까 그런 일이라면 걱정할 필요가 없소. 나로 말하면 남들보다 갑절은 자신만만하고 원기 왕성하니까 말이오. 이참에 말씀드리는데, 여러분께 훌륭한 모습으로 나타나기 위해서 박사 학위를 받을 때 입었던 빨간 가운을 입고 가겠소. 그럼 나를 본 회원들은 기뻐할 것이고, 뭐 얼마 있으면 회장이 될지도 모르는 일 아니겠소? 게다가 백작 부인은 나를 아직 보지도 않고 나한테 홀딱 반해서 목욕의 기사로 만들고 싶어 하시니 내가 입회를 하게 되면 일이 얼마나 착착 진행될지는 불을 보듯뻔한 거 아니오. 기사라는 칭호는 그렇게 마음에 들지 않지만, 그 자리를 잘 유지할지 아닐지는 백작 부인에게 잘 보여 줄 거

---

* 당시 박사나 권위를 부리던 사람들의 전형적인 복장 형태.

요. 다 나한테 맡겨 두시오!"

그러자 부팔마코가 말했어요.

"아이고, 말씀도 너무 잘하십니다. 하지만 절대로 우리를 속이거나 하시면 안 됩니다. 우리가 짐승을 보냈을 때 거기 계시지 않거나 우리한테 안 오시면 안 된다 이겁니다. 날씨도 춥고 의사 선생님들은 날씨에 예민하시니 드리는 말씀입니다."

"당치 않은 소리! 나는 그런 작자들과 달라요. 추운 게 무슨 문제란 말이오. 흔히들 그러는 모양이지만 나는 오줌을 누려고 밤중에 일어나는 일도 거의 없고, 그럴 때도 잠옷 위에 간단하게만 걸칩니다. 분명히 말하지만 나는 묘지에 갈 겁니다." 하고 의사 선생이 말했어요.

그렇게 해서 둘은 돌아갔고, 밤이 깊어지자 의사 선생은 이런저런 핑계를 대며 아내더러 집에 있으라고 하고는 몰래 제일 좋은 옷을 꺼내 준비했어요. 그리고 때가 됐다고 생각될 즈음, 옷을 입고 그들이 말한 묘지 위로 올라갔어요. 그날 밤은 몹시 추웠기에 선생은 대리석 위에 몸을 잔뜩 웅크리고 앉아 짐승이 오기를 기다렸어요. 부팔마코는 몸집이 크고 다부진 사람이었어요. 지금은 별로 하지 않는 어떤 놀이*에 사용되는 가면 중 하나를 준비해 놓고, 거기에다 검은 모피를 뒤집어 입었는데, 뿔이 없었기에 가면은 악마의 얼굴이라기보다는 그냥 곰처럼 보였어요. 부팔마코는 그런 모양을 하고 산타 마리

---

* 온통 검은 반인반수의 악마처럼 꾸미는 가면 놀이. 적어도 1325년부터 금지되었다.

아 노벨라 성당의 새 광장으로 갔고, 되어 가는 꼴을 보려고 브루노가 그 뒤를 따랐어요. 부팔마코는 의사 선생이 와 있는 것을 보고 광장에서 마치 귀신이 들린 듯 펄쩍펄쩍 뛰고 미친 듯이 울부짖기도 하면서 길길이 날뛰었어요.

사실 여자보다도 겁이 많았던 의사 선생은 그 꼴을 보고 그 소리를 듣자 그만 머리칼이 다 꾸뼛 서고 온몸이 딜딜 떨리기 시작했어요. 그러면서 집에나 있을걸 이런 데는 괜히 왔나 싶기도 했지요. 그러나 그럼에도 이왕 이렇게 된 바에야 정신을 가다듬으려고 노력했고, 그 결과 두 사람에게서 들은 훌륭한 것들을 기필코 보고 말리라는 욕망이 승리를 거두었답니다. 그러는 동안에 앞서 말한 대로 그렇게 미쳐 날뛰던 부팔마코 는 평온을 되찾은 척하면서 의사 선생이 앉아 있는 묘지 쪽으 로 다가섰어요. 선생은 무서워 딜딜 떨면서 거기에 올라타야 하나 말아야 하나 어쩔 줄을 몰랐어요. 하지만 올라타지 않으 면 뭔가 나쁜 일이 생길까 두려워서, 그 무서움이 앞의 무서움 을 이기고 말았지요. 선생은 묘지에서 내려와 나지막한 소리 로 "하느님! 굽어살피소서!" 하면서 짐승의 등으로 올라가 아 주 잘 걸터앉았어요. 그리고 딜딜 떨면서도 들었던 대로 팔짱 을 끼고서 모든 걸 내맡겨 버렸지요.

그러자 부팔마코는 산타 마리아 델라 스칼라 쪽을 향해 천 천히 곧장 나아가기 시작했어요. 그리고 리폴레 수녀원까지 이르렀지요. 당시 그 지역은 농부들이 밭에 거름을 주기 위해 치빌라리 백작 부인을 많이 모아 두던 곳이었어요. 부팔마코 는 그 근처의 분뇨 구덩이들 중 하나로 다가가서 때를 엿보다가 의사 선생의 한쪽 발을 손으로 잡아끌고 등을 쳐올리면서 선생을 구덩이 속에 머리부터 처박아 버렸어요. 그러고서 다시 으르렁거리고 미친 듯 날뛰다가 산타 마리아 델라 스칼라를 따라서 오니산티 사원 쪽으로 가 버렸어요. 거기서 부팔마코는 웃음을 참지 못하고 먼저 도망쳐 온 브루노를 만났지요. 둘은 허리를 잡고 법석을 떨면서 의사 선생이 오물을 얼마나 뒤집어썼는지 보려고 멀리서 이리저리 살폈어요.

자기가 빠진 곳이 정말로 혐오스러운 곳임을 알게 된 의사 선생은 허우적거리며 빠져나가려 애를 썼어요. 그런데 이쪽 발을 올리면 저쪽 발이 빠지고 저쪽 발을 올리면 이쪽 발이 빠지는 통에 머리부터 발까지 오물투성이가 됐을 뿐만 아니라 조금은 삼키기도 하는 둥 꼴이 정말 말이 아니었습니다. 그래도 겨우 밖으로 나오기는 했는데 가죽 모자는 잃어버렸지요. 선생은 손으로 할 수 있는 한 정성껏 오물을 닦아 내면서 어디 누구한테 호소할 생각도 못하고 그대로 집으로 돌아가 문을 열라고 쾅쾅 두드렸어요.

선생이 지독한 냄새를 풍기며 막 안으로 들어서서 문을 잠그자, 브루노와 부팔마코는 선생이 마누라한테 어떤 꼴을 당하는지 들으려고 문구멍에 귀를 기울였어요. 들어 보니 세상에서 제일가는 악당한테도 퍼붓지 못할 욕설이 여자 입에서 들려왔어요.

"이런, 잘한다, 잘해! 아니, 어떤 년한테 갔던 거야! 그 아끼고 아끼던 빨간 가운 꺼내 입고 뻐기며 나가더니, 이제 나는 필요도 없다, 이거지? 내 참 기가 막혀서! 나는 이 동네 남자들을 다 만족시켜 줄 수도 있어. 당신쯤은 문제도 아니라고! 빠져 마땅할 구멍에 빠졌으면 거기서 죽어 버리지, 뭐하러 돌아왔나 몰라! 이 잘난 의사가 마누라 두고 야밤에 남의 계집들이나 기웃거리네!"

의사 선생이 씻는 동안 아내는 엄청나게 잔소리를 쏟아 내면서 밤이 깊도록 남편을 들들 볶아 댔어요.

다음 날 아침, 브루노와 부팔마코는 맞아서 생긴 것처럼 보이도록 물감으로 온몸에 멍자국들을 잔뜩 그려 넣고 의사 선생 집으로 갔어요. 선생은 일어나 있었지요. 둘이 집 안에 발을 들여 놓으니 구린내가 진동을 해서 머리가 아플 지경이었어요. 아무리 씻어도 씻기지 않았던 거죠. 선생은 둘이 온 걸 보고 잘 왔다면서 맞아들였어요. 그런 그에게 브루노와 부팔마코는 계획했던 대로 화난 표정을 지으며 이렇게 말했어요.

"그런 얘기를 하자고 온 게 아닙니다. 되레 선생한테 불행이 한꺼번에 내리길, 참살을 당해 죽게 되길 하느님께 빌고 있다고요! 보십시오! 선생이야 멀쩡하니 그만이지만, 세상에, 사람을 이렇게 불성실하게 배신할 수가 있는 겁니까? 선생에게 명예와 쾌락을 주려고 노력하다가 우린 개처럼 죽을 뻔했단 말입니다. 선생의 불성실한 행동 때문에 우리는 간밤에 실컷 두들겨 맞았다고요. 당나귀라면 그렇게까지 맞지 않아도 로마까지도 갔을 겁니다. 그뿐이 아닙니다. 우리가 선생을 입회시키려고 일을 진행시킨 것 때문에 우리가 오히려 모임에서 쫓겨날 위기에 처했단 말입니다. 믿지 못하시겠다면 우리 몸이 대체 어떻게 됐는지 좀 보세요."

피렌체 화가가 그린 미니아튀르, 1427, 프랑스 국립 박물관 소장.

이렇게 말하고 그들은 빛이 희미하게 드는 쪽을 향해 옷을 벗어젖히고 가슴에 그린 것들을 보여 주고는 얼른 다시 옷을 여몄어요.

선생은 사과를 하고 자기가 어디로 어떻게 처박혔는지 설명하려고 했어요. 그러자 부팔마코가 이렇게 말했어요.

"그 짐승이 선생을 아르노 강 다리에서 던져 버린 거죠? 도대체 왜 하느님이나 성인들을 생각했던 겁니까? 제가 그렇게 신신당부하지 않았습니까!"

그러자 의사 선생이 말했어요.

"하느님한테 맹세코 그런 기억이 없소."

부팔마코가 말했어요.

"뭐라고요! 기억이 없다고요? 그렇게 머리가 좋으시다더니! 우리가 보낸 자가 말하길, 선생은 사시나무 떨듯 떨면서 자기가 어디 있는지도 모르더라고 합디다. 선생은 우리를 보기 좋게 골탕 먹였지만, 이젠 더 이상 그렇게 되지 않을 겁니다. 우리도 그에 맞먹는 보복을 해 드리고야 말 테니까요."

의사 선생은 열심히 사죄를 하고 창피를 주지 말아 달라고 애원하면서 갖은 말로 두 사람을 달래고 또 달랬어요. 그리고 두 사람이 자기한테 일어난 볼썽사나운 일을 폭로하지 않을까 두려워서 둘을 훨씬 더 환대하고 정중하게 식사에 초대하는 등 극진하게 대접했다고 해요. 들으신 바와 같이 제 이야기는 이렇게 끝났습니다만, 볼로냐까지 가서 배웠다는 사람에겐 지혜가 좀 더 필요했던 게 아닌가 생각되네요.

여덟 번째 날 열 번째 이야기

시칠리아의 어떤 여자가 팔레르모로 물건을 싣고 온 상인을 교묘하게 벗겨 먹는다. 그러자 상인은 전보다 훨씬 더 많은 물건을 갖고 돌아온 것처럼 꾸며서 여자에게 돈을 빌린 뒤 물과 천 쪼가리만 남기고 떠나 버린다.

여왕의 이야기를 들으며 부인들은 예의 대목마다 얼마나 웃어 댔는지 모릅니다. 너무나 웃어서 열두어 번은 눈에서 눈물을 쏙 빼지 않은 사람이 없을 정도였습니다. 이야기가 끝나자, 자기 차례라는 걸 안 디오네오가 입을 열었습니다.

—우아하신 부인들이여! 변변치 않은 술책을 쓰다가 괜히 술책에 말려들어 골탕을 먹는다면 그 술책이 얼마나 우스워지는지는 말할 필요도 없겠지요. 여러분은 지금까지 정말 재미난 이야기들을 들려주셨는데, 저도 그에 못지않게 여러분

이 재미있어 할 만한 이야기를 하나 할까 합니다. 제 이야기가 재미난 것은 제 이야기에서 골탕을 먹은 여자가 남을 골탕 먹이는 일에서는 여러분이 지금까지 묘사한 남자들이나 여자들보다도 훨씬 뛰어났기 때문입니다.

옛날에는 흔히 그랬고 지금도 아마 그러리라 생각합니다만, 모든 항구도시에는 물건을 갖고 들어온 상인들이 하나도 빠짐없이 하역하기 전에 모든 짐을 상관(商館)에 입고시키는 관습이 있었습니다. 흔히 '세관'이라고 불리기도 했던 상관은 해당 도시의 시장이나 시의회에서 관리하는 곳이었지요. 상인이 상품의 목록과 가격을 적은 서류를 책임자에게 제출하면 물건을 넣어 둘 창고를 지정받고 열쇠를 받습니다. 그러면 세무 관리는 상인의 상품을 그 상인의 채권으로 우선 장부에 올리고, 상품의 일부나 전부를 창고에서 꺼낼 때마다 상인에게서 일종의 세금을 받습니다. 따라서 이 세관 장부에는 입고된 상품의 품질과 양, 그리고 그것을 소유하고 있는 상인들의 이름까지 세세하게 기록되어 있지요. 그런 체제를 갖추고 기회가 되면 물건을 바꾸기도 하고 물물교환도 하고 매매도 하는 것입니다.

다른 많은 도시들처럼 시칠리아의 팔레르모에도 그와 비슷한 관습이 있었습니다. 그런데 팔레르모에는 몸매는 빼어나지만 정직하지 않은 여자들이 상당히 많았습니다. 잘 모르는 사람들은 아주 훌륭하고 정직한 여자인 줄로 알았으며 지금도 그렇게 생각할 겁니다. 특히나 상인들에게 눈독을 들이는 그 여자들은 주머니를 터는 정도가 아니라 아예 가죽까지 벗겨 내곤 했습니다. 일단 외국 상인이 눈에 띄면 세관 장부에서 그 상인이 무엇을 얼마나 갖고 있는지 알아냅니다. 그런 뒤 당장 갖은 애교와 유혹의 몸짓 그리고 달콤한 말들로 상인을 꼬드겨 정신을 못 차리게 만듭니다. 지금까지 수많은 사람들을 그렇게 꼬여 냈으며, 그렇게 당한 상인들 대부분이 수중의 재산을 털렸고 상당수는 거덜이 나기까지 했습니다. 상인들 중에는 상품은 물론 뼈와 골수까지 빼먹힌 자들이 허다했습니다. 그 정도로 그 여자들은 면도날을 기가 막히게 쓰는 이발사와도 같았던 것입니다.

자, 그렇게 오래된 얘기는 아닙니다만, 니콜로 다 치냐노라고 하는 우리의 피렌체 젊은이가 도매상들의 주문을 받아서 팔레르모에 왔습니다. 사람들은 그를 살라바에토라고 부르기도 했지요.* 그는 살레르노 시장에서 팔다가 남은 양모 옷감을 갖고 왔는데, 금화 500피오리노에 상당하는 상품이었습니다. 그는 상품 명세서를 세관에 제출하고 상품을 창고에 입고시키고 나서 서둘러 물건을 처분할 생각은 않고 재밋거리를 찾아다니기 시작했습니다. 금발에 잘생기고 대단히 매력적이며 차림새도 훌륭했으니, 방금 말씀드린 이발사들 중 이안코피오레** 부인이라고 불리는 여자가 어쩌다가 이 사람 얘기를

---

* 치냐노 가문은 피렌체에서 상당히 유명했다. 살라바에토는 '도락가'라는 뜻이다.
** 비안코피오레('하얀 꽃'이라는 뜻.)를 시칠리아식으로 발음한 것. 기록에 따르면 1305년에 팔레르모에 사는 어느 이발사의 딸이 그런 이름을 가지고 있었다고 한다.

듣고 추파를 던졌습니다. 낌새를 채고 그녀를 훌륭한 부인으로 생각한 살라바에토는 부인이 자기 외모를 좋아할 것이라 자신하면서 이번 건을 아주 용의주도하게 처리하기로 마음먹었습니다. 그러고는 아무에게도 그런 얘기를 하지 않고 여자의 집 앞을 자꾸 지나다녔습니다. 그것을 보고 부인은 처음 며칠 동안 눈길을 던지며 그의 마음에 불을 붙여 놓고 자기도 그를 애타게 그리워하는 척하며 뚜쟁이 노릇에 적격인 하녀 하나를 은밀하게 보냈습니다.

하녀는 눈물까지 글썽거리며 이런저런 얘기를 늘어놓은 다음 마님이 당신의 멋진 모습에 마음을 빼앗겨 밤이나 낮이나 안절부절못하고 있으며, 그래서 당신만 승낙하신다면 어딘가 은밀한 온천 여관*에서 함께 시간을 보내기를 간절히 원하고 있다고 말했습니다. 그러고 나서 가방에서 반지를 하나 꺼내서 마님이 보내는 선물이라고 줬습니다. 살라바에토는 이런 얘기를 듣고 세상에 자기처럼 운이 좋은 남자는 없을 거라 생각하면서 반지를 받아 눈에 비비고 입을 맞춘 다음 손가락에 끼었습니다. 그리고 하녀에게 이안코피오레 부인이 자기를 사랑한다면 그건 절대 짝사랑이 아니며, 자기도 목숨보다 더 부인을 사랑하고 있으니 부인이 원한다면 언제 어디라도 달려갈 준비가 되어 있다고 대답했습니다.

하녀가 돌아가 이 소식을 부인에게 전하니 다음 날 저녁에 이러저러한 온천에서 기다리겠다는 전갈이 바로 살라바에토

---

*당시 정사를 즐기던 이들이 흔하게 찾던 장소.

에게 돌아왔습니다. 그가 정말 아무한테도 얘기하지 않고 부인이 제시한 시간에 득달같이 그곳에 가서 보니 부인이 벌써 방을 예약해 놓은 상태였습니다. 잠시 후에 여자 노예 둘이 짐을 잔뜩 지고 왔는데, 하나는 머리에 크고 아름다운 솜 보료를 이고 있었고 다른 하나는 여러 물건이 가득 담긴 큼지막한 바구니를 들고 있었습니다. 노예들은 그 보료를 여관방 침대 위에 깔고 그 위에 비단으로 매우 섬세하게 테두리를 두른 홑이불을 편 다음 현란한 무늬가 그려진 베개를 두 개 놓고 그 위에 순백색 키프로스산 침대보를 덮었습니다. 이 일을 마친 노예들은 옷을 벗고 욕탕으로 들어가 욕탕을 정성들여 깨끗이 닦았습니다. 그러자 얼마 지나지 않아 부인이 다른 노예 둘을 데리고 온천으로 왔습니다. 부인은 우선 아양을 떨며 살라바에토에게 유난스럽게 인사를 한 다음 땅이 꺼질 듯 한숨을 쉬고 나서 그를 껴안고 입을 맞추며 이렇게 말했습니다.

"당신이 아니라 다른 사람이었다면 여기까지 오지 않았을 거예요. 달콤한 토스카나 애인이 내 마음에 불을 질러 놓았답니다."

그리고 부인이 이끄는 대로 둘은 발가벗고 노예들과 함께 욕탕으로 들어갔습니다. 부인은 살라바에토를 노예들에게 맡기지 않고 자기가 직접 사향 비누와 정향유로 지극히 정성스럽게 구석구석 닦아 준 다음에 자기 몸은 노예들이 씻기게 했습니다. 그러고 나자 노예들이 보드라운 순백색 수건 두 장을 가져왔습니다. 수건에서는 장미 향내가 어찌나 강하게 풍겼던지 온 방이 장미로 뒤덮인 느낌이 들 정도였습니다. 한 노예는 살라바에토를, 다른 노예는 부인을 수건으로 감싼 뒤 둘을 침대로 이끌어 눕혔습니다. 이윽고 땀이 마르자 노예들은 수건을 벗겨 내고 다른 수건으로 알몸을 감쌌습니다. 노예들은 은으로 된 대단히 아름다운 향수병들을 꺼냈는데, 장미와 오렌지, 재스민, 그리고 알 수 없는 꽃에서 추출한 향수들이 들어 있었습니다. 그들은 두 사람에게 그것들을 뿌리고 과자가 든 상자와 최고급 포도주를 내놨습니다. 두 사람은 그것들을 먹으며 피로를 풀었습니다.

살라바에토는 그야말로 천국에 있는 듯한 기분이 들어 그녀를 벌써 수천 번은 족히 바라보고 또 바라봤습니다. 정말 놀랍게도 아름다웠지요. 노예들이 나가면 그녀의 품에 안기고 싶은 마음에 한 시간이 백 년처럼 느껴졌습니다. 노예들이 부인의 분부에 따라 촛불을 하나 켜 놓고 방을 나가자 부인은 살라바에토를 껴안았고 그도 그녀를 껴안았습니다. 그의 눈에는 부인의 온몸이 사랑으로 녹아 버리는 것만 같았고, 그들은 오랫동안 함께 시간을 보냈습니다.

그러나 부인은 일어날 시간이 됐다고 생각했는지 노예들을 불러서 옷시중을 들게 하고는 다시 포도주를 마시고 과자를 먹으며 원기를 회복했습니다. 부인은 아까 말한 그 향수들로 얼굴과 손을 씻고 돌아가면서 살라바에토에게 이렇게 말했습니다.

"괜찮으시면, 오늘 저녁에 오셔서 함께 식사를 하면 정말 영광일 거예요."

부인의 미모와 남자를 녹이는 기교에 벌써 사로잡혀 있던 살라바에토는 그녀가 진심으로 자기를 사랑한다고 확신하고는 이렇게 대답했습니다.

"부인! 부인이 원하시는 일이라면 무언들 마다하겠습니까? 오늘 밤만 아니라 언제라도 부인께서 원하시는 일이라면 무엇이든 하겠습니다. 말씀만 해 주십시오."

그리하여 집으로 돌아온 부인은 자기 방을 이런저런 물건이며 도구들로 장식하고 저녁 식사를 으리으리하게 차리도록 한 뒤 살라바에토를 기다렸습니다. 살라바에토는 어느 정도 어두워진 다음에 부인에게로 갔고 뜨거운 환대를 받았으며 훌륭한 시중을 받으면서 식사를 했습니다. 그러고 나서 방으로 들어가니 알로에 나무의 향기가 너무나 황홀하게 느껴졌고 널찍하고 포근한 침대가 보였으며 가지각색의 예쁜 물건들이 걸려 있었습니다. 살라바에토의 눈에는 그 전체가, 또 그 하나하나가 부인의 부와 지위를 가늠하게 해 주는 것처럼 보였습니다. 설령 누군가 그녀의 생활에 대해 반대되는 내용을 수군거린다고 해도, 절대 그런 얘기를 믿지 않았을 겁니다. 나아가 그녀가 누군가에게 이미 사기를 쳤다고 하더라도 그런 일이 자기에게 벌어지리라고는 꿈도 꾸지 않았을 것입니다. 그날 밤 살라바에토는 그녀를 껴안고 훨씬 더 뜨거운 쾌락에 빠져들었습니다.

아침이 되자 부인은 예쁜 지갑이 달린 가볍고 아름다운 은 허리띠를 그에게 둘러 주며 이렇게 말했습니다.

"내 사랑 살라바에토! 진심으로 말씀드려요. 제 몸은 당신의 기쁨을 위해 존재하고, 여기 있는 것도 다 당신 것이에요.

당신이 원하시면 할 수 있는 건 뭐든지 하겠어요."

살라바에토는 흡족해서 그녀를 껴안고 입을 맞췄습니다. 그리고 부인의 집을 나와서 다른 상인들이 늘 모이는 곳으로 갔습니다.

이렇게 돈 한 푼 쓰지 않으며 한 번도 아니고 두 번이나 여자와 함께 지내면서 계속해서 끈끈이에 걸려드는 동안 남자는 지니고 있던 옷감을 팔아 현찰로 이익을 크게 올렸습니다. 그 잘난 부인은 살라바에토가 아니라 다른 사람에게서 곧바로 그 소식을 들었습니다. 어느 날 밤에 살라바에토가 그녀의 집으로 가자, 부인은 농담을 하고 장난을 치고 입을 맞추고 껴안으면서 그에게 푹 빠진 척했습니다. 마치 사랑하는 그의 품에 안겨 죽고 싶기라도 하다는 듯이 말입니다. 게다가 갖고 있던 은으로 된 아주 멋진 술잔까지 두 개나 선물하려 했습니다. 그러나 살라바에토는 받지 않았습니다. 지금까지 여자에게서 금화 30피오리노에 상당하는 선물을 몇 번에 걸쳐 받았는데, 자기는 은화 1그로소만큼도 준 적이 없고 그럴 기회도 없었기 때문이지요.

이런 식으로 자기 쪽에서 더 열이 올라 대범한 척하던 여자는 이윽고 미리 일러 둔 대로 노예들 중 하나에게 자기를 부르게 했습니다. 그리고 방에서 나가더니 얼마 있다가 눈물을 쏟으며 돌아와서는 침대에 몸을 던지고 세상에서 가장 큰 슬픔에 빠진 여자인 듯 구슬프게 우는 것이었습니다.

깜짝 놀란 살라바에토는 여자를 부둥켜안고 같이 울음을 터뜨리면서 이렇게 말했어요.

"아니, 내 심장과도 같은 당신이 갑자기 왜 이러시는 거요? 어째서 이렇게 구슬피 우는 거요? 어서 말해 주시오, 내 사랑이여!"

그러자 여자는 남자의 애간장을 실컷 녹인 다음에 이렇게 말했습니다.

"아아! 사랑하는 당신! 어떻게 하면 좋을지, 무얼 얘기해야 할지 모르겠어요! 지금 메시나에서 편지를 받았어요. 오빠가 보낸 편지인데, 제가 가진 물건을 팔든지 저당을 잡히든지 해서 오늘부터 여드레 안에 금화 1000피오리노를 즉각 보내지 않으면 자기는 교수형을 당한다고 하네요. 어쩌면 좋을지 모르겠어요. 그렇게 급하게 어디서 돈을 마련할 수 있을지 대책이 없답니다. 보름 정도만 여유가 있어도 어떻게 해서든 그 이상의 돈을 빌리든지 부동산의 일부를 팔든지 해서 방도를 찾아보겠는데, 그럴 수가 없으니 그 끔찍한 소식이 오기 전에 차라리 죽는 게 낫겠어요."

이렇게 말하고 너무나도 괴로운 표정을 지으면서 흐느낌을 그치지 않는 것이었습니다.

살라바에토는 사랑의 불꽃으로 인해 이미 판단력의 대부분을 상실한 터라 여자의 눈물과 말을 철석같이 믿고 이렇게 말했습니다.

"부인! 1000피오리노까지는 자신이 없지만 500피오리노 정도는 보름 안에 돌려주시는 조건으로 제가 빌려 드릴 수 있습니다. 당신이 정말 운이 좋았던 건지 어제 제 물건이 좀 팔렸거든요. 그렇지 않았으면 1그로소도 빌려 드릴 수 없었을 텐데 말입니다."

"어머나! 그러면 그동안 돈이 부족해 곤란하셨겠네요? 그러면 그렇다고 진즉에 말씀하지 그러셨어요? 1000까지는 없지만 100이나 200 정도라면 충분히 드렸을 텐데요. 그런 형편에 베푸시려는 그런 은혜를 제가 어떻게 받을 수 있겠어요. 그만두세요." 하고 부인이 말했어요.

살라바에토는 이 말을 듣고 더욱 감격해서 이렇게 말했습니다.

"부인! 그렇게 말씀하시면 제가 오히려 섭섭합니다. 저도 부인처럼 곤경에 처했다면 그런 부탁을 드렸을 겁니다."

부인이 말했습니다.

"어머나, 살라바에토 님! 저에 대한 당신의 사랑이 진실하고 완벽하다는 걸 이젠 잘 알겠어요. 그런 거액의 돈을, 요청도 없었는데 이렇게 관대하게 선뜻 빌려 주시겠다니 말이에요. 그러지 않으셔도 당연히 저는 당신의 것이었는데, 이제는 정말 완전히 당신 것이 될 거예요. 앞으로 당신 없이 제 오빠 인생은 생각도 할 수 없을 겁니다. 당신이 상인이고, 상인들이란 언제나 돈이 필요하다는 걸 생각하면 정말이지 썩 내키지는 않네요. 하지만 당장 제가 압박이 심하고, 또 확실히 돌려드릴 생각이니 일단 받도록 할게요. 혹시라도 돈을 급하게 마련하지 못한다면 제 모든 것을 저당 잡히겠어요."

부인은 그렇게 말하고 울면서 살라바에토의 얼굴을 부둥켜안았습니다. 살라바에토는 그녀를 위로하며 그날 밤을 함께 지냈습니다. 그리고 다음 날 아침, 자기가 얼마나 관대하고 호기로운 사람인지 보여 주기 위해 부인의 요청을 기다릴 것도 없이 당장 금화 500피오리노를 가져다줬습니다. 부인은 겉으로는 눈물을 흘렸지만 마음으로는 비웃으면서 돈을 받았고, 차용증은 말로 대신하기로 했습니다.

돈을 손에 넣자 부인의 태도는 바로 돌변했습니다. 지금까지는 살라바에토가 원하면 언제라도 만날 수 있었지만, 이제는 이런저런 핑계를 대면서 일곱 번을 찾아가면 한 번이나 들어갈까 말까 하는 상태가 된 것입니다. 그러니 얼굴을 보는 것은 고사하고 가까이한다든지 향락을 맛본다든지 하는 것은 이전만 못하게 된 것입니다. 그러는 동안 돈을 돌려주겠다고 한 날짜가 훨씬 지나서 한 달이 가고 두 달이 갔지만 돈을 돌려 달라고 하면 금방 갚겠다고 말만 내세웠습니다. 그제야 살라바에토는 여자의 간교한 사기와 자신의 어리석음을 깨달았습니다. 하지만 증인을 세운 것도 아니고 차용증도 없으니 이제는 그녀가 돌려줄 생각을 하지 않으면 아무것도 돌려받을 수 없는 형편이었죠. 더구나 자신의 무지와 경솔함 때문에 그런 사기를 당했다고 생각하니 누구한테 하소연하기도 부끄러워, 필요 이상으로 자신의 어리석음을 한탄만 할 뿐이었습니다. 한편, 도매상에게는 판매한 물건값을 보내라고 독촉하는 편지가 자꾸만 날아들었지요. 당연히 그로서는 해결할 수 없는 일이었기에 잘못이 탄로 나기 전에 팔레르모를 뜨기로 결심했습니다. 그래서 작은 배에 몸을 싣고 마땅히 가야 할 피사가 아니라 나폴리로 향했습니다.

그 무렵 나폴리에는 우리 도시 출신의 피에트로 델로 카니자노*라는 사람이 체류해 있었습니다. 그는 콘스탄티노플 황후**의 재정관으로서 아주 박식하고 재능이 풍부한 사람이었으며, 살라바에토의 절친한 친구이자 그 가족과도 잘 아는 사이였습니다. 살라바에토는 무척이나 우울하게 며칠을 지내다가 그 친구가 지극히 분별 있는 사람이란 걸 생각해 내고, 자기가 겪은 불행을 다 털어놓은 다음 이제 피렌체로 돌아갈 생각이 전혀 없으니 그저 그곳에서 먹고살게나 해 달라고 도움과 조언을 요청했습니다.

사정을 듣고 난 카니자노는 얼굴을 찡그리며 말했습니다.

"큰 실수를 했구먼. 처신을 잘못했어. 자넨 도매상들의 신의를 저버렸네. 매춘을 하느라 일시에 그런 거금을 쓰다니 말이야. 하지만 어쩌겠나. 다 지나간 일이니 다른 방도가 있는지 한번 찾아보세."

현명한 카니자노는 이렇게 말하고 나서 무얼 해야 할지 재빨리 생각해서는 살라바에토에게 말해 줬습니다. 그는 카니자노가 일러 준 방법이 마음에 들었기에 한번 모험을 해 보리라 마음을 먹었습니다.

아직 돈이 어느 정도 남았고 카니자노가 상당한 돈을 빌려줬기 때문에, 살라바에토는 그 돈으로 단단하게 묶은 짐짝들

---

* 보카치오와 동시대인으로, 보카치오를 후원한 니콜로 아치아이올리의 절친한 친구였으며 피렌체의 요직을 두루 거쳤다.
** 카테리나 디 발루아(1303~1346). 어머니 카테리나 1세의 뒤를 이어 콘스탄티노플 황후라는 칭호를 유지했다. 그녀를 보좌한 니콜로 아치아이올리는 그녀가 사랑한 사람들 중 하나였다.(『데카메론』 1권 233쪽 각주 참조.)

을 많이 만들었습니다. 그리고 기름통을 스무 개 정도 사서 채운 다음 그것들을 배에 싣고 팔레르모로 돌아갔습니다. 도착해서 세관원에게 짐짝들의 명세서와 기름통들의 가격표를 제출하고 모든 것의 소유권이 자기에게 있음을 명시한 다음 창고에 넣었습니다. 그리고 뒤따라오는 상품들이 도착할 때까지 아무도 긴드리지 말라고 일러 무렸습니다. 이 소문은 이안코피오레의 귀까지 들어갔습니다. 그녀는 지금까지 온 것만 해도 2000피오리노는 족히 넘으며, 앞으로 올 물건은 3000피오리노 이상 된다는 얘기를 듣고서 자기가 뽑아 낸 돈은 푼돈이라는 생각이 들었습니다. 그래서 먼저 갈취했던 500피오리노는 돌려주고 대신 5000피오리노를 후려내야겠다고 생각했지요. 그녀는 살라바에토에게 사람을 보냈습니다.

살라바에토는 기다렸다는 듯 당장 뛰어갔습니다. 여자는 그가 갖고 온 것에 대해서는 아무것도 모르는 척하면서 호들갑을 떨며 이렇게 말했습니다.

"어머나, 어떻게 하죠? 당신 돈을 기한이 넘도록 갚지 않아서 화가 많이 나셨지요?"

살라바에토는 껄껄 웃으면서 말했습니다.

"부인! 솔직히 말해서 그땐 아주 조금 불쾌했습니다. 일이 원만하게 돌아갔더라면 부인께 제 심장이라도 꺼내 드렸을 텐데 말입니다. 제가 부인 때문에 얼마나 괴로웠는지 아셨으면 좋겠습니다. 어쨌든 제가 부인에게 품고 있는 사랑이 정말 깊고 크기 때문에 부동산 대부분을 처분하고 2000피오리노 이상의 상품을 지금 이곳으로 운송해 왔고, 3000피오리노 이상의 물건이 도착하기를 기다리고 있습니다. 실은 이곳에 가게를 열어서 영원히 부인 곁에 정착할까 하는 마음도 있습니다. 그렇게 하면 부인을 사랑하는 그 누구보다도 부인의 사랑을 더 많이 얻을 수 있을 것 같으니 말이지요."

그러자 부인이 대답했습니다.

"그럼요, 살라바에토 님! 당신이 좋으시다면 저도 정말 대찬성이에요. 저야말로 제 목숨보다도 당신을 더 사랑하니까요. 그러니까 여기에 정착하신다는 말씀이죠? 저는 얼마나 좋은지 몰라요! 또다시 당신과 즐거운 시간을 실컷 갖고 싶었거든요. 그런데 제가 사과를 드리고 싶은 것은 당신이 떠나시던 그즈음에 몇 번이고 저희 집에 오시려 했지만 오지 못하셨고 또 몇 번은 오셨지만 제가 전처럼 살갑게 모시지 못했던 거예요. 그것 말고도 약속한 기일 안에 돈을 갚지 못한 것도 사과드리고 싶어요. 하지만 당시에 제가 너무나도 괴롭고 힘든 상황에 있었다는 걸 알아주셨으면 해요. 그 정도 상황에 처하면 아무리 사랑하는 사람이라 해도 항상 좋은 낯으로 대하며 상대가 바라는 대로 할 수만은 없다는 것을 이해해 주시길 바랄게요. 더군다나 여자의 몸으로 1000피오리노를 만들어 낸다는 건 너무도 어려운 일이었거든요. 날마다 거짓말에 휘둘리고 약속만 할 뿐 지키지는 않는 사람들을 상대하다 보니 저도 남한테 그만큼 거짓말을 하게 된 것이랍니다. 다른 악의가 있어서가 아니라 그래서 당신 돈도 돌려 드리지 못했어요. 하지만 당신이 떠나고 나서 금방 돈이 마련됐지요. 어디로 보내야 할지만 알았어도 당연히 보내 드렸을 텐데 그걸 몰라 그냥 간

수하고 있었답니다.”

이렇게 말하고 그녀는 빌려 준 액수의 돈이 든 꾸러미를 가져오게 하여 그의 손에 건네주며 말했습니다.

“500이 맞는지 세어 보세요.”

살라바에토로서야 더 이상 즐거울 수 없는 일이었죠. 돈을 세어 보니 500피오리노가 맞았기에 일단 돈을 챙겨 넣고 나서 이렇게 말했습니다.

“부인! 부인이 하신 말씀이 진실이라는 걸 압니다. 하실 만큼 하셨습니다. 분명히 말씀드립니다만, 돈이 필요하시면 말씀하세요. 부인을 사랑하는 마음으로 제가 할 수 있는 만큼이라면, 또 제가 급한 경우가 아니라면 얼마든지 또 빌려 드리겠습니다. 제가 이제 여기 정착하게 되면 부인께 실제로 보여 드릴 수 있을 겁니다.”

이렇게 해서 겉으로는 부인과의 사랑이 회복된 셈인지라 살라바에토는 다시 열심히 그녀를 찾아다녔고, 그녀도 온갖 정성과 기교를 다해서 남자를 기쁘게 하고 최고의 사랑을 보여 주었습니다.

하지만 살라바에토는 사기를 사기로 응징하고 싶었습니다. 그래서 어느 날 부인이 하녀를 통해 함께 식사를 하고 온천 여관에 가자는 전갈을 보내왔을 때, 금방이라도 죽을 듯이 우울하고 슬픈 표정을 지으며 그녀에게로 갔습니다. 이안코피오레는 살라바에토를 껴안고 입을 맞추면서 왜 그렇게 우울해하냐고 물었습니다. 그는 한참 뜸을 들이고 애를 태우고서야 이렇게 말했지요.

"난 완전히 망했어요. 내가 기다리던 상품을 실은 배가 모나코* 해적들한테 사로잡혀서 그걸 도로 찾으려면 1만 피오리노가 필요합니다. 그중 내가 치를 몫은 1000피오리노지만, 지금은 한 푼도 없어요. 당신이 돌려준 500피오리노는 그 즉시 직물을 주문하면서 나폴리로 송금했거든요. 그래서 지금 갖고 있는 물건을 빨리 팔아 치우려고 하는데, 시기가 좋지 않아 절반도 쳐주지 않는 모양입니다. 상황이 하도 다급한지라 도와줄 사람을 찾아도 어디 아는 사람도 없고, 누구한테 호소를 해야 할지 막막하기만 합니다. 빨리 돈을 보내지 않으면 물건은 다 모나코로 실려 가고 나는 무일푼이 될 겁니다."

이 말을 들은 부인은 이러다 이것저것 다 잃게 생겼구나 싶어 크게 낙심을 하고, 상품이 모나코로 가도록 하지 않으려면 어떻게 해야 할까 고심하다가 이렇게 말했습니다.

"사랑하는 당신이 그런 곤경에 빠지셨다니 제 가슴이 얼마나 아픈지 몰라요. 하지만 슬퍼하기만 하면 무슨 소용이 있겠어요? 제게 그 정도 돈이 있다면 당연히 즉각 빌려 드릴 텐데, 그런 돈이 없네요. 사실 제가 돈이 필요할 때 500피오리노 정도 빌려주실 분이 계십니다만, 이자가 여간 비싸야죠. 3할 이하로는 절대 안 된다고 하니 말입니다. 만일 당신이 그 사람한테서 돈을 빌리고 싶으면 저당을 충분히 잡혀야 합니다. 저로서는 당신을 위해서라면 그 사람이 빌려 주는 금액에 따라 제 재산 전부와 몸까지도 맡길 용의가 있어요. 하지만 모자라는

---

*당시 해적들의 근거지로 유명했다.(두 번째 날 열 번째 이야기 참조.)

몫에 대해서는 어떻게 보증하실 수 있을까요?"

살라바에토는 물론 그녀가 무슨 속셈으로 그런 도움을 베풀려 하는지 이유를 뻔히 알고 있었습니다. 또 그 돈이 그녀의 돈이라는 것도 알고 있었지요. 그래서 그는 기뻐하면서 우선 고맙다고 인사를 한 다음, 상황이 다급하니 높은 이자라도 상관없다고 말했습니다. 그리고 세관 창고에 보관된 상품들을 담보로 잡히고 자기한테 돈을 빌려 준 사람에게 차용증을 써 주겠지만, 누가 요청하거나 하면 상품을 보여 줘야 하니까 창고 열쇠는 자기가 갖고 있겠다고 말했습니다. 그래야 혹시 도둑을 맞거나 바꿔치기를 당하지 않을 것이라고 하면서 말이지요. 부인은 그 정도면 충분한 담보가 되니 그렇게 하시라고 선선히 답했습니다. 그리고 약속한 날이 되자, 부인은 평소 대단히 신뢰하는 중개인에게 사람을 보내서 자초지종을 설명하고 그에게 1000피오리노를 줘서 살라바에토에게 빌려 주도록 했습니다. 그리고 살라바에토는 창고에 맡긴 물건을 중개인 명의로 바꿔 주었습니다. 그와 함께 둘은 증서에 각각 서명을 하고 헤어졌습니다.

살라바에토는 금화 1500피오리노를 쥔 채 가능한 한 서둘러서 배를 얻어 타고 나폴리의 피에트로 델로 카니자노에게 돌아갔습니다. 그리고 옷감과 함께 그를 파견했던 피렌체의 도매상들에게 선물과 완벽한 결산서를 보냈습니다. 또한 돈을 빌려 준 카니자노와 다른 사람들에게도 돈을 갚았습니다. 카니자노와 그는 한동안 시칠리아 여자를 골려 먹은 얘기를 웃으며 주고받곤 했습니다. 그 뒤 그는 상인이라는 직업에 염증을 느끼고 페라라로 가 버렸습니다.*

한편, 이안코피오레는 팔레르모에서 살라바에토가 사라지자 이상한 생각이 들어 의심을 품기 시작했습니다. 두 달이 지나도록 그가 자기 앞에 나타나지 않자 마침내 중개인을 시켜 억지로 창고 문을 열게 했습니다. 우선 기름이 가득 찼으리라고 생각되는 통들을 열어 보니, 위에만 기름이 살짝 덮여 있을 뿐 전부 바닷물이라는 걸 확인할 수 있었습니다. 짐짝들은 어떤가 하고 끌러 보니 직물이 들어 있는 것은 두 개뿐이고 나머지는 전부 쓸모없는 천 쪼가리들이었습니다. 결국 다 합쳐 봐야 200피오리노도 되지 않았지요. 이렇게 되니 세상 무서운 줄 모르던 이안코피오레도 코가 납작해져서 500피오리노를 돌려준 데다 1000피오리노라는 거금까지 빌려 준 일을 한탄했다고 합니다. 그리고 버릇처럼 이런 말을 했다고 합니다.

"뛰는 놈 위에 나는 놈이 있더군."

그렇게 해서 남을 속이고 우롱하면 그만큼 남한테서 당하게 된다는 걸 비로소 알게 되었던 거지요.

---

* 살라바에토가 상인 직업을 버리고 페라라로 갔다는 것은 아귀가 맞지 않는다. 페라라는 당시 피렌체 상인들이 활동하던 주요 무역 거점 중 하나였기 때문이다.(두 번째 날 두 번째 이야기 참조.)

디오네오가 이야기를 마치자 라우레타는 이제 여왕의 역할을 끝낼 때가 왔다고 생각하면서, 좋은 결과를 가져다준 피에트로 카니자노의 조언과 그것을 훌륭하게 실행에 옮긴 살라바에토를 칭찬한 다음, 월계관을 벗어 에밀리아의 머리에 씌워 주고 여자다운 목소리로 말했습니다.

"에밀리아 님! 당신이 얼마나 사랑스러운 여왕이 될지는 모르겠지만, 아름다운 여왕이 될 것만은 틀림없습니다. 당신의 아름다움에 어울리는 훌륭한 역할을 기대합니다."

그리고 자리로 돌아가 앉았습니다.

여왕이 되었을 뿐만 아니라 여자로서 가장 바라는 칭찬을 들었기 때문에 에밀리아는 살짝 부끄러워하면서 새벽에 새로 피어난 장미처럼 얼굴을 붉혔습니다. 하지만 눈을 잠시 내리까는 동안 홍조는 차츰 엷어졌습니다. 그녀는 집사를 불러 필요한 것을 지시하고 이렇게 말했습니다.

"사랑하는 부인들이여! 우리가 아주 명징하게 알고 있는 바입니다만, 소들은 하루 중 얼마는 멍에를 지고 일을 하지만 그러고 나면 멍에에서 벗어나 숲 속에서 자유롭게 가고 싶은 곳으로 가서 마음대로 풀을 뜯습니다. 또 우리는 다양한 나무가 무성한 잎을 달고 있는 정원이 그저 떡갈나무만 있는 숲보다 결코 아름다움에서 떨어지지 않는다는 걸 잘 알지요. 그래서 저는 며칠 동안 일정하게 주어진 주제에 따라 이야기를 나누었다는 점을 생각해 볼 때 어느 정도 거기서 놓여날 필요가 있지 않을까, 그러는 것이 멍에를 다시 지기 위해서 필요하기도 하고 적절하기도 한 힘을 비축하는 길이 아닐까 생각합니다. 그러니 내일은 여러분이 좋아하는 주제로 이야기를 해 주세요. 특별한 제한을 두어 여러분을 구속하지는 않겠습니다. 각자가 좋아하는 대로 이야기를 한다고 하더라도 그에 따라 나올 내용들이 재미가 떨어진다거나 한 가지 방향으로 쏠리지는 않을 것이라 확신합니다. 그렇게 하면 제 뒤를 따라서 이 자리를 이끌어 가실 분은 휴식을 취하면서 힘을 비축할 수 있으니, 더 확실하게 우리가 늘 하던 대로 정해진 주제에 따라 이야기를 이끄실 수 있을 겁니다."

이렇게 말하고 여왕은 저녁 식사 시간까지 각자에게 자유 시간을 주었습니다.

사람들은 모두 여왕의 말을 듣고 참으로 현명한 처사라고 칭찬했습니다. 그리고 자리에서 일어나 저마다 한가로운 시간을 만끽했습니다. 부인들은 화환을 만들거나 즐겁게 뛰어다녔고, 청년들은 내기를 하거나 노래를 불렀습니다. 이렇게 시간을 보내다가 마침내 저녁 식사 시간이 되자, 그들은 아름다운 분수 주변에서 떠들썩하고 유쾌하게 식사를 했습니다. 식사가 끝나자 늘 하던 대로 춤을 추고 노래를 부르며 놀았습니다. 그러다 마침내 여왕은 전임자들이 하던 방식을 따라서, 아직도 세밋내로 노래를 부르는 사람들노 있였으나, 판필로에게 노래를 한 곡 부르라고 부탁했습니다. 판필로는 편안하고 부드럽게 노래를 시작했습니다.

사랑이여, 그대는 내가 얼마나
고대하는 선(善)인가, 기쁨인가, 즐거움인가.
나는 그대의 불속에서 타오르며 행복하기만 하네.

가슴속에 넘치는 기쁨은
그대가 나를 인도한
숭고하고 사랑스러운 즐거움으로 자라났으니,
얼마나 강한지 안으로 품을 수 없구나.
그리하여 나의 맑은 얼굴로 나타나
내 기쁜 마음을 보여 주네.
그렇게 숭고하고 소중한 사람과
사랑에 빠진다면
나를 불타게 하는 그곳에 기꺼이 머물겠네.

내 노래로 어찌 보여 줄 수 있을까,

내 손으로 어찌 가리킬 수 있을까,

사랑이여, 내 안에 간직한 선이여.

그걸 안다 해도 감추는 것이 나으리라.

만일 알려지기라도 하면

고통으로 돌아가고 말 테니.

하지만 나는 정말로 기쁘기만 해서

아무리 말을 해도 부족하고 약하기만 하다네.

조금도 보여 주지 못하고.

내 가슴을 꽉 움켜쥐었던 그곳을

내가 찾을 수 있을지,

감사와 구원을 얻기 위해서

내가 가까이 다가섰던 그곳에

나의 얼굴이 어떻게 닿을 수 있을지,

제대로 짐작할 이 누가 있으리?

아무도 나의 행복을 믿지 않을 테니,

내 몸이 뜨거워지는 그곳을

즐겁고 쾌적한 그곳을 감추기만 할 뿐이네.

　판필로의 노래가 끝났습니다. 다들 정성을 다해 노래를 함께 불렀는데, 판필로가 가사에 감춰 둔 채 노래하고자 했던 것을 상상하면서, 특히 어느 때보다 누구 하나 예외 없이 더 주의를 기울였습니다. 그렇게 이런저런 여러 방식으로 상상을 거듭해 봤지만 아무도 그 뜻을 적절하게 떠올리지 못했습니다. 하지만 이제 판필로의 노래가 끝났고 젊은 부인들도 남자들도 모두가 쉬고 싶어 했기 때문에 여왕은 모두 잠을 자러 가라고 했습니다.

아홉 번째 날

『데카메론』의 여덟 번째 날이 끝나고 아홉 번째 날이 시작된다.
이날은 에밀리아의 주재 아래, 나름대로 새미있나고 생각되는 이야기를 한나.

암브로지오 로렌체티, 「좋은 정부가 시골에 끼치는 영향」(부분),
1338~1340, 푸블리코 궁전(이탈리아 시에나) 소장.

찬란함으로 밤의 그림자를 쫓아낸 빛이 벌써 검푸른 여덟 번째 하늘*을 밝은 파란색으로 완전히 바꿔 놓았습니다. 풀밭에서는 작은 꽃들이 고개를 쳐들기 시작했습니다. 그 무렵 에밀리아는 일어나서 부인들과 청년들을 불러 모았습니다. 한자리에 모인 그들은 여왕의 느린 걸음을 따라 저택에서 그리 멀지 않은 작은 숲까지 걸었습니다. 숲에 들어서자 그들 눈에 노루와 사슴, 그리고 다른 동물들이 보였습니다. 맹위를 떨치는 흑사병 때문에 사냥꾼이 나타나지 않는 것을 아는 듯 동물들은 두려움 없이 마음껏 뛰어놀고 있었습니다. 마치 사냥꾼을 기다리기라도 하는 것 같았지요. 일행은 이곳저곳으로 다

* 프톨레마이오스 천문학에 의거해 별들의 하늘을 가리킨다.(『신곡 – 천국편』 22곡 참조.)

니며 거의 손으로 어루만질 듯 동물들에게 다가가 달리고 뛰게 하면서 잠시 기분을 돌렸습니다. 그러다 보니 벌써 해가 솟아올랐고, 이제 돌아갈 시간이 된 듯했습니다.

모두 참나무 가지로 테를 만들어 쓰고 향기가 물씬 풍기는 풀과 꽃들을 한 아름 꺾어 들었습니다. 만일 누군가가 이들을 만났다면 이런 말밖에 할 수 없었을 겁니다.

"아아, 이들은 죽음에 지지 않으리. 만일 진다고 해도 즐겁게 죽어 갈 것이로다."

그렇게 그들은 노래를 부르고 장난을 치고 수다를 떨면서 천천히 걸음을 옮겨 저택으로 돌아왔습니다. 저택에서는 하인들이 모든 준비를 다 갖춰 놓고 싱글벙글 즐거운 낯으로 그들을 반겨 주었습니다. 그들은 잠시 휴식을 취한 다음 식탁에 앉기 전에 노래 여섯 곡을 돌아가며 불렀습니다. 그런 뒤 손을 씻고 여왕이 권하는 대로 집사의 안내에 따라 모두 식탁 앞에 앉았습니다. 음식이 나왔고 모두가 즐겁게 식사했습니다. 이윽고 식탁에서 물러나서는 얼마 동안 둥글게 돌며 춤을 추고 악기를 연주하기도 했습니다. 그러다가 여왕이 바라는 대로, 희망하는 사람은 쉬러 갔습니다. 그러나 여느 때처럼 시간이 되자, 그들은 익숙한 장소로 이야기를 하러 모였습니다. 여왕은 필로메나를 바라보며 오늘의 첫 번째 이야기를 주문했습니다. 필로메나는 미소를 지으며 다음과 같이 이야기를 시작했습니다.

아홉 번째 날 첫 번째 이야기

프란체스카 부인이 리누초와 알레산드로의 구애를 받는다. 어느 쪽도 마음에 들지 않았던 부인은 한 사람에게는 시체가 되어 무덤에 들어가라고 하고 다른 사람에게는 그 시체를 꺼내 오라고 한다. 그런데 두 사람이 주어진 임무를 이행하지 못했기에 결국 부인은 영리하게 그들에게서 벗어난다.

— 탁 트인 뜰에서 여왕님의 영예로운 분부에 따라 오늘의 첫 번째 이야기를 시작하게 된 것을 대단히 기쁘게 생각해요. 제가 이야기를 잘 끝내야 그다음 이야기를 할 분들도 더 잘하실 것으로 틀림없이 믿어요. 사랑스러운 부인들이여! 지금까지 우리가 한 이야기들은 사랑의 힘이 어떠하며 얼마나 위대한지 여러 번 보여 주었어요. 하지만 그 정도로는 아직 충분하지 않으며 앞으로 일 년을 더 이야기해도 마찬가지일 거라 생

각해요. 사랑이란 사랑하는 사람들을 이런저런 죽음의 위험으로 몰아넣을 뿐만 아니라 시체를 꺼내러 무덤 속에 들여보내기도 한답니다. 저는 지금까지 나온 이야기들에 덧붙여 바로 그런 경우를 들려 드릴게요. 제 이야기를 들으시면 사랑의 힘을 이해하실 뿐만 아니라, 자기 의사에 반해 자기에게 연정을 품은 두 사내를 물리친 어느 수완 좋은 부인의 지혜를 감상하실 수 있을 거예요.

옛날 피스토이아라는 도시에 대단히 아름다운 미망인이 살았어요. 그런데 피렌체에서 추방당해 피스토이아에서 살게 된 사람도 둘이 있었는데, 각각 이름이 리누초 팔레르미니와 알레산드로 키아르몬테시였어요.* 이들 둘은 서로 모르는 사이였는데 그 아름다운 미망인을 똑같이 열렬히 사랑하게 되어 각자 자기만이 부인의 사랑을 얻고야 말리라 결심하고는 조심스럽게 일을 추진했답니다. 미망인의 이름은 프란체스카 데 라차리**였는데, 두 사람이 자꾸 사람을 보내서 졸라 대는 통에 때로는 마음이 솔깃해지기도 해서 딱 잘라 거절을 못 하던 차에 그들을 떼어 놓을 묘안을 하나 생각해 냈어요. 그 묘안이란, 불가능한 일은 아니지만 과부의 생각으로는 누구도 하지 않을 그런 일을 그들에게 요구해 보기로 하는 것이었어요. 그들이

---

* 팔레르미니 가문과 키아르몬테시 가문은 기벨리니 파에 속해 있었는데, 정쟁에서 밀려나 피렌체에서 추방당했다. 팔레르미니 가문은 세 번째 날 일곱 번째 이야기에도 등장한다.
** 라차리 가문은 피스토이아의 명문가로, 이 가문 사람인 반니 푸치가 『신곡―지옥편』 24곡 122행 이하에 절도죄를 지은 망령으로 등장한다.

그걸 해내지 못하면 사람을 보내서 늘어놓는 이런저런 얘기를 듣지 않아도 되는 버젓한 구실을 마련할 수 있겠다 생각한 거지요. 부인이 생각해 낸 방법은 이러했어요.

그날 피스토이아에서는 출신은 비록 귀족이었지만 피스토이아는 말할 것도 없고 세상 어디에 내놔도 둘째가라면 서러워할 만큼 불한당으로 병이 나 있던 사람 하나가 죽었어요. 살아 있는 동안에는 평소 알고 지낸 사람이 아닌 이상 소름이 끼칠 정도로 추잡하고 일그러진 얼굴을 하고 있었지요. 그는 성 프란체스코 성당 밖에 있는 묘지에 묻혔어요. 바로 그 점이 자기 계획에 아주 딱 들어맞는다고 생각한 부인은 하녀에게 이렇게 말했지요.

"내가 리누초와 알레산드로라는 피렌체 사람 둘이 보내는 심부름꾼들한테 하루 종일 시달리고 괴로움을 당한다는 건 너도 잘 알 테지. 나는 둘한테 사랑을 줄 생각이 눈곱만큼도 없다. 이제 그 성가신 사람들을 떼어 내기 위해서 분명히 그들이 못 할 것 같은 일을 시켜 보려고 한다. 내 말 잘 들어라. 오늘 아침 성 프란체스코 성당의 수도원 묘지에 스칸나디오(앞에서 제가 말한 그 불한당의 이름입니다.)가 묻혔다는 거 너도 알지? 그 사람이라면 살아서만 아니라 죽어서도 세상에 제아무리 담대한 사람이라도 정작 보면 무서워하지 않을 수 없을 거야. 너는 먼저 알레산드로한테 몰래 가서 이렇게 말해라.

'프란체스카 마님의 심부름으로 왔습니다. 이제 그렇게도 열망했던 마님의 사랑을 얻고 원하는 곳에서 마님과 함께할 시간이 왔다고 전하라고 하시네요. 어떤 연유인지는 나중에 아시겠지만, 오늘 밤에 마님의 친척 한 분이 오늘 아침에 묻힌 스칸나디오의 시체를 집으로 가져오십니다. 하지만 마님은 스칸나디오가 비록 죽었다고 해도 여전히 무섭기 때문에 그런 일이 벌어지는 걸 원하지 않으세요. 그래서 마님께서는 당신이 큰일을 하나 해 주셨으면 하십니다. 오늘 저녁 사람들이 자러 갈 시간쯤에 스칸나디오가 묻힌 무덤에 들어가서 시체의 옷을 벗겨 입고 누군가 올 때까지 가만히 있다가 마님의 집으로 운반되어 마님이 당신을 받으실 때까지 아무 말도 하지 않고 죽은 듯이 있어야 합니다. 그럼 당신은 마님과 함께 있게 될 것이며, 그 뒤의 일은 마님께 맡기고 원할 때 집으로 돌아가시면 됩니다.'

이렇게 말하고 만일 그 사람이 해 보겠다고 하거든 잘된 거고, 싫다고 하거든 내 뜻이라고 하면서 다시는 내 앞에 모습을 나타내지도 말고, 제 목숨만 그렇게 소중히 여기는 주제에 사람을 보내거나 하지 말라고 전해라. 그런 다음에 리누초에게 가서 이렇게 말해라.

'프란체스카 마님께서 당신이 마님을 위해 한 가지 큰일을 해 주면 원하는 걸 뭐든 들어주겠다고 하십니다. 바로 오늘 밤이 이슥해지면 아침에 묻힌 스칸나디오의 무덤에 가서 어떤 소리를 듣든지 아무 말도 하지 말고 시체를 잘 떠메고 마님의 집까지 가져오는 일입니다. 마님께서 그런 일을 부탁하시는 이유는 그때 알게 될 것이고 원하는 것도 그때 이루실 겁니다. 하지만 만일 이 일을 못 하시겠다면 이제부터 다시는 사람을 보내거나 하지 말라고 마님께서 전하시랍니다.'"

하녀는 둘에게 갔고 들은 그대로를 각자에게 전했어요. 그러자 두 사람은 부인이 원하는 일이라면 무덤이 아니라 지옥이라도 가겠노라고 대답했지요. 하녀가 둘의 대답을 부인에게 전하자, 부인은 그 사람들이 그런 일을 할 만큼 정신이 돌았는지 한번 보자고 기대를 하게 되었어요.

밤이 되어 사람들이 잠자리에 들 무렵, 알레산드로 키아르몬테시는 조끼 차림으로 집을 나서서 스칸나디오가 묻힌 무덤으로 향했습니다. 그런데 가다 보니 오싹 무서운 생각이 들어 이렇게 혼자 중얼거렸지요.

"이게 무슨 바보 같은 짓이람? 내가 어디로 가는 거냐고! 그 부인 친척들이 내가 부인을 집적거리는 걸로 잘못 알고 무덤 속에서 날 죽이려고 일을 꾸민 건 아닐까? 그렇게 되면 당하는 건 나 하나뿐이고 그들이 하는 짓은 세상 누구도 모를 것 아닌가? 그게 아니라면, 혹시 누군가 나랑 원수 진 자가 이런 일을 꾸민 것은 아닐까? 혹시 부인이 그놈을 사랑해서 이런 일을 시킨 것은 아닐까?"

그러다가 이렇게도 중얼거렸어요.

"설령 그런 게 아니라고 해도, 그래서 부인 친척들이 나를 부인 집으로 옮긴다 해도, 스칸나디오 시체를 부인 손에 고스란히 가져다주지 않을지도 모르잖아. 오히려 스칸나디오가 그들에게 뭔가 나쁜 짓을 했기 때문에 시체에 복수라도 하려는 건지도 모르지. 부인은 내가 무슨 소리를 듣더라도 입을 열어서는 안 된다고 했거든. 만일 그들이 내 눈알을 도려내거나 내 이를 다 뽑아 버리면, 또 손을 잘라 버리거나 뭔가 다른 못된 장난을 친다면, 그럼 난 어떻게 하지? 어떻게 꼼짝도 하지 않을 수 있단 말인가? 만일 내가 입을 열면 나라는 것을 알 테고, 그럼 결국에는 해코지를 할 텐데. 설령 그렇게 하지 않는다고 해도 내겐 아무런 소득이 없잖아. 그들이 나를 부인과 함께 있도록 하지는 않을 테니 말이야. 그렇게 되면 부인은 내가 부탁을 들어주지 않았다고 할 것이고, 내가 원하는 것은 아무것도 하지 않을 것 아닌가.”

이렇게 중얼거리고 있자니 집으로 돌아가고 싶은 마음이 들었어요. 하지만 크나큰 사랑이 그와는 반대되는 강한 힘으로 그를 떠미는 바람에 결국 무덤까지 이르고 말았지요. 그는 무덤을 열고 안으로 들어가 스칸나디오의 옷을 벗겨 입었어요. 그리고 무덤을 닫고 스칸나디오가 누웠던 자리에 누우니 이자가 생전에 어떤 자였던가 하는 생각이 떠오르고, 또 사람들에게 들었던 얘기들, 그러니까 깊은 밤이 되면 시체가 들어 있는 무덤이나 다른 곳들에서 일어난다는 얘기들이 자꾸만 떠올랐어요. 온몸의 털이 쭈뼛 서기 시작했고, 스칸나디오가 금방이라도 벌떡 일어나서 자기 목을 자를 것만 같았지요.* 하지만 뜨거운 사랑의 힘으로 이런저런 무서운 생각들을 덮어 버리고 시체가 된 듯 꼼짝 않고서 자기한테 닥쳐올 일을 기다렸어요.

한편, 리누초는 한밤중이 되기를 기다려 부인의 부탁을 실

---

*스칸나디오는 ‘목을 자르다.’라는 뜻을 지닌 동사 ‘스칸나레(scannare)’를 변형해 만든 이름이다.

행하기 위해 집을 나섰어요. 길을 가며 생각해 보니 자기한테 일어날 수 있는 일들이 수만 가지나 떠올랐지요. 스칸나디오의 시체를 둘러메고 가다가 경찰한테 붙들려 마술사로 몰려 화형을 당하는 것은 아닐까, 아니면 이 일이 나중에 세상에 알려져 친척들한테 미움을 사지나 않을까, 그 밖에도 그런 비슷한 일들을 생각하노라니 발길이 떨어지지 않는 것이었지요. 하지만 생각을 바꾸고 이렇게 중얼거렸어요.

"아냐! 내가 그리도 사랑했고 사랑하는 그 고운 부인이 처음으로 부탁한 일인데 못 한다고 할 수 있나! 더구나 부인의 사랑을 얻을 수 있는 절호의 기회인데. 설사 죽고 만다고 해도 약속한 일이니 무슨 일이 있어도 해내야 해!"

리누초는 그렇게 길을 걸어 무덤에 도착했고 별 힘을 들이지 않고 무덤을 열었어요.

알레산드로는 무덤이 열리는 것을 느끼고 정말 무서웠지만 아무 소리도 내지 않았습니다. 리누초는 안으로 들어가 스칸나디오의 시체를 잡은 것이라고 믿으며 알레산드로의 다리를 잡아 밖으로 끌어냈어요. 그리고 어깨에 둘러메고서 그 아리따운 부인의 집을 향해 걷기 시작했지요. 그렇게 걸으면서 다른 데 신경을 쓰지 못하다 보니 자꾸만 시체를 길모퉁이와 거리에 놓인 의자들에 부딪히게 했어요. 그날 밤은 너무나도 깜깜하고 어두웠기 때문에 어디를 걷는지 도무지 분간할 수 없었던 거지요. 그러다 어느덧 리누초는 부인의 집 현관에 닿았어요. 부인은 하녀와 함께 리누초가 알레산드로를 메고 오는지 창가에서 보고 있었는데, 속으로는 둘을 쫓아 버릴 생각부터 하고 있었지요. 그런데 마침 근처에 경찰들이 추방자들을 잡으려고 은밀하게 잠복하고 있다가 리누초가 내는 발소리를 듣고서 그가 뭘 하려 하는지, 또 어딜 가려 하는지 보기 위해 즉각 불을 밝히고 방패와 칼을 꼬나들고서 소리를 버럭 질렀어요.

"거기 누구냐?"

리누초는 경찰이란 걸 알고 우물쭈물할 것도 없이 알레산드로를 내던지고 다리야 날 살려라 하며 냅다 달아났어요. 알레산드로도 재빨리 일어나서 굉장히 긴 시체의 옷을 걸친 채 열심히 도망쳤지요.

부인은 경찰이 비춘 불을 통해 알레산드로를 둘러맨 리누초를 똑똑히 보았으며 마찬가지로 스칸나디오의 옷을 입은 알레산드로도 알아봤어요. 그리고 두 사람이 보여 준 지대한 열정에 크게 놀랐지요. 하지만 놀라기는 했어도 알레산드로가 바닥에 내동댕이쳐지고 곧바로 일어나 도망치는 것을 보니 배꼽이 빠질 듯 웃음이 터졌지요. 어쨌든 일은 아주 잘 마무리되었고 부인은 그자들을 떼어 버린 것을 하느님께 감사드리며 집으로 돌아가 침실에 들었어요. 그리고 그 사람들이 자기가 시킨 일을 그대로 실행한 것을 보면 자기를 깊이 사랑한 것은 틀림없는 것 같다고 하녀와 얘기를 나눴지요.

리누초는 자신의 불운을 괴로워하고 한탄하면서도 그대로 집으로 돌아가지는 않았어요. 경찰들이 그 부근에서 철수한 뒤에 알레산드로가 내동댕이쳐진 곳으로 돌아가 시체를 찾느라 더듬거렸어요. 자기 임무를 완수하기 위해서였죠. 하지만 손에 아무것도 잡히지 않자 경찰이 가져갔다고 추측하고는 아깝게 생각하면서 집으로 돌아갔습니다. 알레산드로는 누가 자기를 운반한 건지도 모르고 어찌할 도리도 없어서 역시 재수가 없음을 서운해하면서 집으로 돌아갔어요.

아침이 되자 스칸나디오의 무덤이 열려 있고 안에 아무것도 없다는 사실이 알려졌어요. 알레산드로가 시체를 안쪽으로 밀어 놓았기 때문이지요. 악마들이 시체를 가져갔다며 어리석은 사람들이 떠들어 대는 바람에 피스토이아 전체는 정확히 무슨 일이 일어난 건지 여러 억측으로 가득 차고 말았어요. 두 사람은 제각기 자기들이 실행한 일과 뜻밖의 사고가 생긴 것을 부인에게 설명하면서 부탁을 완수하지 못한 것을 사과하고 사랑과 호의를 간청해 왔어요. 그러나 부인은 도저히 믿을 수 없다고 딱 잘라 말하면서, 부탁한 것을 이행하지 못했으니 자기는 아무것도 해 줄 수 없다고 매몰차게 대답했지요. 그렇게 해서 그들을 떼어 냈다는 이야기입니다.

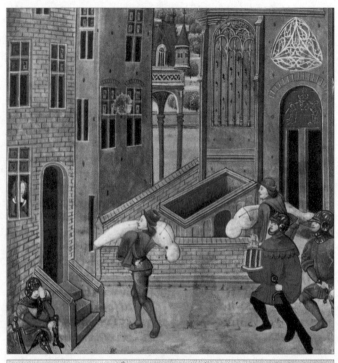

위의 그림
작가 미상, 『데카메론』 미니아튀르,
15세기 말, 영국 박물관(영국 런던) 소장.

아래 그림
보카치오, 1365~1367, 프랑스 국립 박물관·소장.

아홉 번째 날 두 번째 이야기

어느 수녀원장이 수녀들 중 하나가 연인과 동침한다는 보고를 듣고 한밤중에 잠자리에서 벌떡 일어난다. 그런데 자기도 그때 수도사와 함께 있었기 때문에 수도사의 속바지를 두건인 줄 알고 머리에 쓰고 나타난다. 수녀는 자기를 나무라는 수녀원장에게 이 점을 지적하여 무사히 풀려나고, 다음부터는 느긋하게 연인과의 밀애를 즐긴다.

필로메나의 이야기가 끝나자 사랑을 나누고 싶지 않은 사내들을 떼어 버린 부인의 지혜를 다들 칭송했습니다. 그런 한편으로 사내들의 뻔뻔스러운 태도는 사랑이 아니라 미친 짓이었다고 한마디씩 했습니다. 그러다 여왕이 엘리사에게 상냥하게 말했습니다.

"엘리사 님, 이야기를 이어 주세요."

그러자 엘리사가 곧 이야기를 시작했습니다.

— 친애하는 부인 여러분! 프란체스카 부인은 정말 교묘하게 곤경에서 벗어났군요. 이제 저는 운도 좋았지만 재치 있는 말로 절박한 위험에서 벗어난 젊은 수녀 이야기를 들려 드릴까 해요. 아시다시피, 자기랑 비슷한 처지의 이웃을 가르치거나 험담하는 어리석은 사람들이 참 많습니다. 그러나 제 이야기에서 드러나겠지만, 운명은 때로 그런 사람들을 제대로 가르치기도 한답니다. 제 이야기에 등장하는 수녀의 상관인 수녀원장이 바로 그런 경우였지요.

롬바르디아에는 한때 신성함과 종교적 열정으로 꽤 이름을 알린 수도원이 있었습니다. 그곳에는 수많은 수녀들이 생활하고 있었는데, 그들 중 귀족 출신으로 뛰어난 미모를 지닌 이사베타라는 젊은 수녀가 있었어요. 이사베타는 어느 날 친척이 면회를 왔을 때 그를 따라온 잘생긴 젊은 남자를 보고 사랑에 빠져 버렸어요. 청년도 수녀의 지극한 아름다움을 눈여겨보다가 눈길을 통해 그녀의 감정을 간파하고는 너무나도 정열적인 사랑을 나누게 되었지요.

하지만 얼마 동안 그들의 사랑은 결실을 맺지 못했고, 서로가 적잖이 괴로워했어요. 그렇게 서로 똑같이 그리워만 하다가 마침내 청년은 수녀와 몰래 만날 방도를 생각해 냈답니다. 수녀도 너무나 원하던 일이라 청년은 한 번만이 아니라 계속해서 수녀를 찾아와 강렬한 즐거움에 함께 잠기곤 했지요. 얼마를 그러던 중 어느 날 밤 둘 다 모르는 사이에 이 일을 들키고 말았어요. 수녀의 방에서 나와 돌아가던 청년을 다른 수녀가 본 것이었죠. 그 수녀는 동료들에게 얘기했고, 다들 곧바로 수녀원장에게 몰려가 이 일을 고하기로 의견을 모았어요. 수녀원장의 이름은 마돈나 우심발다였는데, 그 성덕과 자애가 주변 사람들과 모든 수녀들 가운데서도 월등했답니다. 그래서 수녀들은 다시 생각한 끝에 자기들이 고할 내용을 확실하게 입증하기 위해서 수녀원장이 직접 청년을 현행범으로 잡게 하기로 했어요. 그들은 대죄를 지은 이사베타 수녀를 잡기 위해 주야로 밀착 감시에 들어갔지요.

아무것도 모르는 이사베타는 어느 날 밤 별 생각 없이 애인을 방으로 끌어들였어요. 청년이 방에 들어서자 감시하던 수녀들이 이를 보게 되었지요. 밤이 깊었기 때문에 지금이 적기라고 생각한 수녀들은 두 패로 나뉘어 한 패는 이사베타의 방문을 감시하고 다른 한 패는 수녀원장의 방으로 급히 달려갔습니다. 원장의 방으로 달려간 수녀들은 문을 쾅쾅 두드리며 원장을 불렀어요.

"원장님! 일어나세요! 빨리요, 빨리! 이사베타가 젊은 남자를 방으로 끌어들였어요!"

수녀원장은 그날 밤 어느 수도사와 함께 있었어요. 종종 상자에 넣어 자기 방에 들이던 자였지요. 이 소동을 들은 수녀원장은 수녀들이 서두르다가 혹은 너무 흥분하여 자기 방문을 벌컥 열어젖히지나 않을까 두려워하면서 튕기듯 침대에서 일어나 깜깜한 가운데서 할 수 있는 한 제대로 옷을 입노라고 입었지요. 그러나 수녀들이 머리에 쓰는 삼각형 두건을 집어 들었다고 생각했는데, 사실은 수도사의 속바지를 손에 잡고 말

피에트로 로렌체티, 「신성한 겸손에 관한 제단화」,
1332, 우피치 미술관 소장.

았어요. 수녀원장은 눈썹이 휘날릴 정도로 서두르느라 그런 줄도 모르고 두건 대신 속바지를 머리에 얹고서 기세가 등등 하게 나타났어요. 등 뒤로 문을 살짝 잠그면서 말입니다. 그러 곤 소리를 질렀지요.

"그 못된 것이 어디 있느냐?"

그리고 수녀들과 함께 이사베타의 방으로 향했지요. 현장 을 잡느라 너무나 분주하고 흥분한 수녀들은 수녀원장이 머 리에 쓴 것을 미처 알아보지 못했답니다. 수녀원장이 방문 앞 에 이르자 수녀들은 경첩이 떨어져 나가도록 일시에 문을 향 해 몸을 던졌어요. 그렇게 우르르 방으로 들이닥치고 보니, 두 남녀가 침대 위에서 서로를 꼭 끌어안고 있는 것이었어요. 두 사람은 갑작스러운 침입에 놀라서 어쩔 줄 몰라 꼼짝도 하지 못했지요.

젊은 수녀는 즉각 다른 수녀들에게 잡혀서 수녀원장의 명 령에 따라 집회소로 끌려갔어요. 한편, 청년은 그곳에 남아 옷 을 챙겨 입으면서 무슨 일이 생기는지 보고 있었어요. 자기 여 자에게 해가 닥치면 어떻게 해서든 그녀를 데리고 함께 수도 원을 빠져나가리라 생각했던 거예요.

모든 수녀들이 모인 가운데 수녀원장이 집회소의 자기 자 리에 앉자, 죄인만 바라보고 있던 수녀들은 어떤 여자도 들어 보지 못했을 가장 심한 욕설을 퍼붓기 시작했어요. 이사베타 의 음란하고 파렴치한 행동이 혹시 새어 나가기라도 한다면 이 신성하고 명예로운 수도원의 명성이 먹칠을 당할 거라고 떠들어 댔지요. 차마 입에 담기 힘든 험담에 벌을 주어야 한다며 위협도 가했습니다.

스스로도 잘못을 알았던 젊은 수녀는 할 말이 없었지요. 다만 멍하니 서서 아무 말도 하지 못한 채 덜덜 떨고 있었어요. 그 모습에 아마 다른 수녀들은 동정을 느낀 것 같습니다만, 수녀원장은 지칠 줄 모르고 계속해서 짖어 댔답니다. 그러는 바람에 젊은 수녀가 자기도 모르게 고개를 들어 바라보다가 두쪽으로 끈이 대롱대롱 매달린 속바지가 수녀원장 머리에 앉아 있는 것을 알게 되었지요. 수녀원장에게 무슨 일이 있었는지 확신한 수녀는 용기를 내어 입을 열었어요.

"하느님의 은총으로, 원장님, 그 두건 끈부터 매시고 하실 말씀을 하시지요!"

원장은 무슨 말인지 모르고 대답했어요.

"두건이 어쨌단 말이냐? 뻔뻔스럽게 농간을 부리려 드는 게냐? 이런 망측한 일을 저질러 놓고 재미라도 난다는 게냐?"

젊은 수녀는 두 번째로 말했어요.

"다시 한 번 부탁드립니다. 원장님! 두건 끈을 매세요. 그러고 나서 원하시는 대로 저에게 설교를 해 주십시오."

그제야 몇몇 수녀들이 수녀원장을 올려다보았고, 마찬가지로 수녀원장도 머리를 손으로 만져 보았어요. 그리고 이자베타가 무슨 말을 하는지 모두가 알게 되었답니다. 수녀원장은 자기도 똑같은 죄를 범했으며 눈이 튀어나올 듯 자기를 바라보는 수녀들에게 그 사실을 숨길 방법이 없다는 것을 알아차리고, 설교하던 투를 완전히 다른 말투로 바꿔 육체의 자극으로부터 자신을 지키는 것은 불가능하다고 힘주어 주장했지요. 그리고 비밀스럽게 할 수만 있다면 과거에 그랬듯이 언제든 이렇게 각자가 즐길 수 있다고 말했어요.

이제 이사베타는 자유로워졌어요. 이사베타와 수녀원장은 각자 애인과 수도사가 기다리는 자기 침대로 돌아갔지요. 젊은 수녀는 애인이 없는 동료 수녀들의 방해를 받지 않을 정도로 적당한 간격을 두어 애인을 찾아오게 했고, 다른 수녀들도 최선을 다해 비밀스럽게 스스로를 위안했답니다.

아홉 번째 날 세 번째 이야기

의사인 시모네 선생은 브루노와 부팔마코의 부탁을 받고 칼란드리노로 하여금 자신이 임신했다고 믿게 만든다. 칼란드리노는 약을 만들어 달라며 이들에게 돈을 주고, 결국 애를 낳지 않고도 건강을 회복한다.

엘리사의 이야기가 끝나자, 질투심으로 똘똘 뭉친 동료 수녀들에게서 젊은 수녀를 완벽하게 구하신 하느님께 모두 감사를 드렸습니다. 여왕은 필로스트라토에게 다음 이야기를 하라고 요청했습니다. 필로스트라토는 기다렸다는 듯 곧바로 이야기를 시작했습니다.

— 아름다운 부인들이여! 저는 어제 여러분께 마르케 출신의 멍청한 판사 이야기를 들려 드렸습니다. 그러다 보니 정작하려 했던 칼란드리노 이야기를 못 하고 말았네요. 그러지 않

아도 칼란드리노와 그 주변 사람들에 대해서는 몇 번 이야기가 나왔지만, 그자에 대한 이야기라면 여러분의 즐거움이 몇 배나 더 커질 거라 생각합니다. 그래서 어제 생각해 두었던 것이긴 하지만 이제 여러분께 들려 드릴까 합니다.

제가 지금 들려 드릴 이야기에 등장하는 칼란드리노와 그 주변 사람들이 어떤 사람들인지는 앞에서 충분히 드러난 바 있습니다. 그러니 그런 이야기는 생략하고 이제 칼란드리노에게 일어난 일부터 말씀드리고자 합니다. 칼란드리노의 숙모 한 분이 세상을 뜨면서 그에게 현금으로 200리라 피치올로*를 남겼습니다. 돈이 굴러들어오자 칼란드리노는 부동산을 사겠다며 떠들고 다녔습니다. 그러면서 마치 금화로 1만 피오리노 정도는 쓸 수 있는 것처럼 피렌체의 이런저런 중개인들과 흥정을 벌였지만 막상 계약을 할 즈음이면 번번이 깨지곤 하는 것이었습니다. 이런 일들을 익히 들어 알았던 브루노와 부팔마코는 공놀이나 할 그런 땅을 사려고 돌아다니지 말고 자기들과 어울려 즐겁게 돈을 쓰는 게 훨씬 낫지 않겠느냐고 몇 번이고 타일렀지만, 도무지 말을 들으려 하지 않았을 뿐만 아니라 술 한 잔 사는 법이 없었습니다.

---

* 1리라 피치올로는 240피치올로에 해당하므로, 숙모가 칼란드리노에게 남긴 돈은 4만 8000피치올로다. 이를 피오리노로 환산하면, 화폐 가치가 하락한 1300년 이전으로 따져도 200피오리노밖에 되지 않으며 그 이후에는 가치가 훨씬 더 떨어진다. 따라서 뒤에 칼란드리노가 떠들고 다니듯 부동산을 살 만한 돈이 못 된다. 당시의 화폐 단위에 대해서는 『데카메론』1권 62쪽 각주 참조.

어느 날 이에 대해 두 사람이 푸념을 늘어놓고 있는데, 마침 그들의 단짝인 넬로라는 화가가 찾아왔습니다. 셋은 칼란드리노가 한턱내게 만들 계책이 없을까 머리를 맞대고 의논했지요. 뭐, 그렇게 오래 고민할 것도 없이 그들은 계책을 생각해 내고 각자 맡을 역할을 정했습니다. 그리고 다음 날 아침 칼란드리노가 집을 나설 때쯤 해서 기다리고 있던 넬로가 우연히 만난 것처럼 하면서 말을 던졌습니다.

"오늘도 안녕하신가, 칼란드리노."

칼란드리노는 덕분에 하루도, 한 해도 잘 지낸다고 대답했습니다. 넬로는 잠시 망설이는 척하다가 칼란드리노 옆으로 다가오더니 얼굴을 빤히 들여다보기 시작했습니다. 그러자 칼란드리노가 말했지요.

"뭘 그렇게 살피나?"

그러자 넬로가 말했어요.

"자네 어젯밤에 별일 없었나? 안색이 좋지 않네."

칼란드리노는 갑자기 걱정이 되어 물었습니다.

"내 얼굴이 어떤데?"

"아니, 뭐라고 말하긴 그런데, 뭔가 완전히 딴사람처럼 보이네그려. 뭐, 별일이야 있겠나."

넬로는 그렇게 말하고는 그냥 가 버렸습니다.

칼란드리노는 완전히 얼떨떨해져서 뭐가 뭔지 모른 채 발길을 옮겼습니다. 거기서 얼마 떨어지지 않은 곳에 있던 부팔마코가 넬로와 헤어진 것을 확인하고 칼란드리노에게 다가가 인사를 건네며 안색이 좋지 않은데 어쩐 일이냐고 물었습니다.

"모르겠네. 넬로가 그러는데 내가 전혀 딴사람처럼 보인다는군. 난 아무렇지도 않은데, 이상하게 보이는가?

그러자 부팔마코가 떠들어 댔습니다.

"아이고, 그럼. 아무렇지도 않은 게 뭔가! 반쯤 죽은 사람 같으이."

칼란드리노는 이 말을 듣고 열이 확 뻗치는 느낌이 들었습니다. 거기에 브루노가 나타나더니 부팔마코의 말을 듣기도 전에 이렇게 말하는 것이었습니다.

"칼란드리노! 자네 얼굴이 왜 그런가? 꼭 죽은 사람 같잖아. 자네 괜찮은 건가?"

너도나도 이렇게 떠들자 칼란드리노는 아무래도 자신이 병에 걸린 것 같은 생각이 들어 완전히 풀이 죽어서 이렇게 물었습니다.

"어쩌면 좋지?"

브루노가 말했어요.

"내 생각에는 빨리 집으로 돌아가는 게 좋을 것 같네. 침대로 직행해서 이불을 두툼하게 덮고 눕게. 그리고 시모네 선생에게 자네 증상을 보내는 거야.* 자네도 알다시피 시모네 선생은 우리의 절친한 친구 아닌가. 자네가 어떻게 하면 좋을지 금방 봐 주실 걸세. 우리도 함께 가겠네. 할 일이 있으면 우리가 해 주지."

---

* 소변을 받아 보내라는 뜻. 소변 검사는 당시에도 가장 널리 사용되던 검사 방법이다.

때맞춰 넬로가 합류했고, 그들은 칼란드리노를 데리고 집으로 갔습니다. 칼란드리노는 방에 들어서면서 잔뜩 풀이 죽어서 아내에게 이렇게 말했습니다.

"여보, 이리 와서 이불 좀 잘 덮어 줘. 아무래도 큰 병에 걸린 것 같아."

그리고 눕기 전에 하녀를 시켜서 소변을 받아 시모네 선생에게 보냈습니다. 당시 선생은 베키오 시장에서 멜론 표시를 달고서 병원을 운영하고 있었지요.* 브루노가 친구들에게 이렇게 말했습니다.

"자네들은 여기서 칼란드리노와 함께 있게. 나는 가서 의사 선생이 뭐라 말하는지 알아보는 게 좋겠어. 필요하다면 선생을 데리고 오겠네."

그러자 칼란드리노가 말했습니다.

"그래! 이 친구야! 가거든 증세를 잘 설명하고 뭐라 하시는지 잘 좀 듣고 오게. 뭔가 몰라도 확실히 몸이 좀 이상하단 말이야."

브루노는 소변을 갖고 간 하녀보다 먼저 시모네 선생에게 달려가서 자기들의 계획에 대해 알려 주었습니다. 선생은 하녀가 오자 소변을 검사하고 이렇게 말했습니다.

"돌아가거든 칼란드리노에게 절대로 몸을 따뜻하게 하라고 전해라. 나도 곧 뒤따라가서 진찰을 하고 처방을 내릴 거라

---

* 과일의 이름인 멜론은 '바보'를 뜻하기도 한다.(여덟 번째 날 아홉 번째 이야기 참조.) 칼란드리노를 진찰하는 장소가 바보를 진찰하는 곳이라는 암시가 담겨 있다.

고 말이다."

하녀가 돌아와서 그렇게 전하고 있는데, 선생과 브루노가 들어왔습니다. 선생은 칼란드리노 곁에 앉아서 맥을 짚어 보더니, 부인이 있는 자리에서 이렇게 말했습니다.

"이보게, 칼란드리노! 내 친구니까 하는 말인데, 자넨 아픈 게 아니라 임신을 한 것뿐일세."

이 말을 듣자 칼란드리노는 신음을 내지르면서 이렇게 말했어요.

"이런 빌어먹을! 테사! 이게 다 당신 때문이야! 자꾸 위에서 하겠다고 하니까 이런 거 아냐! 그래, 내가 뭐라 그랬어!"

무척 정숙한 여자였던 부인은 남편에게서 이런 말을 듣자 얼굴이 새빨개져서 한마디 대꾸도 못 하고 방에서 나가 버렸습니다. 칼란드리노는 계속 투덜거렸습니다.

"아이고, 내 팔자야! 내 인생이 어찌 되려고 이러나! 이 애를 어떻게 낳는단 말이야? 애가 어디로 나온다는 거야? 이게 다 여편네가 발정이 나서 내가 죽는 거로구나! 우라질 년! 내가 복 받는 만큼만 천벌을 받아라! 내 몸이 성하기만 했어도 당장에 일어나서 이년을 두들겨 패 버리는 건데. 그래서 다리 몽둥이를 분질러 놔야 내 몸이 확실히 나을 텐데 말이야. 아이고! 그년이 위에 올라타는 걸 그냥 두는 게 아니었는데. 앞으로는 절대 그러지 말아야지. 그래야 올라타고 싶어 환장해서 먼저 죽을 것 아닌가."

브루노와 부팔마코 그리고 넬로는 칼란드리노가 하는 말을 듣고 웃음이 터져 나오려는 걸 억지로 참았습니다. 하지만 시모네 선생 양반은 이가 죄다 빠져 버릴 정도로 자지러지듯 웃어 댔습니다. 그러거나 말거나 일이 이렇게 된 이상 칼란드리노는 의사에게 매달리면서 이 일을 어쩌면 좋을지 도와 달라고 통사정을 하는 것이었습니다. 그러나 의사가 이렇게 말했습니다.

"칼란드리노! 너무 낙담하지 말게. 다행히 사태를 조속히 알게 됐으니, 며칠이면 그냥 잘 나을 걸세. 돈이야 좀 들겠지만 말이야."

그러자 칼란드리노가 말했어요.

"아이고, 선생님! 제발 잘 부탁드립니다. 땅을 좀 사려고 모아 둔 200리라 피치올로가 있습니다. 필요하시면 다 가져가십시오. 대신 애만 낳지 않게 해 주세요. 정말 어찌해야 좋을지 모르겠습니다. 여자들은 그렇게 큰 통을 가지고도 애를 낳을 때 울고불고 하던데, 내가 그렇게 아프게 된다면 애를 낳기도 전에 죽어 버리고 말 겁니다."

의사의 말은 이러했습니다.

"걱정 말게나. 내가 효과 확실하고 먹기 좋은 물약을 하나 만들어 줄 테니까. 그걸 먹으면 사흘 안에 깨끗이 나을 걸세. 갓 잡은 생선보다 더 팔팔해질 거야. 앞으로는 좀 똑바로 처신해서 이런 어리석은 지경에 빠지지 않도록 하게. 그런데 그 물약을 만들려면 살진 닭 여섯 마리가 큰 놈으로 필요하네. 그리고 다른 필요한 걸 사기 위해서 5리라 피치올로 정도가 있어야 하니, 그 돈을 닭과 함께 집으로 보내 주게. 그럼 내 확실히 내일 아침까지 그 물약을 만들어서 보내 주겠네. 그걸 받으면 큰 컵에 가득 따라서 한 번에 마시도록 하게."

칼란드리노는 이 말을 듣고 이렇게 말했습니다.

"선생님! 선생님만 믿겠습니다."

그리고 브루노에게 5리라 피치올로와 닭 살 돈을 주면서, 귀찮겠지만 수고 좀 해 달라고 부탁했습니다.

의사는 집으로 들어와서 의약품으로 쓰는 음료를 약간 만들어서 보냈습니다. 브루노는 닭과 그 밖에 요기할 만한 다른 것들을 사다가 의사와 친구들과 함께 배가 터지도록 먹었습니다. 칼란드리노는 사흘 동안 아침마다 그 음료를 마셨습니다. 그러고 나자 의사가 친구들과 함께 찾아와서 맥을 짚어 보고 이렇게 말했습니다.

"칼란드리노! 깨끗이 나았네. 이제 뭐든지 해도 좋으니, 집에 가만히 누워 있을 필요가 없네."

칼란드리노는 기뻐하며 일어나 그길로 일을 하러 나갔습니다. 그리고 마주치는 사람들마다 붙들고는 시모네 선생이 해 준 치료가 용하다고 떠벌리면서 사흘 만에 아무런 고통도 없이 유산을 시켜 주었다고 자랑했습니다. 브루노와 부팔마코 그리고 넬로는 인색한 칼란드리노를 단단히 골려 준 것이 흡족했지만, 결국 테사가 이 일을 알고서 남편에게 꽤나 잔소리를 해 댔다고 합니다.

아홉 번째 날 네 번째 이야기

체코 포르타리고는 부온콘벤토*에서 노름을 하다가 갖고 있던 모든 것은 물론 체코 안졸리에리의 돈까지 몽땅 털린다. 그러나 속옷 하나만 입고 안졸리에리의 뒤를 쫓아가 자기 것을 훔친 도둑이라고 외치면서 마을 사람들이 그를 붙잡도록 만든다. 그리고 상대의 옷을 입고 말까지 빼앗아 타고는 상대를 속옷 바람으로 두고 떠나 버린다.

칼란드리노가 아내에게 떠들어 댄 소리를 듣고 사람들은 모두 깔깔거리며 웃었습니다. 필로스트라토가 입을 다물자 이제 네이필레가 여왕이 원하는 대로 이야기를 시작했습니다.

— 현명한 부인들이여! 남들에게 자기가 똑똑하고 훌륭하

---

* 시에나에서 남쪽으로 약 40킬로미터 떨어진 마을. 거기서 길이 마르케를 향해 동쪽으로 꺾인다.

다는 것을 보여 주는 것이 자기가 어리석고 악하다는 것을 보여 주는 것보다 곤란한 일일 경우, 사람들은 말을 삼가려 합니다. 적어도 헛수고가 되지는 않을 테니 말이에요. 그 사실을 칼란드리노는 그 바보 같은 짓으로 여실히 보여 줬네요. 멍청하게도 자기가 병에 걸렸다고 믿고 그걸 고치자고 아내와의 비밀스러운 즐거움을 사람들 앞에 쓸데없이 다 들춰냈잖아요? 그런데 방금 그와 반대되는 경우가 제 머리에 떠올랐어요. 바로 한 사람의 악의가 다른 사람의 재치를 앞설 경우 얼마나 큰 손해와 모욕을 입힐 수 있는지 보여 주는 이야기입니다. 그 이야기를 들려 드릴게요.

그렇게 오래된 이야기는 아닙니다만, 장년에 접어든 두 사내가 시에나에 살았어요. 둘 다 이름이 체코였는데, 한 사람은 성이 안졸리에리이고 다른 사람은 성이 포르타리고였지요. 두 사람이 사는 방식은 여러 모로 닮지 않았지만, 한 가지 면에서만은 일치했답니다. 바로 둘 다 아버지를 싫어한다는 점이었죠. 어쨌든 둘은 가까워졌고 친구가 되었으며 자주 어울려 다녔어요.

잘생긴 데다 사교계에서 명성도 높았던 안졸리에리는 아버지가 보내 주는 돈만 갖고는 시에나에서 생활하는 데 많은 불편을 느꼈어요. 그런데 자기를 끔찍이 아껴 주고 보호해 주던 어느 추기경이 교황의 사절로 마르케 단코나에 와 있다는 소식을 듣고서 그를 찾아가 보기로 마음먹었어요. 뭔가 생활에 보탬이 되리라 생각한 것이었지요. 그래서 이 계획을 아버지에게 알린 뒤, 잘 차려입고 말을 타고 당당하게 방문할 수 있도록 여섯 달치 생활비를 한 번에 달라고 요청했어요.

그런 뒤 이번에는 자기를 보필할 누군가를 물색했는데, 그 소문이 포르타리고의 귀에까지 들어갔어요. 포르타리고는 곧바로 안졸리에리를 찾아가서 제발 자기를 데리고 가 달라며, 하인이라도 좋고 종이라도 좋으니 무슨 일이라도 시키면서 먹여 주기만 하면 급료도 안 받겠다고 사정했어요. 그러자 안졸리에리는 데려갈 수 없다고 대답했지요. 일이야 충분히 유능하게 잘할 것으로 믿지만, 노름을 하는 데다 가끔가다 주사를 부린다는 것이 이유였습니다. 이 말을 듣고 포르타리고는 그 두 가지를 정말 깨끗이 없애겠다고 몇 번이고 맹세를 하면서 졸라 댔고 그 바람에 안졸리에리는 그만 마음이 움직여 승낙을 하고 말았어요.

그리하여 어느 날 아침 두 사람은 부온콘벤토에 도착해서 식사를 하게 되었어요. 날씨가 꽤나 무더웠기 때문에 식사를 마치고 나자 안졸리에리는 포르타리고의 도움을 받아 여관에 침대를 하나 마련하고는 옷을 벗고 잠을 청했어요. 아홉 번째 시간쯤에 깨워 달라고 부탁하고서 말이에요. 포르타리고는 안졸리에리가 잠들자 그길로 근처 선술집으로 나가서 술을 몇 잔 들이켜고 사람들과 어울려 노름을 했어요. 그러나 삽시간에 가진 돈을 다 털리고 입고 있던 옷마저 벗어 줘야 했답니다. 그는 잃은 것을 되찾으려는 생각에 속옷 바람으로 안졸리에리가 자고 있는 방으로 가서는 그가 곤히 잠에 빠진 걸 확인하고 지갑에 있던 돈을 꺼내 다시 노름판으로 돌아갔어요. 결국 그 돈도 다 털리고 말았지요.

이제 잠에서 깨어 일어난 안졸리에리가 옷을 입고 포르타리고를 불렀습니다만, 나타나지 않았지요. 그래서 안졸리에리는 그가 으레 그랬듯이 어디선가 자고 있으려니 짐작하고는 그냥 버려두고 갈 요량으로 말안장을 얹고 여행 가방을 실으면서, 코르시냐노에 가거든 다른 하인을 알아봐야겠다고 생각했지요. 그러고서 떠나기 전에 여관 주인에게 돈을 치르려다가 지갑에 한 푼도 없는 걸 알게 됐어요. 큰 소동이 벌어졌지요. 안졸리에리가 이 여관에서 도둑을 맞았으니 다 붙잡아서 시에나로 끌고 가 감옥에 처넣겠다고 협박을 해 대는 통에 여관이 발칵 뒤집힌 거예요. 그런 판에 포르타리고가 속옷 차림으로 나타났어요. 돈을 훔친 것처럼 이번에는 옷을 가져가려고 온 것이었지요. 그는 안졸리에리가 말을 준비시킨 것을 보고 이렇게 말했어요.

"이게 무슨 일인가, 안졸리에리? 벌써 떠나려는 건가? 잠깐만 기다려 주게. 내 옷을 38솔도에 저당 잡은 사람이 금방 이리로 올 텐데, 그냥 35솔도만 주면 옷을 돌려줄 걸세."

그 말이 미처 끝나기도 전에 사내 하나가 나타나서 포르타리고가 노름판에서 잃은 돈이 어느 정도라고 말하며 안졸리에리에게 그의 돈을 훔친 것은 포르타리고가 틀림없다고 말했어요. 그 말을 듣고 안졸리에리는 너무나도 화가 나서 포르타리고에게 엄청난 비난을 퍼부었지요. 만일 그가 하느님을 두려워하는 사람이 아니었다면 아마 그 이상의 것을 했을 거예요. 안졸리에리는 포르타리고를 교수형에 처하게 하겠다는 둥 시에나에서 추방령을 선고받게 하겠다는 둥 위협하면서 말에 올랐지요.

포르타리고는 안졸리에리가 마치 자기가 아니라 다른 사람한테 지껄이기라도 하는 듯이 뻔뻔스러운 얼굴로 이렇게 말했어요.

"이보게, 안졸리에리. 이제 와서 그따위 말을 해 봐야 무슨 소용이 있겠나. 우린 이 점을 생각해야 하네. 지금 당장 35솔도만 돌려주면 옷을 찾을 수 있단 말일세. 지금 당장 해야지, 내일로 미루면 그자가 나한테 빌려 준 38솔도를 고스란히 갚아야 한단 말이야. 그자가 꼬드기는 바람에 내가 노름판에 낀 것이라 그나마 봐주는 걸세. 그러니 이 3솔도라도 벌어야 하지 않겠나!"

그런 식으로 지껄이는 소리를 듣고 안졸리에리는 속이 부글부글 끓어올랐어요. 더욱이 주변에 있는 사람들이 포르타리고가 안졸리에리의 돈을 탕진한 것이 아니라, 안졸리에리가 아직 포르타리고의 돈을 더 갖고 있다고 생각하는 듯해서 더 미칠 것 같았지요. 그래서 그는 이렇게 말했어요.

"네 옷이 나랑 무슨 관계가 있단 말이야? 넌 목을 매고 죽을 놈 아니냐! 내 돈을 훔친 것도 모자라서 그 돈을 갖고 노름을 했으니, 게다가 내 갈 길을 막고 방해를 하다니, 날 완전히 바보 취급하는 것 아니냐!"

포르타리고는 마치 아무 소리도 들리지 않는다는 듯 멀뚱한 표정으로 이렇게 말했어요.

"아니, 어째서 자네는 내가 3솔도를 벌 기회를 뺏는 건가? 내가 설마 그걸 못 갚을까 봐 그러는가? 자! 제발 좀 돈을 내

놓게. 뭘 그리 바삐 서두르나? 저녁 전까지는 충분히 토레니에리*까지 갈 수 있을 거야. 어서 지갑을 뒤져 보게. 시에나를 다 뒤져 봐도 이만큼 내 몸에 꼭 맞는 옷은 찾기 힘들다고. 그걸 38솔도에 그자에게 넘겨야 하겠나! 무려 40솔도 이상은 나갈 텐데, 자네는 나에게 이중의 손해를 입힐 셈인가!"

안졸리에리는 포르타리고에게서 노늑을 맞은 데다 이제는 허무맹랑한 소리까지 들어야 하니 하도 어이가 없어서 대꾸도 하지 않고 말 머리를 돌려 토레니에리로 떠났어요. 그러자 포르타리고는 아주 간교한 생각을 떠올리고 속옷 바람으로 그를 쫓아가기 시작했지요. 그렇게 안졸리에리의 귀에 그야말로 질리도록 계속 소리를 질러 대며 2마일 이상을 따라가다 보니, 안졸리에리가 가는 길옆의 들에서 일하는 농부들이 눈에 들어왔어요. 그러자 포르타리고는 더 크게 고함을 지르기 시작했어요.

"저놈 잡아라! 저놈 잡아라!"

농부들은 저마다 괭이며 삽을 들고 안졸리에리의 길을 막아섰지요. 그리고 속옷 바람으로 고래고래 소리를 지르며 쫓아오는 사내가 돈을 털렸다고 짐작하고서 안졸리에리를 붙들고 놓아주지 않았답니다. 안졸리에리는 자기가 누구인지, 일이 어떻게 된 것인지 누누이 설명을 했지만 아무런 소용이 없었지요.

그 자리에 도착한 포르타리고가 붉으락푸르락하며 이렇게

---

*부온콘벤토에서 10킬로미터쯤 떨어진 작은 마을.

말했어요.

"이 도둑놈아! 내 것을 훔쳐 달아나다니, 네놈을 어떻게 죽여야 좋을지 모르겠다!"

그리고 농부들을 향해 말했어요.

"여러분, 짐작이 가시죠? 이놈이 갖고 있던 걸 노름판에서 몽땅 털리고는 나를 이 꼴로 여관에 버려두고 도망친 겁니다. 하느님과 여러분 덕분에 그래도 이나마 되찾게 됐습니다. 이 은혜는 잊지 않겠습니다."

안졸리에리는 이러쿵저러쿵 설명을 했지만, 그의 말은 도저히 먹혀들지 않았어요. 포르타리고는 농부들의 도움을 받아 안졸리에리를 말에서 끌어내려 옷을 벗기고 자기가 그 옷을 입었어요. 그리고 안졸리에리는 속옷 차림에 맨발로 버려둔 채 말 위에 올라 시에나로 돌아왔답니다. 그리고 말과 옷은 안졸리에리와 노름을 해서 딴 것이라고 떠들고 다녔지요. 한편, 안졸리에리는 부자 행세를 하면서 마르카의 추기경을 찾아가려 했다가 가엾게도 속옷 바람으로 초라하게 부온콘벤토로 돌아갔어요. 그리고 한동안 너무도 창피해서 시에나로 돌아갈 엄두를 내지 못했지요. 그러다 옷을 빌려 입고 포르타리고가 타던 노새를 타고 코르시냐노에 있는 친척집에 가서 다시 아버지에게서 돈이 올 때까지 머물렀답니다. 이렇게 포르타리고의 나쁜 꾀와 행동은 안졸리에리의 멋진 계획을 망쳐버렸지만, 그래도 언제 어디선가 안졸리에리의 보복을 받지 않을까요?

아홉 번째 날 다섯 번째 이야기

젊은 여자한테 홀딱 빠진 칼란드리노에게 브루노가 부적을 만들어 준다. 칼란드리노가 여자의 몸에 부적을 붙이자, 여자는 바로 그를 따라온다. 그리고 칼란드리노는 여자와 함께 있다가 아내에게 들켜 큰 곤욕을 치른다.

네이필레의 길지 않은 이야기가 끝나자 사람들은 크게 웃거나 별다른 평가를 하지 않았습니다. 여왕은 피암메타에게 이야기를 이어 가라고 요청했습니다. 피암메타는 웃음을 지으며* 그렇게 하겠다고 대답하고서 이야기를 시작했습니다.

— 지극히 친절하신 부인들이여! 여러분도 잘 아시리라 믿습니다만, 이야기를 하는 사람이 시간과 장소를 잘 생각해서

---

*피암메타가 이야기를 시작할 때 흔히 보이는 태도.

이야기를 선택한다면 재미없는 이야기가 하나도 없을 거예요. 우리가 여기에 모여 있는 것도 다른 이유가 아닌, 즐겁고 좋은 시간을 보내기 위해서입니다. 그러니 즐거움과 웃음을 제공하려면 무슨 이야기를 하든 시간과 장소를 잘 생각해서 해야 할 겁니다. 그런 만큼 천 번을 이야기한 것이라 해도 재미나기만 하다면 되풀이해서 이야기하지 않을 까닭이 없겠지요. 그런 이유로 해서 지금까지 칼란드리노가 등장하는 이야기가 많이 나왔고 바로 조금 전에도 필로스트라토 님이 칼란드리노 이야기를 들려주시긴 했지만, 그 이야기들이 다 재미난 것들이었기 때문에 저도 그에 관한 이야기 하나를 더할까 해요. 사실 말이지만 칼란드리노 이야기를 하면서 다른 이름으로 각색할 수도 있고 덧붙일 수도 있어요. 하지만 이야기 속에 들어 있는 사실이나 진실에서 멀어지면 듣는 사람들의 재미가 크게 떨어지기 때문에, 저는 원래 있는 그대로의 이야기를 여러분께 들려 드리고자 합니다.

니콜로 코르나키니는 우리 도시 사람으로, 상당한 부자였어요.* 여러 곳에 부동산을 소유하고 있었지만, 그중에서도 카메라타에 아름다운 땅이 있어서 그곳에 웅장하고 멋진 저택을 지었지요. 그리고 브루노와 부팔마코에게 부탁해서 온 집 안에 그림을 그려 달라고 했어요. 그 일이 여간 큰일이 아니어서 두 사람은 넬로와 칼란드리노도 합류하게 하여 함께 일

---

* 코르나키니 가문은 13~14세기 피렌체에서 잘 알려진 부유한 상인 가문으로, 아비뇽과 영국에도 지점을 두었다.

을 시작했지요. 아직까지는 방 몇 개에만 침대와 다른 필요한 것들이 놓여 있었고, 늙은 하녀가 집을 지키고 있었으며, 다른 가족들은 없었어요. 그래서 니콜로의 아들인 필리포라는 젊은 총각이 가끔 여자들을 데리고 와서 하루나 이틀씩 재미를 보며 지내는 데 이용되는 형편이었지요.

그런 식으로 재미를 보던 어느 날 필리포가 니콜로자*라는 여자를 데리고 왔어요. 니콜로자는 만조네라는 건달이 카말돌리에 있는 어떤 집에 두고 매춘을 시키는 여자로, 얼굴이 제법 반반했고 옷차림도 말쑥했으며 그런 부류의 여자치고는 예의도 바르고 말도 잘했지요. 그러던 어느 날 낮이었어요. 여자가 흰 잠옷 차림으로 머리를 대충 걷어 올리고 침실에서 나와 안마당 우물에서 세수를 하고 있었지요. 마침 그 자리에 칼란드리노가 물을 길러 왔다가 그녀를 보고 친한 척하며 인사를 건넸어요. 여자도 답례를 하고 힐끔거렸는데, 칼란드리노가 좀 모자란 사람처럼 보였기 때문이었죠. 칼란드리노도 얼굴을 훔쳐보더니 꽤 미인이라는 생각이 들었는지 물을 길어 동료들에게 돌아갈 생각은 않고 어떻게 좀 해 볼까 궁리하기 시작했어요. 그렇지만 생판 모르는 사람에게 말을 붙일 용기가 나지 않았지요. 한편, 여자는 사내가 자기를 힐끔거린다는 걸 알고 골려 줄 생각이 들어 그를 자꾸 바라보면서 한숨을 쉬었답니다. 그러자 칼란드리노는 순식간에 황홀해져서 필리포

---

* 니콜로자 코르나키니. 니콜로자라는 이름은 당시 피렌체에서 흔했는데, 보카치오도 이 이름을 가진 여자와 관계가 있었다고 한다.

가 침실에서 그녀를 부를 때까지 자리를 떠나지 못했어요.

칼란드리노는 일을 하러 돌아와서도 전에 없이 한숨을 쉬어 댔지요. 자기 일에 지극히 열심인 사람들이 그러듯 동료가 잘하고 있나 신경을 쓰던 브루노가 낌새를 채고 이렇게 말했어요.

"내 친구 칼란드리노! 대체 무슨 일인가? 한숨만 쉬고 있으니 말이야."

그러자 칼란드리노가 말했어요.

"이보게, 누구든 날 좀 도와줄 수 없겠나?"

"무슨 일인데?" 하고 브루노가 물었어요.

그러자 칼란드리노는 이렇게 말했지요.

"남한테 할 만한 얘기는 아닌데 말이야. 실은 요 아래 젊은 여자가 하나 있던데, 요정보다도 더 예쁘더군. 그런데 자네는 곧이듣지 않겠지만 아무래도 나한테 반한 것 같아. 아까 물을 길러 갔을 때 보니 그렇더란 말일세."

브루노가 맞장구를 쳤어요.

"아, 그런가! 하지만 조심하게. 필리포의 부인인지도 모르잖아."

칼란드리노가 말했어요.

"뭐, 그런 것 같더군. 필리포가 부르니까 그의 침실 쪽으로 갔거든. 하지만 그게 어떻다는 말인가? 그런 류의 일이라면 필리포가 문제가 아니라 예수 그리스도라도 기꺼이 넘겨 버릴 거야. 이보게, 자네한테 솔직히 말하고 싶은데, 난 그 여자가 정말 좋네. 말로 할 수 없을 정도로 말일세."

그러자 브루노가 말했어요.

"정 그렇다면 그 여자에 대해 내가 좀 알아봐 주겠네. 혹시 필리포의 아내라고 해도 두어 마디 얘기 좀 해서 자네 사정을 잘 정리해 주지. 내가 그 여자랑 무척 친하거든. 근데 부팔마코한테 이걸 좀 알렸으면 좋겠는데. 그 친구가 없으면 내 마음 껏 뻐늘어 대기가 그래서 말이야."

칼란드리노가 말했어요.

"부팔마코라면 괜찮네. 하지만 넬로는 조심하게. 그 자식은 테사*의 친척이라 산통을 다 깨 버릴 거야."

브루노가 말했어요.

"당연하지."

사실 브루노는 그 여자가 어떤 여자인지 잘 알았어요. 그 집에 드나드는 걸 봤고 또 필리포한테 들은 것도 있었거든요. 그래서 칼란드리노가 잠시 일손을 놓고 여자를 보러 간 사이에 넬로와 부팔마코에게 자초지종을 얘기하고는 이 연애 사건을 어떻게 처리해야 좋을지 몰래 상의했지요.

칼란드리노가 돌아오자 브루노가 나직하게 물었어요.

"그래, 그 여자는 봤나?"

"아이고, 그럼! 아주 죽겠구먼."

브루노가 말했어요.

"내가 생각하는 그 여자가 맞는지 내 한번 가 보지. 맞는다면 나한테 맡겨 두라고."

---

* 칼란드리노의 아내.

그러고 나서 브루노는 아래로 내려갔어요. 그리고 필리포와 그 여자를 만나서 그들에게 칼란드리노가 어떤 인물이고 어떤 얘기를 했는지 세세하게 들려주고는, 칼란드리노의 연정을 골려 주자며, 그러기 위해서 그들 각자가 해야 할 행동과 말을 의논했어요. 그리고 돌아와서 칼란드리노에게 이렇게 말했어요.

"역시 그 여자가 맞더군. 그러니 정말 조심해서 행동해야 하네. 필리포가 이 일을 알기라도 하면 우리는 아르노 강물을 다 뒤집어쓸 수도 있어.* 그런데 내가 그 여자랑 자네를 잘 연결시켜 주려면 자네 입장에서 내가 어떻게 말해 줘야 하지?"

그러자 칼란드리노가 이렇게 대답했어요.

"잘됐군! 자네는 말이야, 우선 내가 그 여자를 정말 미치도록 그리워 한다고 전해 주게. 임신을 시키고 싶을 정도라고 말이야. 그다음에는 설사 그녀가 아무것도 바라지 않는다고 해도 그녀의 종으로 살겠다고 전하게. 내 말 잘 알겠나?"

브루노가 말했어요.

"그럼, 그럼. 나한테 다 맡겨 놓으라고."

저녁 식사 시간이 되어 모두 일을 중단하고 안마당으로 내려갔어요. 거기에는 필리포와 니콜로자가 칼란드리노를 응대하기 위해서 잠시 나와 있었지요. 칼란드리노는 세상에서 가장 기묘한 표정을 지으며 니콜로자에게 추파를 던졌어요. 장

---

* '아르노 강물을 뒤집어쓰다.'라는 표현은 당시 토스카나 지방에 널리 퍼진 속담으로 '변명할 여지가 전혀 없다.'라는 뜻이다.

님들이 그러는 것처럼 말이죠.

그런데 잠시 후에 그들이 자리를 떴기 때문에 칼란드리노의 실망은 이루 말할 수 없이 컸어요. 피렌체로 돌아오는 길에 브루노는 칼란드리노에게 이렇게 말했어요.

"자네 정말 선수더군. 마치 햇살 아래 얼음이 녹아내리듯 그 여자를 녹여 버렸잖아. 자네 레베크*를 가지고 잘 아는 연가를 몇 곡 불러 보게. 내 확실히 장담하는데, 그러면 그 여자가 창문에서 몸을 던져 자네 품에 안길 거야."

칼란드리노가 말했어요.

"자네, 정말 그렇게 생각하나? 그럼 레베크를 가져올까?"

"그러게나." 하고 브루노가 대답했어요.

그러자 칼란드리노는 이렇게 말했지요.

"오늘 내가 그 여자 얘기를 꺼냈을 때 자네는 내 말을 믿지 않는 것 같더군. 나는 말이야, 다른 남자들과 달라. 내가 원하는 건 다 해치울 수 있다고. 대체 나 말고 또 누가 그만한 미녀를 그렇게 순식간에 녹여 버리겠나? 하루 종일 여기저기 쏘다니면서 천년이 걸려도 개암 세 줌도 모을 줄 모르는 헛바람이나 든 젊은 놈들이 할 수 있겠어? 내가 레베크를 좀 켜는데, 자네에게 보여 주겠네. 아주 훌륭하지! 그리고 나는 자네가 생각하는 만큼 늙지 않았다는 것도 좀 알아줘. 그 여자는 오히려 그 점을 잘 안다고. 뭐, 그렇지 않다고 해도, 그리스도의 진짜 육신을 걸고 맹세하는데, 그 여자 어깨에 손만 걸쳐도

---

* 중세 유럽의 현악기.

금방 깨우쳐 줄 수 있지. 덜떨어진 엄마가 자식 뒤를 졸졸 따라다니듯 그 여자가 내 뒤를 따라다니도록 솜씨를 발휘할 테니 말이야."

브루노가 장단을 맞췄어요.

"아, 그럼, 그럼! 곧 자네 주둥이를 그 여자한테 들이대겠군. 자네가 장미꽃처럼 새빨간 그 여자의 입술과 뺨을 이빨로 물어뜯다가 하나도 남김없이 모조리 먹어 치우는 모습이 눈에 선하구먼."

그런 말을 들으니 벌써 그렇게 된 것만 같아 칼란드리노는 꽤나 기뻐하면서 노래를 부르고 펄쩍펄쩍 뛰어다니며 도무지 가만히 있지를 못했어요. 그다음 날 칼란드리노는 레베크를 가지고 와서 사람들과 노래를 부르며 즐거운 시간을 가졌어요. 그리고 자꾸만 그녀가 보고 싶은 마음에 아무것도 못 하고 들떠 있었지요. 일이 하나도 손에 잡히지 않았던지 여자를 보기 위해 창가로 문으로 안마당으로 들락날락거리기를 수도 없이 하면서 말이에요. 여자는 브루노가 시킨 대로 칼란드리노가 그렇게 하도록 아주 그럴싸하게 맞장구를 쳐 주었답니다. 브루노는 사람들과 연락을 주고받았고 여자도 브루노에게 시시때때로 연락을 해 왔어요. 그래서 여자는 그곳에 머물지 않을 때면 대개 칼란드리노에게 편지를 보내 지금 자기는 친척 집에 있어서 볼 수 없다고 전하곤 했답니다. 그녀를 보지 못하는 칼란드리노야 애간장이 녹을 수밖에 없었지요. 이런 식으로 브루노와 부팔마코는 일을 직접 주무르면서 칼란드리노가 지금 세상에서 가장 행복한 상태에 있는 것처럼 부추겼어요. 그래서 툭하면 그 여자가 원한다는 듯 상아로 만든 빗이라든가 지갑이라든가 또 때로는 작은 칼이나 자질구레한 것들을 전해 주게 했지요. 그리고 여자 쪽에서는 아무 값어치도 없는 가짜 금반지 같은 것들을 답례로 보내게 해서 그것도 모르는 칼란드리노를 굉장히 흥분하게 만들었답니다. 그 밖에도 일을 좀 잘 봐 달라는 뜻으로 칼란드리노에게서 이런저런 자잘한 선물이나 식사 대접을 받기도 했지요.

이런 식으로 별다른 진전 없이 두 달이 훌쩍 지나갔어요. 그와 함께 칼란드리노는 그 집 일이 끝나 간다는 것을 알게 됐지요. 그러자 일이 끝나기 전에 이 사랑을 이룰 수 없다면 도저히 다른 기회가 찾아오지 않으리라 생각하고, 열심히 브루노를 조르기도 하고 채근하기도 했답니다. 그래서 브루노는 여자가 그 집에 왔을 때 우선 필리포와 여자를 불러 어떻게 해야 할지 상의를 하고 나시는 칼란드리노에게 말했어요.

"이보게, 칼란드리노! 이 여자는 자네가 바라는 대로 하겠다고 나한테 수도 없이 약속했네. 한데 아무것도 하지 않으니 혹시 자네를 놀리고 있는지도 모르겠군. 자네가 괜찮다면 그 여자가 어떻게 나오든 우리 마음대로 해 보는 게 어떻겠나?"

칼란드리노는 이렇게 대답했어요.

"좋아! 운은 하늘에 맡기고 즉각 해 보자고!"

브루노가 말했지요.

"그러면 내가 부적을 만들어 줄 테니 그걸 갖고 여자를 건드려 보겠나?"

"당연히 하겠네!"

"그럼 말이야, 태어나지 않은 가죽 종이* 약간하고 살아 있는 박쥐 한 마리, 그리고 소량으로 향(香) 세 개와 성당의 초 하나를 가져다주게. 나머지는 내가 알아서 하겠네." 하고 브루노가 말했어요.

칼란드리노는 박쥐 새끼 한 마리를 잡느라고 이런저런 연장을 들고서 그날 밤을 꼬박 새워야 했다네요. 결국 박쥐를 잡아서 다른 것들과 함께 브루노에게 가져갔지요. 브루노는 어떤 방에 틀어박혀 그 양피지 위에 뭔가 이상한 형상을 휘갈기더니 그걸 칼란드리노에게 주며 이렇게 말했어요.

"칼란드리노, 알겠지! 내가 써 준 이걸 지니고 그 여자의 몸을 건드리면 여자는 곧바로 자네 뒤를 따라와서 자네가 원하는 대로 할 걸세. 그러니 오늘 필리포가 외출을 하거든 무슨 수를 써서든 여자에게 접근하도록 하게. 그리고 나서 짚을 쌓아 둔 옆 창고로 가 있게. 아무도 들락거리지 않으니 그만한 장소도 없단 말이지. 여자는 반드시 따라올 거야. 여자가 오면 뭘 해야 하는지는 자네도 잘 알겠지."

칼란드리노는 너무나도 기뻐서 부적을 받으며 이렇게 말했어요.

"이보게, 다 나한테 맡겨 두게."

한편, 칼란드리노가 경계하던 넬로는 이번 일에 누구보다 흥미를 갖고 브루노 일당과 함께 칼란드리노를 골려 줄 기회를 엿보고 있었어요. 그러던 차에 브루노가 자초지종을 설명

---

*어미 양의 배에서 태어나기 전에 꺼낸 새끼 양의 가죽으로 만든 양피지.

해 주자, 피렌체로 가서 칼란드리노의 아내 테사를 만나 이렇게 말했지요.

"테사! 칼란드리노가 무뇨네의 돌을 갖고 돌아온 날 아무 이유도 없이 널 얼마나 때렸는지 기억하겠지. 그 복수를 해야 하지 않겠니? 그럴 생각이 없다면 앞으로는 나를 친척이나 친구로 생각하시 마라. 사실 말이야, 칼란드리노가 일하는 곳에 있는 어떤 여자한테 폭 빠져 있단다. 그 여자가 또 여간 색을 밝히는 게 아니어서 걸핏하면 칼란드리노를 끌어들인단 말이지. 조금 전에도 서로 만난 자리에서 잠시 후에 보자느니 어쩌고 하더라고. 그러니 네가 나서서 현장을 덮쳐 단단히 혼을 내주라고."

얘기를 듣고 보니 정말 장난이 아닌 듯하여 테사는 자리에서 벌떡 일어나서 소리를 질렀어요.

"아이고, 이런 막돼먹은 도둑놈이 있나! 절대로 안 되지! 그렇게 호락호락 일이 되진 않을걸! 내가 그냥 보고만 있지는 않을 테니!"

그리고 옷을 주워 입고는 하녀를 데리고 곧바로 넬로와 함께 카메라타로 향했지요. 브루노는 멀리서 그녀가 오는 걸 보고 필리포에게 말했어요.

"저기 우리 친구가 오는군."

그러자 필리포는 칼란드리노와 다른 사람들이 일하고 있는 곳으로 가서 이렇게 말했어요.

"여러분! 나는 지금 피렌체에 다니러 가니, 열심히 일 좀 해 주세요."

그렇게 하고 길을 떠나 칼란드리노가 하는 짓을 들키지 않고 숨어서 볼 수 있는 곳으로 갔지요. 필리포가 웬만큼 멀리 갔으리라 생각한 칼란드리노가 안뜰로 내려가니 니콜로자 혼자 있는 것이었어요. 그가 말을 걸자 어떻게 해야 할지 잘 알았던 여자가 다가서면서 여느 때보다 상냥한 태도를 보였지요. 그러자 칼란드리노는 부적을 쥐고 그녀를 건드렸어요. 그런 다음에는 이내 아무 말도 하지 않고 뒤도 돌아보지 않은 채 창고 쪽으로 걸음을 옮겼어요. 니콜로자는 물론 그 뒤를 따랐고요. 창고에 들어서자 여자는 문을 닫고 칼란드리노를 껴안더니 바닥에 쌓인 짚더미 위에 그를 내던졌어요. 그리고 그가 말인 양 위에 올라타더니 그의 어깨를 양손으로 붙잡아 얼굴을 가까이하지 못하도록 하면서 욕정을 참지 못하는 척하며 그를 바라보고 이렇게 말하는 거예요.

"오, 사랑스러운 칼란드리노! 당신은 내 육체의 심장, 내 영혼, 나의 임이시고 또한 나의 안식처예요. 얼마나 오랫동안 당신을 갖고 싶었는지, 당신을 내 품에 꼭 안고 싶었는지 몰라요. 당신이 그 열정으로 날 사로잡았으니 이제 원하시는 걸 다 가질 수 있어요. 당신은 내 마음을 그 레베크로 단단히 묶어 버렸어요. 내가 당신을 안고 있는 게 설마 꿈은 아니겠죠?"

칼란드리노는 제대로 움직이지도 못하면서 이렇게 말했습니다.

"아무렴! 내 달콤한 사랑, 어서 입을 맞춰 주오."

그러자 니콜로자가 말했어요.

"어머나, 급하기도 하셔라! 우선 당신 얼굴을 좀 더 똑똑히 보여 주세요. 내 눈이 싫증이 나도록 당신의 그 부드러운 얼굴을 보여 주세요."

한편, 브루노와 부팔마코는 필리포가 숨어 있는 곳으로 가서 셋이 함께 이런 광경을 보고 들었어요. 칼란드리노가 막 니콜로자에게 입을 맞추려고 하는데, 넬로가 테사를 데리고 도착했답니다. 창고 앞에 이르자 넬로가 이렇게 말했어요.

"내가 분명히 말하는데, 그 둘이 여기 함께 있어."

테사는 창고 문 앞에서 화를 참지 못해 두 손으로 문을 열어젖히고 안으로 뛰어들었고, 니콜로자가 칼란드리노 위에 있는 광경을 보았어요. 니콜로자는 그녀를 보자 잽싸게 몸을 일으켜 필리포가 있는 곳으로 도망쳤지요. 테사 부인은 아직 일어나지 못하고 있던 칼란드리노에게 달려들어 손톱으로 얼굴을 마구 할퀴어 댔고 머리털을 휘어잡아 이리저리 흔들면서 고래고래 소리를 질렀어요.

"이 개만도 못한 인간아! 나한테 어쩌면 이럴 수가 있어, 이 미친 늙다리야! 너랑 함께 산 대가가 그래, 이거냐? 집구석에도 상대는 얼마든지 있는데, 딴 데 가서 계집질이야? 이 꼴같잖은 바람둥이야! 네가 얼마나 추잡한지 모르겠니? 네가 얼마나 막돼먹은 인간인지 모르겠어? 너 따위는 아무리 쥐어짜 봐야 기름 한 방울 나오지 않을 거야. 하늘에 대고 말해 보자. 지금 너랑 놀아난 게 네 마누라냐? 그년이 누군지 몰라도 급살을 맞을 거야. 너 같은 놈한테 단물을 받아먹겠다는 년은 기필코 천벌을 받고 말 거야!"

칼란드리노는 갑자기 나타난 아내를 보고 죽은 건지 산 건

INFIDELITAS

조토, 「부정(不貞)」, 1304~1306, 스크로베니 예배당(이탈리아 파도바) 소장.

지 분간도 못 한 채 아내가 하는 대로 아무 저항도 못하고 몸을 내맡기고 있었지요. 얼마나 할퀴고 머리털을 뽑고 꼬집고 했던지, 그 와중에도 모자를 들고 일어나 아내에게 그 여자는 이 집 안주인이니 남편을 조각조각 찢어 죽일 생각이 아니라면 제발 떠들지 말라고 싹싹 빌기 시작했어요. 그러나 아내는 이렇게 밀힐 뿐이있지요.

"그런 년은 천벌을 받아야 해!"

브루노와 부팔마코는 필리포와 니콜로자와 함께 이 꼴을 보면서 배를 움켜쥐고 웃다가, 이윽고 시끄러운 소리를 듣고 나타난 척하며 모습을 드러냈어요. 그리고 갖은 말로 테사를 위로하고 칼란드리노한테는 만일 필리포가 이 일을 알았다간 무슨 일이 벌어질지 모르니 피렌체로 돌아가서 다시는 돌아오지 않는 것이 좋겠다고 타일렀지요. 그렇게 머리가 완전히 다 뜯기고 온 얼굴을 할퀴어 처참한 몰골이 된 칼란드리노는 피렌체로 돌아와서 두 번 다시 그곳으로 돌아갈 엄두를 내지 못했고, 밤낮으로 아내의 잔소리와 구박을 참아 내야 했답니다. 그의 열렬한 사랑이 종말을 고한 것은 물론이요, 친구들과 니콜로자 그리고 필리포의 웃음거리가 되고 말았다는 겁니다.

아홉 번째 날 여섯 번째 이야기

두 청년이 어떤 사람 집에 묵으면서 그중 하나가 그 사람의 딸과 자게 되고, 그 사람의 부인은 어쩌다 보니 다른 하나와 자게 된다. 딸과 함께한 청년은 자기 친구인 줄 알고 그녀의 아버지와 나란히 누워서 이 모든 일을 다 말해 버린다. 언성이 높아지려는 순간, 부인이 사태를 파악하고 딸의 침대로 들어가서 몇 마디 말로 모든 상황을 진정시킨다.

칼란드리노 이야기는 모두를 여러 번 웃겼지만 이번에도 비슷한 반응을 일으켰습니다. 부인들이 이러쿵저러쿵 얘기를 주고받은 끝에 입을 다물자, 여왕은 판필로에게 새로운 이야기를 하라고 요청했고, 그가 입을 열었습니다.

─ 존경하는 부인들이여! 칼란드리노를 정신 못 차리게 했던 니콜로자라는 이름을 들으니 또 다른 니콜로자 이야기가

기억 속에 떠오르네요. 그 이야기를 들려 드리겠습니다. 이제 여러분은 어떤 안주인이 즉각적인 기지를 발휘해 큰 곤경에서 빠져나오는 모습을 보시게 될 겁니다.

오래된 일은 아닌데, 무뇨네 계곡에 호인이 한 사람 살았습니다. 지나가는 행인들에게 먹고 마실 것을 팔아 벌이를 하는 사람이었죠. 가난한 처지에 집도 작았지만, 사정이 긴급할 경우에는, 모든 사람에게는 아니지만 아는 사람에게는 종종 잠자리를 제공하기도 했습니다. 그에게는 상당히 아름다운 아내와 자식이 둘 있었습니다. 하나는 나이가 열대여섯 살쯤 되는 예쁘고 참한 처녀였고, 다른 하나는 아직 엄마 젖을 빠는 한 살도 되지 않은 어린 아들이었습니다.

그런데 우리 도시 출신으로 당당하고 유쾌하며 예의 바른 청년이 그 근처를 자주 다니다가 그 딸을 자꾸 눈여겨보는가 싶더니 그만 홀딱 마음을 빼앗겨 버렸습니다. 처녀도 그런 청년에게 사랑받는 것을 대단한 자랑으로 여겼고, 그의 마음을 호의적으로 받아들이다 보니 어느새 그를 사랑하게 되었습니다. 만일 피누초(이것이 그 청년의 이름이었습니다.)가 자신과 그녀에게 가해질 세상의 비난을 두려워하지 않았다면, 그들 각자가 지닌 뜨거운 마음으로 인해 그 사랑은 금방 결실을 보았을 겁니다. 그러나 날이 갈수록 마음의 열기는 뜨거워져만 갔고, 피누초는 어떻게 해서든 처녀를 차지해야겠다는 열망을 갖게 되었습니다. 그래서 처녀의 집에 묵을 방도를 찾아보자는 생각을 하게 되었습니다. 그는 처녀의 집에 대해 훤했기 때문에 일단 그 집에 묵게만 된다면 아무도 몰래 처녀와 함께할 수 있으리라 생각했던 것입니다. 청년은 이 계획을 떠올리자 즉시 실행에 옮겼습니다.

어느 날 저녁, 청년은 자신의 사랑에 대해 아는 아드리아노라는 친한 친구와 함께 말 두 마리를 빌려 타고 아마도 짚으로 가득 찼을 가방 두 개를 실어 피렌체를 나섰습니다. 길을 멀리 돌아서 무뇨네 계곡에 도착했을 때는 벌써 밤이 이슥해졌습니다. 그들은 마치 로마냐에서 돌아오는 것처럼 꾸미고자 방향을 거꾸로 잡고 그 집에 접근해 문을 두들겼습니다. 두 사람을 잘 알았던 주인은 곧 문을 열어 주었습니다. 그러자 피누초가 이렇게 말했습니다.

"부탁합니다만, 오늘 밤 저희를 재워 주실 수 있을까요? 실은 피렌체에 들어갈 수 있을 것으로 생각했는데, 더 서둘러야 한다는 생각을 못 했습니다. 그래서 보시다시피 이런 시각에 고작 여기까지밖에 오지 못하고 말았습니다."

그러자 주인이 대답했습니다.

"피누초! 알다시피 여기는 자네 같은 사람들이 자기에는 매우 누추한 곳이라네. 하지만 이런 시간에 도착했으니 다른 데 갈 수도 없겠군. 그러니 어떻게 해서든 여기서 묵을 수 있도록 해 보지."

그렇게 해서 두 청년은 말에서 내려 그 조그마한 집으로 들어가 우선 말을 돌본 다음에 가져온 음식을 꺼내서 주인과 함께 식사를 했습니다. 그런데 이 집에는 아주 작은 방 하나밖에 없었기에, 주인은 어렵게 머리를 짜내 그 방에 작은 침대 세 개를 배치했습니다. 두 개를 방 한쪽 면에 붙이고 세 번째 침대는 다른 쪽 면에 붙이고 나니 남는 공간이 별로 되지 않았습니다. 주인은 세 개의 침대 중에서 제일 괜찮은 것을 골라 두 청년들이 자도록 내주었습니다. 좀 있다가 두 청년이 자지는 않으면서 자는 척하고 있자니 주인은 남아 있는 두 침대 중 하나에 딸을 재우고 다른 하나에 부인과 함께 누웠습니다. 부인은 사기가 사는 침대 옆에 어린 아들을 재우는 요람을 붙여 놓았지요.

피누초는 침대들이 이런 식으로 배치된 것을 눈여겨봐 두었다가 모두가 잠이 든 것으로 보일 때쯤 가만히 일어나서 사랑하는 처녀가 누워 있는 침대로 가서 그 곁에 자신의 몸을 뉘었습니다. 처녀는 두려워하면서도 이내 반갑게 맞아들였지요. 그리고 둘은 서로가 그렇게도 고대했던 기쁨을 맛보았답니다. 그렇게 피누초가 처녀와 함께하고 있는데, 마침 고양이한 마리가 뭔가를 떨어뜨렸는지 부인이 화들짝 잠에서 깨고 말았습니다. 부인은 이게 뭔가 걱정하면서 일어나, 자던 차림 그대로 어둠 속을 더듬어 소리가 난 쪽으로 갔습니다. 한편, 그런 줄 모르고 있던 아드리아노도 우연히 소변을 보느라 일어나 변소를 찾아 더듬다가 부인이 놓아 둔 요람에 부딪혔습니다. 그것을 치우지 않고서는 지나갈 수가 없었기에 요람을 들어 자기가 자던 침대 곁으로 옮겨 놓았습니다. 그리고 소변을 보고 돌아와서 요람 따위는 잊어버리고 침대로 다시 기어들어갔지요.

부인은 살펴보니 떨어진 것이 별거 아니라고 생각했던지 불을 켜 자세히 보지도 않고 고양이만 나무랐습니다. 그리고는 방으로 돌아와 곧장 남편이 자고 있는 침대로 향했습니다. 그런데 와서 보니 요람이 그 곁에 없는 것 아니겠어요.

"어머나! 내 정신 좀 봐! 이게 뭔 일이라지! 맙소사, 손님들이 자는 침대로 들어갈 뻔했잖아!"

이렇게 혼자 중얼거리며 좀 더 앞으로 나아가자 요람이 손에 잡혔습니다. 부인은 거기서 남편이 자고 있는 줄로 알고 아드리아노가 누워 있는 침대로 올라가 그와 나란히 누웠습니다. 아직 자지 않고 있던 아드리아노는 사태를 짐작하고 얼씨구나 싶어 부인을 얼른 받아들이고는 한마디도 벙긋 못 하게 하고서 몇 번이나 부인을 크게 기쁘게 해 주었습니다.

그렇게 하는 동안 이쪽에서 피누초는 진즉부터 바라던 그 기쁨을 맛보고 난 뒤에 이대로 있다가 잠들면 큰일이다 싶어 자기 침대로 돌아가기 위해 몸을 일으켰습니다. 그렇게 자기 침대로 돌아가다가 요람에 부딪히자 주인의 침대인 줄로 생각하고서 조금 더 앞으로 나아가서 주인 곁에 몸을 뉘었습니다. 주인은 피누초가 옆에 눕자 잠에서 깼습니다. 피누초는 아드리아노 곁에 누운 줄 알고 이렇게 말했습니다.

"이보게, 정말이지 니콜로자처럼 달콤한 여자는 처음이네! 너무너무 좋았네. 사내가 여자와 맛볼 수 있는 최고의 쾌락을 그 여자랑 맛봤다니까. 여길 빠져나가 저쪽으로 가서 무려 여섯 번이나 했다네."

여관집 주인은 이 얘기를 듣고 화가 치밀어서 우선 혼잣말로 "이런 미친 놈을 봤나." 하고 중얼거렸습니다. 그리고 분통을 터뜨렸지요.

"피누초! 아니, 어떻게 그런 비열한 짓을 한단 말인가. 왜 그런 짓을 하는지 알 수가 없군. 어쨌거나 하늘을 두고 내 반드시 복수하고 말겠네."

피누초는 그다지 현명한 청년은 아니었기에 자기 실수를 깨닫고도 요령껏 둘러대지 못하고 이렇게 맞받았습니다.

"나한테 복수를 한다고? 대체 어떻게 하겠다는 거요?"

그러자 남편 곁에 누워 있는 줄로만 알았던 여관집 여주인이 아드리아노에게 이렇게 말했습니다.

"저런! 우리 집 손님들이 서로 말다툼을 하나 봐요."

아드리아노는 웃으면서 말했습니다.

"놔두세요. 싸우라고들 하지. 간밤에 너무들 마셨잖아요."

부인은 남편의 그르렁 소리를 들을 줄로 알았다가 아드리아노의 목소리를 듣자 기겁을 하며 자기가 어디에 누워 있는지 깨달았습니다. 부인은 영리한 여자였기 때문에 그 자리에서는 아무 말도 하지 않고 몸을 일으켰습니다. 그리고 어린아이의 요람을 들어다가 깜깜한 방을 더듬어서 딸이 자고 있는 침대 옆으로 옮겨 놓고 딸 곁에 누웠습니다. 그런 다음에 남편 소리를 듣고 잠에서 깬 것처럼 남편을 부르면서 왜 피누초와 싸우느냐고 물었습니다. 남편은 이렇게 대답했지요.

"지금 막 이놈이 니콜로자와 간밤에 잤다고 하는 소리 못 들었소?"

부인이 말했습니다.

"피누초는 입에서 나오는 대로 지껄이는 거예요. 니콜로자가 그 사람과 잤을 리 없어요. 내가 잠이 오지 않아서 그애 침대로 와서 누워 있었거든요. 그런 말을 믿다니, 참! 다들 간밤에 많이 마시더니, 꿈들을 꾸신 모양이네요. 푹 자는 동안 꿈 속에서 이리저리 쏘다니면서 재미들 많이 보셨나 보죠. 다들 그 사람 목을 비틀지 않은 게 다행이네요. 그런데 피누초 그 사람은 거기서 뭐 하는 거예요? 어째서 자기 침대에 있지 않은 거지요?"

한편, 아드리아노는 부인이 용하게도 자신과 딸의 수치를 둘러대는 것을 보고 이렇게 말했습니다.

"피누초! 좀 조심하라고 내가 백 번도 더 얘기했잖아. 자넨 꿈을 꾸고 일어나서는 꿈에서 본 걸 사실처럼 말하는 나쁜 버릇이 있는데, 언젠가는 혼이 날 거라고 말이야. 자, 이리 오라고. 이거야말로 자네가 혼쭐나는 밤 아닌가!"

여관집 주인은 아내가 한 말과 아드리아노가 한 말을 듣고 피누초가 꿈을 꾼 게 틀림없다고 생각했습니다. 그래서 그의 어깨를 흔들어 깨우며 이렇게 말했습니다.

"피누초! 일어나게! 자네 침대로 돌아가란 말이야."

피누초는 모든 사정을 알아차리고 꿈을 꾸는 사람처럼 행동하면서 새삼 헛소리들을 늘어놓았습니다. 그러자 주인은 배꼽을 잡고 웃었습니다. 마침내 피누초는 이제 막 잠에서 깬 것처럼 하면서 아드리아노를 불렀습니다. 그러고는 이렇게 말하는 것이었습니다.

"벌써 아침인가? 왜 날 부르는 거야?"

아드리아노가 말했지요.

"어서 이리 오라니까!"

피누초는 아직 꿈속을 헤매는 듯한 모습을 보이면서 주인 침대에서 몸을 일으켜 아드리아노가 있는 침대로 돌아갔습니다. 날이 밝자 둘은 일어났고, 주인은 피누초의 꿈 얘기를 꺼내면서 그를 놀려 대며 웃었습니다. 두 청년은 맞장구를 대충 쳐 주면서 안장을 말에 얹고 가방을 실었습니다. 그리고 주인과 한잔 나눈 다음에 말에 올라 피렌체로 향했습니다. 일이 성공했을 뿐만 아니라 결과도 훌륭했기 때문에 그들은 퍽 즐거웠지요. 그 후에도 피누초는 다른 방법을 강구해서 니콜로자와 만났습니다. 니콜로자는 엄마에게 그날 피누초가 꿈을 꾼 게 틀림없다고 맹세했지만, 부인은 아드리아노가 자기를 안은 일을 떠올리면서 자기만은 또렷이 깨어 있었다고 혼자 중얼거리곤 했다는 겁니다.

아홉 번째 날 일곱 번째 이야기

탈라노 디몰레제는 늑대가 아내의 목과 얼굴을 물어뜯는 꿈을 꾼다. 그는 아내에게 조심하라고 말하지만, 아내는 경고를 무시하다가 남편이 꿈에서 본 그대로 당한다.

판필로의 이야기가 끝나자 다들 부인의 재치를 칭찬했습니다. 여왕이 팜피네아에게 이야기를 하라고 말했고, 팜피네아는 바로 이야기를 시작했습니다.

── 사랑스러운 부인들이여! 앞에서 우리는 많은 사람들이 웃어넘기는 꿈속의 진실에 대해 이야기를 나눈 적이 있어요. 그런데 전에 이야기했던 대로, 제 이웃의 어느 부인이 남편이 꿈에서 본 것을 믿지 않았다가 실제로 그런 일을 당한 경우가 있어 아주 짧게나마 들려 드리지 않을 수 없네요. 오래전에 일어난 이야기는 아닙니다.

탈라노 디몰레제라는 아주 지체 높은 양반을 여러분도 아시는지 모르겠네요.* 이분에게는 마르게리타라는 빼어나게 아름다운 아내가 있었는데, 굉장히 괴팍하고 고집이 세며 성미가 뒤틀린 여자였어요. 남을 위해서라면 도대체 아무것도 하려 들지 않았고, 남들 역시 그녀를 위해서 아무것도 해 주지 않았지요. 탈라노로서는 정말 잠기 힘든 점이었지만, 다른 방도가 없어 그저 참고만 지냈답니다.

그러던 어느 날 밤, 마르게리타와 함께 별장에 머물던 탈라노가 꿈을 꾸었어요. 꿈속에서 어떤 여자가 굉장히 아름다운 숲을 거니는 듯 보였어요. 그들이 머물고 있는 집에서 과히 멀지 않은 숲이었지요. 그렇게 거니는 여자를 보는 동안, 숲 한구석에서 집채만 한 크기의 무시무시한 늑대가 나타나더니, 삽시간에 그녀의 목을 물어 땅바닥에 쓰러뜨렸고, 그녀는 살려 달라고 외치면서 도망치려고 몸부림을 치는 것 같았지요. 그런 뒤 가까스로 늑대의 입에서 빠져나왔지만, 목과 얼굴 전체가 물어뜯긴 듯했어요.

다음 날 아침 탈라노는 아내에게 이렇게 말했어요.

"여보! 내 비록 당신의 뒤틀린 성격 때문에 당신과 하루도 좋은 시간을 보내지 못했소만 당신에게 나쁜 일이 생기면 나도 괴로울 것 같소. 그러니 내 조언을 새겨듣고 오늘은 집 밖으로 나가지 마시오."

---

* 당시 피렌체에는 이몰레제, 이몰라, 이몰레처럼 이름이 비슷한 가문들이 있었다. 탈라노는 '카탈라노'의 축약형으로, 당시 피렌체에서 드물지 않은 이름이었다.

크리스틴 드 피장, 『데카메론』 프랑스어판 삽화,
15세기 초, 바티칸 도서관 소장.

그러자 부인은 그 까닭을 물었고, 그는 간밤의 꿈 얘기를 상세하게 들려주었지요. 부인은 고개를 저으며 말했어요.

"사람이 싫으니 꿈도 안 좋게 꾸는군요. 당신은 나를 꽤나 염려하는 척하지만 당신이 바라시는 게 꿈으로 나타난 거예요. 분명히 조심할게요. 제가 그런 불행을 만나 당신이 즐거워하지 않도록 오늘뿐 아니라 앞으로도 주의할게요."

그러자 탈라노는 이렇게 말했어요.

"당신이 그렇게 말할 줄 알았소. 가려운 머리를 빗겨 주는 사람은 그만한 보답을 받는 법이오.* 당신 좋을 대로 생각하시구려. 나는 당신을 생각해서 하는 말이니까. 어쨌든 한 번 더 다짐해 두고 싶은데, 오늘은 집에서 나가지 마시오. 적어도 숲에는 가지 않도록 해요."

부인이 말했어요.

"알겠어요. 그렇게 할게요."

그러나 속으로는 이렇게 중얼거리고 있었지요.

'어째서 이이가 이렇게 불길한 소리를 해 가며 오늘 숲에 가는 걸 두고 겁을 주는 거지? 틀림없이 숲에서 어떤 못된 년하고 약속을 해 두고는 나한테 들킬까 봐 그러는 거야. 장님 밥그릇에서 실컷 훔쳐 먹자는 수작이지. 그걸 모르고 곧이 믿다가는 나만 바보가 되는 거잖아! 절대로 그렇게는 못 하지. 꼬박 하루가 걸린다 해도 이이가 오늘 무슨 수작을 꾸미는지

---

* 여기서 가렵다는 것은 백선에 걸렸다는 뜻이다. 『신곡』에도 비슷한 표현이 등장한다. "내 가려운 곳을 저 마귀가/ 긁어 주려 하지 않을까 무섭구려."(『신곡-지옥편』 22곡 92~93행.)

반드시 알아내고 말 거야.'

남편이 그런 얘기를 하고 외출을 한 다음, 부인은 곧바로 다른 쪽 문으로 집을 나섰어요. 그리고 조심스럽게 몸을 숨겨 가며 곧장 숲으로 향했지요. 숲에 이르자 부인은 나무가 가장 울창하게 우거진 곳에 몸을 숨기고 이제나저제나 누군가 오기를 예의주시하며 기다렸답니다. 그러느라 늑대 따위는 전혀 생각도 못 하던 차에, 갑자기 으슥한 숲 속에서 집채만 한 무서운 늑대가 튀어나와 부인을 덮쳤어요. 부인은 늑대를 보고도 그저 소리만 지를 뿐 다른 도리가 없었지요.

"아이고, 사람 살려!"

하지만 그 순간에 벌써 늑대는 부인의 목을 덥석 물고서 어린 양에게 하듯 질질 끌어당기는 것이었어요. 목을 꽉 물린 부인은 소리를 지를 수도 없었고 달리 도움을 청할 방도도 없었지요. 만일 그 자리에 양치기들이 나타나지 않았더라면 틀림없이 늑대에게 잡혀가서 물어뜯기고 말았을 거예요. 양치기들은 큰 소리를 질러서 늑대를 쫓아 버리고는 불쌍하게 된 못된 부인을 알아보고 그녀를 집으로 데려갔어요. 의사가 오랫동안 치료한 끝에 일단 낫기는 했지만, 목 전체와 얼굴 일부에 심한 흉터가 남았답니다. 이전에는 아름다웠던 그녀의 모습이 이제 기괴하고 보기 흉한 꼴로 영원히 남은 것이지요. 그 이후로 부인은 남들 앞에 나서기를 부끄러워했으며, 자신의 괴팍한 성격과, 손해 볼 것도 없는데 남편의 진지한 꿈을 믿으려 하지 않은 일을 두고두고 후회하며 비참한 눈물을 흘렸다고 하네요.

아홉 번째 날 여덟 번째 이야기

비온델로가 음식을 갖고 치아코에게 장난을 치자, 치아코는 그가 흠씬 매를 맞도록 용의주도하게 보복한다.

재미나게 이야기를 듣고 난 사람들은 탈라노가 자면서 보았던 것은 꿈이 아니라 비전*이었다고 입을 모았습니다. 바로 그렇기 때문에 한 치의 오차도 없이 꿈에서 본 일이 그대로 일어났다는 것입니다. 이윽고 다들 잠잠해지자 여왕은 라우레타에게 이야기를 이어 나가라고 했고, 라우레타가 입을 열었습니다.

---

* 여기서 '비전(visione)'이라는 단어는 진실을 품은 시각적 이미지를 가리킨다. 『신곡』에 수도 없이 등장하는 이 단어는 순례자 단테가 인간의 육체적 시각을 극복하고 하느님의 초월적 시각을 얻으며 체험하는 인식의 지평을 함의한다.

— 현명한 부인들이여! 오늘 저보다 앞서 말씀해 주신 분들은 대부분 이미 나왔던 주제가 포함된 이야기를 들려주셨죠. 그처럼, 저도 어제 팜피네아 님이 들려준 그 준엄한 복수가 자꾸 생각이 나서 그와 비슷한 이야기를 하고자 해요. 팜피네아 님의 이야기만큼 끔찍한 것은 아니지만, 당한 사람에게는 상낭히 호된 복수였다고 봐야 할 거예요.

피렌체에 치아코*라고 불리는 사람이 살았어요. 이 사람은 자신의 능력으로는 그 비용을 감당할 수 없을 만큼 대단한 식도락가였어요. 게다가 상당한 멋쟁이에 재치 있고 말도 재미나게 할 줄 알았기 때문에 완전한 궁정인은 아니어도 시시덕거릴 정도는 되는 사람이었지요. 그래서 맛있는 걸 먹으며 즐기는 부유한 사람들과 어울렸는데, 초대를 받거나 말거나 문턱이 닳도록 드나들며 함께 식사를 하곤 했답니다.

그 무렵 피렌체에는 비온델로라는 사람도 살고 있었어요. 몸집이 작고 요란한 치장을 즐기며 파리보다 더 매무새를 다듬고** 긴 금발이 한 오라기도 삐져나오지 않도록 끈이 달린 두건***을 머리에 쓰고 다니는 사람이었는데, 치아코와 똑같은 방식으로 생활했지요.

---

* 일반적으로 인정된 견해에 따르면, 여기에 등장하는 치아코는 『신곡-지옥편』(6곡 38행 이하 참조.)에 등장하는 인물과 동일하다. 단테 학자들에 따르면, 이 이름에는 경멸적인 느낌이 담겨 있다. 그러나 그저 자코모 혹은 야코포의 준말로 볼 수도 있다.
** 파리가 앞발로 연신 더듬고 씻어 내는 모양을 빗대고 있다.
*** 남자들은 잘 쓰지 않는 모자로, 이상한 방식으로 치장한 모습을 강조한다.

그런 그가 어느 사순절 아침에 생선 파는 곳에 가서 비에리 데 체르키* 씨를 위해 큼직한 칠성장어를 사다가 그만 치아코에게 들키고 말았어요. 치아코는 비온델로에게 다가가 물었어요.

"이게 뭔가?"

그러자 비온델로가 대답했지요.

"어제 저녁에 이것과는 비교도 안 되는 아주 근사한 장어 세 마리하고 철갑상어 한 마리가 코르소 도나티** 씨 댁에 들어왔다네. 하지만 그걸로는 사람들을 제대로 대접하기에 충분하지 않아서 나한테 이걸 더 사 오라고 하셨지. 자네도 오지 않겠는가?"

치아코가 대답했어요.

"물론 내가 갈 거라는 거 잘 알지 않나."

그래서 그는 시간에 맞춰서 코르소 씨의 집으로 갔어요. 코르소 씨는 여남은 명의 사람들과 함께 아직 식당으로 향하기 전이었는데, 그를 보자 함께 식사를 하지 않겠느냐고 물었지요.

"네, 나리! 실은 나리와 나리 손님들과 함께 식사를 하고자

---

* 교황의 흑당에 맞서 황제를 지지한 백당의 당수로, 경제와 정치 영역에서 큰 영향력을 발휘했다. 13~14세기에 피렌체에서는 교황파와 황제파가 정쟁을 벌였는데, 비에리 데 체르키는 1301년 흑당이 권력을 잡은 뒤 추방당해 1305년 아레초에서 사망했다.
** 흑당의 당수였으며, 1300년 정쟁에서 밀려나 추방되었다가 1301년에 복권되었다. 비에리 데 체르키와 함께 당대의 두 파벌을 대표하는 인물이다.

왔습니다."

그러자 코르소 씨가 말했어요.

"잘 왔소. 마침 시간에 맞춰 왔으니. 자, 함께 갑시다."

그렇게 해서 다들 식탁에 둘러앉았는데, 우선 참치 뱃살이 좀 나오고 이어 아르노 강에서 잡은 생선 튀김이 나왔을 뿐 더 이상은 아무것도 나오지 않았어요. 치아코는 비온델로에게 속은 것을 깨닫고 적잖이 화가 나서 어떻게든 복수를 해 줘야겠다고 생각했어요. 며칠 지나지 않아 비온델로와 마주쳤는데, 그는 벌써 자기가 치아코를 골탕 먹였다는 얘기를 한참 떠들고 다닌 뒤였지요. 비온델로는 치아코를 보자 인사를 하고 싱글싱글 웃으면서 코르소 씨 집에서 먹은 칠성장어 맛이 어땠느냐고 물었어요. 치아코는 이렇게 대답했지요.

"여드레도 지나지 않았는데, 자네가 나보다 더 잘 알 거 아닌가."

그는 비온델로와 헤어지자 그길로 냅다 어느 사기꾼을 찾아가 일의 가격을 흥정하고는 커다란 유리병 하나를 주면서 그를 카비치울리 개랑(開朗)*으로 데려갔어요. 그리고 필리포 아르젠티**라는 몸집 좋고 심술이 대단하며, 걸핏하면 화를 내고 변덕이 넘치는 기사를 가리키며 말했어요.

"이 병을 갖고 저 사람한테 가서 이렇게 말하게. '나리! 비온델로가 보내서 왔습니다. 이 병을 나리가 갖고 계신 맛좋은

---

* 이 개랑은 카비치울리 아디마리가(家) 저택 아래층에 있었다.
** 아디마리 가문 사람으로, 『신곡 – 지옥편』 8곡에 분노하는 망령의 표본으로 등장한다.

적포도주로 루비처럼 빨갛게 만들어 달라고 하더군요. 모기처럼 그냥 먹어 대는 친구들과 즐기고 싶다고 말이죠.'* 단, 그자의 손에 잡히지 않게 조심해야 하네. 자네한테 재수 없는 날이 될지 모르고 내 계획 또한 망쳐 버릴 수 있으니까."

그러자 사기꾼이 말했어요.

"내가 달리 할 말은 없는가?"

치아코가 말했어요.

"없네. 가 보게. 그 말만 하고 병을 갖고 다시 여기 나한테로 돌아오게. 그럼 돈을 주겠네."

그렇게 해서 사기꾼은 필리포 씨에게 가서 들은 그대로 했어요. 필리포 씨는 그 말을 듣더니 알고 지내던 비온델로가 자기를 조롱한다고 여기고 바로 화를 내며 얼굴이 벌게져서 소리를 질렀어요.

"루비처럼 해 달라는 건 뭐고 모기들은 다 뭐란 말이냐! 네놈도 그놈도 다 맛 좀 봐야겠구나!"

그리고 몸을 일으켜 팔을 뻗어 사기꾼을 붙잡으려 했어요. 하지만 사기꾼은 워낙 조심하고 있던 터라 즉각 몸을 일으켜 도망쳐 버렸지요. 그리고 멀찍이서 모든 것을 지켜보고 있던 치아코에게로 돌아와서 필리포 씨가 한 말을 전했어요. 치아코는 기뻐하면서 사기꾼에게 돈을 주고, 그길로 비온델로를 찾아가서 이렇게 말했어요.

"자네 요즘 카비치울리 개랑에 좀 나가 본 적 있나?"

---

* 모두 간교한 희롱조의 말이다.

"아니, 통 안 갔는데. 그런데 그건 왜 묻나?"

"필리포 씨가 자네를 찾는다는 얘길 들어서 말이야. 왜 그런지 이유는 모르겠네."

그러자 비온델로가 말했어요.

"알겠네. 그쪽으로 가는 길이니 한번 들러 보지."

비온델로가 자리를 뜨자, 치아고는 일이 어떻게 되어 가는지 보려고 그 뒤를 따라갔어요. 필리포 씨는 사기꾼을 놓친 것이 분해서 아직도 속을 부글부글 끓이며 이를 바득바득 가는 중이었어요. 사기꾼의 말에서 뭔가 다른 뜻을 찾아내지 못한 것이 화를 더 부추긴 셈이지요. 꼭 비온델로가 아니라도 누군가 자기를 조롱했다고 여기고 자기 자신을 물어뜯고 있던 판에* 비온델로가 나타난 것입니다. 필리포 씨는 그를 보자마자 다짜고짜 얼굴을 한 대 후려쳤어요.

"아이고, 나리! 왜 이러십니까?"하고 비온델로가 비명을 질렀어요.

필리포 씨는 머리털을 움켜잡고 머리에 쓴 두건을 갈기갈기 찢어 바닥에 팽개치는 등 정신없이 몰아붙이면서 이렇게 말했어요.

"이 나쁜 사기꾼 놈아! 이유가 뭔지 똑바로 봐라. 아니, 루비처럼 해 달라는 건 뭐고, 모기들은 또 무슨 소리냐? 내가 뭐 어린앤 줄 알고 놀리려 드는 거냐?"

---

*『신곡-지옥편』(8곡 63행)에 그를 두고 같은 표현이 등장한다. "제 이빨로 자신을 물어뜯었다."

필리포 씨는 이렇게 소리를 지르면서 마치 쇠뭉치 같은 주먹을 휘둘러 비온델로의 얼굴을 으깨 버리고 말끔히 빗은 머리카락을 마구 헝클어 놓았어요. 그리고 진창에다 처박아 뭉개 버리고 걸친 옷을 찢어 버렸지요. 너무나도 몰아치며 달려들었기 때문에 비온델로는 처음부터 단 한 번도, 단 한마디도 대체 왜 이러는지 물어볼 수가 없었어요. 루비처럼 해 달라느니 모기라느니 하는 말들은 들려왔지만, 그게 도통 무슨 소리인지 알 수가 없었던 거죠. 요컨대 필리포 씨는 그를 실컷 패 버렸답니다. 그제야 주위에 몰려든 사람들이 만신창이가 된 비온델로를 그 난장판으로부터 끄집어내서는[*] 필리포 씨가 이러는 이유를 말해 주면서 사람을 보내 이상한 얘기를 하면 어떻게 하느냐고 꾸짖고, 또 이제 필리포 씨가 어떤 사람인지 잘 알았을 테니 앞으로는 그 앞에서 주둥이를 함부로 놀리지 말라고 훈계했지요. 비온델로는 울면서 잘못을 빌었고, 필리포 씨에게 자기는 포도주 따위는 입 밖에 낸 적이 없다고 말했어요. 하지만 잠시 후에 매무새를 가다듬고 비참하고 한심한 기분에 사로잡혀 집으로 돌아갔습니다. 이게 다 치아코의 수작인 줄 깨달으면서 말이에요.

그리고 오랜 시간이 지나서 얼굴의 멍이 사라진 다음에야 집 밖으로 슬슬 나가기 시작했는데, 그런 그를 치아코가 찾아내서는 웃으면서 이렇게 물었답니다.

---

[*] 같은 날 다섯 번째 이야기에서 칼란드리노가 테사에게서 빠져나오는 장면을 연상시킨다. 두 번째 날 여덟 번째 이야기도 참조.

"비온델로! 필리포 씨의 포도주는 맛이 어땠나?"

비온델로는 이렇게 대답했어요.

"자네가 맛본 코르소 씨의 칠성장어와 비슷했네."

그러자 치아코가 말했어요.

"자업자득이 아닌가. 자네가 그때 그런 식으로 나한테 먹을 것을 줬으니 나노 그런 식으로 자네한테 마실 것을 준 것 뿐이네."

비온델로는 치아코에게 장난을 치면 그 이상의 보복이 올 수도 있다는 것을 깨닫고 화해를 청했어요. 그리고 그 뒤로는 그를 더 이상 놀리지 않으려 조심했다고 하네요.

아홉 번째 날 아홉 번째 이야기

두 청년이 솔로몬 왕에게 조언을 구한다. 한 사람은 어떻게 하면 사랑받을 수 있는지, 다른 한 사람은 어떻게 하면 드센 아내를 길들일 수 있는지 묻는다. 솔로몬 왕은 한 사람에게는 사랑하라고 답하고 다른 사람에게는 거위 다리로 가 보라고 답한다.

여왕이 디오네오의 특권을 보장하고자 했으니, 이제 이야기할 사람은 여왕밖에 없었습니다. 부인들이 운수 사나운 비온델로 때문에 실컷 웃고 나자, 여왕은 밝은 표정으로 다음과 같이 이야기를 시작했습니다.

— 사랑스러운 부인들이여! 사물의 질서를 건전한 정신으로 잘 생각해 보면* 일반적으로 대부분의 여성은 천성과 습성

---

* 단테의 표현과 같다.(『신곡 - 연옥편』 6곡 35행 참조.)

그리고 법률에 의해 남성에게 종속되고, 또한 남성의 판단을 따르고 그에 지배된다는 것을 알 수 있습니다. 따라서 남성에 의지하는 여성이 남성과 함께함으로써 평화와 위안과 안식을 얻고자 한다면, 정숙해야 함은 물론이고 겸손하고 인내하며 복종해야 하지요. 그것이 총명한 여성이 지닌 가장 특별한 보물이에요. 이를 두고 생각하면, 모든 사물에 깃든 공통의 선을 고려하고자 하는 법률이 우리를 전면적으로 관리하지는 않지만, 천성과 습성이라는 것은 실로 위대한 힘을 지닌 소중한 것들이어서 그 본질은 다음과 같은 것을 우리에게 명확히 보여 줍니다. 즉, 그것들은 우리의 몸을 섬세하고 부드럽게 만들어 주고 우리의 영혼이 부끄러움과 자제를 알도록 하며 우리의 마음을 인자하게 하고 연민으로 가득하게 만들고, 또한 육체적 힘을 가볍게 하고 목소리는 곱게 하며 수족의 거동을 얌전하게 만들지요.

이런 사실들은 우리가 다른 무엇의 지배를 받을 필요가 있다는 것을 여실히 증명합니다. 도움을 받고 지배를 받을 필요가 있는 사람은 지배하는 사람에게 복종하고 따르며 존경해야 하지요. 그런데 남성 말고 누가 우리를 지배하고 도울 수 있을까요? 따라서 우리는 남성에게 최고의 영예를 바치고 남성을 따라야만 합니다. 거기서 벗어나는 사람은 엄중한 비난을 받아야 함은 물론 따끔한 응징을 받아야 한다고 생각해요.

저는 전부터 그런 생각을 갖고 있었습니다만, 아까 팜피네아 님의 이야기에서 성미가 뒤틀린 탈라노의 아내에게 남편이 실행하지 못한 벌을 하느님께서 내리신 것을 듣고 그런 생각을 다시 떠올리게 되었어요. 그러니 앞서 말씀드렸듯이, 천성과 습성, 법률의 측면에서 유순함과 애교, 복종과 거리가 먼 여성들은 엄격하고 가혹한 응징을 받아 마땅하다는 판단을 내리게 되네요.

그래서 저는 그런 나쁜 병에 걸린 여자들을 치료하는 명약으로 솔로몬이 내린 조언을 여러분에게 들려 드리고자 해요. 이런 약을 필요로 하는 여자들에게 남자들이 속담으로 자주 사용하는 이 말을 들려줄 필요가 있겠네요. "말은 좋은 말이든 나쁜 말이든 박차가 필요하고, 여자는 좋은 여자든 나쁜 여자든 몽둥이가 필요하다." 이 속담을 농담으로 해석하고 싶은 분들은 가볍게 받아들여도 좋고, 진지하게 의미를 부여하고 싶은 분들은 그렇게 하셔도 좋아요. 어쨌든 여자는 천성적으로 실수를 저지르거나 열정에 휘둘리기 쉬운 존재랍니다. 그래서 지켜야 할 선을 넘어서는 여자들의 부정을 고치기 위해서는 그들을 훈육하는 몽둥이가 필요한 거예요. 또한 마음이 곧은 여자들도 그 덕을 기리기 위해서 곧은 마음을 유지하고 겁을 줄 몽둥이가 필요하지요. 자, 설교는 이 정도로 마치고, 이제 제가 생각하는 이야기를 들려 드릴게요.

솔로몬의 놀라운 지혜는 온 세상에 너무나도 잘 알려져 있었어요. 게다가 그는 자신의 지혜를 몸소 확인하고자 하는 사람이면 누구에게든 널리 보여 주고자 했기에, 세계 각지에서 수많은 사람들이 절박하게 해결해야 할 근심과 문제를 들고 그에게 몰려와 조언을 구했지요. 그런 사람 중에 멜리소라는 청년이 있었는데, 라이아초라는 도시에서 태어나고 살아온 매우 부유한 귀족이었어요. 그가 예루살렘을 향해 말을 타고 가다가 마침 안티오키아를 지났을 무렵, 같은 방향으로 여행하던 조세포라는 청년을 만나 동행하게 되었습니다. 여행자들이 흔히 그러듯 그들은 서로 얘기를 나누게 되었지요.

멜리소는 조세포가 어떤 사람이며 어디 출신인지를 듣고 나서 지금 무엇 때문에 이디로 가는지 물었어요. 그러자 조세포는 자기 아내가 성미가 까다롭고 사나워서 아무리 애원하고 타일러도 듣지 않고 어떤 방법을 동원해도 그 성미를 고칠 수 없어서 솔로몬에게 조언을 얻으러 가는 길이라고 했지요. 그리고 자기도 똑같이 멜리소의 출신지와 여행의 목적지 그리고 여행하는 이유를 물었어요. 그러자 멜리소는 이렇게 대답했습니다.

"나는 라이아초에 사는데, 당신처럼 한 가지 고민이 있소. 나는 젊고 재산이 많아 마을 사람들을 초대해서 잔치를 벌이는 데 내 재산을 씁니다. 그런데 참으로 이상한 건 아무리 그렇게 해도 나를 좋아하는 사람이 없다는 거요. 그 때문에 나도 당신이 가는 곳으로 가는 중이오. 어떻게 하면 사람들에게 사랑받을 수 있을까 조언을 구하기 위해서 말이오."

이렇게 해서 둘은 함께 여행을 계속해서 예루살렘에 도착했고, 그곳에서 솔로몬의 신하 중 한 사람의 소개로 솔로몬과 만나게 되었어요. 멜리소가 먼저 간략하게 자기 용건을 얘기했어요. 그러자 솔로몬은 이렇게 대답했어요.

"사랑하라."

멜리소는 단지 그 말을 듣고 곧바로 나와야 했지요. 조세포가 거기 온 이유를 말하자, 솔로몬은 이렇게만 대답했어요.

"거위 다리로 가 보라."

조세포 역시 그 말만 듣고 곧바로 왕에게서 물러나야 했습니다. 그는 기다리고 있던 멜리소를 만나 자기가 들은 대답을 전해 주었어요.

두 사람은 왕의 말을 곰곰히 곱씹어 봤지만 자기들의 용건과는 어떤 의미도 없고 관련도 없는 듯 보였어요. 그리하여 무슨 말인지 이해하지 못한 채 조롱을 받은 기분으로 귀향길에 올랐지요. 그들이 며칠 동안 걸음을 재촉하다 보니, 어느덧 아름다운 다리가 걸려 있는 어느 강에 도달했어요. 수많은 대상(隊商)들이 노새와 말에 짐을 싣고 다리를 건너고 있었기에 두 사람은 그 행렬이 다 지나갈 때까지 기다려야 했답니다. 행렬이 거의 다 지나갔을 무렵에 노새 한 마리가 무엇에 놀랐는지 한사코 앞으로 나아가려 하지 않는 것이었어요. 뭐 흔히 일어나는 일이잖아요. 그러자 마부는 작대기를 휘둘러 노새를 사정없이 때리기 시작했어요. 하지만 노새는 이리저리 왔다 갔다 하거나 심지어 뒤로 돌아가거나 할 뿐, 도무지 앞으로 나아갈 줄을 몰랐지요. 화가 머리끝까지 치민 마부가 작대기로 그야말로 빗속에 먼지가 일 정도로 머리와 배와 엉덩이를 닥치는 대로 후려 팼지만 아무런 소용이 없었답니다. 멜리소와 조세포는 그 광경을 지켜보다가 몇 번이고 마부에게 이렇게 말했어요.

"여보시오, 이 양반아, 뭐하는 거요? 노새를 죽일 작정이오? 잘 달래서 데려갈 생각을 해야 할 거 아뇨? 당신처럼 때리는 것보다는 그게 더 효과적일 거요."

그러자 마부는 이렇게 대꾸했어요.

"두 분은 두 분이 타신 말들을 잘 알고 나는 내 노새를 잘 아니, 저놈 다루는 건 나에게 맡겨 두시오."

이렇게 말하고 다시 때리기 시작했어요. 그렇게 이쪽저쪽을 두들겨 패니 이제 노새가 앞으로 나아갔지요. 결국 마부는 자기 식대로 성공한 것이었어요.

그래서 두 청년이 이제 다시 길을 떠나려고 하는데, 조세포가 문득 다리 초입에 앉은 사람에게 이 다리 이름이 뭐냐고 물었어요. 그러자 그 사람이 대답했지요.

"네, 이 다리는 거위 다리라고 합니다."

조세포는 이 말을 듣고는 솔로몬의 말을 떠올리고 멜리소를 향해 이렇게 말했어요.

"여보게, 이제 보니 솔로몬께서 주신 조언이 정말 기가 막힌 것 같네. 내가 지금까지 아내를 때릴 줄 몰랐다는 것을 이제 와 새삼 깨닫게 되었으니 말일세. 그런데 저 마부가 내게 앞으로 할 일을 보여 주었네."

두 사람은 며칠 후에 안티오키아에 도착했고, 조세포는 자기 집에서 며칠 쉬어 가라며 멜리소를 붙들었지요. 조세포의 아내는 아주 드러내 놓고 싫은 낯빛을 했지만, 조세포는 그런 그녀에게 멜리소가 좋아하는 음식을 준비하라고 일렀어요. 모처럼 조세포가 권하기에 멜리소가 몇 가지를 얘기해 줬거든요. 그런데 조세포의 아내는, 과거에도 줄곧 그래 온 것처럼 멜리소가 원하는 음식과는 정반대의 음식들을 준비했지요.

그걸 보고 조세포는 화가 나서 말했어요.

"내 친구가 음식을 이렇게 준비하라고 얘기하지는 않았을 텐데, 이게 어찌 된 일이오?"

그러자 부인은 뻔뻔한 얼굴로 이렇게 말했어요.

"그게 무슨 말이에요? 참 나! 마음에 안 들어서 못 먹겠다고요? 다른 걸 얘기했다고 했나요? 그런 거 난 못 해요. 그러니 먹고 싶으면 먹고, 아니면 마세요."

멜리소는 부인의 대답에 깜짝 놀라 이건 좀 너무한다는 생각이 들었어요. 조세포는 아내 말을 듣고 이렇게 말했지요.

"여보! 당신, 여전하군. 하지만 이젠 내가 그 버릇을 단단히 고쳐 주겠소."

그리고 멜리소를 돌아보며 이렇게 말했어요.

"여보게, 솔로몬의 조언이 제대로 먹히는지 한번 보세. 끼어들지 말고 가만히 지켜보게. 내가 그저 놀이를 한다고 생각하고, 날 말리거나 하지 말게. 우리가 노새를 가엾게 여겼을 때 마부가 뭐라고 대답했는지 생각하기 바라네."

그러자 멜리소가 말했어요.

"여기는 자네 집 아닌가. 그러니 자네 좋을 대로 하게."

조세포는 싱싱한 참나무를 둥글게 깎아 만든 몽둥이를 들고서 아내가 저녁상을 차린 뒤 잔뜩 부어서 투덜거리며 쉬고 있는 침실로 들어갔어요. 그리고 아내의 머리채를 휘어잡고 발치에 내동댕이치고는 인정사정 보지 않고 그 몽둥이로 내려치기 시작했지요. 부인은 처음에는 소리도 지르고 협박도 했지만, 조세포가 매질을 멈추지 않자 이미 온몸이 멍투성이

가 되어 제발 죽이지만 말아 달라고 애원을 하다가 나중에는 앞으로 틀림없이 하라는 대로 하겠다고 싹싹 비는 것이었어요. 하지만 조세포는 멈추기는커녕 더 미친 듯이 매질을 계속했답니다. 가슴이든 허리든 등짝이든 힘이 다 빠질 때까지 닥치는 대로 후려 팼으니, 그 가엾은 부인의 온몸에는 매가 닿지 않은 곳이 하나도 없었지요. 이렇게 하고서 소세포는 벨리소에게 가서 말했어요.

"내일이면 거위 다리로 가 보라는 솔로몬의 조언이 효력을 입증할 걸세."

조세포는 잠시 쉬고서 손을 씻은 다음 벨리소와 함께 저녁을 먹었어요. 그리고 시간이 됐을 때 잠자리에 들었지요.

한편, 가엾은 부인은 기진맥진한 채로 바닥에서 일어나 침대에 몸을 던졌어요. 그리고 할 수 있는 한 푹 쉬었지요. 아침이 되자 부인은 일찌감치 일어났고, 사람을 보내 어떤 음식을 준비하면 좋을지 조세포에게 물어보았어요. 조세포는 벨리소와 함께 기분 좋게 웃으면서 당당하게 원하는 음식을 주문했지요. 식사 시간이 되어 식당에 가 보니 모든 것이 주문한 대로 깔끔하게 차려져 있는 것이었어요. 두 사람은 그 자리에서 처음에는 이해하기 어려웠던 솔로몬의 조언을 입에 침이 마르도록 칭찬했답니다.

며칠이 지난 후 벨리소는 조세포의 집을 떠나 자기 집으로 돌아왔어요. 그리고 총명하다는 어떤 사람에게 솔로몬에게서 들은 답을 얘기해 주었어요. 그러자 그가 이렇게 말했지요.

"왕께서 세상에서 가장 훌륭한 조언을 해 주셨군요. 당신은 사람들을 사랑하지 않았습니다. 당신이 사람들을 대접하고 환대한 것은 그들을 사랑해서가 아니라, 당신의 허영 때문이었지요. 그러니 솔로몬이 말씀하신 대로 사람들을 사랑하세요. 그러면 사랑받을 것입니다."

이렇게 해서 성미가 까다로운 아내는 벌을 받았고, 청년은 사람들을 사랑함으로써 사랑을 받았다고 합니다.

아홉 번째 날 열 번째 이야기

잔니 신부는 친구 피에트로의 부탁을 받고 아내를 말로 둔갑시키는 마술을 부린다. 꼬리를 다는 단계에 들어갈 판인데, 피에트로가 꼬리는 필요 없다고 말해서 마술이 실패하고 만다.

여왕의 이야기를 듣고 나서 여자들은 조금 투덜거렸고 남자들은 크게 웃었습니다. 잠잠해진 뒤에 디오네오가 이야기를 시작했습니다.

── 우아한 부인들이여! 흰 비둘기 무리에 검은 까마귀가 섞여 있으면, 비둘기의 아름다움이 순백의 백조보다 더해지는 법입니다. 그처럼 여러 현자 가운데 그보다 못난 사람이 섞이면, 현자들의 완숙함은 더욱 빛을 발하고 가치를 더할 뿐만 아니라 즐거움과 위로까지 주는 법이지요. 여러분은 매우 사리에 밝고 겸손한 분들이니, 별로 지혜롭지도 못한 제가 저의

결점으로 여러분을 더욱 돋보이게 만드는 것 같습니다. 여러분의 훌륭함을 가리지 않는다는 면에서 저도 나름대로 가치가 있다고 하겠습니다. 그러니 있는 그대로의 제 모습을 보다 자유롭게 보여 드려야 할 터인데, 그다지 현명하지 못한 제가 들려 드릴 이야기를 부디 인내심을 갖고 들어주시기 바랍니다. 제가 들려 드릴 이야기는 그리 길지는 않습니다. 이야기를 듣는 중에 여러분은 마술하는 사람들이 시킨 일을 온 힘을 다해 신중하게 지키는 것이 얼마나 중요한지, 마술 도중에 사소한 문제가 생기면 그것이 어떻게 전부를 망가뜨리는지 아시게 될 것입니다.

몇 년 된 일입니다만, 바를레타*에 잔니 디 바롤로라는 신부가 살았습니다. 가난한 사제였던 그는 생계를 유지하기 위해 말 한 필에 물건을 싣고 풀리아 여기저기서 열리는 시장들을 다니며 사고파는 일을 시작했습니다. 그렇게 하다가 트레산티에 사는 피에트로라는 사람과 무척 친해지게 되었습니다. 이 사람도 노새 한 마리를 갖고 똑같은 일을 하고 있었지요. 그래서 신부는 풀리아 지방의 관습에 따라 친근한 우정의 표시로 그 사람을 친구 피에트로라고 불렀습니다. 그리고 그 사람이 바를레타에 오는 날이면 성당에 데려다가 재우기도 하는 등 최선을 다해 대접하곤 했습니다.

---

*풀리아 지방의 마을. 『데카메론』에서 풀리아 지방을 배경으로 하는 유일한 이야기다. 보카치오가 일하던 바르디 회사의 지점이 있던 도시로, 상업이 매우 발달했으며 피렌체 상인들과의 교류가 활발했다. 보카치오는 이 도시를 아주 잘 알았다.

한편, 피에트로도 굉장히 가난했던지라 가진 것이라곤 트
레산티에 젊고 예쁜 아내와 노새가 간신히 들어갈 만한 집 하
나가 전부였습니다. 그래도 잔니 신부가 트레산티에 오는 날
이면 반드시 집으로 데려가 자기가 바를레타에서 받은 환대
에 보답하는 뜻으로 정성껏 대접하곤 했습니다. 그런데 막상
짐자리라곤 예쁜 아내와 사는 아주 삭은 침대밖에 없었기 때
문에 마음에 찰 정도로 대접할 수 없었지요. 그저 잔니의 말을
좁은 외양간에 있는 그의 노새 곁에 묶어 두고 그 옆에 짚단을
깔아서 거기에 재우는 수밖에요. 아내는 남편이 바를레타에
가면 신부에게 극진히 대접받는다는 것을 알았기 때문에 신
부가 올 때마다 자기는 주디체 레오에 사는 치타 카라프레사
라는 이웃 여자 집에 자러 갈 테니 신부와 함께 침대에서 자라
고 남편에게 여러 번 얘기했고 또 신부에게도 누차 권했지만,
남편은 한사코 듣지 않았습니다.

그런 일이 자주 생기자, 어느 날 신부가 피에트로의 아내에
게 말했습니다.

"젬마타! 나는 상관하지 마세요. 괜찮습니다. 왜 그런고 하
니, 마음만 먹으면 이 말을 아름다운 처녀로 둔갑시켜서 그 옆
에서 자기도 하고, 그러다 다시 말로 바꾸고 싶으면 바꿔 버리
거든요. 그러니 저는 말과 떨어질 수가 없습니다."

젊은 아내는 깜짝 놀랐지만, 신부의 말을 믿고 남편에게 그
얘기를 전하면서 이렇게 덧붙였습니다.

"당신 말대로 저분이 당신 친구라면 그 마술을 좀 배워 보
지그래요? 그렇게 하면 나를 말로 만들 수 있고, 그러면 노새

와 말로 장사를 해서 갑절은 벌 수 있잖아요? 그러다 집에 돌아와서는 나를 다시 여자로 만들면 되고."

순박하다 못해 좀 모자라기까지 했던 피에트로는 그 말을 곧이곧대로 믿고 아내의 충고에 따르기로 했습니다. 그래서 잔니 신부에게 그 마술을 가르쳐 달라고 졸랐습니다. 신부는 그런 쓸데없는 걸 뭐하러 알려고 하느냐며 극구 뿌리쳤지만 결국에는 이렇게 말했습니다.

"좋아, 자네가 그렇게 원하니 내일 아침에 여느 때처럼 일찍 일어나세. 새벽에 말이야. 그때 하는 방법을 보여 주겠네. 그런데 말이야, 자네도 보게 되겠지만 거기서 가장 어려운 것이 바로 꼬리를 붙이는 일이라네."

피에트로와 젬마타는 기대하는 마음이 너무나 커서 밤에 잠을 이루지 못했습니다. 새벽이 가까워 오자 그들은 자리에서 일어나 잔니 신부를 불렀습니다. 신부는 속옷 바람으로 피에트로의 작은 침실로 와서 이렇게 말했습니다.

"나는 이걸 자네 부부 말고는 이 세상 누구에게도 가르쳐 준 적이 없네. 워낙 간절하게 원하니까 가르쳐 주는 것이니 잘 배우고 싶으면 내가 하는 말을 그대로 잘 따라야 할 걸세."

부부는 시키는 대로 하겠다고 말했습니다. 잔니 신부는 불을 밝혀 피에트로의 손에 쥐어 주고 이렇게 말했습니다.

"이제 내가 어떻게 하는지 잘 보게. 그리고 내가 하는 말을 잘 기억해야 되네. 일을 망치지 않으려면 조심하게. 자네가 듣고 보는 것에 대해 단 한마디도 뭐라고 해서는 안 되네. 꼬리가 잘 붙도록 기도나 하란 말일세."

피에트로는 불을 들고서 반드시 그렇게 하겠다고 했습니다. 잔니 신부는 즉시로 젬마타를 발가벗게 하고서 말들이 하는 모양대로 손과 발로 바닥을 짚고 엎드리게 했습니다. 그리고 마찬가지로 무슨 일이 일어나도 절대로 입을 열면 안 된다고 일러 두었습니다. 그런 다음 두 손으로 얼굴과 머리를 쓰다듬으며 이렇게 숭얼거리기 시작했습니다.

"이것이 아름다운 말의 얼굴이 될지어다."

다음에는 머리털을 만지며 말했습니다.

"이것이 아름다운 말의 갈기가 될지어다."

다음에는 팔을 만지며 또 이렇게 말했습니다.

"이것이 말의 멋진 발과 다리가 될지어다."

그러고 나서 가슴을 만지니 토실토실하고 둥근 느낌이 들어 부르지도 않은 것이 깨어 일어나 고개를 드는데, 그는 이렇게 말했습니다.

"이것이 말의 아름다운 가슴이 될지어다."

그런 식으로 신부는 여자의 등과 배, 엉덩이, 허벅지 그리고 다리를 거쳤습니다. 마지막으로 꼬리 만드는 일만 남게 되자, 신부는 속옷을 걷어 올리고 사람을 심는 말뚝을 쥐고서 그것이 들어가도록 만들어진 구멍에 한 방에 집어넣으며 이렇게 말했습니다.

"이것이 말의 아름다운 꼬리가 될지어다."

그때까지 눈을 똑바로 뜨고 하나하나를 지켜보던 피에트로는 이 마지막 동작을 보자 이건 아니다 싶었는지 이렇게 말했습니다.

크리스틴 드 피장, 「데카메론」 프랑스어판 삽화,
15세기 초, 바티칸 도서관 소장.

"아니, 잔니 신부! 꼬리는 됐어! 꼬리는 하지 말라고!"

그러나 모든 생명을 만드는 그 액체가 벌써 나온 뒤였기에, 잔니는 말뚝을 뒤로 빼고 나서 이렇게 말했습니다.

"아니, 피에트로! 뭐 하는 건가? 무얼 보든지 입을 열어서는 안 된다고 하지 않았나? 말이 이제 막 만들어질 판이었는데, 자네가 나불거리는 바람에 다 망쳐 버렸잖아. 이렇게 되면 오늘 이후로 다시는 부인을 말로 만들 수 없다고."

피에트로가 말했습니다.

"됐어. 난 그런 꼬리는 필요 없네! 왜 나더러 하라고 하지 않았나? 그리고 너무 깊이 넣었잖아!"

잔니가 말했습니다.

"자네야 처음이니 나처럼 넣는 방법을 모르는 줄 알았지."

젊은 부인은 이런 얘기들을 들으면서 일어나 순진한 목소리로 남편에게 이렇게 말했습니다.

"아이, 참 바보 같은 사람. 어쩌자고 당신 일과 내 일을 다 망쳐 놓는 거예요! 꼬리 없는 말을 본 적 있어요? 얼마나 좋은 기회인데, 이제 가난한 당신이 더 가난해져도 그게 다 하늘의 뜻인 줄 알아요."

피에트로가 입을 여는 바람에 젊은 말이 될 길을 완전히 잃었다고 생각한 부인은 슬픔에 잠겨 낙담한 채 옷을 입었습니다. 그런 뒤 피에트로는 전처럼 잔니 신부와 함께 비톤토 시장으로 노새를 몰고 장사를 하러 나섰지요. 하지만 다시는 그런 부탁을 하지 않았다고 합니다.

디오네오가 기대했던 것 이상으로 이야기를 음미하던 부인들이 얼마나 웃어 댔는지는 아직도 웃고 있을 여러분의 상상에 맡기겠습니다. 이렇게 이야기들이 다 끝나자 어느새 해가 기울어지기 시작했습니다. 여왕은 자기가 관장하는 날이 끝난 것을 생각하고 일어나 왕관을 벗어서 판필로의 머리에 얹어 주었습니다. 판필로만이 아직 영예를 받지 않은 유일한 사람이었거든요. 그리고 여왕은 이렇게 말했습니다.

"판필로 님! 당신의 책임이 막중합니다. 이제 마지막 차례이니, 저를 비롯해서 이 자리에 있었던 다른 분들의 결점을 보완하실 처지에 놓였으니까요. 하느님이 저에게 왕이 되는 은총을 내리셨듯이 당신께도 은총을 베푸시리라 생각합니다."

판필로는 즐겁게 영예를 받아들이며 이렇게 대답했습니다.

"당신과 여러분의 후원을 받아 여러분처럼 저도 칭찬을 받을 수 있도록 해 주시기 바랍니다."

그리고 앞사람들이 하던 대로 집사에게 필요한 것을 갖춰 놓도록 명령한 다음, 기다리고 있던 부인들을 향해 이렇게 말했습니다.

"사랑에 잠긴 부인들이여! 오늘 우리의 여왕이었던 에밀리아 님은 여러분이 조금 쉬어 갈 수 있게 각자가 좋아하는 주제로 이야기를 하도록 배려했습니다. 이제는 충분히 쉬셨을 테니, 다시 예전의 법으로 돌아가는 것이 좋다고 생각합니다. 그러니 내일은 여러분 각자가 다음과 같은 주제로 이야기를 생각해 놓으시기 바랍니다. 내일의 주제는 사랑으로 인해 혹은 다른 어떤 이유로 관대하고 관용 있게 일을 완수한 사람들의 이야기입니다. 그런 이야기를 하거나 그런 일을 하다 보면 잘 준비된 우리 마음은 틀림없이 적극적으로 더 훌륭한 일을 하게 되리라 생각합니다. 우리 인생은 죽을 수밖에 없는 육체로 보면 짧기 그지없지만 영예로운 명성은 영원한 것이니까요. 훌륭하게 사는 것이야말로 짐승처럼 먹는 것만 탐하지 않는 인간이 욕망하는 것이고 또 열심히 탐구해서 찾고 실행해야 할 모든 것입니다."

이 주제는 모든 이의 환영을 받았습니다. 다들 새로운 왕의 허락을 받아 자리에서 일어나 여느 때처럼 각자 좋아하는 일을 골라 저녁 식사 시간이 될 때까지 즐겼습니다. 이윽고 시간이 되자 다들 정성스럽고 세련된 시중을 받으며 식사를 마쳤고, 그런 다음에는 늘 하던 대로 자리에서 일어나 춤을 추면서 대가의 음률보다는 가사가 더 즐거움을 주는 노래들을 천 곡

쯤 불렀습니다. 그러다 왕이 네이필레에게 그녀의 이름으로 노래를 한 곡 불러 달라고 청했습니다. 네이필레는 주저하지 않고 일어나 낭랑하고 즐거운 목소리로 매우 사랑스럽게 노래를 시작했습니다.

나는 어린 소녀라네, 새로운 몸에
마음으로 즐거워, 사랑과
달콤한 상념의 힘으로 노래를 부르네.

하얗고 노랗고 빨간 꽃들을
바라보며 녹색 풀밭을 거닐면
가시 위 장미들, 흰 백합화 피어나네.
이 모두 내 사랑하는 그이 얼굴과
얼마나 닮았는지. 나를 사로잡아 영원히
놓지 않을 그분 바라시는 것이
곧 내가 바라는 것이네.

내 눈여겨 그분 빼닮은
몇 송이 꽃들을 찾았을 때
그것들 꺾어 입을 맞추고 속삭이니,
나는 안다네, 내 마음 그분께
활짝 열리고 내 심장 타오르는 것을.
다른 꽃들로, 내 가벼운 황금빛
머리카락으로, 그 꽃들 테를 만드네.

들녘의 꽃이 내 눈에 주는
그 기쁨은 달콤한 사랑으로
나를 불태운 그분을 바로 곁에서
보는 기쁨을 주노라.
그 향기가 아득히 퍼져 오니
말로 표현할 수 없어라,
한숨으로만 보여 주겠네.

내 가슴에서 이미 솟아나는 한숨은
다른 여자들처럼 쓰고 무겁지 않으니
뜨겁고 감미롭게 새어 나오네.
그렇게 내 마음 설레게 하니,
그 귀에 들리는 순간 그분 기쁨 전하러
나에게 몸을 돌려 오실 때, 나는
우물거리네. "아, 어서 오세요. 나 쓰러지기 전에."

네이필레의 노래는 왕을 비롯하여 모든 부인들에게 큰 칭찬을 받았습니다. 이제 밤도 깊었기 때문에 왕은 날이 밝을 때까지 다들 쉬라고 말했습니다.

열 번째 날

『데카메론』의 아홉 번째 날이 끝나고 열 번째이자 마지막 날이 시작된다.
이날에는 펀필로의 주재 아래, 사랑으로 인해 혹은 나는 어떤 이유로
관대하고 관용 있게 일을 완수한 사람들의 이야기가 펼쳐진다.

페셸리노, 「그리셸다 이야기」(부분),
1450, 카라라 아카데미아(이탈리아 베르가모) 소장.

판필로가 일어나 부인들과 동료들을 불러 모으게 했을 때, 동쪽의 구름 조각들은 이미 바로 옆까지 접근한 햇살을 받아 가장자리부터 찬란한 황금빛으로 물들고 있었고, 서쪽의 구름 조각들은 아직 선홍색을 띠고 있었습니다. 모두 모이자, 왕은 어디로 가면 즐거울지 함께 의논하면서 느릿한 걸음을 옮기기 시작했습니다. 필로메나와 피암메타가 바로 뒤따랐고, 나머지 일행이 그 뒤를 이었습니다. 그러면서 앞날의 삶에 대해 많은 얘기를 나누며 오랫동안 산책을 했습니다. 충분히 산책을 즐기고 나자, 태양이 벌써 너무나 뜨거워져서 일행은 다들 별장으로 돌아와 맑은 물을 내뿜는 분수 곁에 모여서 저마다 잔을 씻어 원하는 만큼 물을 마셨습니다. 그리고 정원의 쾌적한 그늘 아래서 식사 시간이 될 때까지 즐거운 시간을 보냈습니다. 그런 뒤 늘 그래 왔듯 아침을 먹고 잠시 눈을 붙인 다

음 왕이 선택한 곳으로 모여들었습니다. 거기서 왕은 네이필
레에게 첫 번째 이야기를 시작하라고 요청했습니다. 네이필
레는 즐거이 이야기를 시작했습니다.

열 번째 날 첫 번째 이야기

에스파냐 왕을 섬기는 어느 기사가 자기는 제대로 보상을 받지 못한다고 여긴다. 그러자 왕은 확고한 증거를 보여 주며 그건 자기 잘못이 아니라 기사가 운이 없기 때문이라는 걸 밝힌다. 그리고 나중에 후한 보상을 내린다.

— 명예로운 부인 여러분! 우리의 왕께서 관용과 같은 비중 있는 주제의 이야기를 저에게 처음으로 맡겨 주신 것을 특별한 호의로 여기겠습니다. 태양이 하늘 전체를 대표하는 아름다움이자 장식인 것처럼, 관용은 모든 인간의 덕을 환하게 드러내는 빛과 같지요.* 그와 관련하여 제가 보기에 꽤나 훈훈

---

* 빛의 비유는 팜피네아(첫 번째 날 열 번째 이야기)와 필로메나(여섯 번째 날 첫 번째 이야기)가 '애교 섞인 말들'을 위해 사용한 비유를 상기시킨다. "관용은 아리스토텔레스 윤리학에서 논의되는 덕들 가운데 하나로서,

한 이야기 하나를 짤막하게 들려 드리려고 해요. 기억해 두시
면 결코 쓸모없지는 않을 거예요.

여러분도 아시는 바와 같이, 우리 도시에는 오래전부터 어
디서도 보기 힘든 훌륭한 기사들이 많았지요. 그중에서도 가
장 으뜸은 루지에리 데 피조반니 씨가 아닐까 합니다. 부자인
데다 기백이 높았던 이 사람은 토스카나 지방의 생활과 관습
의 질을 고려했을 때 그런 곳에 살아서는 자신의 진가를 제대
로, 아니, 전혀 발휘할 수 없다고 생각하여, 당시 인품 면에서
는 그 어떤 영주보다 훌륭하다고 알려진 에스파냐의 알폰소
왕*에게 가서 한동안 머물기로 결심했어요. 그래서 아주 근사
한 무기와 말과 시종들을 거느리고 에스파냐로 향했고, 왕에
게서 정중한 접대를 받았답니다.

이렇게 해서 루지에리 씨는 그곳에 머물게 되었는데, 호화
로운 생활을 하고 놀라운 무예 솜씨를 보였기 때문에 얼마 지
나지 않아 곧 진가를 인정받았지요. 그렇게 벌써 상당히 긴 시
간이 흘러가는 동안 왕을 보필하며 보니, 왕이 이번에는 이 기
사, 다음에는 저 기사 하는 식으로 그다지 자격도 없어 보이는
자들에게 별로 공평하지도 않게 성과 도시와 영지를 나눠 주

대단히 넉넉한 생각과 관대한 실천으로 나오는 것이다."(『향연』 제4권,
제17장.) 따라서 관용은 군주와 위인들의 덕으로, 다른 덕과 결합하여 그
위대성을 더욱 빛나게 만든다.
* 카스티야의 알폰소 8세(1155~1214). 그가 이슬람교도와 치른 전쟁은
시인과 역사가들의 찬미의 대상이 되었다. 단테는 "그의 왕다운 위엄"이
알렉산더와 살라디노에 버금간다고 칭송했다.(『향연』 제4권, 제11장 14절
참조.)

는 것 같았어요. 게다가 자기의 진가를 충분히 알면서도 자기에게는 하사하는 것이 전혀 없으니, 이런 식으로 가면 자기 명성에 크게 금이 가겠다 생각하여 떠나기로 결심하고 왕에게 허락을 구했습니다. 왕은 허락하면서 지금까지 아무도 탄 적이 없는 가장 빼어난 노새 중 한 마리를 하사했어요. 앞으로 해야 할 긴 여행에서 꽤 요긴하리라면서 말이지요.

여기에 더해 신중한 신하를 하나 불러 어떻게든 자기가 보냈다는 낌새를 채지 못하게 하면서 루지에리 씨와 동행하라고 명령했지요. 그리고 그가 왕에 대해 하는 말을 모두 주의 깊게 들어 두었다가 자기에게 보고하고, 그다음 날 아침에 그를 다시 자기 앞으로 데려오라고 했어요. 신중한 신하는 루지에리 씨가 길을 나서자 자기도 이탈리아 방향으로 가는 것처럼 아주 그럴싸하게 둘러대면서 그와 동행했어요.

루지에리 씨가 왕이 하사한 노새를 타고 가면서 그 신하와 이런저런 얘기를 주고받다 보니 세 번째 시간이 되었어요. 그래서 신하가 이렇게 말했지요.

"노새들을 마구간에 넣어서 좀 쉬게 하는 게 좋겠습니다."

노새들을 어느 마구간으로 들이자, 다른 노새들은 다 똥을 누는데 루지에리 씨의 노새만 똥을 누지 않았어요. 그런 다음 그들은 다시 길을 떠났어요. 신하는 여전히 기사의 말을 줄곧 주의 깊게 들었지요. 그러다 두 사람은 어느 냇가에 이르렀어요. 그런데 거기서 다른 노새들은 다 물을 마시는데 루지에리 씨의 노새만 시냇물에다 똥을 싸는 것이었습니다. 그 꼴을 보고 루지에리 씨가 이렇게 말했어요.

"이런! 빌어먹을 놈이 있나! 하는 짓이 꼭 너를 하사하신 분과 똑같구나!"

신하는 이 말을 잘 들어 두었지요. 그리고 온종일 함께 가면서 그가 하는 많은 말들을 귀담아들었으나, 왕을 칭찬하는 말뿐 다른 얘기는 듣지 못했어요. 이튿날 아침, 두 사람이 다시 노새에 올라 토스카나를 향해 떠나려 할 때 신하는 왕의 명령을 전했고, 루지에리 씨는 지체 없이 방향을 돌렸어요. 왕은 루지에리 씨가 노새에게 한 말을 이미 들어서 알았기에, 그를 불러 빙긋 웃으며 자기가 어째서 노새와 닮았다는 것인지, 아니, 어째서 노새가 자기를 닮았다는 것인지 물었지요.

루지에리 씨는 태연한 얼굴로 이렇게 말했어요.

"폐하! 노새가 폐하와 닮았다고 말한 까닭은 폐하께서 하사하지 않아도 될 곳에는 하사하시고 하사해야 할 곳에는 하사하지 않으시듯, 노새도 용변을 봐야 할 곳에서는 보지 않고 보지 말아야 할 곳에서는 보았기 때문입니다."

그러자 왕이 말했습니다.

"루지에리 경! 과거에 내가 그대에 비해 전혀 자격이 없는 많은 사람들에게 상을 내린 반면, 그대에게 상을 내리지 않은 것은 그대가 훌륭하지 않아서도 아니고 큰 상을 받을 만한 기사가 아니라고 생각해서도 아니었소. 다만 그대의 운이 허락하지 않았을 뿐이니, 그게 잘못이지 내 잘못은 아니오. 이제 그대에게 증거를 똑똑히 보여 주리다."

이런 얘기를 듣고 루지에리 씨가 대답했지요.

"폐하! 저는 더 많은 부를 바라지 않으니 폐하께 상을 받지 못한 것에 연연하는 것이 아닙니다. 그저 저의 가치에 상응하는 증표를 전혀 주시지 않은 것이 마음에 걸릴 뿐입니다. 이제 폐하께서 설명하신 이유와 그 진정한 뜻을 알았으니, 증표가 없어도 폐하를 믿고 모실 수 있습니다만, 폐하께서 보여 주시겠다는 증거를 받을 준비는 되어 있습니다."

그러사 왕은 그를 어느 넓은 방으로 데려갔어요. 거기에는 미리 지시를 내려 두었는지 단단히 봉해진 커다란 금고가 두 개 놓여 있었지요. 많은 신하들이 있는 가운데 왕이 그에게 이렇게 말했어요.

"루지에리 경! 이 금고 중 하나에는 나의 왕관과 홀(笏), 그리고 성배포(聖杯布)가* 나의 귀중한 허리띠와 버클, 반지, 그리고 내가 가진 모든 값진 보석들과 함께 들어 있소. 그리고 다른 금고는 흙으로 차 있소. 어떤 것이든 하나를 택하시오. 택한 것은 곧 그대의 것이오. 이렇게 하면 그대의 가치에 맞는 보상을 하지 않은 것이 나였는지 그대의 운이었는지 보게 될 것이오."

루지에리 씨는 왕의 뜻을 이해하고 하나를 선택했어요. 왕의 명령으로 뚜껑이 열리자, 그 안에 가득 찬 흙이 보였지요. 왕은 웃으며 이렇게 말했습니다.

"이제 잘 아시겠소, 루지에리 경? 내가 그대의 운에 대해 말한 것이 옳았다는 걸 말이오. 그러나 그대의 가치는 내가 운명의 힘을 거역하게 만들 만큼 힘이 있소. 나는 그대가 에스파냐

---

* 모두 왕권을 상징하는 물건.

사람이 될 생각이 없다는 걸 잘 아오. 그러니 여기서는 성이나 마을을 그대에게 하사하지 않겠지만, 운명이 그대에게 허락하지 않은 그 금고를 그대에게 하사하려 하오. 잘 간직하여 그대의 고향으로 가져가서 그대의 진가에 대한 내 보상의 증거로 고향 사람들에게 크게 자랑하기 바라오."

루지에리 씨는 금고를 받고 그 보상에 합당한 예로써 왕에게 감사를 표시한 다음 기쁜 마음으로 토스카나로 돌아갔답니다.

열 번째 날 두 번째 이야기

기노 디 타코*는 클뤼니 수도원장을 잡아 놓고 그의 위장병을 고쳐 준 뒤 풀어 준다. 로마의 교황청으로 돌아간 수도원장은 보니파키우스 교황과 기노를 화해시키고 교황은 그를 스페달레**의 수도사로 임명한다.

사람들은 모두 알폰소 왕이 피렌체 기사에게 보여 준 훌륭한 태도를 칭찬했습니다. 이 이야기를 몹시 흡족하게 들은 왕은 엘리사에게 다음 이야기를 계속하라고 부탁했습니다. 엘리사는 곧바로 이야기를 시작했습니다.

---

* 시에나 출신으로 당시 약탈과 오만한 태도로 악명을 떨쳤으며, 교황 보니파키우스 8세와의 불화로도 유명했다. 아마 1303년경 사망한 것으로 추정된다. 『신곡 – 연옥편』 6곡 13행에도 등장한다.
** 성 요한 교단.

── 섬세한 부인들이여! 훌륭한 왕이 신하에게 보여 준 행위는 실로 칭찬받을 만합니다. 그렇지만 적으로 여기던 사람을 향해 누구에게도 비난받지 않을 만큼 기적적으로 훌륭한 태도를 취한 성직자 이야기를 들으신다면 어떨까요? 왕의 덕은 당연히 훌륭한 것이지만 성직자의 덕은 기적적인 것이라고 할 수밖에 없을 거예요. 왜냐하면 성직자들이란 죄다 여자들보다 훨씬 더 탐욕스럽고 관용에 대해서는 적대적인 칼을 휘두르니까요. 누구나 모욕을 받으면 복수의 칼을 가는 것이 인지상정입니다만, 입으로는 인내를 설교하고, 모욕을 받아도 관용하라고 가르치는 성직자들이야말로 여느 사람보다 훨씬 격렬하게 복수를 꿈꾸지요. 그러니 제가 들려 드릴 이야기에 등장하는 성직자의 행동이 얼마나 놀라운 것인지는 여러분이 더 잘 아실 거예요.

잔인함과 약탈 행위로 상당히 악명을 떨쳤던 기노 디 타코는 시에나에서 추방되자 산타피오레 백작을 적으로 삼고 로마 교황청에 반기를 들었으며, 부하를 시켜 근처를 지나가는 행인이 있으면 누구든 약탈하게 했지요. 그런데 세상에서 가장 돈 많은 고위 성직자 중 하나로 알려진 클뤼니의 수도원장이 로마에 머물던 보니파키우스 8세를 방문하던 중 하필 배탈이 나고 말았어요. 의사들은 시에나의 온천*에 가서 치료하라고 권유했지요. 이에 따라 수도원장은 교황의 허락을 얻어

---

*당시 시에나 부근에는 이름난 온천들이 있었다. 이들 중 몇 군데는 기노 디 타코가 활동하던 구역에 있었다.

기노의 악명은 염두에 두지 않고 식기와 살림살이를 잔뜩 꾸려서 여러 필의 말과 하인들을 거느리고 길을 떠났어요.

기노 디 타코는 그가 온다는 얘기를 듣고 미리 덫을 쳐 놓았어요. 그리고 어느 좁은 장소에서 조무래기 하인 하나까지 놓치지 않고 하인들과 지니고 있던 물건 전부와 함께 수도원장을 포위해 버렸지요. 그런 다음 부하 중 머리가 깬 놈을 골라 호위를 붙여 수도원장에게 보내서 아주 정중하게 자기 의사를 전달하도록 했어요. 그 부하와 함께 기노의 성까지 동행해 주시면 정말 기쁘겠다고 말이에요. 수도원장은 이 말을 듣고 발끈해서 자기는 기노와는 아무런 관련이 없는 사람이니 그렇게는 도저히 못하겠다고 대답했지요. 뿐만 아니라 자기는 가던 길을 계속 갈 것이며, 그걸 방해하는 자는 용서치 않겠다고 큰소리를 쳤어요.

부하는 이런 말을 듣고 공손하게 얘기했어요.

"수도원장님! 원장님은 하느님의 힘 말고는 아무것도 두려워하지 않는 저희 구역으로 오셨습니다. 여기서는 파문도 금령(禁令)도 아무런 소용이 없습니다. 그러니 기노가 제안한 바를 따르시는 것이 상책이라고 생각됩니다."

이런 말들이 오가는 동안 사방은 이미 산적들로 에워싸였지요. 원장은 몹시 화가 났으나, 하인들도 죄다 붙잡힌 것을 보고 부하를 따라서 성으로 향했어요. 일행도 짐을 가지고 그 뒤를 따랐지요. 그러고는 말에서 내려, 기노의 명령대로 혼자서만 매우 어둡고 기분 나쁜 건물의 쪽방으로 안내됐어요. 다른 사람들은 각자 신분에 따라 아주 잘 꾸며진 성으로 안내되었고, 말과 짐도 털끝 하나 해를 입지 않은 채 안전한 곳으로 옮겨졌지요.

이렇게 하고 나서 기노는 원장에게 가서 이렇게 말했어요.

"원장님! 원장님을 손님으로 맞는 기노가* 원장님께서 어디를 무슨 이유로 가시는지 감히 여쭙고자 하옵니다."

이미 자존심을 땅에 내려놓은 수도원장은 현명한 사람답게 가는 곳과 이유를 말해 줬어요. 그 얘기를 듣고 자리를 뜬 기노는 온천에 가지 않고도 그의 병을 고칠 수 있겠다고 생각했어요. 그러고는 쪽방에 불을 계속해서 세게 넣고 잘 감시하라고 한 뒤 다음 날 아침까지 나타나지 않았어요. 아침이 되자, 기노는 구운 빵 두 조각을 새하얀 냅킨에 싸서 코르닐리아산 백포도주 한 잔과 함께 가져와 이렇게 말했어요.

"원장님! 기노는 더 젊었을 때 의학을 공부했습니다. 그래서 원장님의 위장병에 그가 만든 것보다 더 좋은 약은 없다고 말하더군요. 여기 가져온 것이 그 첫 번째 약이니 어서 드시고 쾌차하시지요."

수도원장은 대거리를 하기에는 너무 배가 고팠던지라 투덜거리면서도 순순히 빵을 먹고 포도주를 마셨어요. 그리고 엄청나게 거드름을 피우며 이러쿵저러쿵 지껄이고 여러 가지를 묻고 또 여러 훈계를 늘어놓다가, 그런 와중에 계속 기노를 만나게 해 달라고 요구했어요. 기노는 그런 얘기들을 들으며 어

---

* 기노는 자신을 감추고 삼인칭으로 말하면서, 스스로를 수도원장과 동등한 위치에 놓고자 한다.

떤 대목은 흘려 버리고 어떤 대목은 매우 정중하게 대답하기도 하다가 가능한 한 빠른 시간 내에 기노가 문안을 드릴 것이라고 확인시켜 줬어요. 그런 다음 자리에서 물러났다가 다음 날 똑같이 구운 빵과 똑같은 포도주를 갖고 돌아왔지요. 그러기를 며칠이 지났어요. 그러는 동안 그는 수도원장이 마른 콩을 몇 개 먹있나는 걸 알았어요. 자기가 일부러 몰래 가져와서 놓아둔 것이었지요.

그래서 그는 기노를 대신한다고 하며 수도원장에게 위장이 좀 어떤지 물었어요. 수도원장은 이렇게 대답했어요.

"그 사람 손에서 벗어나기만 하면 좋아질 것 같네. 그 밖에 다른 바람은 없네만, 단지 뭘 좀 먹고 싶은 생각이 간절하군. 그 사람 약이 내 병을 잘 고쳐 준 것 같네."

그래서 이제 기노는 하인들을 시켜 수도원장의 물건들로 방을 하나 멋지게 꾸미고는 원장을 초대할 준비를 했어요. 그 잔치에는 성안의 여러 사람들과 수도원장의 하인들도 모두 초대됐지요. 그리고 다음 날 아침, 수도원장에게 가서 이렇게 말했어요.

"원장님! 이제는 병이 완쾌되셨으니 병실에서 나오셔도 좋겠습니다."

그리고 그의 손을 잡고* 잔치 준비가 되어 있는 방으로 이끌어 하인들과 함께 있게 하고, 자기는 잔치를 성대하게 열 수 있도록 준비했어요.

수도원장은 하인들을 만나자 적잖이 위안을 얻고는 자기

---

* 존경과 명예를 표현하는 행위.

가 어떻게 지냈는지 얘기해 주었어요. 한편, 하인들은 그와 반대로 기노에게서 극진한 대접을 받았다고 한목소리로 말하는 것이었어요. 이윽고 식사 시간이 되어 수도원장과 다른 사람들은 모두 차례대로 나오는 훌륭한 음식과 기가 막힌 포도주를 대접받았으나, 아직 기노에 대해서는 한마디도 듣지 못했어요. 수도원장이 며칠을 더 이런 식으로 머물고 난 뒤, 기노는 그의 짐들을 모두 한 방에 모아 놓고 가장 빌빌거리는 늙은 것까지 그의 말들을 모두 뜰에 몰아 놓은 뒤 수도원장에게로 갔어요. 그리고 몸이 좀 어떤지, 말을 탈 정도로 좋아졌다고 생각하는지 물었지요. 이에 수도원장은 이제 꽤 좋아졌으며 위장도 완쾌되었으니, 남은 일은 기노의 손에서 벗어나는 일뿐이라고 대답했어요.

기노는 짐과 하인들이 모두 모여 있는 방으로 수도원장을 안내했어요. 그리고 말들이 내다보이는 창문 곁에 그를 세워 놓고 이렇게 말했지요.

"수도원장님! 원장님께 꼭 드릴 말씀이 있습니다. 귀족으로 태어났으면서도 집에서 쫓겨나 곤궁한 처지에 이르렀고, 거기다 강한 적들을 무수히 만났기 때문에, 스스로의 목숨과 존엄성을 지키기 위해, 영혼을 타락시키지 않기 위해, 이 기노 디 타코는 길거리의 도적이 되었고 로마 교황청의 적이 되었습니다. 그러나 원장님을 훌륭한 어른으로 생각하기 때문에 제 방식대로 위장병을 고쳐 드렸고 다른 사람과 한가지로 대하려는 생각을 하지 않았습니다. 만일 다른 사람이었다면 일단 제 손에 들어온 이상 가진 걸 모두 제가 차지했을 것입니다. 그럴 생각은 없으니, 제 필요를 조금 고려해 주시면서 원장님의 짐을 원하시는 대로 하시기 바랍니다. 짐은 원장님 앞에 고스란히 놓여 있으며, 창문을 통해 뜰에 있는 말들도 보실 수 있을 겁니다. 그러니 일부든 전부든 원하시는 대로 가져가시기 바랍니다. 지금부터는 떠나시든 머무르시든 원하시는 대로 하십시오."

수도원장은 길거리 도적의 입에서 이렇게 관대한 말이 나오는 것을 듣고 크게 놀랐어요. 그리고 그가 무척이나 좋아졌고 분노와 경멸이 일순간에 사라졌으며, 오히려 좋은 마음이 우러나와 기노를 진심으로 친구로 받아들였답니다. 수도원장은 달려가 기노를 껴안으며 말했어요.

"내 하느님께 맹세하네. 이제야 알아보겠네만, 자네처럼 제대로 된 사람의 우정을 얻기 위해서는 지금까지 자네가 내게 저지른 만행보다 훨씬 더 큰 만행도 견디겠다고 말일세. 마땅히 저주를 받을 것은 자네를 이런 몹쓸 구렁텅이로 몰아넣은 운명일세!"

이렇게 해서 그는 자신의 많은 짐들 가운데 극히 일부만 필요한 걸로 골라내고 말들도 몇 필만 추려냈으며 다른 것들은 그대로 둔 채 로마로 돌아갔지요.

교황은 수도원장이 도적에게 붙잡혔다는 소식을 들었던 터라 크게 걱정을 했으나, 원장이 돌아온 것을 보고 온천욕이 치료에 도움이 되었는지 물었어요. 원장은 미소를 지으며 대답했어요.

"존경하는 교황님! 저는 온천보다도 더 가까운 곳에서 명의를 만났습니다. 그가 저를 완벽하게 고쳐 주었습니다."

그러고는 자세한 경위를 얘기하자 교황은 소리 내어 웃었지요. 수도원장은 얘기를 이어 가던 도중 기노의 관대함에 새삼 마음이 움직여서 은총을 베풀어 달라고 청했답니다.

뭔가 다른 걸 요구할 줄 알았던 교황은 청을 들어주겠다고 흔쾌히 대답했지요. 그러자 수도원장은 이렇게 말했어요.

"존경하는 교황님! 제가 교황님께 청하고자 하는 것은 저를 치료해 준 기노 디 타코에게 교황님의 은총을 베풀어 주십사 하는 것입니다. 그 사람은 분명 제가 지금까지 알았던 수많은 훌륭한 사람들 중에서도 가장 빼어난 사람입니다. 그의 악행은 그 자신보다 운명의 잘못이 훨씬 크다고 생각합니다. 만일 교황님께서 적절한 무언가를 수여하셔서 그가 자기 삶의 철학에 따라 살아갈 수 있도록 해 주신다면, 얼마 지나지 않아 교황님도 저와 비슷한 생각을 하게 되실 것으로 믿어 의심치 않습니다."

원래 인품이 높고 훌륭한 사람을 좋아하는 교황은 이 얘기를 듣고, 수도원장의 말대로 과연 그런 인물이라면 기꺼이 그렇게 해 보겠으며, 그가 무사히 이곳까지 올 수 있게 해 주겠다고 말했어요. 그리하여 기노는 교황의 신임을 얻었고, 수도원장의 조언에 따라 교황청으로 왔지요. 알현을 받은 지 얼마 지나지 않아 교황은 기노를 훌륭한 사람으로 인정했고, 그와 화해했어요. 그리고 기사로 임명함과 동시에 스페달레 교단의 관리권을 주었지요. 그는 교황청과 클뤼니 수도원장의 친구이자 종복으로서 평생토록 그 지위를 지켰답니다.

열 번째 날 세 번째 이야기

미트리다네스는 나탄이 얻고 있는 명성을 질시하여 그를 죽이러 갔다가 나탄인 줄 모르고 그를 만나게 된다. 그리고 나탄에게서 직접 나탄을 죽이는 방법을 배우고, 이어 미리 정한 대로 숲에서 그를 기다린다. 나탄을 알아본 그는 부끄러움을 느끼고 그와 친구가 된다.

어느 성직자의 훌륭한 행동에 대한 이야기를 듣고 모두가 기적이 일어난 듯한 느낌을 받았습니다. 부인들의 이야기가 끝나자 왕은 필로스트라토에게 순서를 이어 가라고 요청했습니다. 그는 곧바로 얘기를 시작했습니다.

─ 고상한 부인들이여! 에스파냐 국왕의 위엄이 훌륭했다면, 클뤼니 수도원장의 위엄은 아마 일찍이 들어 본 예가 없는 것 같습니다. 하지만 어떤 사람이 자신의 피, 아니, 자신의 목숨을 노리는 사람에게 관용을 베풀기 위해 자신의 목숨을 신

중하게 내놓을 계획을 세웠다는 이야기를 들으시면, 아마 그 놀라움이 덜하지 않으실 겁니다. 그 사람은 만일 상대가 목숨을 빼앗으려 했다면 기꺼이 목숨을 맡겼을 겁니다. 자, 그런 내용을 제 짧은 이야기 속에서 보여 드리고자 합니다.

카타이오* 지방에 한때 나탄이라는 이름의 귀족이 살았습니다. 그는 타의 추종을 불허할 만큼 엄청난 재산을 가진 것으로 알려졌는데, 그곳을 여행한 여러 제노바 사람이나 여타 사람들의 말을 믿어도 된다면 아주 확실한 사실입니다. 그 사람은 길옆에 거주지를 두고 있었는데, 서쪽에서 동쪽으로 가든지 동쪽에서 서쪽으로 가든지 누구나 반드시 거쳐야만 하는 곳이었습니다. 그의 영혼은 매우 호방하고 자유로웠으며, 자신의 일을 통해 이름을 날리고 싶어 했습니다. 그래서 많은 일꾼을 고용해 단기간에 세상에서 가장 아름답고 웅장하며 호화로운 궁정을 짓도록 했으며, 기회가 닿는 대로 손님을 접대할 수 있도록 최고의 시설을 갖춰 놓았습니다. 그러고는 근사한 시종을 많이 두어 그 길을 왕래하는 사람은 누구든 쾌적하고 극진하게 모시도록 했습니다. 이런 식으로 칭송받을 만한 일들을 계속하다 보니, 그의 명성은 동방뿐 아니라 서방 전역까지도 널리 퍼지게 되었습니다.

나탄은 이미 나이가 많이 들었지만, 사람들을 환대하는 일에서는 지칠 줄을 몰랐습니다. 그러다 마침내 그의 명성은 그

---

* 중세 유럽에서 북부 중국을 가리키던 명칭. 캐세이라고도 한다. 특히 마르코 폴로가 이 지역에 대해 묘사한 이후, 부와 경이를 상징하는 곳으로 알려졌다. 한편, 나탄과 그의 궁정은 쿠빌라이 칸을 직접적으로 상기시킨다.

곳에서 과히 멀지 않은 곳에 사는 미트리다네스라는 청년의 귀에도 들어갔습니다. 자기가 나탄보다 부자라고 생각했던 청년은 그의 명성과 덕을 질시하게 되었고, 자기가 더욱 호방하다는 점을 어떻게든 보여 줘서 그의 명성을 지워 버리거나 깎아내리기로 계획했습니다. 그래서 나탄의 저택과 비슷한 저택을 짓게 하고 근처를 오가는 사람들을 초대해서 이제까지 보지 못한 엄청난 환대를 베풀기 시작했습니다. 당연히 그 역시 짧은 시간 안에 명성을 얻게 되었지요.

그러던 어느 날 이 청년이 혼자서 자기 저택의 뜰에 있는데, 어느 초라한 여자가 저택의 문 중 한 군데로 들어와 그에게 동냥을 하는 것이었습니다. 그는 원하는 것을 주었습니다. 그러자 이번에는 그 여자가 두 번째 문으로 돌아와 동냥을 하기에 청년은 또 주었습니다. 그러기를 열두 번이나 계속했지요. 열세 번째가 되자 미트리다네스가 말했습니다.

"아주머니! 해도 너무하는 것 아닙니까?"

물론 말은 그렇게 해도 돈은 주었습니다.

그의 말을 듣고서 초라한 노파는 이렇게 말했습니다.

"정말 나탄만큼 호방한 사람은 없네요. 놀라운 일이지요! 그분 댁에도 이 댁처럼 서른두 개의 문이 있는데, 내가 들어가서 동냥을 하면 그분은 한 번도 날 돌아보는 법 없이 돈을 주셨다오. 그런데 이 댁에는 겨우 열세 번밖에 오지 않았는데, 벌써 날 돌아보며 꾸짖기까지 하네요."

노파는 그 말을 남기고 떠났고, 다시 돌아오지 않았습니다.

미트리다네스는 노파의 말이 나탄의 명성에 비해 자기 명성이 낮다고 평가하는 말로 들려서 분을 참지 못하고 이렇게 중얼거렸습니다.

"아, 이게 무슨 꼴이람! 나는 언제쯤 그렇게 대단한 나탄의 호방함을 따라잡을 수 있단 말인가! 아무리 노력해도 지극히 사소한 일에서조차 그 근처에도 이르지 못한단 말이냐? 그자를 이 땅에서 없애 버리지 않는 한 내 노력은 모두 헛수고가 되겠구나. 그자가 늙어서 죽는다면 모를까, 그렇지 않다면 망설일 것 없이 내 손으로 처치하는 게 좋겠다."

그는 벌떡 일어나서 자신의 결심을 아무에게도 알리지 않은 채 부하 몇 사람을 데리고 말에 올랐고, 사흘 후 나탄이 사는 곳에 도달했습니다. 부하들에게는 자기와 동행이라거나 자기를 안다거나 하는 낌새를 주지 말라고 이르고, 자기 명령이 있을 때까지 대기하라고 했습니다. 그러고는 저녁때쯤 혼자서 나갔다가, 저택에서 과히 멀지 않은 곳에 혼자 있는 나탄을 만났습니다. 그는 소박한 차림으로 산책을 하고 있었습니다. 그가 나탄임을 알아보지 못한 청년이 그에게 나탄이 사는 곳을 물었습니다.

나탄은 밝은 낯으로 대답했습니다.

"젊은 양반! 그 사람을 나보다 더 잘 소개해 줄 사람은 없으니, 괜찮으시면 내가 안내해 드리겠소."

청년은 그건 더없이 고마운 일이나, 자기는 가능한 한 나탄의 눈에 띄거나 자기를 드러내는 걸 피하고 싶다고 말했습니다. 그러자 나탄은 이렇게 말했지요.

"그렇게 하고 싶다면 그렇게 하구려."

미트리다네스는 말에서 내려 자신을 극진히 친절하게 대해 주는 나탄과 함께 그의 저택까지 동행했습니다. 저택에 이르자, 나탄은 하인 한 사람에게 청년의 말을 받아 놓게 하고는 자기가 나탄이란 것을 절대 비밀로 하도록 온 집안에 빨리 일러 놓으라고 귀엣말로 지시했습니다. 나탄은 저택으로 들어간 뒤에 어느 훌륭한 방으로 미트리다네스를 안내했습니다. 거기서는 청년을 접대하도록 배치된 사람들 외에는 아무도 그를 볼 수 없었습니다. 요컨대 나탄은 직접 나서서 청년을 극진하게 대접했던 것입니다.

미트리다네스는 그와 함께 있는 동안에 마치 아버지처럼 존경하는 마음이 일어서 그가 누구인지 물었습니다. 나탄의 대답은 이러했습니다.

"나는 나탄의 심부름을 하는 천한 시종입니다. 어릴 때부터 나탄과 함께 자라나 나이를 먹었지만, 당신이 기대하는 그런 지위까지 올라가지는 못했소. 다른 사람들은 나탄을 극구 칭찬하지만 나는 그렇게까지 칭찬할 수가 없구려."

이 말을 들으니 미트리다네스는 조금만 신중하고 침착하게 굴면 의도한 바를 성공적으로 해낼 수 있겠다는 생각이 들었습니다. 한편, 나탄은 청년에게 당신은 누구이며 어떤 일로 이곳에 왔는지 매우 정중하게 물은 다음, 할 수 있는 한 조언이나 도움을 아끼지 않겠다고 말했습니다. 미트리다네스는 잠시 대답을 망설이다가 마침내 그를 믿기로 작정하고 이런저런 말을 장황하게 늘어놓은 끝에 비밀을 지킬 것과 조언과 도움을 줄 것을 요청하면서, 자기가 누구이며 무엇 때문에 이곳에 왔고 무엇이 자기를 이렇게 만들었는지 털어놓았습니다.

나탄은 미트리다네스의 말을 듣고 그 잔인한 계획에 적이 당황했으나, 이내 마음을 가라앉히고 태연한 얼굴로 이렇게 대답했습니다.

"미트리다네스! 당신 아버지는 참 훌륭하셨소. 당신이 사람들에게 호방한 모습을 보이는 것은 아버지의 높은 명망을 훼손하고 싶지 않아서겠지요. 그런 측면에서 나탄의 덕망에 대해 질투를 느끼는 건 참으로 대견한 일이오. 그런 질투의 마음이 많아지면 비참하기만 한 이 세상이 금방 선하게 될 테니 말이오. 나에게 밝힌 당신 계획에 대해서는 당연히 비밀을 지키겠소. 다만 도움이 될 수 있다면 내가 유용한 조언을 하나 할까 하오. 바로 이거요. 여기서 반마일 정도 떨어진 곳에 조그마한 숲이 있소. 나탄은 거의 매일 아침 혼자서 상당한 시간 동안 그곳에서 산책을 한다오. 당신이 그곳에서 그를 만난다면 당신 뜻대로 할 수 있을 거요. 그를 죽인 다음 아무에게도 들키지 않고 집으로 돌아가려면 당신이 갔던 길을 버리고 왼쪽으로 난 길을 따라 숲에서 나와야 하지요. 조금 험하지만, 집으로 가기에는 그 길이 더 가깝고 안전할 거요."

이런 정보를 전해 들은 미트리다네스는 나탄이 떠나고 나자 잠복해 있던 부하들에게 다음 날 아침에 기다릴 곳을 은밀하게 알려 주었습니다. 한편, 나탄은 아침이 되자 자기가 미트리다네스에게 해 준 조언을 아예 까맣게 잊어버린 양 지극히 태연한 자세로 혼자서 그 숲으로 향했습니다. 죽으러 간 것이지요.

다른 무기는 없었던 미트리다네스는 일어나서 활과 칼을 챙겨 말에 올라 숲으로 갔습니다. 그러자 멀리 혼자서 숲을 거니는 나탄이 보였습니다. 그를 공격하기 전에 먼저 그의 모습을 보고 그가 무슨 말을 하는지 듣기로 작정하고 그를 향해 말을 몰았습니다. 그리고 나탄이 머리에 쓰고 있던 두건을 낚아채며 이렇게 말했습니다.

"이 늙다리야! 여기가 너의 죽을 자리다!"

나탄은 다른 말은 전혀 하지 않고 이렇게 대답했어요.

"나는 준비가 됐네."

미트리다네스는 목소리를 듣고 얼굴을 자세히 보니 곧바로 자기를 친절하게 맞아 깍듯하게 대접하면서 진심 어린 조언을 해 준 바로 그 사람이란 것을 알았습니다. 그 순간 격정은 사라지고 분노는 수치로 변했습니다. 그 자리에서 그는 나탄을 해치려고 빼 들었던 칼을 내던지고 말에서 내려 눈물을 흘리며 나탄의 발아래 몸을 던졌습니다.

"아버지처럼 인자하신 어르신! 어르신의 그 호방함을 이제야 뚜렷하게 알겠습니다. 이유도 없이 어르신의 목숨을 노린 저에게 목숨을 내놓으시려고 그 크신 사려로 여기까지 오시다니요. 하느님께서는 질투에 사로잡혀 있던 불쌍한 저의 눈을 이성으로 다시 뜨게 하시고 무얼 해야 하는지 살피게 해 주셨습니다. 어르신께서 제 뜻에 응해 주신 만큼 저는 더욱더 저 자신의 잘못을 후회하고 가책을 느끼고 있습니다. 어서 저의 죄에 합당한 벌을 내려 주십시오."

나탄은 미트리다네스를 일으켜 부드럽게 껴안고 입을 맞추면서 이렇게 말했습니다.

"내 아들아! 너의 행동을 죄악이나 그런 말 따위로 부르면서 용서를 구할 필요는 없다. 그건 증오가 아니라 더 나은 사람이 되고자 하는 바람에서 나온 것이 아니냐. 이젠 나에 대해 자신감을 갖고 살아라. 어느 누구보다도 너의 삶이 훌륭하다는 것을 확신하기 바란다. 너의 고고한 영혼을 생각하니 네가 사랑스럽기 그지없구나. 너는 탐욕스러운 사람들이 그러듯 돈을 긁어모으려던 것이 아니라, 모은 돈을 쓸 길을 찾던 것이 아니냐. 명성을 얻고자 날 죽이려 했던 것을 부끄러워하지 마라. 내가 그런 일로 놀랐을 거라 생각하지도 말고. 위대한 황제들과 탁월한 왕들은 마을을 불사르고 도시를 점령하고 영토를 넓혀서 저들의 명성을 높이려고 한다. 살육 외에는 다른 방법이 없으니 말이다. 너와 달리 그들의 파괴는 끝을 모르지. 그런데 너는 단지 나 하나를 죽여 명성을 얻고자 했으니, 그게 뭐 그리 놀랄 일이고 새로운 일이겠느냐. 오히려 흔한 일이 아니겠느냐."

미트리다네스는 감히 자기의 욕망을 변명하지도 못하고, 그저 나탄이 자신의 욕망에서 찾아낸 고귀한 변명에 감읍할 뿐이었습니다. 그리고 어떻게 그런 결심을 하고 자기에게 조언까지 줄 수 있었는지 너무나도 놀랍다고 말했습니다. 이에 나탄은 이렇게 말했지요.

"미트리다네스! 나의 조언과 결심에 놀라지 않아도 된다. 나 자신을 다스릴 수 있게 된 후로, 누구든 내 집에 오는 사람이 청하는 것을 내 능력이 닿는 한 들어주지 않은 적이 없었으니 말이다. 네가 하고자 했던 것에 대해서도 똑같이 하고자 했을 뿐이다. 너는 내 생명을 바라고 왔다. 너의 요구를 듣고 보니, 자신이 원하는 바를 이루지 못하고 돌아갈 유일한 사람이 될 것 같기에 그 순간 너에게 나를 바치기로 결심했던 것이다. 그래서 네가 나의 목숨을 거두고 너의 목숨을 잃지 않도록 내가 할 수 있는 조언을 한 것뿐이다. 다시 한 번 말하는데, 내 목숨이 필요하다면 가져가고 그걸로 만족하기를 바란다. 내 목숨을 이보다 잘 쓸 방법이 있을지 모르겠구나. 나는 벌써 팔십 년 동안 목숨을 유지했다. 그동안 즐겁고 위안이 되는 일들도 많았다. 다른 사람이나 일반적으로 모든 사물이 그러하듯, 이제 내 목숨도 자연의 순환에 따라 거두어질 때가 온 듯하구나. 그러니 내 재산을 헌납하듯이, 내 목숨도 헌납하는 것이 훨씬 나으리라 생각한다. 목숨은 내 뜻과 상관없이 자연에 맡겨진 것 아니냐. 백 년을 헌납하는 것도 작은 선물에 불과하다. 그런데 앞으로 내가 이 땅에서 살아갈 육 년이나 팔 년쯤이야 얼마나 사소한 선물이겠느냐? 자, 그러니 망설이지 말고 목숨을 가져가기 바란다. 이렇게 살아오는 동안 내 목숨을 바랐던 사람은 만나 본 적이 없다. 네가 거두지 않으면, 이제 다시 누구를 만날 수 있을지 모르겠구나. 설사 그런 사람을 만난다고 해도 돌보면 돌볼수록 값어치는 떨어질 것이다. 그러니 더 값이 떨어지기 전에 거두어 가거라. 부탁한다."

미트리다네스는 진정으로 부끄러워하며 말했습니다.

"어르신의 생명같이 그렇게 값진 것을 어르신에게서 떼어 내서 제가 갖는다는 건, 조금 전처럼 바라는 것만으로도 하느님께서 용서하지 않으실 겁니다. 저는 어르신의 세월을 감축시키기보다 오히려 저의 세월을 더해 드리고 싶습니다."

이 말을 듣고 곧바로 나탄이 말했어요.

"할 수만 있다면 네 목숨을 내놓고 싶다는 말이냐? 어느 누구에게도 해 본 적이 없는 일을 너에게 하게 만들 작정이냐? 남의 것을 빼앗은 적이 없는 나더러 너의 것을 빼앗으란 말이냐?"

"그렇습니다." 하고 미트리다네스는 즉각 대답했습니다.

"그렇다면 내가 하라는 대로 해라. 너는 너의 젊은 몸으로 내 집에 머물러라. 그리고 나탄이라는 이름을 갖는 것이다. 나는 네 집으로 가서 미트리다네스로 살겠다." 하고 나탄이 말했어요.

그러자 미트리다네스는 이렇게 대답했습니다.

"제가 어르신이 생각하시는 것과 생각하셨던 것을 잘 수행할 수만 있다면 제안하신 바를 주저하지 않고 따르겠습니다. 하지만 제 행동으로는 나탄이라는 이름의 명성을 크게 훼손할 것이 너무나도 분명하다고 생각합니다. 저 자신의 일도 제대로 하지 못하는 놈이 다른 사람의 일을 망치는 게 고작일 겁니다. 받아들일 수 없습니다."

이렇게 나탄과 미트리다네스 사이에는 겸양이 넘치는 얘기들이 수없이 오갔습니다. 그리고 나탄이 이끄는 대로 그들은 함께 저택으로 돌아갔고, 나탄은 며칠 동안 미트리다네스를 극진히 대접했습니다. 그리고 성의와 지혜를 다해 그의 원대한 계획을 칭찬하고 격려해 주었습니다. 미트리다네스가 부하들을 데리고 집으로 돌아가기를 원하자, 나탄은 그의 호방함이 누구도 넘어설 수 없을 정도라는 걸 잘 알아듣게 설명하고 돌아가게 해 주었다고 합니다.

열 번째 날 네 번째 이야기

모도나*에서 온 젠틸레 데 카리센디 씨는 자기가 사랑했던 여자가 안장되자, 그녀를 무덤에서 꺼낸다. 원기를 회복한 여자는 사내아이를 낳는다. 젠틸레 씨는 그녀의 남편인 니콜루초 카차네미코에게 여자와 아이를 돌려준다.

사람이 자기 생명을 그렇게 아낌없이 내줄 수 있다는 사실에 모두가 놀라는 듯했습니다. 나탄의 도량이 에스파냐 왕이나 클뤼니의 수도원장 이상이라는 점에 모두가 진심으로 동의했습니다. 이런저런 얘기가 한참 오간 뒤, 왕은 라우레타 쪽을 바라보며 다음 이야기를 이어 갔으면 좋겠다고 신호를 보냈습니다. 라우레타는 곧바로 이야기를 시작했습니다.

---

* 오늘날의 모데나.

── 젊은 부인들이여! 지금까지 숭고하고 훌륭한 일들에 대해 들은 마당에 이제 더 할 얘기가 남지 않은 것 같아요. 모두 앞서 들려주신 숭고한 내용 주변만 맴돌게 되겠지요. 하지만 이미 반복된 사랑의 주제를 더 다루고자 한다면 얼마든지 다양한 이야기를 이어 나갈 수 있으리라 생각해요. 그래서 저는 이 점도 고려하고 또 그것이 우리 세대의 주요 관심사라는 점도 고려해서, 사랑에 빠진 사람이 도량 넓게 행동한 이야기를 들려 드리고 싶어요. 이리저리 따져 봐도 사랑이란 것은 앞에서 나온 어떤 덕목들보다 결코 떨어지는 것 같지 않거든요. 사랑하는 것을 소유하기 위해서라면 가장 아끼는 것도 주고 적의도 다 잊어버리며 자신의 목숨과 명예, 명성, 그리고 그 이상의 많은 것들까지 허다한 위험 속에 내맡기는 것이 사실이라면 말이에요.

옛날, 롬바르디아*의 유서 깊은 도시인 볼로냐에 덕망과 고귀한 혈통으로 큰 존경을 받는 기사 한 사람이 살았어요. 이름은 젠틸레 카리센디** 씨라고 했지요. 젊었던 그는 니콜루초 카차네미코***라는 사람의 아내인 카탈리나 부인을 사랑했으나, 부인에게서 전혀 응답을 받지 못했기 때문에 이를 비관한 나

---

* 당시에는 북부 이탈리아를 총칭하는 지명이었다.
** 카리센디는 볼로냐를 대표하는 귀족 가문으로, 1110년경 볼로냐 중심에 세워진 탑의 이름이 여기서 유래했다. 이 탑은 『신곡 ─ 지옥편』(31곡 136~138행)에 등장한다. "한 가닥 구름이 기울어진 가리센다 탑 위로/ 지날 때 밑에서 올려다보면 탑의 모습이/ 마치 구름을 맞이하며 기우는 듯 보이듯이."
*** 카차네미코는 궬피파에 선 볼로냐의 대표적인 귀족 가문이다.

머지 모도나 시장으로 임명되자* 그곳으로 떠나 버렸어요.

당시 남편 니콜루초는 볼로냐에 없었고, 부인은 임신 중이었던지라 도시에서 3마일 정도 떨어진 별장에 머물던 중에 어느 날 갑자기 심한 발작을 일으켰어요. 증세가 워낙 심각해서 어디를 보아도 살아 있다는 것을 확인할 수 없자, 의사들은 하나같이 부인이 죽었다고 판단하고 말았지요. 가까운 친척들은 부인이 임신한 지 얼마 되지 않았다는 걸 그녀에게 들어서 알았기 때문에 아이가 완전히 자라지는 않았으리라 보고 별다른 생각 없이 어느 교회의 묘지에 눈물을 뿌리며 안장해 주었답니다.

젠틸레 씨는 곧바로 어느 친구에게서 이 소식을 전해 들었어요. 그는 지금까지 부인에게서 눈곱만큼도 애정을 받은 적이 없었으나, 무척 슬퍼하면서 이렇게 중얼거렸어요.

"카탈리나 부인! 기어이 이렇게 죽고 말았군요. 당신이 살아 있는 동안 당신에게서 단 한 번도 눈길을 받아 보지 못했소. 그러나 이제는 죽어서 자기 몸을 스스로 지킬 수 없게 되었으니, 나는 당신께 입맞춤을 받아 내려 하오."

밤이 되자, 그는 행선지를 밝히지 말라고 명령한 뒤에 하인 하나를 데리고 말에 올라 한 번도 멈추지 않고 부인이 묻힌 곳으로 내달렸어요. 그리고 무덤을 열고 조심스럽게 들어가서

---

* 알베르토 카차네미코는 1254년부터 일 년 동안 모데나의 시장이었고, 베네디코 카차네미코는 1272년에 모데나 시의회에서 의장을 맡았다. 그러나 보카치오가 이를 의식하고 모데나를 이 이야기의 무대로 설정한 것은 아닐 것이다.

부인 옆에 누워 자신의 얼굴을 부인의 얼굴에 갖다 대고 하염없이 눈물을 흘리면서 입을 맞췄답니다. 그런데 인간의 욕망은 만족의 끝을 모르고 갈수록 더 많은 걸 원하게 된다고 하잖아요? 사랑하는 사람들의 욕망은 특히 더 그런가 봐요. 그래서 그는 이제 돌아가야지 생각하면서도 이렇게 중얼거리는 것이 있어요.

"아아! 이왕 여기까지 왔는데 잠깐 가슴을 만지지 말란 법은 없잖은가? 한 번도 만져 본 적 없고 앞으로도 기회가 없을 테니 말이야."

그는 이런 욕망을 이기지 못하고 부인의 가슴에 손을 얹었어요. 그렇게 얼마 지나니 어쩐지 부인의 심장이 뛰는 듯한 느낌이 드는 것이었어요. 순간 무서움이 엄습했지만, 신경을 집중해서 살펴보니 맥박이 약하고 희미하긴 해도 분명 죽지 않았다는 걸 확실히 알 수 있었어요. 그래서 하인의 도움을 받아 가능한 한 조심스럽게 그녀를 무덤에서 꺼내서는 말에 태우고 아무도 모르게 볼로냐의 자기 집까지 왔답니다.

슬기롭고 현명한 분이었던 그의 어머니는 아들한테서 사정 얘기를 낱낱이 듣고 마음 깊은 곳에서부터 연민이 솟아올라, 불을 활활 지피고 목욕물을 데워 부인의 꺼져 가는 생명을 소생시켜 주었어요. 생기가 돌아온 부인은 깊은 한숨을 내뱉더니 이렇게 말했어요.

"어머나! 여기가 대체 어디예요?"

그러자 믿음직스러운 어머니가 대답했어요.

"안심해요. 여기는 안전한 곳이에요."

부인은 정신을 차리고 사방을 둘러보았지만 그곳이 어디인지 도무지 알 수 없었어요. 다만 앞에 젠틸레 씨가 있는 걸 보고 크게 놀라면서 그의 어머니에게 어쩌다 자기가 이곳에 오게 됐는지 자초지종을 얘기해 달라고 부탁했지요. 그 말에 젠틸레 씨가 나서서 조리 있게 모든 걸 설명해 주었어요. 설명을 듣는 동안 부인은 괴로워하다가 얼마 후 고맙다는 인사를 깍듯이 했어요. 그러고는 젠틸레 씨가 자기에 대해서 벌써부터 품고 있던 애정과 그 고마운 신세를 갚기 위해서라도 젠틸레 씨의 집에서 자기와 자기 남편의 명예에 손상이 가는 어떤 일도 당하지 않도록 해 달라며, 날이 밝는 대로 자기 집으로 돌아가도록 해 달라고 부탁했어요.

이에 대해 젠틸레 씨는 이렇게 대답했어요.

"부인! 나의 소망이 과거에 어떠했든지 간에 지금이나 지금 이후로는 정든 누이 그 이상도 이하도 아닌 사람으로 부인을 대하고자 합니다. 지금까지 당신에게 품었던 사랑으로 인해 하느님께서 당신을 죽음에서 살리는 은총을 저에게 내리셨으니 말입니다. 제가 오늘 밤 부인에게 베풀게 된 호의는 어떠한 보상이라도 받을 가치가 있다고 생각합니다. 그러니 지금 제가 드리는 청을 거절하지 말아 주십시오."

부인은 자기가 할 수 있는 일이고 명예에 손상이 가지 않는 일이라면 얼마든지 하겠노라고 온화한 목소리로 대답했어요. 그러자 젠틸레 씨는 이렇게 말했어요.

"부인! 부인의 친척들이나 볼로냐 사람들은 당신이 분명 죽은 것으로 알고 있습니다. 집에서 부인을 기다리는 사람은 아무도 없어요. 그러니 제가 모도나에서 돌아올 때까지 아무도 몰래 제 어머니와 함께 여기서 머물러 주십시오. 이것이 제가 부인께 드리는 청입니다. 물론 금방 돌아올 겁니다. 이런 부탁을 드리는 까닭은 이곳의 많은 시민들이 있는 자리에서 부인 남편에게 귀중하고 놀라운 선물로 부인을 돌려 드리고자 하기 때문입니다."

부인은 친척들에게 자기가 살아 있다는 걸 알리고 싶은 마음이 간절했으나, 기사의 은혜와 요청이 명예에 손상을 입히지 않는다는 생각에 그 말을 따르기로 결심했고, 그렇게 하겠다고 굳게 약속했지요. 그런데 부인이 그런 대답을 끝맺자마자 분만 시기가 왔다는 걸 느꼈어요. 그리고 젠틸레 씨의 어머니로부터 극진한 간호를 받으며, 얼마 지나지 않아 건강한 사내아이를 낳았어요. 젠틸레 씨와 어머니의 기쁨은 몇 곱절로 커졌답니다. 젠틸레 씨는 부인이 자기 아내라도 되는 것처럼 필요한 모든 것들을 갖추어 주고 잘 보살펴 주라고 신신당부를 한 뒤 비밀리에 모도나로 돌아갔어요.

마침내 모도나에서 임기를 마치고 볼로냐로 돌아갈 날이 되자, 젠틸레 씨는 볼로냐로 들어가야 할 그날 아침에 니콜루초 카차네미코를 비롯한 볼로냐의 유지들을 여러 명 초청해 자기 집에서 성대하고 멋진 연회를 베풀었어요. 그가 돌아와 말에서 내려 손님들에게 인사를 하고 부인을 만나 보니, 그녀는 전보다 더 아름다워지고 건강해져 있었어요. 어린 아기 역시 건강하게 자라 있었고요. 이를 본 젠틸레 씨는 말할 수 없이 기뻐하면서 손님들을 식당으로 안내하여 최고의 음식을 대접했지요.

그는 자기가 앞으로 할 행동과 그에 따라 부인이 취해야 할 태도를 미리 생각하고 일러 두었어요. 그래서 식사가 거의 끝나 갈 무렵 자리에서 일어나 다음과 같은 얘기를 시작했어요.

"여러분! 어디선가 들은 얘기로 기억합니다만, 옛날 페르시아에는 재미난 풍습이 있었다고 합니다. 다름 아니라, 친구를 최고의 예로 대접하고자 할 때는 친구를 집으로 초대해서 아내든 애인이든 딸이든, 그 무엇이든 자기가 가장 아끼는 걸 친구에게 보여 주고, 할 수만 있으면 자기 심장도 지극히 기꺼운 마음으로 보여 줄 수 있음을 분명히 한다는 겁니다. 저는 이런 풍습을 볼로냐에서 한번 재현해 보고자 합니다. 여러분은 감사하게도 제가 준비한 연회에 참석해 주셨습니다. 저는 페르시아의 풍습에 따라 여러분을 대접하고 싶습니다. 제가 세상에서 가장 귀중하게 여기는 것을 여러분께 보여 드리면서 말입니다. 그런데 그 전에 제가 지금부터 말씀드리는 문제에 대해 어떻게 생각하시는지 밝혀 주시기 바랍니다. 어떤 사람이 선량하고 충직한 하인을 두었는데, 그 하인이 중한 병에 걸렸다고 합시다. 그런데 주인은 병에 걸린 하인의 임종을 기다리지 않고 그를 거리 한가운데로 끌어내게 한 뒤 돌보지 않았습니다. 그런데 지나가던 다른 사람이 병든 하인을 동정하여 자기 집으로 데려가서 극진하게 보살핀 끝에 원래대로 건강을 되찾게 합니다. 여기서 여러분께 묻고 싶은 것은 그 사람이 하인을 데리고 있는데 원래 주인이 와서 돌려 달라고 할 때 이를 거절한다면, 그 주인이 두 번째 주인을 비난하거나 시비를 걸 수 있는가 하는 것입니다."

그 자리에 모인 손님들은 다양한 의견들을 주고받다가 일치된 결론을 내리고서 가장 말주변이 좋은 니콜루초 카차네미코에게 대답을 맡겼어요. 그는 우선 페르시아의 풍습을 크게 칭송한 다음, 다른 분들도 자기와 같은 의견이라고 하면서 첫 번째 주인이 하인이 병들자 놀보지 않았을 뿐만 아니라 길에 내버렸으니 하인에 대해 아무런 권리가 없으며, 하인이 두 번째 주인으로부터 받은 은혜를 생각하면 그의 하인이 되는 것이 마땅하다고 말했어요. 그렇게 해도 첫 번째 주인에게 아무런 해도 되지 않을 뿐만 아니라, 폭력이나 불의도 아니라는 것이었지요. 식탁에 앉은 다른 사람들은 모두가 상식이 있는 사람들이었기 때문에 니콜루초가 내놓은 대답에 이구동성으로 찬성했답니다.

기사는 니콜루초의 대답에 크게 기뻐했고 다른 사람들도 그 의견에 동조한다는 것을 확인하고 난 뒤 이렇게 말했어요.

"이제 약속드린 대로 여러분을 접대하겠습니다."

그는 이미 화려한 옷으로 단장한 부인에게 하녀 두 명을 보내서는 어서 모습을 보여 신사들을 즐겁게 해 드렸으면 한다고 전했어요.

부인은 귀여운 아들을 품에 안고 두 하녀의 시중을 받으며 거실로 들어섰어요. 그리고 젠틸레 씨가 안내하는 대로 어느 훌륭한 신사 곁에 앉았어요. 젠틸레 씨가 말했어요.

"여러분! 이분이 다른 무엇과도 바꾸지 않을 만큼 제가 가장 소중하게 여긴다는 그것입니다. 그럴 만하다고 생각하시는지 잘 보시기 바랍니다."

손님들은 부인에게 한껏 예를 차려 수많은 칭찬을 한 뒤 과연 젠틸레 씨가 소중히 여길 만한 분이라면서 다시 그녀를 바라보곤 했답니다. 그들 중에는 부인이 죽지만 않았어도 바로 알아볼 만한 사람들도 있었어요. 그중에서도 니콜루초는 부인을 물끄러미 바라보다가 누군지 알고 싶어 더 이상 못 참겠다는 듯이 기사가 잠시 자리를 뜬 사이 그녀에게 볼로냐 사람인지 아니면 타지방 사람인지 물었어요. 부인은 남편에게서 그런 질문을 받고도 대답을 하지 않는다는 것이 괴로웠지만 약속을 깨지 않으려고 입을 다물고 있었지요. 그러자 다른 사람이 그 아기가 그녀의 아이인지 물었고 또 다른 사람은 그녀가 젠틸레 씨의 부인인지 아니면 친척뻘 되는 분인지 물었어요. 그러나 부인은 어떤 대답도 하지 않았어요.

젠틸레 씨가 돌아오자, 한 사람이 이렇게 물었어요.

"젠틸레 씨! 이분은 아름답긴 한데 말씀을 못 하시는 것 같군요. 맞습니까?"

"여러분, 이분이 지금 말을 하지 않는 것은 지닌 덕성이 작지 않음을 보여 주는 것입니다." 하고 젠틸레 씨가 말했어요.

그러자 그 사람이 재차 말했어요.

"그럼 젠틸레 씨가 말씀해 보세요, 저분이 누구신지요."

기사는 이렇게 말했어요.

"네, 물론 말씀드리죠. 그러나 한 가지 약속을 해 주셔야 합니다. 제가 어떤 말을 하든지 제 말이 끝날 때까지 아무도 자리를 떠서는 안 됩니다."

손님들은 모두 그렇게 하겠다고 약속했어요. 이미 식탁도 치운 상태였기 때문에 젠틸레 씨는 부인 곁에 앉으며 이렇게 말했어요.

"여러분! 이 부인이야말로 방금 제가 여러분께 말씀드린 충직하고 성실한 하인입니다. 이분이 가족에게서 소중한 대접도 받지 못하고 너 이상 쓸모 없는 손재처럼 길거리에 내버려진 것을 제가 거두었습니다. 저의 정성스러운 간호와 노력으로 죽음에서 건진 것입니다. 하느님은 저의 선한 마음을 가상히 여기셔서 이분을 끔찍한 죽음의 상태에서 이렇게 아름다운 모습으로 만들어 주셨습니다. 이런 일이 어떻게 제게 일어났는지 여러분이 더 소상히 아실 수 있도록 간단히 말씀드리지요."

그런 뒤 젠틸레 씨는 부인을 사랑했던 때부터 시작해서 그때까지 일어났던 일들을 낱낱이 털어놓았고, 얘기를 들은 모두가 크게 놀랐어요. 그리고 그는 이렇게 덧붙였어요.

"일이 이렇게 되었으니 이 부인은 이제 당연히 제 것이 된 겁니다. 그러니 여기 계신 여러분 중 누구도, 특히 니콜루초 씨는 조금 전에 하신 말씀이 바뀌지 않는 한, 아무리 그럴듯한 권리를 내세워도 이분을 돌려 달라고 요구할 수 없다고 생각합니다."

이 말에 아무도 대답을 못 했어요. 오히려 니콜루초를 비롯한 다른 사람들과 부인은 감동의 눈물을 흘리며 그가 또 다른 말을 할 것으로 기대하는 눈치였지요. 이윽고 젠틸레 씨는 자리에서 일어나 어린아이를 받아 안고서 부인의 손을 끌고 니콜루초에게 다가가서 이렇게 말했어요.

"자, 일어나세요. 저는 당신의 아내를 돌려 드리는 게 아닙니다. 당신 가족과 친척들이 부인을 버렸으니까요. 하지만 저는 이 부인을 아이와 함께 당신께 선물하고 싶습니다. 이 아이는 분명 당신의 피를 이어받았고 제가 세례를 주었으며 이름을 젠틸레라고 지었습니다. 아울러 당신께 말씀드릴 것은 부인께서 세 달쯤 제 집에 묵었다고 해서 섭섭하게 대하지 말아 달라는 것입니다. 하느님께 맹세합니다만, 이분은 제 집에서 제 어머니와 함께, 그런 일이 없었을 경우 당신이나 아버지, 어머니와 지냈을 때보다 더 깨끗이 사셨으니까요. 아마도 하느님께서는 저의 사랑으로 이분의 목숨을 건지게 하시려고(또 실제로 건졌고요.) 제가 그분을 사랑하도록 만드셨나 봅니다."

이렇게 말하고서 그는 부인을 향해 말했어요.

"부인! 부인이 제게 하신 일체의 약속에서 벗어나 니콜루초 씨에게 가셔도 좋습니다."

그리고 부인과 아이를 니콜루초의 손에 넘겨주고 자기 자리로 돌아가 앉았어요.

니콜루초는 지극히 기쁜 마음으로 부인과 아이를 받았어요. 그리고 그동안 불행했던 만큼이나 너무나도 행복해진 현실을 맞아 말로 다 할 수 없을 정도로 기사에게 감사를 표했답니다. 다른 사람들도 감동해서 눈물을 흘리고 입을 모아 젠틸레 씨를 칭송했어요. 또 이 말을 들은 사람들도 하나같이 그를 칭찬했지요. 부인은 엄청난 환영을 받으며 집으로 돌아갔고, 볼로냐 사람들은 오랫동안 부인에게 경탄의 눈길을 보냈답니다. 그 후로 젠틸레 씨는 니콜루초의 절친한 친구가 되었고, 니콜루초와 부인의 친척들과도 가까이 지냈답니다.

자, 여러분은 어떻게 생각하세요? 왕이 왕관과 보물을 하사한 일이나 수도원장이 아무런 손해도 입지 않고 교황과 도적을 화해시킨 일, 그리고 노인이 자기 목을 적의 칼 앞에 내놓은 일과 비교해서 젠틸레 씨의 행위가 그에 미치지 못한다고 생각하시나요? 젊고 뜨거운 피가 흐르는 그 사람은 남들이 소홀히 여겨 내다 버린 것을 선한 의지로 거둬들였지요. 따라서 자기에게 정당한 권리가 있다고 생각했지만, 그럼에도 자신의 욕망을 깨끗하게 눌렀을 뿐만 아니라, 지금까지 온갖 것을 바치고 싶어 하고 훔치려고까지 했던 것을 자유롭게 풀어 돌려주었던 거예요. 이런 점들을 생각했을 때 앞서 들었던 예들 중 그 무엇과도 비교할 수 없다고 생각해요.

크리스틴 드 피장, 『데카메론』 프랑스어판 삽화,
15세기 초, 바티칸 도서관 소장.

열 번째 날 다섯 번째 이야기

디아노라 부인은 안살도 씨에게 1월의 뜰을 5월의 뜰처럼 아름답게 만들어 달라고 부탁한다. 안살도 씨는 마술사에게 일을 맡겨서 이 요구를 들어준다. 그러자 부인의 남편은 안살도 씨에게 몸을 맡겨도 좋다고 허락한다. 남편의 관대한 태도를 전해 들은 안살도 씨가 부인과 맺은 약속을 취소하자, 마술사도 대가를 바라지 않는다며 안살도 씨에게 돈을 받지 않는다.

젠틸레 씨는 즐거워하는 부인들과 청년들 모두에게서 하늘까지 이어질 만큼 굉장한 칭찬을 받았습니다. 이번에는 왕이 에밀리아에게 이야기 차례를 맡겼습니다. 에밀리아는 기다렸다는 듯이 즐거운 낯으로 다음과 같이 이야기를 시작했습니다.

── 부드러우신 부인들이여! 젠틸레 씨가 참으로 훌륭한 일을 했다고 말하지 않을 분은 한 분도 없을 거예요. 그러나 이

이상 관대한 행동은 없을 거라고 말씀하신다면 그렇지 않다는 것을 보여 주는 것도 가능하리라 생각해요. 제가 시작하는 짧은 이야기의 목적이 바로 그것입니다.

프리울리는 날씨는 춥지만 아름다운 산과 여러 줄기의 강, 그리고 맑은 샘들이 있어 쾌적한 지방이지요. 그곳에 우디네라는 마을이 있는데, 옛날에 디아노라라는 아름다운 귀족 부인이 살았습니다. 그녀는 질베르토라는 매우 쾌활하고 성격 좋은 부자의 아내였지요. 매우 아름답고 반듯한 여자였던 이 부인은 안살도 그라덴세 씨라는 아주 고매하고 무예와 예의범절이 널리 알려진 기사에게서 열렬한 사랑을 받았어요. 그 기사는 부인을 뜨겁게 사랑했기에 부인의 사랑을 얻기 위해서라면 무슨 일이든 했으며, 자주 심부름꾼을 보내서 마음을 호소했으나 번번이 허사로 돌아가는 형편이었지요. 끈질긴 치근거림에 지친 부인은 이를 피할 방법을 고민하다가, 그의 사랑과 애원을 끊어 내려면 자신의 판단으로는 도저히 불가능할 것으로 보이는 요구를 던져 주는 수밖에 없다고 생각했어요.

그래서 기사의 심부름으로 자기를 자주 찾아오는 여자에게 이렇게 말했어요.

"아주머니! 당신은 안살도 씨가 나를 그 누구보다도 사랑한다는 점을 여러 번 상기시켰고 정말 근사한 선물들을 대신 전해 주셨어요. 하지만 선물을 받았다고 해서 내가 그분을 사랑한다거나 그분 뜻에 따른다는 얘기는 아니니, 선물들을 그분께 돌려 드렸으면 해요. 하지만 당신이 말하는 만큼이나 정말 그분이 날 사랑하는 것을 확신할 수만 있다면 나는 당연히 그분을 사랑하도록 노력할 것이고 그분이 바라는 대로 할 겁니다. 그러니 내가 요구하는 것에 성의를 갖고 응해 주신다면 당장 그분이 하자는 대로 따르겠습니다."

"마님! 그럼 마님은 그분이 무슨 일을 해 주길 바라시는 겁니까?"

"제 요구는 이거예요. 돌아오는 1월에 이 지역의 5월과 하나도 다르지 않게 푸른 풀로 가득하고 나무들이 우거진 정원을 보고 싶어요. 그 일을 해 주실 수 없다면 당신뿐 아니라 어느 누구도 다시는 저한테 오지 말았으면 좋겠어요. 만일 그래도 계속 귀찮게 하신다면 지금까지 있었던 일을 모두 남편과 친척들에게 털어놓고 내 괴로움을 호소해서 그분에게서 벗어날 생각입니다."

기사는 부인의 제안을 전해 듣고서 너무 지나친 요구라 도저히 들어줄 수 없겠다고 생각했어요. 하지만 자기에게서 희망을 포기하게 하려는 것이 아니라면 그런 요구를 할 리 없다는 걸 알면서도 어떻게든 할 수 있을 만큼 해 보리라 결심을 했어요. 그래서 세상 각지에 사람을 보내 자기를 도와주거나 조언을 해 줄 사람들을 찾도록 했지요. 그랬더니 보수만 충분히 준다면 마술을 부려서 그렇게 해 주겠다고 하는 사람이 나섰습니다. 안살도 씨는 막대한 보상을 치르기로 하고 약속한 시기가 오기를 기쁜 마음으로 기다렸어요. 드디어 매서운 추위가 몰려오고 모든 것이 눈과 얼음으로 덮이자, 마술사는 1월의 달력으로 넘어가는 그날 밤에 근처의 아름다운 초원에 마술을 걸었어요. 다음 날 아침 그 광경을 목격한 사람들이 증언한 바에 의하면 지금까지 아무도 본 적이 없을 만큼 아름다운 정원이 풀과 나무와 온갖 과일들과 함께 나타났다는 거예요. 안살도 씨는 이를 보고 크게 기뻐하며 거기서 가장 맛있어 보이는 과일과 가장 아름다운 꽃들을 따게 해서 몰래 부인에게 전딜하고는 부인이 요구한 성원을 보러 오라고 초대했어요. 두말할 필요도 없이 그건 자기가 그녀를 얼마나 사랑하는지 알아달라는 것이고, 자기에게 엄숙하게 제시한 약속을 상기해서 품위 있는 부인으로서 약속을 지켜 달라는 뜻이었어요.

꽃과 과일을 본 부인은 이미 많은 사람에게서 그 놀라운 정원에 대한 얘기를 들은 터라 그런 약속을 한 것이 후회가 됐어요. 하지만 다른 한편으로는 신기한 걸 보고 싶은 마음에 다른 여러 부인과 더불어 정원을 보러 갔지요. 부인은 놀라지 않을 수 없었어요. 그리고 자기가 해야 할 일을 생각하면서 슬픔에 젖은 어느 여자보다 더 풀이 죽어 집으로 돌아왔답니다. 그 슬픔이 얼마나 컸던지 안으로 숨기지 못해 남편이 알아차릴 정도였어요. 남편은 이유를 알고자 했지만, 부인은 창피하다고 생각해서 내내 입을 열지 않다가 마침내 강요를 이기지 못하고 모든 일의 자초지종을 밝혔어요.

질베르토는 그 얘기를 듣고 처음에는 무척 화가 났지만, 이윽고 부인의 순수한 의도를 알고는 노여움을 누르고 이렇게 조언했어요.

"디아노라! 자신의 정조를 걸고 남과 조건부 약속을 하거나 그런 심부름을 하는 사람과 말을 섞은 건 정숙한 태도도 아니고 현명한 행동도 아니오'. 귀를 통해서 마음으로 받아들인 말의 힘은 사람들이 대개 생각하는 것보다 더 큰 법이고, 더욱이 사랑에 빠진 사람들에게는 모든 걸 가능하게 만들 만큼 강력하게 된다오. 당신이 잘못했구려. 무엇보다 그 사람 말에 귀를 기울였고 그다음엔 계약을 했으니 말이오. 하지만 나는 당신의 결백을 알고 있으니, 그 계약의 사슬을 풀기 위해서 다른 사람이라면 절대 할 수 없을 일을 당신에게 허락하겠소. 그건 마술사가 두렵기 때문이기도 해요. 만일 당신이 안살도 씨를 속였다고 해서 안살도 씨가 마술사를 시켜 해코지라도 하면 어쩌겠소. 그러니 안살도 씨에게 가서 당신이 할 수 있는 방법을 동원해서 약속을 취소해 보도록 하시오. 정절을 지키면서 말이오. 그게 안 되면 이번만은 몸을 허락하되 영혼까지 허용해선 안 되오."

남편의 말을 듣고 부인은 눈물을 흘리며 그렇게까지 해 주시지 않아도 된다고 버텼어요. 하지만 질베르토는 부인이 아무리 버텨도 그렇게 하기를 원했답니다. 다음 날 아침, 동이 트자마자 부인은 치장도 하는 둥 마는 둥 하고 하인 둘과 하녀 하나를 앞세우고 안살도 씨의 집으로 갔어요.

부인이 자기 집으로 온다는 얘기를 들은 안살도 씨는 깜짝 놀라 일어나서 마술사를 불러다가 이렇게 말했어요.

"당신이 부린 기교 덕분에 내가 얼마나 진귀한 걸 얻었는지 한번 보시구려."

그는 조금도 불순한 생각 없이 부인을 대단히 정중하게 맞아들였어요. 그리고 부인과 함께 불이 따뜻하게 타고 있는 홀

룡한 방으로 들어갔지요. 기사는 부인을 자리에 앉히고 이렇게 말했습니다.

"부인! 당신께 오랫동안 품어 온 저의 사랑이 보답을 받은 것이라면, 이렇게 이른 시간에 하인들을 거느리고 찾아오신 진짜 이유를 말씀해 주시기를 감히 청합니다."

부인은 부끄러운 듯 눈물까지 글썽이면서 대답했어요.

"제가 이곳에 온 것은 사랑 때문도 아니고 약속 때문도 아니며, 제 남편의 지시 때문입니다. 남편은 자신과 저의 명예보다는 기사님의 정열적인 사랑을 더 존중해서 저를 이리로 보내신 것입니다. 그래서 남편의 지시에 따라 저는 기사님의 뜻을 무조건 따르고자 합니다."

안살도 씨는 부인의 말을 들으면서 부인이 왔을 때보다 더 크게 놀랐답니다. 그리고 질베르토의 도량에 마음이 움직여 그의 정열은 연민으로 변했어요.

"부인! 제가 부인께서 말씀하시는 대로 행동한다면 저의 사랑을 가엾게 여겨 주시는 분의 명예를 손상시키게 되는 것이니 도저히 용납할 수가 없습니다. 그러니 부인은 다름 아닌 저의 누이로서 원하시는 만큼 이곳에 머물러 주십시오. 그러다 마음이 내키실 때 자유롭게 떠나셔도 되겠습니다. 그렇게 하면 부인의 남편이 저와 부인께 보여 주신 무량한 예의에 맞는 감사의 뜻을 남편께 보여 드리는 것이 되지 않겠습니까? 그리고 앞으로는 저를 언제나 오빠이자 종으로 여겨 주시기 바랍니다."

부인은 이 말을 듣고 더없이 기뻐하며 이렇게 말했어요.

"지금까지 기사님이 보이신 모습으로 미루어, 저는 이 방문이 이런 결과를 낳으리라고는, 또 기사님이 제게 바라셨던 일이 이렇게 되리라고는 도저히 상상할 수 없었습니다. 이 점에 대해 늘 감사하게 생각하겠습니다."

부인은 인사를 하고 정중한 경호를 받으며 남편에게 돌아왔어요. 그리고 일어난 일을 남편에게 말해 줬지요. 이 일로 인해서 남편과 안살도 씨는 각별하고 충실한 우정을 맺게 되었답니다.

한편, 마술사는 안살도 씨가 약속한 보수를 주려고 하자, 질베르토가 안살도 씨에게 보여 준 도량과 안살도 씨가 부인에게 베푼 관대함을 떠올리고 이렇게 말했어요.

"질베르토가 자신의 명예에 대해 관대한 자세를 취했고 또 당신도 당신의 사랑에 대해 관대한 모습을 보인 것을 내가 알게 된 이상, 나 역시 보수에 대해 관대하지 않을 수가 없군요. 그 보수는 당신이 받는 것이 더 합당하니 당신께서 갖고 계시기 바랍니다."

기사는 마음이 편치 않아 전부가 아니라면 일부라도 주려고 했지만 헛수고였어요. 마술사는 그로부터 사흘째 되는 날에 정원을 깨끗이 치워 버리고 떠나고자 했기에 기사는 할 수 없이 작별을 해야 했지요. 그리고 그 뒤로는 애타는 사랑의 감정을 마음에서 지워 버리고 부인에 대해 진정한 애정만 간직하게 됐어요.

그러니 사랑하는 여러분, 어떻게 생각하시나요? 거의 죽음에 이르렀던 부인과 희망이 사라져서 이미 미지근하게 식은 사랑을 안살도 씨의 관용보다 더 높게 볼 수 있을까요? 안살도 씨의 사랑은 무엇보다도 뜨거웠고 더욱 큰 희망으로 시작된 것이었으며 그렇게도 쫓아다니던 상대를 손에 넣은 결과였다는 걸 생각해 주세요. 제가 볼 때 이와 같은 관대한 태도를 앞의 경우와 비교한다는 것은 그 자체로 어리석은 일인 것 같네요.

열 번째 날 여섯 번째 이야기

전쟁에서 승리를 거둔 늙은 샤를 왕은 젊은 처녀를 사랑하게 되지만, 자신의 어리석은 생각을 부끄럽게 여기고, 처녀와 그 여동생을 명예롭게 혼인시켜 준다.

부인들 사이에서는 디아노라 부인을 둘러싸고 일어난 일을 두고서 질베르토와 안살도 씨와 마술사 가운데 누가 가장 관대했는지 한참이 지나도록 언쟁이 이어졌습니다. 하지만 누구라고 충분히 자기 의견을 완전하게 제시할 수 있겠습니까? 이야기만 길어질 뿐이지요. 왕은 한동안 언쟁이 이어지도록 두었다가 피암메타를 바라보면서 그 언쟁이 끝나게끔 이야기를 시작하라고 요청했습니다. 그러자 피암메타가 조금도 망설이지 않고 이야기를 시작했습니다.

─ 훌륭하신 부인 여러분! 저는 항상 우리 모임과 같은 자

리에서는 말하는 의도가 애매해서 논쟁의 소재가 될 만한 내용은 되도록 피하는 것이 좋겠다고 생각했어요. 이런 식의 토론은 우리보다는 배우는 자리에 있는 학자들이 더 잘 수행할 거예요. 우리야 실패와 물레를 돌리는 일로 충분하니까요. 그러니까 저는 여러분이 언쟁을 하시는 걸 보면서 뭔가 이상하다는 생각이 들었다는 거예요. 그건 그렇다고 치고, 저는 신분이 낮은 사람이 아니라 지엄하신 왕께서 자신의 명예를 조금도 더럽히지 않으면서 기사답게 훌륭히 처신한 이야기를 하나 해 보려 해요.

여러분은 늙은 샤를 왕 혹은 샤를 1세에 대해 여러 번 들어 보셨을 거예요. 그분의 위대한 업적과 만프레디 왕에게서 거둔 영광스러운 승리는 피렌체에서 기벨리니 당을 쫓아내고 궬피 당을 돌아오게 했지요. 그 결과로 네리 델리 우베르티라는 기사가 가족 모두와 함께 막대한 돈을 가지고 피렌체를 빠져나갔지만, 그래도 샤를 왕의 손이 미치지 않는 곳에서 살 생각은 아니었어요. 그는 그저 호젓한 곳에서 여생을 편하게 지내기 위해 스타비아 해안에 있는 카스텔로*라는 곳으로 갔어요. 그리고 마을에서 쏜 화살이 날아갈 정도로 떨어진 곳에 올리브 나무와 호두나무, 밤나무가 우거진 비옥한 땅을 구해 아름답고 쾌적한 저택을 지었지요. 집 옆에는 사랑스러운 정원을 만들고, 그 한가운데에는 우리 방식대로 풍부한 물을 끌어들여 맑고 멋진 연못을 만들고 수많은 물고기들을 채워 넣었

---

*나폴리 근처의 카스틸람마레 디 스타비아.

답니다.

네리 씨가 이렇게 정원을 더 아름답게 가꾸는 것 말고는 어디에도 신경을 쓰지 않으며 살던 어느 날, 샤를 왕이 바다로 피서를 가느라 카스텔로 근처에 왔다가 네리 씨의 정원이 아름답다는 얘기를 듣고 한번 보기를 원했어요. 더욱이 주인이 반대파의 기사라는 얘기를 듣고서 이 기회에 친해 두면 좋겠다는 생각이 들었던 거지요. 그래서 사람을 보내서 다음 날 저녁에 네 사람을 데리고 은밀하게 갈 테니 정원에서 함께 식사를 하자고 전했어요.

네리 씨에게는 대단히 기쁜 일이었지요. 그래서 근사하게 음식을 장만하고 온 가족과 함께 준비해야 할 것들을 점검하고 난 뒤에, 최상의 환대와 함께 왕을 아름다운 정원으로 모셨어요. 왕은 정원을 비롯하여 네리 씨의 집을 둘러보고 크게 칭찬하고 나서 연못가에 마련된 식탁으로 가서 손을 씻고 자리에 앉았어요. 그리고 수행원들 중 한 사람인 몽포르 백작*을 자기 한쪽 옆에 앉히고 네리 씨를 반대쪽에 앉도록 했어요. 다른 세 사람은 네리 씨가 정해 주는 대로 자리에 앉도록 했지요. 아주 맛좋은 음식과 최상급 포도주들이 등장하고 조용한 분위기에서 지루하지 않게 우아한 식사가 진행되자 왕은 계속 칭찬을 늘어놓았어요.

왕이 이렇게 고적한 분위기에서 흡족하게 식사를 즐기는

---

*샤를 1세의 가장 충직한 신하 중 하나. 단테는 영국 왕 헨리 3세의 조카를 죽인 죄를 물어 그를 폭력자들 사이에 배치한다.(『신곡 - 지옥편』 12곡 118행 이하 참조.)

동안 아마 열다섯 살쯤 돼 보이는 처녀 둘이 정원으로 들어왔어요. 하나는 금실 같은 금발을 잘 말아 올렸고, 머리를 풀어 내린 처녀는 빙카*로 만든 작은 화환을 얹고 있었어요. 두 처녀의 얼굴은 무엇보다 천사를 연상시켰어요. 그만큼 섬세하고 아름다웠지요. 몸에는 지극히 고운 아마로 만든 눈처럼 하얀 옷을 걸쳤는데, 허리 위쪽으로는 찰싹 달라붙었고 아래로 갈수록 발치까지 길게 천막처럼 퍼져 있었어요. 앞에서 오는 처녀는 어깨에 멘 한 쌍의 그물을 왼손으로 잡고 오른손에는 긴 막대기를 들고 있었고, 뒤를 따르는 처녀는 왼쪽 어깨에 판판한 냄비를 메고 같은 쪽 겨드랑이에는 장작을 한 단 끼고 손에는 삼발이를 들었으며, 다른 쪽 손에는 기름이 든 종지와 불이 붙은 관솔을 들고 있었어요. 왕은 그걸 보더니 놀라고 궁금한 눈빛으로 무엇을 하려는 것인지 기대에 차서 기다렸어요.

두 처녀는 반듯한 걸음으로 얼굴을 붉히며 왕에게 다가와 경의를 표했어요. 그리고 연못가로 가서, 냄비를 든 처녀는 냄비와 다른 것들을 아래 내려놓고 다른 처녀가 갖고 있던 막대기를 받아 들었어요. 그리고 둘 다 연못 속으로 들어가 물이 가슴까지 차오르는 곳까지 갔지요. 한편에서는 네리 씨의 하인 중 하나가 재빨리 불을 피우고 삼발이 위에 냄비를 걸고 기름을 부은 뒤 처녀들이 고기를 던져 주기를 기다리기 시작했답니다. 연못 속의 처녀들은 하나가 고기가 숨어 있을 만한 곳

---

* 협죽도과에 속하는 한해살이풀로, 잎사귀에 깔때기 모양의 흰 꽃 또는 적자색 꽃이 핀다.

들을 막대기로 쑤시면 다른 하나는 그물을 대고 기다렸지요. 이 광경을 유심히 지켜보던 왕이 크게 즐거워하는 동안, 순식간에 많은 물고기들이 잡혔어요. 처녀들이 물고기들을 하인에게 던지자 하인은 거의 산 채로 냄비 안에 집어넣었고, 또 지침을 받은 대로 가장 먹음직스러운 것들을 골라서 바로 왕과 백작과 아버지가 앉은 식탁 위로 던지는 것이었어요. 식탁 위에서 물고기들이 펄떡거리자 왕은 흥이 나서 그 물고기들을 처녀에게 정중한 태도로 던져 주었어요. 얼마 동안 이렇게 재미나게 노는 사이에 하인은 자기가 받은 생선을 구웠지요. 이것은 네리 씨가 지시해 놓은 것으로서, 아주 친숙하거나 본격적인 요리라기보다는 막간 요리로서 왕에게 바쳐졌어요.

요리도 어지간히 되었고 고기도 많이 잡았기 때문에 처녀들은 희고 얇은 옷이 찰싹 달라붙어 알몸이 보일 듯 말 듯한 모습으로 연못에서 나왔어요. 그리고 각자 가지고 온 물건을 다시 꾸려 왕의 앞을 부끄러운 듯이 지나서 집 안으로 돌아갔어요. 왕과 백작 그리고 수행원들은 이 처녀들에게 온통 시선을 빼앗기고 있었는데, 저마다 속으로 그 아름답고 아리따운 모습은 물론 나긋나긋하고 우아한 몸짓에 경탄하고 있었지요. 특히 왕은 누구보다도 더 좋아하여, 처녀들이 물에서 나왔을 때 몸 구석구석을 지그시 바라보느라 누군가 쿡 찔러도 모를 지경이었답니다. 왕은 두 처녀가 누구이며 어째서 이런 일을 하는지 알기도 전에 그들과 함께하고 싶은 강렬한 욕망이 마음속에서 솟구치는 걸 느꼈어요. 자기 자신이 사랑에 빠져 헤어날 수 없게 된 걸 너무나도 명확하게 알았던 거죠. 다만 두 사람이 너무나도 서로 닮았기 때문에 둘 중 어느 쪽이 더 마음에 드는지는 분명하지 않았답니다.

왕은 이런 생각에 골똘히 잠겨 있다가 이윽고 네리 씨를 향해 저 처녀들이 누구냐고 물었어요. 네리 씨는 이렇게 대답했습니다.

"선하! 서 아이늘은 제 쌍둥이 딸들이옵니다. 하나는 미녀 지네브라라고 하고 다른 아이는 금발 이소타라고 합니다."*

왕은 둘의 미모를 무척이나 칭찬했고, 어서 그들을 출가시키라고 권했어요. 그러자 네리 씨는 그러지 못한 것에 대해 별 뾰족한 수가 없었다고 변명했어요.

이렇게 하는 동안에 식사의 마지막 순서로 과일만 남게 되자, 두 처녀가 아름다운 명주옷을 입고 여러 계절 과일들이 담긴 커다란 은 쟁반을 손에 받쳐 들고 나타나 왕 앞의 식탁 위에 놓았어요. 그러고는 약간 뒤로 물러나 다음과 같은 가사의 노래를 부르기 시작했어요.

사랑이여, 나 그대에게 왔건만
오래 머물 수가 없네.

노랫소리가 너무나도 달콤하고 사랑스럽게 들려서 왕은 흡족한 마음으로 처녀들을 바라보며 노래를 들었어요. 마치 하

---

* 이 이름들이나 이름 앞에 붙는 명사들은 당대 거명 방식에서 흔하게 보이지 않는 것이다. 기사문학의 양식을 직접 취하는 이 이야기에서 신비한 분위기를 조성하기 위해 쓰인 듯하다.

늘에서 모든 품급의 천사들이 내려와 노래하는 것만 같았지요. 그들은 노래를 부른 뒤 왕 앞에 무릎을 꿇고 이만 물러나겠다고 정중하게 머리를 조아렸어요. 왕은 그들이 떠나는 게 섭섭했으나 겉으로는 쾌히 그러라고 했지요. 마침내 식사가 끝나고, 왕은 사람들과 함께 다시 말에 올라 네리 씨와 작별 인사를 나눈 후 이런저런 얘기를 나누며 왕궁으로 돌아갔어요.

자, 이제 왕은 미녀 지네브라의 아름다움과 사랑스러움을 잊지 못해 정무로 바쁜 와중에도 그녀를 마음속에 숨겨 놓게 되었답니다. 그녀를 그리다 보니 그 동생도 비슷하게 사랑하게 되었고, 사랑하는 마음이 깊어지다 못해 다른 일은 거의 생각도 할 수 없는 지경이 되었지요. 견디다 못한 왕은 이런저런 이유를 들어 네리 씨와 가깝게 지냈고 지네브라를 보기 위해 그 아름다운 정원을 굉장히 자주 방문했어요. 그러나 그것만으로는 직성이 풀리지 않았고 다른 방도를 찾을 길도 없었지요. 그래서 처녀를 하나만이 아니라 둘 다 그 아버지에게서 빼앗기로 마음먹고 자기의 사랑과 의도한 바를 귀도 백작에게 털어놓았어요. 그러자 훌륭한 성품을 가진 백작은 이렇게 말했답니다.

"전하! 저는 전하의 말씀에 정말 놀라지 않을 수 없습니다. 저는 전하의 어린 시절부터 오늘날까지 어느 누구보다도 전하를 가까이에서 모셔 왔기 때문에 놀라움은 더 클 수밖에 없습니다. 제 기억으로 사랑이 그 손톱으로 전하를 더 쉽게 움켜잡을 때인 젊은 시절에도 이만한 정열에 사로잡히신 적이 없습니다. 그런데 이미 노년에 가까운 이때 그런 말씀을 들으니,

전하께서 사랑을 하신다는 일이 저에게는 너무나 새롭고 기이해서 마치 기적으로만 생각됩니다. 제가 전하께 간언을 드릴 수 있다면, 감히 이렇게 말씀드리고자 합니다. 전하가 지금 새롭게 얻으신 나라에는 책략과 반역이 판을 치고 있으며, 전하께서는 미처 다 파악하지 못하신 국민들 사이에서 아직 무기를 놓지 않은 상태임을 헤아리십시오. 나라에 심각한 문제와 중대한 사업들이 산적한 상태이니 전하께서 아직 마음을 놓으실 때가 아니라고 생각합니다. 따라서 여러 가지 면을 돌아보셔서 그런 미혹과 같은 사랑에 빠지지 마시기 바라옵니다. 그것은 고매하신 왕이 아니라 심약한 젊은이나 하는 행동입니다. 게다가 더욱 나쁜 것은 그 가련한 기사에게서 두 딸을 빼앗으려 하신다는 말씀입니다. 그 기사는 자기로서는 최대의 경의를 바쳐서 전하를 집으로 초대했고, 전하를 대접하기 위해 거의 알몸의 딸들을 보여 드린 것입니다. 그것은 그 기사가 전하께 무한한 신뢰를 갖고 있다는 증거이며, 전하가 왕이시며 간악한 늑대가 아니라는 것을 확고하게 믿는다는 증표입니다.

전하! 전하는 만프레디가 부녀자들을 폭행한 것을 응징하기 위해 몸소 이 나라를 정복하셨던 것을 벌써 잊으셨단 말입니까? 전하를 존경하는 자에게서 그의 명예와 희망과 위안을 빼앗는 것은 실로 영원한 중형을 불러올 만한 엄청난 배신입니다. 이런 배신이 저질러졌다는 얘기를 언제 들으신 적이 있습니까? 만일 전하가 그렇게 하신다면 사람들이 전하를 두고 뭐라고 하겠습니까? 전하께서는 '내가 그렇게 한 것은 그자가 기벨리니 당원이기 때문이다.' 하고 말씀하시면 충분한 변명이 되리라 생각하실지도 모르겠습니다. 하지만 그 누구라도 전하께 보호를 청하는 자들을 그런 식으로 대하는 것이 국왕으로 갖추어야 할 정의인지요? 전하! 만프레디를 무찌르신 것도 전하께는 지대한 영광이지만, 전하 자신을 이기는 것이 더 큰 영광임을 기억하십시오. 그러니 전하께서는 다른 이들을 바로잡으시고 전하 스스로를 극복하셔서 그러한 욕망을 억제하시고 영광스럽게 획득하신 것에 이런 얼룩을 남기지 마시옵소서."

이 말들은 왕의 마음을 날카롭게 후벼 팠어요. 그 말이 진실임을 알기에 왕의 고통은 더욱 컸지요. 왕은 몇 차례 더운 숨을 몰아쉰 뒤에 이렇게 말했어요.

"백작! 잘 훈련된 전사는 아무리 강한 적이라도 이길 수 있으나 자신의 욕구에는 너무나도 약한 법이오. 그러나 엄청난 고통이 따른다 해도, 또 헤아릴 길 없는 큰 힘이 든다고 해도, 백작의 말은 나를 깨우쳐 주었소. 내가 적을 무찌를 수 있듯이 나 자신을 어떻게 극복할 수 있는지, 앞으로 많은 날들이 지나기 전에 행동으로 보여 주겠소."

이렇게 선언한 뒤로 많은 날들이 지나지 않아서 왕은 나폴리로 돌아갔어요. 그리고 자기가 더 이상 비열하게 행동하지 않도록, 또 네리 씨에게 받은 환대에 대한 포상을 내리기 위해서 두 처녀를 혼인시켜 주기로 결심했어요. 자기가 그토록 원하던 것을 다른 사람의 손에 넘긴다는 것은 정말 고통스러운 일이었지만, 왕은 네리 씨의 딸들로서가 아니라 자기의 딸들로 여기고 그렇게 하기로 한 거예요. 네리 씨가 이에 동의하자, 왕은 딸들에게 막대한 지참금을 내렸지요. 그리고 미녀 지네브라는 마페오 다 팔리치 씨와 혼인을 시켰고 금발 이소타는 굴리엘모 렐라 마냐 씨와 혼인을 시켰어요. 둘 다 귀족 기사들로서 지체 높은 사람들이었지요. 왕은 그들을 혼인시킨 뒤 쓰린 가슴을 안고 풀리아로 가서 그곳에서 이어지는 일들에 전념하면서 자신의 처절한 욕망을 억눌렀어요. 그렇게 사랑의 사슬을 끊고 부수면서, 그는 욕구에서 초탈한 생활을 할 수 있었답니다.

사람들은 아무럼 왕이 두 처녀를 혼인시키는 것이 뭐 그리 대단한 일이냐고 말할지도 모르겠어요. 저도 그 점은 인정해요. 하지만 앞서 말씀드린 것처럼 사랑에 빠진 왕이 자기 사랑의 잎이나 꽃, 열매를 얻거나 따지도 못하고 다른 남자와 혼인시킨다는 것은 참으로 대단하고 또 대단한 일이라 하겠습니다. 그리하여 이 훌륭한 왕은 네리 씨에게 최고의 영예를 수여하고, 사랑했던 처녀들의 명예도 높여 주었으며, 자기 자신을 강하게 극복했던 겁니다.

크리스틴 드 피장, 『데카메론』 프랑스어판 삽화,
15세기 초, 바티칸 도서관 소장.

열 번째 날 일곱 번째 이야기

피에트로 왕은 리사가 자기를 열렬히 사랑한다는 말을 듣고, 병에 걸린 그녀를 위로한 다음 어느 귀족 청년과 혼인시켜 준다. 그리고 그녀의 이마에 입을 맞추며, 이후로 언제나 그녀의 기사가 되겠다고 선언한다.

피암메타가 이야기를 끝맺자, 기벨리니 당에 속한 부인 한 사람만을 제외하고는 모두가 샤를 왕의 남자다운 아량을 크게 칭찬했습니다. 한편, 팜피네아는 왕에게 요청을 받고 이야기를 시작했습니다.

— 사려가 깊으신 부인들이여! 뭔가 다른 이유로 나쁘게 생각하는 분이 아니라면, 샤를 왕을 훌륭하다 칭찬하지 않을 분은 없으실 거예요. 이야기를 듣다 보니, 왕과는 반대파에 속했지만 그에 못지않게 칭송받을 만한 분이 우리 피렌체 처녀에게

행하신 일이 한 가지 기억나네요. 그와 관계된 이야기를 여러 분께 들려 드리고 싶어요.

시칠리아에서 프랑스인들이 추방당하던 시절*의 이야기입니다. 팔레르모에 베르나르도 푸치니라고 하는 우리 피렌체 사람이 살았는데, 약을 파는 대단히 부유한 상인이었어요. 부인과의 사이에는 아들 없이 혼기에 이른 아주 예쁜 딸 하나만을 두고 있었어요. 그 무렵 시칠리아의 영주였던 피에트로 디라오나**가 수하의 신하들을 모아 팔레르모에서 성대한 잔치를 열었어요. 그날 카탈루냐식 마상 경기가 벌어졌는데,*** 베르나르도의 딸 리사가 다른 부인들과 함께 자기 집 창문에서 구경을 하다가 왕이 말을 달리는 모습을 보고 그만 너무나도 호감을 느꼈고, 자꾸자꾸 보던 끝에 열렬한 사랑에 빠지게 되었답니다.

잔치가 끝나고 리사는 여느 때처럼 아버지의 집에 머물러 있었으나, 마음속에 들어앉은 그 늠름하고 고귀한 사랑밖에는 아무것도 생각나는 게 없었어요. 리사를 유독 슬프게 한 것은 자신의 낮은 신분을 인정해야 한다는 점이었어요. 그런 신분으로 행복한 결과를 얻는다는 건 도저히 바랄 수 없는 희망

---

* '시칠리아의 저녁 기도' 시기.(두 번째 날 다섯 번째, 여섯 번째 이야기 참조.) 프랑스 앙주 가문 출신인 샤를 1세는 1266년 교황과 공모해 시칠리아 왕국 전체를 장악했고, 그 영역은 로마 남부까지 뻗어 있었다. '시칠리아의 저녁 기도'는 1282년 3월 31일, 샤를 1세의 지배에 대항해 시칠리아에서 일어난 반란을 가리키며, 이 사건으로 인해 전쟁이 발발했다.
** 아라곤 왕가의 피에트로 왕. 1282년 8월에 시칠리아에 상륙했다.
*** 카탈루냐 지방은 1137년 이래로 아라곤 왕국에 병합되어 있었다.

이었지요. 그래도 뒤에서 왕을 사랑하는 일을 단념하려 하지 않았고, 그러면서도 무슨 문제라도 일어날까 두려워서 아무에게도 마음을 드러내지 못했어요.

물론 왕은 이런 사정을 알 턱이 없었고 관심을 기울일 리도 만무했지요. 그러니 그녀 쪽에서는 참을 수 없는 고통을 입 밖에 내지도 못한 채 마음에 간직해야만 했답니다. 날이 갈수록 사랑은 커져만 갔고 그에 비례해서 리사의 우울증도 깊어졌어요. 아름다운 처녀는 더 이상 견디지 못하고 병에 걸렸고, 햇빛에 스러지는 눈처럼 날마다 눈에 띄게 쇠약해져 갔답니다. 부모는 처녀의 상태를 보고 크게 걱정이 되어, 밤낮으로 간호하고 의사를 부르고 약을 써서 몸을 회복시키려 했지만 아무런 소용이 없었어요. 사랑에 절망한 처녀가 목숨을 부지할 생각을 그만둬 버린 것이었지요.

그러던 어느 날, 아버지는 원하는 것이 있으면 무엇이든 들어줄 테니 말해 보라고 했어요. 그러자 처녀는 죽기 전에 자기의 사랑과 결의를 왕에게 전달할 방법이 있지 않을까 싶어 아버지에게 미누초 다레초를 불러 달라고 부탁했어요. 미누초는 피에트로 왕 앞에도 불려 갈 만큼 당대 최고의 가수이자 연주가였지요. 아버지는 딸 리사가 그의 노래와 연주를 듣고 싶어 하는 줄 알고 곧바로 연락을 취했어요. 미누초는 마음이 따뜻한 사람이었기에 금방 찾아와서 부드러운 말로 그녀를 위로한 다음 비올라를 연주하면서 달콤한 목소리로 노래를 몇 곡 불렀어요. 그러나 그가 그녀를 위로한답시고 부른 노래는 처녀의 사랑에 더 큰 불을 붙였지요.

노래가 끝나자, 처녀는 ㄱ와 둘이서만 할 얘기가 있다며 다른 사람들을 내보냈어요. 그리고 이렇게 말했지요.

"미누초 님! 저는 제 비밀을 지켜 주실 가장 믿음직스러운 분으로 당신을 선택했어요. 우선 당신은 제가 지금 말씀드릴 그분 외에는 다른 누구에게도 제 얘기를 발설하지 말아야 합니다. 당신은 그렇게 하실 수 있으니 제발 저를 도와주셔야 하고, 그래 주시기를 바랍니다. 미누초 님! 우리 영주이신 피에트로 왕께서 영주의 자리에 오르시면서 잔치를 베푸시던 날, 저는 그분께서 마상 경기를 하시는 모습을 보고 그분에 대한 뜨거운 사랑을 마음에 품게 되었어요. 그리고 그 운명의 순간부터 보시다시피 이런 꼴이 되고 말았답니다. 왕에 대한 사랑이 얼마나 억지인지 잘 알지만, 그런 생각을 쫓아내기는커녕 누그러지지도 않아 이렇게 대책도 없이 견뎌야 하는 것이 얼마나 고통스러운지 모르겠어요. 그래서 저는 그 고통을 덜기 위해 죽음을 원했고 그렇게 하려 합니다. 절망이 너무도 크니 그분이 제 마음을 모르신다면 저는 분명히 죽을 수밖에 없어요. 그래서 왕께서 저의 처지를 저에게 듣는 것보다 더 적절하게 들으실 수 있도록 당신을 모시고 싶었어요. 부디 제 부탁을 거절하지 말아 주세요. 그렇게만 해 주신다면 이 고통에서 벗어나 편안히 숨을 거둘 수 있을 거예요."

처녀는 이렇게 말하고 훌쩍이며 입을 다물었어요. 미누초는 처녀의 고결한 마음과 무서운 결심에 깜짝 놀라기도 했고 또 가여운 생각이 부쩍 들기도 했지요. 그래서 어떻게 하면 그녀의 마음을 그대로 전할 수 있을까 고민하다가 방법을 하나

퍼뜩 떠올리고는 이렇게 말했어요.

"리사! 내 말을 믿어 주기 바랍니다. 이 일과 관련해서 절대로 당신을 속이지 않겠습니다. 그렇게 존귀하신 왕께 어떻게 마음을 바치게 됐는지, 그 고귀한 열정에 깊은 경의를 표하면서 도움을 드릴 것을 약속해요. 그래서 당신이 다시 원기를 회복하기를 바랍니다. 반드시 사흘 안에 당신이 기뻐할 만한 소식을 갖고 올 테니 기다려요. 자, 그럼 시간을 허비하지 않기 위해 이만 일어나겠습니다."

리사는 다시 한 번 간곡히 부탁하고 힘을 내겠다고 약속하면서 하느님의 가호가 함께하기를 기원했어요. 미누초는 그 길로 당시 빼어난 음유시인*이었던 미코 다 시에나**를 찾아가, 그에게 부탁해서 다음과 같은 시를 받았어요.

사랑이여! 임한테 가서
내 마음 병들었다 일러 주오.
두려워서 내 희망 숨기다가
죽게까지 되었다고.

사랑이여! 손을 꼭 쥐고 부탁하노니,
내 임 사는 곳으로 가 주시오.

---

* 여기서는 특히 라틴어가 아니라 이탈리아어로 시를 읊는 시인을 말한다.
** 역사적으로 확인되지 않는 이름이다. 단테가 『속어론(De vulgari eloquentia)』에서 "시에나 사람 미눔 모카툼"이라고 칭한 인물을 가리킨다고 보는 의견도 있다.

그래서 내 마음이 달콤한 정열로

그를 바라고 사랑한다고 말해 주시오.

그 불길이 내 속에서 타오르니

내 숨을 끊을까 무섭다고.

나의 고통이 언제 나로 하여금

무섭고 부끄러워 죽고만 싶게 할지

나도 정말 모른다고.

사랑이여! 내 마음 그분께 바친 뒤로

그대는 나에게 용기보다는 두려움을

주었으니, 그로 인해 나는 한숨만 쉴 뿐,

내 가슴을 빼앗아 간 그분께

내 희망을 훤히 드러내고 싶건만.

그렇게 죽어 가네, 죽음이 나의 고통이네!

아마도 그분도 바라지 않으실 테니,

내가 얼마나 고통스러운지 아신다면,

내 슬픈 마음을 그분께 전할

용기를 충분히 낼 텐데.

사랑이여! 그것이 그대 마음에 흡족하지 않아도

나에게 자신감을 불어넣어

내 마음을 전하게 해 주오.

그렇게 살피고 나를 친히 돌아보아

나의 그리운 임께 어서 달려가

그분께 상기시켜 드리오.
다른 기사들과 함께 창과 방패로
무장한 그분을 봤을 때,
그때가 그분으로 인해 내가 처음 초췌해지고,
나의 마음 부서지기 시작했을 때라는 걸.

미누초는 서둘러 이 가사 내용에 어울리는 부드럽고 구슬
픈 가락을 붙인 다음 사흘째 되는 날 궁정으로 들어갔어요. 아
직 식사 중이던 피에트로 왕이 그를 보고 비올라를 연주하며
노래를 한 곡 부르라고 명령했어요. 미누초는 비올라를 연주
하면서 이 노래를 나직하게 부르기 시작했지요. 황실에 있던
사람들은 모두가 취한 듯이 입을 다물고 노래에 귀를 기울였
답니다. 특히 왕의 감동은 누구보다 더 컸답니다. 미누초의 노
래가 끝나자, 왕은 지금까지 들어 본 적이 없는 노래인 것 같
은데, 어디서 나온 노래냐고 물었어요. 그러자 미누초는 이렇
게 대답했어요.
"전하! 이 가사와 곡은 만들어진 지 사흘이 채 되지 않았습
니다."
그러자 왕은 그게 무슨 뜻이냐고 물었고, 미누초는 이렇게
대답했어요.
"그것은 전하께만 말씀드릴 수 있습니다."
그러자 사연을 듣고 싶었던 왕은 식사가 끝나고 나서 그를
자기 방으로 불렀어요. 미누초는 자초지종을 왕에게 들려주
었지요. 그 말을 들은 왕은 크게 기뻐하면서 처녀를 칭찬했고

틀림없이 매우 훌륭한 처녀일 것이라고 말했어요. 그러고는 여기에 더해 왕의 전갈이라면서 처녀를 위로해 주고, 그날 저녁 시간에 처녀를 방문하겠다고 전하도록 했어요.

미누초는 이 굉장한 소식과 함께 기쁜 마음으로 비올라를 손에 든 채 곧장 처녀에게로 갔어요. 그리고 자세히 얘기를 해 준 다음 비올라를 켜면서 그 노래를 불러 줬어요. 처녀는 무척이나 기쁘고 행복해서 그 자리에서 혈색이 돌며 건강을 회복하는 징후를 보였어요. 집안사람은 누구 하나 상상도 못 하는 가운데, 처녀는 왕이 올 저녁 시간을 부푼 마음으로 기다렸어요. 한편, 호방하고 너그러웠던 왕은 미누초에게서 들은 얘기를 몇 번이고 생각해 봤어요. 그러면서 처녀의 아름다운 마음을 깨닫게 되어 가엾은 정이 한결 더 솟아올랐어요. 그래서 저녁 무렵이 되자, 말에 올라 산책이라도 나가듯 약국이 있는 곳까지 이르렀어요. 그곳에 이른 왕은 신하를 보내 약국에 딸린 근사한 정원을 열어 달라고 해서 거기서 말을 내렸고, 잠시 후 베르나르도에게 딸이 아직 결혼을 하지 않았는지 물었어요. 그러자 베르나르도는 이렇게 대답했지요.

"전하! 제 딸은 아직 미혼입니다. 그보다 말씀드릴 것은, 그 아이가 심한 병에 걸려 누워 있었는데, 이상하게도 오늘 오후부터 나아지기 시작했다는 것입니다."

그러자 왕은 바로 그 이유를 짐작하고 이렇게 말했어요.

"그것 참 다행이군. 그렇게 아름다운 처녀가 세상을 뜬다면 불행한 일 아닌가. 어디 함께 가서 보세."

그러고서 왕은 신하 둘과 베르나르도만 데리고 곧장 처녀의 방으로 갔어요. 그리고 들어서는 대로 어느 정도 기력을 찾은 처녀가 가슴을 졸이며 기다리는 침대로 다가가 그녀의 손을 잡고 말했어요.*

"귀인이여!** 이게 무슨 일이오? 그대는 젊고 다른 이들에게 기쁨을 주어야 할 텐데, 정작 그대가 병이 들었으니 말이오. 우리가 진심으로 그대를 위로하고 기도하니 어서 빨리 낫기를 바라오."

처녀는 그 누구보다 그리워하던 왕의 손길을 느끼면서, 좀 부끄럽기는 했으나 천국에라도 올라간 듯 한량없는 기쁨을 맛보았습니다. 그리고 용기를 내어 이렇게 대답했지요.

"전하! 제가 힘도 없는 주제에 그리도 무거운 짐을 지려고 하다가 이렇게 병에 걸린 것이옵니다. 하지만 전하의 선하신 은덕으로 곧 나을 것입니다."

왕은 처녀의 말 뒤에 숨은 뜻을 이해하고 그 성정을 한층 더 갸륵하게 여겼어요. 그리고 그런 신분으로 태어난 운명을 거듭 안타깝게 생각했지요. 왕은 얼마간 처녀와 함께 머물면서 마음을 더 위로한 다음 궁으로 돌아갔어요. 예의 바르고 따뜻한 왕의 이러한 행동은 사람들에게 큰 칭송을 받았고, 약장수와 딸에게는 더없는 영예를 안겨 주었어요. 특히 딸 리사의 기쁨은 그 어떤 여자가 애인에게서 받을 수 있는 것 이상으로 컸답니다. 살아갈 희망을 얻게 된 처녀는 그로 인해 며칠 만에

---

* 손을 잡는 것은 보통 궁정식의 고귀한 인사법이다. 여기서는 애정 어린 배려의 행위로 보인다.
** 왕은 궁정문학의 분위기가 깃든 언어로 처녀를 존대하고 있다.

완쾌됐고, 이전보다 더 아름다워졌지요.

리사의 병이 낫자, 왕은 그 사랑에 대해 어떻게 보답을 해야 할지 왕비와 의논한 끝에, 어느 날 신하들을 대거 이끌고서 말에 올라 약국을 다시 찾았어요. 왕은 정원에 들어서자 약장수와 딸을 부르게 했어요. 왕비도 많은 시녀들을 데리고 도착해서, 처녀를 둘러싸고 떠들썩한 잔치가 벌어졌지요. 얼마 후에 왕은 왕비와 함께 리사를 불러서 이렇게 말했어요.

"고귀한 처자여, 그대의 큰 사랑으로 우리는 그대에게 큰 영예를 주고자 하오.* 우리를 사랑해 준 대가로 그대가 행복해지기를 원하고 있소. 그 영예란 이것이오. 그대의 혼기가 찼으니 우리가 골라 주는 사람과 결혼을 했으면 좋겠소. 대신 나는 언제나 그대의 기사로 남을 것이오. 큰 사랑은 바라지 않으니, 다만 한 번의 입맞춤이면 기쁘겠소."

처녀는 부끄러워서 얼굴이 새빨개졌어요. 그리고 왕의 기쁨을 함께하면서 나직한 목소리로 이렇게 대답했어요.

"전하! 제가 전하를 사모했던 것이 세상에 알려진다면 사람들이 저더러 머리가 돌았다고 할지도 모른다는 걸 잘 압니다. 정신이 나갔고 자기 처지도 모르고 분수도 모른다고 하겠지요. 하지만 우리 마음을 보시는 하느님께서 아시듯이, 제가 처음으로 사랑의 마음을 알았을 때 저는 전하의 신분과 제가 약장수 베르나르도의 딸이라는 것을 생각하고 그렇게 고귀하신 분을 향해 마음의 열정을 태운다는 것이 부적절한 일임을

---

* 중세의 기사문학 분위기가 풍기는 문장.

잘 알았습니다. 하지만 전하께서 저보다도 더 잘 아시듯이, 사람이란 사랑에 빠질 때 합리적인 선택을 따르는 것이 아니라 정열적인 충동과 아름다움이 이끄는 대로 나아가는 것이라고 생각합니다. 이러한 사랑의 원리에 저는 수도 없이 온 힘을 짜내어 저항했건만 소용이 없었고, 전하를 사랑했고 사랑하며 앞으로도 영원히 사랑할 것입니다. 이제 저는 전하의 사랑에 저의 모든 것을 맡기고자 하며 언제나 전하의 의지에 제 의지를 맞추고자 합니다.* 따라서 마음에서 우러나와 결혼을 한다는 것은 제가 할 수 없는 일이나, 그저 전하께서 저에게 해 주실 수 있는 일로서 만족할 따름입니다. 저의 명예로운 상태를 지켜 주시되, 만일 저더러 불속에서 살라고 하시고 그것이 제 기쁨인 줄 아신다면 즐겁게 그렇게 하겠습니다. 제가 얼마나 부족한 처지에 있는지는 기사의 신분인 전하께서 잘 아십니다. 그래서 그에 관해 아무런 대답도 드릴 수 없습니다. 왕비님의 허락 없이는 다른 건 몰라도 제 사랑에 대해 전하께서 베푸실 입맞춤조차도 허락되지 않겠지요. 그럼에도 제게 베푸신 지극히 크신 온화함은 여기 계신 전하와 왕비님의 것이오니, 하느님께서 저를 위해 두 분께 감사와 은총을 내리시도록 기도할 뿐입니다."

이렇게 말하고 처녀는 입을 다물었어요.

처녀의 대답이 몹시 마음에 들었던 왕비는 과연 왕께 들은

---

*『신곡 - 연옥편』(33곡 130~132행)에도 비슷한 표현이 나온다. "고귀한 영혼은 변명을 하지 않고/ 다른 이의 의지가 드러나면/ 곧 거기에 자신의 의지를 기꺼이 맞추듯이."

대로 참으로 총명하다고 생각했어요. 왕은 처녀의 부모를 불렀고, 자기가 하려는 바를 그들도 기쁘게 여긴다는 것을 확인하고 어느 젊은이를 불러오게 했어요. 가난하지만 귀족이었던 페르디코네라는 청년이었지요. 왕은 결혼에 이의를 제기하지 않는 청년의 손에 반지를 끼워 주었고, 리사와 결혼하도록 했답니다.

왕과 왕비는 그 자리에서 처녀에게 수많은 값진 보석들을 선물했고, 왕은 페르디코네에게 체팔루와 칼타벨로타*에서 곡물이 잘 자라는 비옥한 두 지역을 하사했어요. 그리고 페르디코네에게 이렇게 말했지요.

"이것들은 신부의 지참금으로 주는 것이다. 우리가 그대에게 바라는 것은 시간이 지남에 따라 밝혀질 것이다."

이렇게 말한 다음 처녀를 향해 말했어요.

"이제 우리는 그대의 사랑에 대해 우리가 받아야 할 열매를 받고 싶구나."

그리고 그녀의 얼굴을 두 손으로 감싸 쥐고 이마에 입을 맞췄어요.

페르디코네와 리사의 부모, 그리고 특히 리사 자신은 너무나도 기뻤고, 잔치를 마음껏 즐기며 행복한 밤을 보냈어요. 많은 사람들이 단언하기를, 왕은 리사에게 한 약속을 아주 성실하게 이행했다고 해요. 무슨 뜻인고 하니, 평생 동안 언제나 스스로를 리사의 기사라고 칭하면서 어떤 무술 시합에 나가

---

* 오늘날의 팔레르모와 아그리젠토 지방.

든 리사에게서 받은 띠*를 맸다는 거예요.

왕의 이런 행동은 신하들의 마음을 사로잡았고, 신하들 또한 이로 인해 충성을 다하게 되었답니다. 영원한 명예란 그렇게 얻어지는 것이겠죠. 그러나 오늘날에는 지성의 활시위를 당기는 사람은 얼마 되지 않거나 아예 없고,** 대부분의 군주들은 야만적인 전제군주가 되고 있네요.

---

* 여기서는 갑옷 위에 매도록 귀부인이 기사에게 선물하는 허리띠나 휘장 같은 상징적인 물건을 가리킨다.
** "나는 세상이 어떻게 돌아가는지 알았고,/ 지금은 아무도 활시위를 당기지 않는 선을 사랑했소."(『신곡 - 연옥편』 16곡 47~48행.) 공정한 군주 체제에 대한 쓰디쓴 향수는 이미 단테의 시구에서 잘 나타나고 있으며, 보카치오의 소설 전체를 덮고 있는 주제다. 특히 첫 번째 날과 다섯 번째 날의 이야기들을 보라.

열 번째 날 여덟 번째 이야기

지시포의 아내가 되는 줄 알았던 소프로니아는 티투스 퀸투스 풀비우스의 아내가 되어 남편과 함께 로마로 간다. 나중에 지시포는 알거지 신세로 로마에 왔다가, 티투스에게 멸시를 당했다고 믿고 삶을 포기하려고 일부러 살인죄를 뒤집어쓴다. 지시포를 알아본 티투스는 그를 구하기 위해 자기가 살인을 했다고 주장하는데, 살인을 저지른 자가 자수한다. 결국 그들은 옥타비아누스에 의해 석방되고, 티투스는 여동생을 지시포에게 시집보내고 모든 재산을 그와 공유한다.

팜피네아의 이야기가 끝나자, 다들 피에트로 왕의 행동을 칭찬했습니다. 그중에서도 기벨리니 당에 속한 사람들은 더욱 칭찬을 아끼지 않았지요. 그러다 왕의 요청을 받은 필로메나가 이야기를 시작했습니다.

─훌륭하신 부인들이여! 왕이야 마음만 먹으면 무슨 일을

못 하겠어요? 그래서 왕에게는 특별히 더 관용이 요구되는 것이 아닐까요? 충분한 능력을 지닌 사람은 주어진 일들을 잘해 내지만 그런 사람을 두고 크게 놀란다거나 높이 치켜세울 필요는 없다고 생각해요. 능력이 없는 사람도 관대한 행동을 하는 경우가 있는 걸 보면, 능력 있는 사람이야 당연히 관용을 지녀야 하는 것이지요. 따라서 여러분이 왕의 행동을 거듭 칭찬하는 것은 당연한 일이지만, 우리와 비슷한 사람들이 왕과 비슷한 혹은 그 이상의 일을 할 때 그것을 훨씬 더 기쁘게 생각해야 합니다. 이제 저는 평범한 두 친구가 행한 훌륭하고 관대한 행동에 대한 이야기를 여러분께 들려 드리려 해요.

옥타비아누스 카이사르가 아직 아우구스투스의 칭호를 받기 전, 삼두정치라 불리는 체제 아래서 로마 제국을 다스리던 시절의 일이에요. 당시 로마에 푸블리우스 퀸투스 풀비우스라는 귀족이 살았어요. 이 사람에게는 티투스 퀸투스 풀비우스라는 아들이 있었는데 실력이 워낙 출중해서, 푸블리우스는 철학을 공부시키기 위해 아들을 아테네로 보냈어요. 그리고 가장 좋은 방법을 택해 오래된 벗인 크레메스라는 귀족에게 맡겼지요. 티투스는 크레메스의 집에 머물며 그의 아들 지시포와 어울려 지냈고, 함께 아리스티푸스라는 철학자의 가르침을 받았어요.

함께 생활하면서 서로의 습관이 정말 잘 맞는다는 것을 알게 된 두 젊은이 사이에는 깊은 형제애와 우정이 생겨나 이젠 죽어도 갈라놓을 수 없을 정도가 되었답니다. 함께하지 않으면 행복하지도 않았고 편안하지도 않았으니까요. 공부를 시작한 그들은 똑같이 실력이 뛰어나서 같은 속도로 배움을 향상시켰고, 마침내 철학의 영예로운 높이까지 올라 세간의 엄청난 찬사를 받았지요. 크레메스는 그런 그들을 보며 더할 나위 없는 기쁨을 느꼈고, 둘을 친자식처럼 똑같이 대했답니다. 그렇게 삼 년이 흐른 뒤, 노쇠해진 크레메스는 세상 만물이 그러하듯 눈을 감고 말았어요. 크레메스는 두 사람 모두의 아버지였기에 두 젊은이는 똑같이 슬퍼했는데, 크레메스의 친구나 친척들이 어떻게 위로해야 좋을지 모를 정도였지요.

몇 달이 지났어요. 어느 날 지시포의 친구들과 친척들이 모여서 지시포에게 결혼을 하라고 권했습니다. 상대는 아테네의 명망 높은 귀족 가문의 딸로서 나이가 열다섯 살쯤 되는 대단한 미인이었으며, 이름은 소프로니아였어요. 결혼 날짜가 다가오고 있었지만, 신부 얼굴을 한 번도 본 적이 없던 지시포는 티투스에게 함께 처녀를 보러 가자고 부탁했어요. 그래서 둘은 그녀의 집에 찾아가 그녀를 사이에 두고 앉았답니다. 티투스는 처녀의 아름다움에 반해 마치 검사라도 하듯 너무도 열심히 바라보았는데, 어디 한 군데 모자란 곳 없이 마음에 쏙 들었지요. 그래서 혼자서 속으로 감탄에 감탄을 거듭하다 보니, 내색은 하지 않았으나 어느덧 그녀를 사랑했던 사람들이 지녔던 만큼 마음에 뜨거운 불이 붙고 말았어요. 하지만 어느 정도 자리를 함께한 뒤 그들은 집으로 돌아왔지요.

티투스는 혼자 자기 방에 들어가서 그 매혹적인 처녀를 생각해 봤는데, 생각하면 할수록 연모의 불길이 더 뜨겁게 타오르는 것이었어요. 티투스는 수도 없이 뜨거운 한숨을 토해 내며 혼자 중얼거렸어요.

"아아! 티투스, 네 인생은 어째 이다지도 용렬하냐! 대체 너는 영혼과 사랑과 희망을 어디에 두고 있는 것이냐. 지금까지 크레메스 님과 그 가족에게서 받은 은혜를 생각해도 그렇고, 너와 지시포가 쌓은 살가운 우정을 생각해도 그렇고, 그녀는 지시포의 신부이며 네가 누이로 보살펴야 할 사람이 아니더냐. 대체 누구를 사랑한단 말이냐. 그런 말도 안 되는 사랑에 끌려 어디로 헤매 다니려 하느냐. 허망한 공상에 끌려 어디로 가려는 것이냐. 이성의 눈을 뜨고 너 자신을 보아라, 이 불쌍한 친구야. 합리적으로 생각하고 네 육신의 갈증을 억누르며 불건전한 욕망을 조절하고 네 생각을 다른 곳으로 돌려라. 그렇게 해서 너의 음탕함과 대결하고 아직 시간이 있을 때 너 자신을 극복해야 한다. 절대 바라서도 안 되는 부끄러운 일이다. 그걸 얻으려고 달려들어도 안 되고, 그걸 얻고 싶다고 생각해서도 안 된다. 거기서 달아나라. 진정한 우정이 요구하는 것, 네가 해야 할 의무를 돌아본다면 말이다. 그럼 어떻게 해야 할까, 티투스? 적절한 일을 하려거든 그런 부적절한 사랑 따윈 집어치워야 하지 않겠느냐?"

그러다가 소프로니아를 떠올리고는 생각을 완전히 바꿔 지금까지 뇌까린 것들을 부인하며 중얼거리는 것이었어요.

"사랑의 법칙은 다른 어떤 법칙보다도 더 강한 힘을 지니고 있잖아. 사랑의 법칙은 우정의 법칙은 물론 신의 법칙도 깨뜨린다고. 아버지가 딸을 사랑하고 오빠가 여동생을 사랑하며 계모가 전실 자식을 사랑한 일은 얼마든지 있지 않았나? 이런 것들이야말로 친구의 아내를 사랑하는 것보다 더 기괴한 일들이지만, 벌써 수천 번은 일어났던 일이다. 게다가 나는 아직 젊다. 젊음은 사랑의 법칙에 온전히 따르는 법이지. 사랑이 바라는 것은 그 무엇이든 나도 바란다는 것, 그건 당연한 일 아니겠는가. 점잔 빼는 건 늙은이나 하는 짓이야. 사랑이 바란다면 니도 바랄 수 있이. 내가 그녀를 사랑하는 건 내가 젊기 때문이지. 그 누가 날 정당하게 비난할 수 있단 말인가. 그녀가 지시포의 것이기 때문에 사랑하는 게 아니잖아. 그 누구의 것이라 해도 사랑할 만하기에 사랑하는 것이다. 다만 운명이 따라 주지 않을 뿐이지. 다른 사람도 아니고 나의 친구 지시포와 연을 맺은 것이 잘못이야. 그녀는 아름다우니 사람들에게 사랑받는 것이 당연하다. 그렇다면 지시포가 내 사랑을 안다고 해도, 다른 사람이 그녀를 사랑하는 것보다는 내가 사랑하는 것을 훨씬 더 기쁘게 생각하지 않을까?”

이렇게 변명도 해 보고 반대로 자신을 비웃기도 하면서, 티투스는 생각에 빠져 꼬박 하루 낮과 밤을 보냈어요. 뿐만 아니라 그날부터 며칠을 그런 식으로 지내다 보니, 음식도 잠도 다 잊고 심신이 쇠약해져 그만 자리에 드러눕고 말았습니다.

지시포는 친구가 뭔가 오랫동안 고민하는 걸 지켜보다가, 급기야 병에 걸리자 너무나 안타까워하면서 잠시도 곁을 떠나지 않고 위로하고 간호하면서 계속해서 고민과 병의 원인을 물어보았어요. 그럴 때마다 티투스는 이리저리 말을 둘러댔으나, 지시포가 대충 이유를 짐작하고 난 뒤에는 압박감을 이기지 못해 한숨과 눈물로 다음과 같이 속을 털어놓았지요.

"지시포! 운명이 나의 도덕성을 놓고 나를 시험하려 했던 것 같아. 너무나 부끄럽게도 내가 지게끔 운명이 인도했다고 생각하니, 나로서는 하느님께서 허락하신다면 사는 것보다 죽는 것이 훨씬 나은 지경이었지. 나는 그 벌로써 내게 합당한 것, 즉 죽음을 기다리고 있다네. 내 용렬함을 생각하면 사는 것보다 죽는 것이 더 어울리지. 그 용렬함을 자네한테 숨길 수도 없고 숨겨서도 안 되니, 참으로 부끄럽지만 다 털어놓기로 하겠네."

티투스는 이렇게 말꼬를 트고 나서 자기가 고민에 빠진 이유와 고민의 내용, 고민과 싸웠던 얘기부터 시작해서 마지막에는 어떤 생각이 이겼는지, 그리고 소프로니아에 대한 사랑 때문에 병이 들었다는 것까지 고백했어요. 그리고 그것이 얼마나 부적절한 것인지 알기 때문에 속죄하는 뜻에서 죽음을 결심했으며, 한시라도 빨리 죽음이 오기를 기다린다고 덧붙였어요.

지시포는 이런 얘기를 듣고 친구의 눈물을 보면서 처음에는 어찌할 바를 몰랐어요. 그처럼 앞뒤 가리지 못할 정도는 아니지만 자기도 그 아름다운 여인에게 마음을 빼앗겼기 때문이지요. 그러나 이내 소프로니아에 대한 마음보다 친구의 목숨이 더 중요하다는 생각을 하게 됐어요. 그래서 그의 눈물에 끌려 자기도 눈물을 흘리면서 이렇게 대답했답니다.

"티투스! 자네에게는 위안이 필요하지 않을지 몰라도, 자네가 그 넘쳐나는 열정을 오랫동안 내게 숨김으로써 우리의 우정을 기만했으니 자네를 비난하지 않을 수 없네. 옳은 일이 아니라고 생각한다고 해서 그것이 친구에게 감출 이유는 되지 않아. 옳은 일을 숨기는 것보다야 낫겠지만, 친구라는 사람은 옳은 일을 함께 기뻐하는 것만큼이나 옳지 않은 일에 대해서도 그것을 친구의 영혼에서 없애고자 애써야 하지 않겠나. 자, 그런 얘기는 그만두고, 당장 닥친 문제를 생각해 보세. 자네가 나와 야흔한 소프로니아를 그리도 열렬히게 사랑한다고 해도 나는 별로 놀랍지 않네. 그녀의 미모와 자네 영혼의 고귀함을 생각하면 오히려 그렇지 않은 게 더 놀라운 일일 수도 있지. 좋아하는 것이 훌륭하면 훌륭할수록 더 큰 정열을 불태우는 것은 당연한 일 아닌가. 자네는 상대가 내가 아니고 다른 사람이었다면 자네가 소프로니아를 사랑하는 것이 옳다고 생각하겠지. 그러니 자네 입으로 표현은 하지 않지만, 그녀를 사랑하는 만큼 운명이 공정하지 못하다고 괴로워하는군. 자네가 여느 때처럼 현명하다면, 운명이 다른 사람이 아닌 나에게 그녀를 주었다는 사실을 감사해야 하지 않겠나? 다른 누군가가 그녀를 차지했다면, 그렇게 자네 사랑이 옳은 것이 되었다고 해도, 그 누군가는 자네를 위해서보다는 자신을 위해서 그녀를 계속 사랑할 테니 말일세. 그러니 내가 자네를 친구로 보듯 자네도 나를 친구로 여겨 준다면 신경 쓰지 말게. 이유는 이러하네. 언제인지 기억도 나지 않지만 우리가 친구가 된 이후로 나는 내 것을 자네 것으로 생각하지 않은 적이 한 번도 없다네. 그러니 돌이킬 수 없을 정도로 일이 진행되었다면 모를까, 아직 그녀는 자유로운 상태에 있으니 자네만의 여자로 만들어 줄 수 있네. 그렇게 하겠어. 내게 옳은 일을 행할 방법이 있는데도 자네가 바라는 것을 해 주지 못한다면, 나의 우정이 얼마나 자네를 염려하는지 알 수 없는 일 아닌가. 소프로니아는 내 약혼자이고 내가 그녀를 무척 사랑하며 성대한 결혼식을 기다리는 것은 사실이야. 하지만 자네가 나보다 훨씬 더 뜨겁게 사랑하고 그녀를 정말로 소중한 것으로 여겨 정열을 다해 원하는 이상, 나의 아내로서가 아니라 자네의 아내로서 침실에 들어올 테니 안심하게. 그러니 이제 고민을 털어 버려. 우울한 심정을 벗어 버리고 잃은 건강과 위안과 기쁨을 찾으라고. 그리고 이 시간 이후로는 내가 사랑한 것보다 훨씬 더 큰 자네의 사랑이 가져올 보답을 기쁜 마음으로 기다리게."

이러한 지시포의 얘기를 들으면서, 티투스는 그 말들에 담긴 포근한 희망이 실어다 준 기쁨만큼이나 부끄러운 생각이 들었어요. 옳은 일이 아니라는 자각 때문이었지요. 지시포가 관대하면 관대할수록 자기가 그걸 이용하는 게 아닌가 싶어 겸연쩍게 느껴졌답니다. 그래서 눈물을 그치지 못하고 간신히 대답했어요.

"지시포! 자네의 관대하고 진실한 우정이 내가 무엇을 해야 하는지 분명하게 가르쳐 주는군. 하느님께서 자네에게 가장 어울리는 것으로 선물하신 그녀를 내가 어찌 빼앗을 수 있겠나. 만일 하느님께서 나한테 어울리는 여자라고 생각하셨다면 어째서 자네에게 보내셨겠나. 자네뿐 아니라 남들도 그렇게 생각할 거야. 그러니 자네는 자네가 선택된 것을 기쁘게 받아들이고 분별 있는 조언과 그에 따른 선물도 받게. 하느님께서는 나를 그런 행복을 받기에 적합하지 않은 자로 보셨으니 나는 그냥 버려두게. 언젠가는 극복해서 자네를 기쁘게 해주겠네. 설령 극복하지 못한다 해도 반드시 이 고통에서 벗어날 걸세."

그러자 지시포가 말했어요.

"티투스! 우리의 우정이 허락한다면 나는 자네가 내 바람을 따르노록 만들겠네. 그렇게 하지 않으면 안 뇌도록 말이야. 그것이 결국 내가 우리 우정을 통해 하고자 하는 것이네. 그러니 자네가 내 바람대로 하지 않는다고 해도 나는 기어이 친구의 행복을 위해 내가 할 수 있는 최대의 노력으로 소프로니아를 자네 것으로 만들 거야. 나는 사랑의 힘이 얼마나 강한지 잘 아네. 사랑의 힘이 한 번만이 아니라 숱하게 연인들을 불행한 죽음으로 내몰았다는 것도 잘 알지. 지금 자네 상태를 보니, 뒤로 돌아가서 눈물을 씻어 버릴 수도 없고 이대로 시간이 지나면 마침내 끝장을 볼 듯하군. 그렇게 되면 반드시 나도 따라갈 거라네. 그러니 설령 내가 자네를 사랑하지 않는다고 해도 내가 살기 위해서 자네 목숨이 중요한 거야. 자, 그러니까 소프로니아는 자네 거야. 소프로니아가 아니면 어떤 여자가 지금 자네를 기쁘게 해 주겠는가. 나는 다른 여자한테도 쉽게 애정을 품을 수 있으니, 자네와 내가 둘 다 만족할 만한 일 아닌가. 아내를 만나는 것이 친구를 만나는 것보다 더 어렵거나 귀한 일이라면 이 문제를 두고 아마 나도 이렇게 너그럽지는 않을 걸세. 하지만 나는 아내가 될 다른 여자를 쉽게 찾아낼 수 있어. 그러나 새로운 친구는 만나기 힘들 테지. 그래서 자네를 잃기보다는 그녀를 넘기고 싶은 거라네. 그녀를 잃는 거라고 말하지는 않겠네. 자네한테 줌으로써 잃는 것이 아니라, 그녀를 더 행복하게 해 줄 사람에게 넘기는 것이니까 말이야. 내 바람이 자네를 조금이라도 움직인다면, 어서 이 슬픔에서 빠져나와 자네와 나에게 동시에 위안을 주게. 그리고 희망을 굳게 지니고 자네의 뜨거운 사랑이 그리도 열망하는 대상을 꽉 움켜쥐도록 해."

이 말을 받아들이기만 하면 소프로니아가 자기 아내가 된다고 생각하니 티투스는 영 부끄러웠어요. 그래서 끈질기게 거절했지만, 한편으로는 사랑에 끌리고 다른 한편으로는 지시포의 위로를 이기지 못해 결국 이렇게 말했어요.

"이보게, 지시포! 자네는 자네가 원하는 일이니 그렇게 하라고 하지만, 나는 나의 기쁨을 위한 일인지 자네의 기쁨을 위한 일인지 대체 알 수가 없네. 어쨌든 자네의 너그러움이 내가 마땅히 가져야 할 부끄러움을 이길 만큼 크니 자네 뜻을 따르겠네. 하지만 분명히 해 둘 것이 있는데, 나라는 인간이 자네에게서 사랑하는 여자뿐 아니라 목숨까지도 받았다는 것을 모르지는 않는다는 거야. 나 자신보다 나를 더 불쌍히 여겨 준 자네의 명예와 행복을 위해 보답할 날이 오게 되기를 하느님께 기도하겠네."

이 말을 듣고 지시포는 이렇게 말했어요.

"티투스! 일이 제대로 되려면 이런 방법을 취해야 할 것 같아. 자네도 알다시피 소프로니아가 내 약혼녀가 된 것은 나의 친척들과 그녀의 친척들이 오랫동안 논의한 결과였네. 따라서 이제 와 그녀를 아내로 삼지 않겠다고 말하면 양쪽에서 엄청난 반발과 소동이 일어날 거야. 그렇게 된다 해도 그녀가 자네 것이 되기만 한다면 나는 아무 상관이 없네만, 그런 식으로 그녀를 놔주면 소프로니아의 친척들이 곧바로 다른 사람에게 그녀를 줘 버리지 않을까 걱정이야. 다른 사람이란 아마 자네가 아니겠지. 그러면 내가 얻지 못하는 것을 자네도 잃어버리게 되는 게 아닌가. 그러니 자네가 괜찮다면 시작된 일은 계속 추진하는 것이 어떨까 해. 그러니까 그녀를 내 약혼녀로서 집으로 데려와서 결혼식을 올린 다음, 자네가 자네 아내로서 그녀와 잠자리를 하는 거지. 그러고 나서 시간이 흐른 뒤에 사실을 공표하세. 친척들이 동의하면 다행이고, 동의하지 않는다고 해도 별 문제야 있겠나. 이미 되돌릴 수 없는 일이니, 마지못해서라도 받아들이겠지."

티투스는 이 제안이 마음에 들었어요. 그래서 티투스가 병에서 벗어나 건강을 되찾은 뒤, 지시포는 소프로니아를 신부로 맞아들였지요. 결혼식이 성대하게 끝나고 밤이 오자, 부인들이 새 신부를 남편의 침대로 데려다 주고 물러갔어요.

티투스의 방은 지시포의 방과 나란히 있어서 서로 왔다 갔다 할 수 있었어요. 지시포는 자기 방에 있다가 불을 모두 끈 뒤에 살금살금 티투스에게 가서 신부 곁에 누우라고 말했지요. 티투스는 이런 상황이 오자 부끄러움과 함께 후회가 밀려와 가지 않겠다고 버텼어요. 그러나 지시포의 뜻이 마음으로나 말로나 워낙 진실했기에 오랜 격론 끝에 결국 티투스를 들여보낼 수 있었어요. 티투스는 침대에 들어가 여자를 꼭 끌어안고 자기 아내가 되어 주겠느냐고 나직한 목소리로 부드럽게 물었어요. 여자는 상대가 지시포인 줄 알고 그러겠다고 대답했지요. 그러자 티투스는 여자의 손가락에 예쁘고 비싼 반지를 끼워 주며 이렇게 말했어요.

"그럼 나는 당신의 남편이 되겠소."

그렇게 혼인이 이루어졌고, 소프로니아는 오랫동안 사랑의 기쁨을 만끽했어요. 그녀를 비롯해 어느 누구도 그녀가 지시포가 아닌 다른 사람과 연을 맺었다는 것을 알아채지 못했답니다.

한편, 이렇게 소프로니아와 티투스의 결혼이 이루어지는 동안 티투스의 아버지 푸블리우스가 세상을 떠났습니다. 그래서 그에게 즉시 로마로 돌아와 아버지의 사업을 이으라는 전갈이 왔어요. 그는 지시포와 상의하여 소프로니아를 데려가기로 했어요. 이렇게 되자 전후 사정을 그녀에게 밝히지 않고서는 일을 추진해서도 안 되고 추진할 수도 없게 되어 버렸지요. 그래서 어느 날 두 사람은 소프로니아를 침실로 불러 그간 이루어진 일을 소상히 설명했어요. 티투스가 그들 사이에서 일어난 많은 일들을 열거했기에 그 말이 사실이란 걸 믿지 않을 수 없었어요. 그녀는 얼떨떨한 표정으로 둘을 번갈아 주시하다가 지시포에게 속았다는 푸념을 늘어놓으며 격한 울음을 터뜨렸어요. 그리고 더 이상 아무 말도 하지 않고 친정으로 달려가 아버지와 어머니에게 다들 지시포에게 속았다고 하면서, 자기는 다들 믿었던 대로 지시포의 아내가 된 것이 아니라 티투스의 아내가 되었다고 말했어요. 소프로니아의 아버지에게 이는 매우 중대한 일이었어요. 그는 자기 친척들과 지시포의 친척들 앞에서 지시포를 수도 없이 비난했어요. 양가에서는 이런저런 뒷말이 오가고 무성한 논쟁이 일어났지요. 지시포는 자기 친척과 소프로니아의 친척들에게서 크게 미움을 샀고, 결국 양가에서는 꾸짖음 정도로 끝낼 일이 아니라 엄벌에 처해야 한다는 소리가 나왔답니다. 그러나 지시포는 자기가 옳은 일을 했으며, 소프로니아를 자기보다 더 훌륭한 사람과 혼인시켰으니, 그녀의 친척들에게 오히려 감사를 받아 마땅하다고 주장했지요.

한편, 이런 일들이 귀에 들려오자 티투스는 속이 상했지만 꾹 참았어요. 그런데 그리스 사람들에게는 자기들을 납득시키는 사람을 찾을 때까지는 강하게 주장하고 협박을 가중시키며 사태를 크게 몰아가다가 정작 그런 사람이 나타나면 겸손하다 못해 비굴해지는 습성이 있었어요. 이런 습성을 알았던 티투스는 그들의 사연을 외면한 채 대답을 미루어서는 안 되겠다는 생각을 하게 됐어요. 그래서 로마인의 영혼과 아테네인의 지혜로 정면 돌파를 하기로 했지요. 그는 지시포의 친척들과 소프로니아의 친척들을 어느 사원에 모이게 한 뒤에 지시포를 데리고 나타나 기다리고 있던 사람들에게 이렇게 연설을 했어요.

"여러분! 수많은 철학자들을 통해 우리가 믿게 되었듯이, 필멸의 피조물이 행하는 일은 불멸의 하느님이 배려하시고 의도하신 것입니다. 따라서 사람들은 세상에서 일어나거나 혹은 일어날 일들을 필연이라고 생각합니다. 또 이 필연성은 이미 일어난 일에만 한정시켜야 한다고 말하는 사람들도 있습니다. 약간의 양식을 갖고 이러한 의견들을 찬찬히 살펴보면, 돌이킬 수 없는 일을 비난하는 것은 신들보다 더 현명하다고 과시하는 것밖에 되지 않는다는 것을 너무나도 명확히 아실 것입니다. 신들은 불변의 법칙으로 한 치의 오류도 없이 우리와 우리의 일들을 받치고 지배하고 있음을 우리는 믿어야 합니다. 따라서 신들이 하신 일을 비난하는 것은 어리석고 야만스러운 오만함일 뿐이며, 그렇게 신을 비난하는 사람들은 지나친 열정을 주체하지 못하는 만큼 억센 사슬에 묶여 살아야 하는 것입니다.

이번 일에 대한 제 생각을 말씀드리지요. 소프로니아가 원래 지시포의 아내가 되었어야 하는데 제 아내 된 것을 두고 여러분 사이에 의견이 분분하고 계속해서 말이 나오고 있다는 것을 잘 압니다. 그것이 사실이라면, 여러분은 모두 사슬에 묶여야 할 겁니다. 소프로니아가 지시포의 아내가 아니라 저의 아내가 되는 것이 이른바 영원 전부터 정해진 일일 수 있으며, 지금 당장 그 결과가 어떻게 드러나는지를 여러분이 간과하고 있기 때문입니다. 그러나 신들의 비밀스러운 섭리와 의도에 대해 말하는 것은 많은 사람들에게 어렵고도 중대한 일이기 때문에 신들 중 그 누구도 우리 일을 염두에 두지 않는다고 가정하고 순전히 인간들 사이의 논의에 집중해 보고자 합니다. 그런데 그렇게 하려니 평소의 제 습관과는 전혀 반대되는 두 가지를 해야 할 것 같습니다. 하나는 저를 치켜세우는 일이고, 다른 하나는 남을 비하하거나 비난하는 일입니다. 하지만 그 두 가지 모두 진실에서 멀리 있는 것들이 아니며, 현재 우리가 당면한 문제도 그렇게 하기를 요구하니 어쩔 수 없습니다.

여러분은 지금 이성보다는 분노에 떠밀려 지시포를 질책하고 물어뜯고 비난하고 있습니다. 지시포가 여러분이 의도했던 바를 거스르고 그녀를 나의 아내로 주었다고 말입니다. 하지만 서는 바로 그 점에서 지시포가 최고의 찬사를 받아 마땅하다고 평가합니다. 이건 지극히 옳은 평가입니다. 그 이유는 두 가지입니다. 하나는 그가 친구로서 마땅히 해야 할 일을 했기 때문이고, 다른 하나는 여러분이 생각조차 하지 못한 것을 현명하게 처리했기 때문입니다. 한 친구가 다른 친구를 위해 해야 한다고 우정의 신성한 법칙이 가르치는 것이 무엇인지 지금 여기서 설명하지는 않겠습니다. 다만 우정의 매듭은 혈연이나 친척 관계보다도 훨씬 더 단단하다는 점을 상기시키는 것으로 만족하고자 합니다. 왜냐하면 친구는 우리가 선택한 것이지만 친척은 운명에 의해 주어진 것이기 때문입니다. 그러니 지시포가 여러분을 만족시키기보다 제 목숨을 더 사랑했다면, 그것은 제가 그를 친구로 여기듯이 그가 저를 친구로 여겨 그랬던 것이니 결코 놀랄 만한 일이 아닙니다.

이와 직결시켜서 두 번째 이유, 즉 여러분보다 지시포가 더 현명했다고 말한 이유를 설명하겠습니다. 여러분이 신들의 섭리에 대해 아무것도 모르시는 것 같고 우정의 힘에 대해서도 별반 아는 것이 없는 듯 보이기 때문입니다. 소프로니아를 젊은 철학자인 지시포에게 준 것은 여러분의 의도였고 여러분의 뜻이었습니다. 그런데 지시포는 그녀를 다른 젊은 철학자에게 주었습니다. 여러분은 그녀를 아테네인에게 주었고, 지시포는 로마인에게 주었습니다. 여러분은 그녀를 고귀한 청년에게 주었고, 지시포는 더 고귀한 청년에게 주었습니다. 여러분은 그녀를 부유한 청년에게 주었고, 지시포는 최고로 부유한 사람에게 주었습니다. 여러분은 그녀를 사랑하지 않았을 뿐만 아니라 그리 잘 알지도 못하던 청년에게 주었고, 지시포는 그녀의 행복을 절절이 염원하고 자신의 목숨보다도 더 사랑한 청년에게 주었습니다.

자, 여기서 제가 말한 것이 진실인지 아닌지, 여러분이 의도했던 것이 칭찬받을 만한 것인지 아닌지 하나하나 따져 보기로 합시다. 제가 지시포와 같은 젊은 철학자라는 점은 여러 소리를 길게 늘어놓지 않아도 저의 얼굴과 연구 경력으로 증명할 수 있습니다. 지시포와 저는 동갑이며, 언제나 같은 보조를 유지하며 함께 공부했습니다. 그가 아테네인이고 제가 로마인인 것은 사실입니다. 각 도시들의 명예를 말씀하라시면, 저는 독립 도시 사람이고, 지시포는 속령 도시 사람이라고 말씀드리겠습니다. 저는 세계적인 군주 도시 사람이고, 지시포는 저의 도시에 예속된 도시 사람입니다. 저는 군사력이 최고로 발전했고 세계를 지배하며 학문이 융성한 도시 사람이지만, 지시포가 사는 도시는 학문 이외에는 칭찬할 만한 것이 없다고 말씀드리겠습니다. 그뿐이 아닙니다. 여러분은 저를 무척 천하게 보실지도 모르겠지만, 저는 로마의 찌꺼기 빈민가에서 태어난 사람이 아닙니다. 로마에 있는 제 저택들이나 공공 장소들은 제 오래된 선조들의 모습으로 가득 장식되어 있습니다. 그리고 로마의 연대기에는 저의 조상 퀸투스 가문이 로마의 카피톨리오 언덕에서 개선 행진을 이끈 기록이 수두룩합니다. 이런 것은 옛날 치적으로 그치지 않고 오늘날까지도 우리 가문을 혁혁하게 빛내고 있습니다.

저의 재력에 대해서는, 명예로운 청빈이 로마 귀족들의 전통석이고 보편적인 재산임을 생각하면 부끄러워 입을 다물어야 할 것입니다. 다만 평범한 계층 사람들이 청빈을 부정하고 부를 찬미하는 측면에서 말씀드리면, 저는 탐욕이 아니라 행운에 의해서 주체하기 힘들 만큼의 재산을 지니고 있다고 말씀드립니다. 여러분은 이곳에서 지시포의 친척이란 것을 자랑스럽게 여겼고 또 지금도 그러하다는 것을 저는 잘 압니다. 하지만 여러분이 공적인 기회로나 사적인 필요에서, 로마에서 저의 최고의 손님이 되고 저를 유용하고 성실하며 능력 있는 후원자로 둔다는 점을 생각하면, 로마와 친하지 않을 이유가 없다고 봅니다.

여러분이 맹목적인 감정을 버리고 이성으로 돌아본다면 제 친구 지시포의 생각보다 여러분의 생각을 칭찬할 사람이 과연 누가 있겠습니까? 절대 아무도 없습니다. 그렇다면 소프로니아는 로마의 오랜 명문 귀족이며 부자이고 또한 지시포의 친구인 티투스 퀸투스 풀비우스와 행복하게 결혼한 것입니다. 그것을 두고 슬퍼하거나 불평하는 사람은 마땅히 해야 할 일을 하지 않거나 자기가 하는 일이 뭔지 모르는 사람입니다. 아마 여러분 중에는 소프로니아가 티투스의 아내가 된 것이 문제가 아니라 그 과정, 즉 도둑질하듯 친구나 친척을 완전히 속이면서 일을 진행한 것을 개탄하는 분들도 있을 것입니다. 하지만 이것 역시 놀랄 일도, 보기 힘든 일도 아닙니다.

이 자리에서 아버지의 의사에 반하여 결혼한 여자들이나 애인과 야반도주한 여자들, 또 처음에는 정부였다가 아내가 된 여자들, 임신을 하거나 애를 낳고서야 결혼을 공표한 여자들, 그리고 어쩔 수 없는 처지가 되어 결혼을 승낙한 여자들까지 언급하지는 않겠습니다. 다만 소프로니아에게는 그런 일이 일어나지 않았으며, 오히려 순서에 따라 분별 있고 명예롭게 지시포에게서 티투스에게로 넘겨진 것입니다. 그녀와 결혼할 권리가 없는 자에게 그녀를 넘겨 주었다고 지시포를 비난할 사람이 있을지도 모르겠습니다만, 그것이야말로 어리석은 아낙네나 할 만한 잠꼬대이며 일고의 가치도 없는 생각입니다. 운명은 사물이 일정한 결과에 이르도록 하기 위해 새롭고 다양한 방법이나 도구를 사용합니다. 목적이 좋다면 철학자가 아닌 구두장이가 자기 판단에 따라서 공공연히든 비밀리에든 제 문제를 처리한다 해도 저는 개의치 않을 겁니다. 물론 그 구두장이가 분별력을 갖추고 있지 않다면 제 일을 처리하지 못하도록 주의해야겠지만, 그렇지 않다면 저는 그에게 감사할 겁니다. 만일 지시포가 소프로니아를 훌륭히 결혼시켰다면, 그 방법을 두고 개탄하거나 그를 비방하는 것은 지나치게 우둔한 짓입니다. 혹시 그의 지혜를 믿지 못하시겠다면, 그가 앞으로 여러분의 딸과 결혼하지 못하도록 지켜보시고, 또 이번 일에 대해 그에게 감사를 표해야겠지요.

어쨌든 제가 술수나 사기를 쳐서 소프로니아라는 사람 안에 흐르는 여러분 피의 존귀함과 청렴함을 조금이라도 더럽히려 했던 게 아니라는 점을 알아주시기 바랍니다. 저는 그녀를 몰래 아내로 삼았지만 그녀의 순결을 훔치는 강탈자가 아니었으며, 여러분과 친척이 되기를 거부하여 여러분을 적으로 대하면서 정직하지 못한 방법으로 그녀를 원한 것도 아니었습니다. 저는 단지 그녀의 매혹적인 아름다움과 덕성에 너무도 감동하여 아내로 삼은 것입니다. 제가 여러분이 원하시는 대로 순리를 찾아가면서 그렇게 했더라면 더 좋았을지도 모르지만, 그랬다면 여러분은 제가 여러분의 절대적인 사랑을 받는 그녀를 로마로 데려갈까 염려하여 허락하지 않으셨을 겁니다. 그래서 이제는 여러분에게 밝힌 그 은밀한 방법을 사용했고, 아직 준비되어 있지 않았던 지시포를 저의 계획에 끌어들였습니다. 그리고 그녀를 열렬히 사랑하는 만큼 이제는 애인으로서가 아니라 남편으로서 인연을 맺고자 노력했습니다. 그녀 자신이 진실을 증명할 수 있겠지만, 저는 필요한 말과 반지로 그녀와 혼인을 맺기까지 그녀와 거리를 두었으며, 저와 결혼하겠느냐고 물었을 때 그녀가 그러겠다고 대답한 것입니다. 만일 그녀가 속았다고 생각하신다면, 제가 아닌 그녀를 비난하셔야 할 겁니다. 그녀는 제가 누구인지 묻지 않았으니까요. 어쨌든 그 점은 친구 지시포와 그녀를 사랑한 저에 의해 저질러진 큰 죄이며 잘못입니다. 그렇게 해서 소프로니아가 아무도 모르게 티투스 퀸투스의 아내가 된 것이니까요. 그 때문에 여러분은 지시포를 비판하고 협박하며 질책하고 있습니다. 그런데 만일 지시포가 그녀를 악당이나 불한당

혹은 하인에게라도 주었더라면 어찌시겠습니까? 어떤 쇠사슬, 어떤 감옥, 어떤 십자가가 그걸 감당하겠습니까?

하지만 이제 그런 것은 제쳐 둡시다. 제게는 아직 오지 않아도 좋을 때가 왔습니다. 제 부친께서 돌아가셔서 로마로 돌아가야 하는 것입니다. 그래서 소프로니아를 데려갈 생각에 더 숨겨 두려던 일을 여러분께 다 밝히는 것입니다. 여러분이 현명하시다면 이 일을 기쁘게 허락하시리라 믿습니다. 제가 여러분을 속이거나 무시하려고 했다면 그녀를 농락할 수도 있었겠지요. 하지만 그건 정녕코 있을 수 없는 일입니다. 로마인의 정신에는 그런 비열함이 애초부터 깃들 수 없습니다.

어쨌든 소프로니아는 신들의 허락을 얻고 인간의 법률에 힘입어, 친구 지시포의 고귀한 지혜에 따라, 그리고 제 사랑의 계획에 의거해 제 사람이 되었습니다. 그럼에도 여러분은 신들이나 다른 현명한 사람들을 능가하는 양 자만하며 제가 보기에는 정말이지 너무나 이상한 방식으로 우리를 비난하려 하고 있습니다. 하나는 저를 미워한 나머지 아무 권리도 없이 소프로니아를 붙잡아 두려는 것이고, 다른 하나는 신세를 갚아야 할 지시포를 오히려 적으로 몰고 있는 것입니다. 이런 점에서 여러분이 얼마나 어리석은 짓을 하는지 더 이상 가르쳐 드릴 생각은 없습니다. 단지 여러분을 친구로 생각해서 말씀 드립니다만, 부디 분노를 거두시고 맺힌 괴로움을 푸셔서 제가 지금부터 여러분을 친척으로 여기고 살아갈 수 있도록 소프로니아를 저에게 돌려주시기를 부탁드립니다. 어쨌든 지금까지의 일들이 여러분 마음에 들든 들지 않든 여러분이 제 부탁에 귀를 기울이지 않는다면 저는 지시포를 즉각 로마로 데려갈 것이고, 소프로니아를 제 아내로 만들 것입니다. 여러분이 아무리 방해를 해도 말입니다. 그리하여 로마인의 영혼에 깃든 분노가 얼마만한 것인지, 여러분을 적으로 삼아서 여러분이 경험으로 아시게 할 것입니다."

티투스는 이렇게 말하고 나서 얼굴에 노기를 가득 담고 일어나 지시포의 손을 잡고 얼마나 많은 사람들이 있건 상관하지 않겠다는 듯 당당하고 위협적인 모습으로 사원을 나갔답니다. 그 자리에 남은 사람들은 친척 관계와 우정에 대한 티투스의 얘기가 합리적이라고 하기도 하고 그가 마지막에 던진 말들이 무섭다고 하기도 하며 지시포가 바란다면 몰라도 지시포를 친척으로 여기지 않는다거나 티투스를 적으로 만드는 것보다는 티투스와 친척 관계를 맺는 것이 좋겠다고 의견의 일치를 보았지요. 그래서 모두가 티투스를 찾아가서 그가 소프로니아와 결혼하는 것을 찬성하며 친척으로 대우하겠고 지시포와도 좋은 관계로 지내겠다는 얘기를 전했어요. 이렇게 해서 그들은 사이 좋은 친척과 친구로 함께 어울리다가 돌아갔고 소프로니아를 돌려보내 주었답니다. 소프로니아는 총명한 여자라 돌아가는 사태를 잘 파악하고 지시포에게 품고 있던 애정을 티투스에게로 돌렸어요. 그리고 티투스와 함께 로마로 갔고 거기서 극진한 환영을 받았답니다.

한편, 아테네에 남은 지시포는 사람들로부터 별로 좋은 평가를 받지 못했고, 또 얼마 지나지 않아 자기 집안사람들과 세상 사람들 사이에 일어난 갈등 때문에 아테네에서 영구 추방령을 받고 쫓겨나는 비참한 신세가 되었어요. 이 과정에서 지시포는 재산을 한 푼도 건지지 못하고 무일푼이 되었답니다. 그리고 거의 거지꼴을 하고 그나마 한 가닥 희망에 매달려 티투스가 자기를 기억할까 싶어 로마로 향했지요. 로마에 도착하여 티투스가 건재하고 로마인들에게 두터운 신망을 얻고 있다는 걸 알게 된 지시포는 그의 집을 알아내서 그 앞에서 티투스가 나오기를 기다렸어요. 너무 초라한 꼴을 하고 있었기에 말을 붙일 엄두가 나지 않아 그의 눈에 띄도록 해 보려 했던 거예요. 그러면 티투스가 자기를 알아보고 부를 것이라고 생각해서 말이지요. 그런데 티투스는 그를 그냥 지나치는 것이었어요. 지시포가 보기에는 일부러 피하는 것처럼 느껴져서, 이참에 자기가 옛날에 베풀었던 일이 떠올라 분노와 좌절을 맛보면서 그 자리를 떠나고 말았어요.

어느덧 밤이 되었어요. 굶은 데다 돈도 없고 어디로 가야할지 막막해서 죽음밖에 바랄 것이 없게 된 지시포는 무작정 걷다가 도시에서 떨어진 한적한 곳에 이르렀어요. 마침 커다란 동굴이 눈에 띄어 밤을 거기서 보내기로 하고, 맨땅 위에 허름한 몸을 뉘었어요. 그리고 오랫동안 눈물을 흘리다 지쳐서 잠이 들었지요. 그런데 간밤에 도둑질을 하러 나갔던 두 사람이 훔친 물건을 짊어지고 새벽녘에 동굴로 돌아왔지 뭐예요? 둘은 싸움을 벌이더니 힘이 더 센 놈이 다른 놈을 죽이고 도망쳤어요. 이 싸움을 듣고 보던 지시포는 자살하지 않아도 자기가 바라던 대로 죽음에 이를 방법을 발견했다는 생각이 들었답니다. 그는 달아나지 않았어요. 그리고 용케도 사건을 빨리 제

보받은 경찰들이 달려올 때까지 자리를 지키고 있었지요. 그리하여 지시포는 그 자리에서 체포되어 험한 꼴을 당하며 끌려갔어요. 취조를 받은 그는 자기가 사람을 죽였다고 자백했고 동굴을 미처 떠나지 못했다고 말했어요. 결국 마르쿠스 바로라는 법무관은 당시의 법에 따라 지시포를 십자가에 매달아 죽이라는 선고를 내렸지요.

마침 그 시각에 법정에 와 있던 티투스가 불쌍한 사형수의 얼굴을 바라보면서 살인 동기를 듣다가 그 사람이 지시포라는 것을 순간적으로 알아봤어요. 그는 친구의 불운에 놀랐고, 또한 어째서 그가 이곳에 와 있는지 궁금했어요. 그리고 어떻게 해서든 그를 구해 내야겠다는 생각만을 하게 됐지요. 그런데 그를 구하자면 자기가 대신 죄를 뒤집어쓰는 것밖에 달리 길이 없다고 생각하고, 분연히 앞으로 나아가 이렇게 부르짖었답니다.

"마르쿠스 바로! 당신이 사형을 선고한 저 불쌍한 사람을 불러 주시오. 그 사람은 죄가 없습니다. 오늘 아침 당신의 부하들이 발견한 그자를 죽여 신들을 거역하는 죄를 저지른 사람은 바로 납니다. 무고한 사람을 또 죽게 만들어 신들을 거역하고 싶지 않소."

바로는 깜짝 놀랐어요. 무엇보다 법정에 있는 모든 사람이 그의 말을 들은 것이 안타까웠지요. 그래도 자신의 명예를 저버리면서까지 법이 명한 것을 취소할 수는 없었기에 지시포를 다시 불러 티투스가 보는 자리에게 이렇게 말했어요.

"당신은 고문도 받지 않았는데 어찌하여 저지르지 않은 죄

도메니코 모로네(?), 「티투스와 지시포, 소프로니아의 이야기」(?),
15세기 말, 하버드 대학교 이탈리아 르네상스 연구소(이탈리아 피렌체) 소장.

를 자백해서 어리석게도 목숨을 버리려 하시오? 당신은 어젯
밤에 사람을 죽였다고 진술했지만, 지금 이 사람이 와서 당신
이 아니라 자기가 죽였다고 말하고 있잖소."

지시포가 고개를 들어 바라보니, 그 사람은 바로 티투스였
어요. 그는 티투스가 옛날에 받은 은혜를 갚기 위해 자기를 구
하려고 그런 수작을 한다는 것을 금방 깨달았어요. 그래서 그
는 애처롭게 눈물을 흘리며 이렇게 말했답니다.

"판사님! 제가 죽인 것이 사실입니다. 저를 살리려는 티투
스의 마음도 이제는 너무 늦었습니다."

그러자 다른 편에서 티투스가 이렇게 말했어요.

"마르쿠스! 당신도 보다시피 이 사람은 외국인이오. 살해
당한 사람 곁에서 무기도 없이 발견되었잖소. 자신의 비참한
상황 때문에 죽고 싶어 그런다는 것을 알 수 있을 거요. 그러
니 그를 방면하고 살인을 저지른 나를 벌하시오."

바로는 두 사람의 완강한 주장에 놀라면서 벌써부터 두 사
람 다 죄가 없다고 생각했어요. 그래서 어떻게 하면 둘을 무
리 없이 풀어 줄 수 있을까 고민하던 중에 어떤 젊은 사내가
그 자리에 나타났어요. 푸블리우스 암부스투스라고 하는 자
로, 로마 전체에 악명이 자자한 피도 눈물도 없는 도둑이었지
요. 실제로 살인을 저지른 것은 이자였어요. 그는 두 사람이
아무 잘못도 없이 서로 죄를 뒤집어쓰려고 한다는 것을 알았
기 때문에 그들의 순수함에 마음이 한껏 부드러워졌던 거예
요. 그래서 마음에 큰 동요가 일어 판사 앞으로 나와서 이렇
게 말했지요.

"판사님! 제 숙명이 이자들의 어려운 문제를 풀도록 저를 이곳으로 이끌었습니다. 대체 어떤 신이 제 마음을 자극하고 못살게 만들어 저로 하여금 이렇게 죄를 자백하게 하는지 모르겠습니다. 어쨌든 두 사람이 서로 저질렀다고 주장하는 그 일에 대해서는 둘 다 죄가 없음을 알아주십시오. 오늘 아침 동이 트기 전에 사람을 죽인 범인은 바로 접니다. 제가 죽인 사람과 훔친 물건을 나누고 있을 때 여기 있는 불쌍한 사람이 거기서 자고 있는 것을 보았습니다. 티투스에 대해서는 따로 변명하지 않겠습니다. 그의 명성은 세상이 다 알고 있으며, 그런 짓을 할 사람이 아님은 누구나 알 테니까요. 그러니 그들을 방면하시고 법에 따라 저를 처벌해 주시기 바랍니다."

이 사건은 옥타비아누스의 귀에까지 들어갔어요. 그는 세 사람을 불러 서로 처벌을 받으려는 까닭을 물었어요. 셋은 그 까닭을 설명했지요. 옥타비아누스는 두 사람은 죄가 없다는 이유로, 또 세 번째 사람은 그 둘을 구했다는 이유로 방면해 주었어요.

그러자 티투스는 지시포를 안으며 우선 그의 용렬함과 어리석음을 한바탕 꾸짖고, 너무나도 기뻐하면서 집으로 데려갔어요. 소프로니아는 그를 보고 진심에서 우러나오는 눈물을 흘리며 오빠처럼 반겼어요. 티투스는 지시포를 위로하고 옷을 갈아입힌 다음 그의 덕과 신분에 어울리게 차림새를 갖추어 주고 자신의 모든 재산과 소유지를 그와 나눠 갖도록 조치했으며, 풀비아라는 여동생을 아내로 주었답니다. 그러고 나서 이렇게 말했지요.

"지시포! 여기서 나와 함께 살든가 아니면 내가 준 것들을 가지고 그리스로 돌아가든가 마음대로 하게!"

지시포는 고향에서 추방된 몸인 데다 티투스의 고마운 우정에 당연히 감사하고 있었기에 로마인이 되기로 결심했어요. 이렇게 해서 지시포는 풀비아를 아내로 맞아 티투스, 소프로니아와 함께 한집에서 내내 행복하게 실었지요. 세월이 지날수록 두 사람의 우정은 더 깊어만 갔답니다.

이렇듯 우정이란 정말로 거룩한 것입니다. 우정은 존중할 만한 것이자, 또한 영원히 찬미할 만한 것이지요. 우정은 그렇게 숭고함과 정성을 지니고 사리분별이 뛰어난 어머니이며, 감사와 친애의 자매예요. 우정은 증오와 탐욕을 원수로 압니다. 우정은 상대가 부탁하기를 기다리지 않고, 해야 한다고 믿는 것을 그를 위해 기꺼이 하는 훌륭한 마음가짐이지요. 요즘은 이렇게 지극히 거룩한 우정의 힘이 인간의 욕망에서 나오는 죄와 수치에 덮여 도무지 표출되지 않아요. 인간의 욕망은 자체의 필요에만 사로잡혀서 우정을 극한의 땅 저편으로 영원히 추방하고 말았답니다.

우정이 아니라면 어떤 애정, 어떤 재력, 어떤 친척 관계가 지시포로 하여금 티투스의 눈물과 한숨과 열정에 감동해서 자기가 사랑했던 아름다운 신부를 친구에게 양보하도록 그의 마음에 그토록 강렬하게 작용했을까요? 우정이 아니라면 어떤 법칙, 어떤 위협, 어떤 두려움이 쓸쓸한 곳이나 어두컴컴한 곳 그리고 지시포의 은밀한 침실에서 그 젊은 가슴이 아름다운 여자의 포용, 아마도 그녀가 손짓해 불렀을 그 포용을 뿌리치도록 만들 수 있었을까요? 우정이 아니라면 어떤 권위, 어떤 가치, 어떤 이익이 친구를 행복하게 만들기 위해 지시포로 하여금 자기 집안과 소프로니아의 집안을 잃는 것이나 세상의 악평과 조소와 모욕까지 감수하게 만들었을까요? 우정이 아니라면 어느 누가 티투스로 하여금 못 본 체할 수 있었을 텐데도 전혀 주저하지 않고 지시포가 자청해서 선택한 죽음의 십자가에서 그를 구하기 위해 자신의 목숨을 내놓는 결심을 하도록 만들었을까요? 우정이 아니라면 어느 누가 티투스로 하여금 운명에 의해 재산을 다 잃은 지시포와 더불어 자기 재산을 공유하자는 관대한 결정을 망설임 없이 내리게 할 수 있었을까요? 우정이 아니라면 어느 누가 티투스로 하여금 한 점 의심도 하지 않고 가진 것 하나 없는 알거지 신세의 지시포에게 자기 여동생을 내주는 따뜻한 마음을 품게 할 수 있었을까요?

사람들은 대개 많은 사람들과 혈연 관계를 나누고 싶어 합니다. 형제를 많이 거느리기를 바라고, 자식의 번창을 바라며, 재산을 모아 하인의 수를 늘리고자 합니다. 하지만 그 누구라도 아버지나 형제, 주인의 다급한 위기를 해결해 주려고 하기보다는 자기한테 위험이 미칠까 두려워 매사에 몸을 움츠리고 말지요. 하지만 친구 사이는 이와 정반대라는 것을 알 수 있습니다.

열 번째 날 아홉 번째 이야기

상인 차림을 한 살라디노가 토렐로 씨의 환대를 받는다. 십자군 전쟁이 시작되어 출정하게 된 토렐로 씨는 아내에게 재혼할 기한을 정해 준다. 그는 포로로 잡혀 매를 부리는 일을 하다가 술탄의 눈에 띈다. 술탄은 그를 알아보고 그들이 전에 만났던 사이임을 상기시키면서 극진히 대접하다가, 토렐로 씨가 병에 걸리자 마술로 하룻밤 사이에 파비아에 도착하게 만든다. 그리하여 아내가 재혼하는 자리에 나타난 토렐로 씨는 자기를 알아보는 아내를 데리고 집으로 돌아간다.

필로메나의 이야기가 끝나자 티투스의 훌륭한 보은을 두고 모두가 한결같이 칭찬을 아끼지 않았습니다. 왕은 디오네오를 위해 마지막 순서를 남겨 두고는 다음과 같이 이야기를 시작했습니다.

— 우아한 부인들이여! 필로메나 님이 말하는 우정은 당연

히 진솔합니다. 또한 필로메나 님이 이야기를 끝내면서 요즘 사람들이 우정을 별로 중요하지 않게 취급한다고 한탄한 것도 지극히 맞는 지적입니다. 우리가 세상의 잘못된 점을 바로 잡거나 아니면 헐뜯기 위해 이곳에 모여 있다면, 저는 필로메나 님의 이야기를 계속 이어 가야 할 것입니다. 하지만 우리의 목적은 다른 데 있습니다. 제가 여러분께 들려 드릴 이야기는 꽤나 길지만 재미있습니다. 살라디노의 관대함을 보여 주는 이야기 중 하나로, 이야기를 듣다 보면 비록 우리가 다들 재주가 없는 탓에 완전한 우정을 얻을 기회는 갖지 못하더라도, 적어도 선행을 하면 보답을 받으리라는 희망으로 남에게 베푸는 즐거움을 누릴 수 있을 것입니다.

자, 이제 이야기를 시작하죠. 전하는 말에 의하면 황제 페데리코 1세 때 기독교인들이 성지를 탈환하기 위해 대규모 원정을 일으켰다고 합니다.* 당시 바빌로니아의 탁월한 군주이며 술탄이었던 살라디노는 이를 미리 알고 준비를 더 잘하기 위해서 원정에 참가하는 기독교 군대의 병력과 장비를 직접 정찰하기로 계획했습니다. 자신의 업무를 다 지시해 놓은 뒤 살라디노는 상인처럼 꾸미고 가장 현명한 신하 둘과 하인 셋만 데리고 장사를 하러 가는 것처럼 이집트를 떠났습니다. 그래서 수많은 기독교 지역들을 살펴보다가 롬바르디아로 가기 위해 말을 타고 산을 넘어가던 도중 밀라노와 파비아의 중간

---

* 1189년에 일어난 제3차 십자군 전쟁. 이 전쟁은 보카치오를 비롯해 피렌체인의 상상력을 꽤나 자극했다고 한다.

지점에서 그만 날이 저물고 말았습니다. 거기서 그는 파비아 출신의 토렐로 디 스트라*라는 기사를 만나게 되었습니다. 토렐로 씨는 하인들과 함께 개와 매를 여러 마리 데리고 테시노에 있는 자신의 멋진 별장으로 가던 중이었습니다.

토렐로 씨는 그들을 보자 외국 귀족이라고 생각하고 인사를 하고자 했습니다. 마침 술탄이 하인 하나에게 파비아까지 가려면 얼마나 더 가야 하는지, 성문이 닫히기 전에 도착할 수 있는지 물었기 때문에, 그는 하인이 대답하도록 두지 않고 자기가 직접 대답을 했습니다.

"성문이 닫히기 전에 파비아에 도착하시기는 어려울 것입니다."

"그렇다면 어디든 적당히 머물 곳을 가르쳐 주시겠습니까? 우리는 외국인입니다." 하고 살라디노가 말했습니다.

"물론 그러지요. 마침 볼일이 있어 하인 하나를 파비아 근처까지 보내려고 생각하던 참이었습니다. 그에게 여러분을 모시고 가게 할 것이니, 아주 쾌적하게 묵으실 곳을 안내해 드릴 겁니다."

토렐로 씨는 이렇게 말하고 수행하는 자들 가운데 가장 똑똑한 사람을 골라 해야 할 일을 일러 준 다음 그들과 함께 가게 했습니다. 그리고 그길로 자기 별장으로 돌아가 가능한 한 빨리 근사한 저녁 식사를 준비하게 하고 정원에 식탁을 차리

---

* 13세기 페데리코 2세 아래서 파르마, 피렌체, 피사, 아비뇽과 같은 여러 도시들의 행정 장관을 지냈다. 토스카나어로 시를 짓는 음유시인이기도 했다.

도록 했습니다. 그런 뒤 문간에 나가 그들이 오기를 기다렸습니다. 한편, 지시를 받은 하인은 그들과 이런저런 얘기를 주고받으면서 눈치채지 못하게 원래 길에서 벗어나서 주인의 별장으로 안내했습니다.

토렐로 씨는 그들이 눈에 들어오자 한걸음에 달려 나오며 웃음과 함께 이렇게 말했습니다.

"여러분! 정말 잘 오셨습니다."

매우 명민한 사람이었던 살라디노는 이 기사의 의중을 짐작했지요. 자기들을 만났을 때 초대하고 싶었지만 자칫 받아들이지 않을까 염려했고, 그 밤을 자기 집에서 묵게 하려고 수를 써서 그들을 안내했다는 것을요. 살라디노는 토렐로 씨의 인사에 답하며 이렇게 말했습니다.

"감사합니다. 예의 바른 사람에게 불평을 해도 된다면, 우리에게는 그럴 만한 이유가 있는 것 같습니다. 우리가 갈 길을 좀 막아서신 것도 그렇고, 단 한 번 인사로 신세를 질 까닭이 없는데도 이렇게 융숭한 친절을 받아들이지 않을 수 없게 만든 것은 분명 불평할 만한 일이라고 생각합니다."

현명하고 언변이 좋은 기사는 이렇게 말했습니다.

"여러분의 차림새를 보면 제가 이렇게 마련한 자리가 오히려 응당 받으셔야 할 대접에 비해 누추하지 않을까 걱정입니다. 하지만 사실 파비아 외곽에서는 제대로 된 숙소를 구하실 수 없을 겁니다. 그 때문에 약간 불편하시더라도 길을 우회하시도록 했는데, 언짢게 생각하지 말아 주셨으면 합니다."

이런 얘기를 하는 동안 하인들이 나와 그들 주변으로 모여

들어 말에서 내리게 하고 말들을 마구간으로 넣었습니다. 토렐로 씨는 세 명의 귀인을 각각 준비된 방으로 안내했고, 신발을 벗고 신선한 포도주로 기운을 돋우며 식사 시간까지 화기애애하게 담소를 나눴습니다.

살라디노와 동료들, 하인들은 모두 라틴어*를 알았기 때문에 서로 의사소통에 불편이 없었습니다. 그들은 하나같이 이 기사가 매우 서글서글하고 예의가 바르며, 이제껏 본 적이 없을 정도로 말주변이 좋은 사람이라고 생각했습니다. 한편, 토렐로 씨는 이들이 생각보다 훨씬 더 지체가 높은 사람들일지도 모른다고 생각되어, 이날 밤 다른 사람들을 초대해서 더 근사한 연회를 베풀지 못한 것을 속으로 안타깝게 여겼습니다. 그래서 다음 날 아침에는 못 다한 부분을 채워야겠다고 생각하고, 하인 하나를 별장에서 멀지 않은 파비아 본가로 보내 대단히 총명하고 덕이 높은 아내에게 저간의 일을 설명하도록 했습니다. 그러고는 손님들을 정원으로 안내해서 어떤 일을 하는 분들인지 정중하게 물었습니다. 그러자 살라디노는 이렇게 대답했습니다.

"우리는 키프로스 상인입니다. 사업을 위해 키프로스에서 파리로 가는 길입니다."**

그 말에 토렐로 씨는 이렇게 말했습니다.

"키프로스에 상인이 많다는 건 압니다만, 우리 고장에서도

---

*당시 이탈리아에서 쓰이던 언어를 가리킨다.
**키프로스와 파리는 당시 무역의 양 극점이었다.

여러분처럼 고명한 분들이 배출되면 얼마나 좋을까요!"

이런 식으로 여러 내용의 환담을 나누는 사이에 식사 시간이 되었습니다. 토렐로 씨가 그들을 정중하게 식탁으로 안내했는데, 갑작스럽게 차린 식탁치고는 아주 근사했으며 식사시중도 훌륭했습니다. 식사가 끝나자 토렐로 씨는 일행이 피로할 것으로 여기고 깨끗한 잠자리에서 쉬도록 배려했으며, 자기도 잠시 후에 잠자리에 들었습니다.

한편 파비아로 간 하인이 부인에게 전갈을 전하자, 여염집 여자의 기품이 아니라 왕녀의 기품을 지닌 부인은 토렐로 씨의 친구와 부하들에게 급히 연락을 돌리고 성대한 연회에 필요한 온갖 것을 준비하도록 했습니다. 그리고 횃불을 밝혀 수많은 귀족들을 연회에 초대하는 한편,* 비단과 모피 옷을 준비시키고, 그 밖에 남편이 지시한 대로 모든 준비를 완벽히 했습니다.

날이 밝아 술탄 일행이 일어나자 토렐로 씨는 그들과 함께 매를 몇 마리 데리고 말에 올라 가까운 늪으로 가 매들이 어떻게 나는지 보여 주었습니다.** 그러던 중 술탄이 누구를 파비아로 좀 보내서 자기들이 묵을 만한 숙소를 알아봐 달라고 부탁하자, 토렐로 씨가 이렇게 말했습니다.

"마침 파비아에 볼일이 있으니 제가 알아보겠습니다."

일행은 그 말을 듣고 만족스러운 마음으로 함께 길을 떠났

---

* 당시에는 밤거리에 공공 조명 시설이 없었기 때문에 따로 불을 밝히며 초대장을 전달했다는 뜻이다.
** 매를 날리는 것은 정중하고 품위 있는 사교 행위였다.

습니다. 시내에 도착했을 때는 벌써 세 번째 시간이었습니다. 일행은 여관으로 안내될 줄 알았는데, 가 보니 토렐로 씨의 대저택이었습니다. 그곳에는 쉰 명은 족히 될 법한 지역 유지들이 그들을 환영하기 위해 모여 있었습니다. 유지들은 일행이 말에서 내리도록 도와주려고 얼른 주위로 다가섰습니다.

이런 광경에 살라니노와 일행은 정황을 금방 짐작하고 이렇게 말했습니다.

"토렐로 씨! 이건 우리가 부탁드린 것이 아닙니다. 지난밤에도 뜻하지 않게 너무나도 큰 신세를 졌으니, 부담 없이 저희들 갈 길을 가도록 해 주시기 바랍니다."

그러자 토렐로 씨가 대답했습니다.

"여러분! 지난밤 여러분을 모셨던 것에 대해서는 여러분보다 오히려 운명에 감사를 드리고 싶습니다. 다른 대안 없이 누추한 곳으로 모실 수밖에 없는 시간에 여러분을 길에서 만났으니까요. 하지만 오늘 아침에는 여기 모이신 여러 훌륭하신 분들과 함께 여러분께 감사를 드려야 하겠습니다. 우리와 함께 식사하기를 거부하는 것이 예의라고 생각하신다면, 부디 그렇게 해 주시기 바랍니다."

술탄과 신하들은 달리 어쩔 수 없어 말에서 내렸습니다. 그들은 모든 사람의 환영을 받으며 그들을 위해 대단히 호화롭게 꾸며진 방들로 안내되었습니다. 그리고 행장을 풀고 잠시 휴식을 취한 뒤 으리으리하게 치장된 응접실로 갔습니다. 그들이 손을 씻고 훌륭하게 준비가 된 대형 식탁에 앉으니 산해진미가 나왔습니다. 음식은 황제가 왔다고 해도 전혀 손색이 없을 정도로 훌륭했습니다. 높은 신분으로서 진기한 것을 많이 보았고 거기에 익숙해져 있었지만, 그럼에도 술탄과 신하들은 놀라움을 감출 수 없었습니다. 그들은 기사의 신분이 귀족이 아니라 일반 시민이라고 알고 있었기 때문에, 이 사람이 기사들 가운데 최고 신분을 가진 것이 아닐까 생각했습니다.

식사가 끝나고 식탁을 치운 뒤 잠시 고상한 주제로 이야기를 나누다가 날씨가 더워졌기 때문에 파비아의 귀족들은 토렐로 씨의 제안에 따라 모두 쉬러 갔습니다. 그 자리에는 토렐로 씨와 손님 셋만 남았는데, 토렐로 씨는 그들을 어느 방으로 데려가서 자기가 지닌 값진 것들을 하나도 남김없이 보여 주면서 영특한 자기 아내를 불러오도록 했습니다. 참으로 아름답고 품위가 돋보이는 부인은 호화로운 옷으로 치장을 하고 천사와도 같은 어린 아들 둘을 양쪽에 데리고 그들 앞에 나타나 상냥하게 인사를 했습니다. 그들은 부인을 보자 자리에서 일어나 정중하게 인사하고 저희 사이에 자리를 마련하고서 귀여운 아이들에 대해 크게 칭찬을 했습니다. 함께 즐겁게 환담을 나누던 부인은 토렐로 씨가 잠시 자리를 뜨자, 그들에게 어디 사람이며 어디로 가는지 자상하게 물었습니다. 그들은 토렐로 씨에게 대답했던 것과 같은 대답을 했습니다.

그러자 부인은 환한 표정을 지으며 이렇게 말했습니다.

"그러시다면 제가 여자로서 생각했던 것이 도움이 되지 않을까 생각되는군요. 아무쪼록 제가 드리는 특별한 선물을 거절하지 마시고 또 무시하지 말아 주셨으면 합니다. 여자란 속이 좁아서 이렇게 조그마한 선물밖에 내놓지 못한다고 생각해 주시고, 또 선물의 양보다도 주는 사람의 선의를 봐서 받아 주시기 바랍니다."

그러면서 한 사람 앞에 두 벌씩 옷을 내놓았습니다. 하나는 비단으로 안을 댄 것이고 다른 하나는 모피로 안을 댄 것이었습니다.* 그것들은 일반 시민이나 상인이 입는 것이 아니라 귀족이 입는 옷들이었습니다. 그리고 비단으로 만든 속옷도 세 벌 내놓았습니다.

"이것들을 받아 주세요. 남편에게도 똑같이 입히는 옷이랍니다. 여러분이 부인들 곁을 떠나 오랫동안 긴 여행을 하신다는 걸 생각해서, 그리고 상인이란 말쑥하고 깨끗하게 차려입어야 한다는 것을 고려해서 준비했습니다. 그다지 값나가는 것들은 아니지만 도움이 되었으면 합니다."

술탄 일행은 깜짝 놀랐습니다. 그들은 토렐로 씨가 더할 수 없는 친절을 베풀고자 한다는 것을 확실히 알게 되었습니다. 그러면서 문득 그것이 상인들 옷이 아니라 고위층이 입는 옷이라는 걸 생각하고 혹시 토렐로 씨에게 신분을 들킨 것이 아닌가 하는 느낌도 들었습니다. 그때 그들 중 하나가 부인에게 이렇게 말했습니다.

"부인! 대단히 훌륭한 것들이라 선뜻 받기가 어렵습니다만, 부인께서 그렇게 편하게 말씀하시니 거절만 할 수는 없겠습니다."

그런 뒤에 토렐로 씨가 돌아왔고, 부인은 손님들에게 인사

---

* 각각 여름옷과 겨울옷.

를 하고 나갔습니다. 부인은 하인들을 시켜 수행원들에게도 신분에 맞는 비슷한 선물을 주도록 했습니다. 한편, 토렐로 씨가 워낙 간절하게 권하는 바람에 그들은 그날 하루를 거기서 지내기로 했습니다. 그래서 일행은 잠을 조금 잔 다음에 선물받은 옷을 입고 토렐로 씨와 함께 말을 타고 시내 구경을 하다가 저녁 식사 시간이 되자 수많은 훌륭한 동료들과 함께 성대한 만찬을 들었습니다.

그리고 잠자리에 들어 푹 쉬고 나서 아침에 일어나 보니, 지쳐 빠진 말들 대신에 세 마리의 늠름한 준마들이 준비되어 있었고, 하인들에게도 튼튼한 새 말들이 지급되었습니다. 이를 본 살라디노는 일행을 향해 이렇게 말했습니다.

"나는 오늘까지 이렇게 정중하고 반듯하게 행동하는 완벽한 신사를 한 번도 만난 적이 없다. 기독교 군주들이 다 이 기사와 같은 사람들이라면 바빌로니아의 술탄은 그중 하나라도 대적하지 못하겠구나. 하물며 전쟁 준비를 하는 자들이 많다면 무슨 말을 하겠는가!"

술탄은 선물을 거부하는 것이 도리가 아니라는 것을 알고 매우 정중하게 감사를 표한 뒤에 말에 올랐습니다.

토렐로 씨는 여러 동료들과 더불어 멀리 도시 외곽까지 그들을 전송했습니다. 살라디노도 토렐로 씨와 헤어지는 것이 못내 섭섭했습니다. 그 정도로 벌써 정이 들었던 것이지요. 하지만 갈 길이 급해서 토렐로 씨에게 그만 돌아가라고 부탁했습니다. 토렐로 씨도 그들과의 이별을 애석하게 여기면서 이렇게 말했습니다.

"여러분! 여러분이 원하시니 그렇게 하겠습니다. 하지만 드릴 말씀이 있습니다. 저는 여러분이 어떤 분들인지 모릅니다. 또 여러분이 밝히고자 한 그 이상의 것을 알려고 하지도 않겠습니다. 그러나 여러분이 어떤 분들이든지 간에 이번처럼 상인이라고 믿게 하지는 말아 주십시오. 그럼 부디 안전한 여행이 되시기를 바랍니다."

살라디노는 토렐로 씨의 모든 동료들에게 인사말을 들은 뒤에 이렇게 화답했습니다.

"토렐로 씨! 당신의 믿음을 얻기 위해서 언젠가 우리 상품을 보여 드릴 날이 올 것입니다. 그럼 안녕히 계십시오."

살라디노와 일행은 만일 앞으로 일어날 전쟁에서 죽지 않고 목숨이 붙어 있다면 토렐로 씨가 베푼 것보다 더 큰 뭔가를 해 줘야겠다고 속으로 굳게 다짐하면서 길을 떠났습니다. 그리고 토렐로 씨와 부인, 그리고 그들이 보여 준 행동과 모든 것들에 대해 하나하나 되짚어 칭찬하면서 서로 얘기를 주고받았습니다. 어느덧 갖은 고생 끝에 살라디노는 서방 나라들을 정탐하고 나서 바다로 나와 일행을 데리고 알레산드리아로 돌아왔습니다. 그리고 충분한 정보를 바탕으로 방어 태세를 갖췄습니다. 파비아로 돌아온 토렐로 씨는 그들이 어떤 사람들일까 오랫동안 생각했으나 도무지 알 길도 없었고 윤곽조차 그려 볼 수 없었습니다.

마침내 십자군 원정이 시작되었고, 도처에서 출발을 위한 대규모 준비가 이루어졌습니다. 토렐로 씨는 울면서 만류하는 아내를 뿌리치고 원정에 참가하기로 결심했습니다. 그는 모든 장비를 갖춰 말에 오르면서 진심으로 사랑하는 아내에게 이렇게 말했습니다.

"여보! 당신도 알다시피 나는 내 명예와 영혼의 구원을 위해서 이 원정에 참여하는 것이오. 그러니 집안일과 우리 가문의 명예는 당신께 부탁하오. 출정이야 확실한 것이지만 귀환은 일어날 수 있는 수만 가지 일 때문에 확신할 수 없구려. 그래서 당신에게 부탁을 하나 하고 싶소. 내 신상에 일어나는 일이오만, 내 생명에 대해 확실한 기별을 받지 못하거든 출발하는 오늘부터 헤아려서 일 년하고 한 달 하루 동안 재혼을 하지 말고 기다려 주시오."

부인은 격하게 흐느껴 울면서 대답했습니다.

"여보! 당신이 저를 두고 떠나시는데 이 슬픔을 어떻게 참아야 할지 모르겠어요. 제 목숨이 슬픔보다 강하다면, 그리고 당신한테 무슨 일이 생긴다면, 내가 토렐로의 아내로서 그 기억을 간직한 채 살다 죽으리라는 걸 생각하세요."

그러자 토렐로 씨가 말했습니다.

"여보! 당신에게 약속을 지킬 힘이 있다는 걸 나는 잘 아오. 하지만 당신은 아직 젊고 아름다우며 명문가 출신이오. 게다가 훌륭한 덕성까지 널리 알려져 있지 않소. 그러니 나에게 어떤 일이 일어나면 그 즉시로 수많은 귀족들이 당신의 형제와 가족에게 가서 당신을 요구할 것이 뻔하니, 당신이 견디기 어려울 것이고 어쩔 수 없이 그들이 하자는 대로 따르게 될 것이오. 내가 기한을 정하는 것은 그런 이유 때문이며, 그 이상은 바라지 않겠소."

"저는 방금 말씀드린 것을 최선을 다해 해 나갈 거예요. 그래도 제가 다른 일을 해야 할 상황이 처한다면 당신의 당부대로 하겠어요. 당신도 저도 그런 극한 상황에 이르지 않게 되기를 하느님께 기도하겠어요."

이렇게 말을 마친 부인은 울면서 토렐로 씨를 껴안고 손가락에서 반지를 빼 주며 이렇게 말했습니다.

"당신을 다시 보지 못하고 제가 죽게 되거든 이걸 보면서 저를 기억해 주세요."

그는 반지를 받아 들고 말에 올라 모든 사람들에게 작별 인사를 하고 길을 떠났습니다. 그리고 동료들과 함께 제노바에서 갤리선에 올라 잠시 항해한 끝에 아크레에 도착했습니다. 여기서 그는 다른 기독교 군대들과 합류했습니다. 그런데 거의 그 즉시 치사율이 높은 전염병이 휘몰아치기 시작했고, 그러는 동안에 술탄의 전략인지 행운인지는 몰라도 병에서 살아남은 기독교 군인들은 고스란히 포로가 되어 여러 구역에 나뉘어 수감되었습니다.* 토렐로 씨도 그렇게 사로잡힌 자들 틈에서 알렉산드리아의 감옥으로 보내졌습니다. 그곳에는 그를 알아보는 사람도 없었고 그 자신도 알려지지 않도록 조심했습니다. 다만 매를 부리는 일에서만은 대단히 탁월했기에

---

* 본문에서 보카치오가 묘사하는 내용은 역사적인 근거가 불분명하다. 1189년경 아크레에서 전염병이 돈 것은 맞지만 살라디노가 전염병으로 약해진 기독교 군대를 포로로 잡았다는 기록은 없다. 다만 오랜 포위 공격 끝에 대전투가 일어났고 이슬람 군대가 처음에는 패했다가 다시 전열을 가다듬어 승리했다.

그 재주를 인정받아 매를 훈련시키는 일을 맡게 되었습니다. 그런데 이것이 살라디노의 귀에까지 들어갔고, 살라디노는 그를 감옥에서 꺼내 자신의 매부리로 삼았습니다. 그들은 서로를 알아보지 못했습니다. 살라디노는 토렐로 씨를 그저 기독교인으로만 생각했고 토렐로 씨도 살라디노가 예전 그 사람이란 것을 몰랐습니다. 토렐로 씨는 파비아가 그리워 몇 번인가 탈출을 시도하기도 했지만 성공하지 못했습니다. 그러던 어느 날, 제노바에서 파견한 사절들이 와서 제노바 시민들 몇을 석방해 달라고 요청했습니다. 그들이 떠나게 되자, 그는 자기가 살아 있으며 금방 돌아갈 수 있을 테니 기다려 달라는 편지를 아내에게 전하기로 마음먹었고 그렇게 했습니다. 그는 안면이 있는 사절들 중 하나에게 치엘 도로의 산 피에로 수도원 원장으로 있는 자신의 숙부에게 편지를 전해 달라고 간곡하게 부탁했습니다.*

이런 상황에서 시간을 보내던 어느 날, 살라디노가 토렐로 씨와 매에 대해서 얘기를 나누게 되었습니다. 얘기를 하면서 토렐로 씨는 미소를 지었고 입가에 특유의 표정이 떠올랐는데, 살라디노가 파비아에 있는 그의 집에 머물 때 강한 인상을 받았던 그 표정이었습니다. 그 순간 살라디노는 토렐로 씨 생각이 머리에 퍼뜩 떠올랐고, 자세히 살펴보니 그 사람이 틀림없는 것 같았습니다. 그래서 하던 얘기를 그만두고 이렇게 말

---

*치엘 도로에 위치한 산 피에로 수도원은 당시 파비아의 유명한 사원이었다. 『신곡-천국편』 10곡 127행 이하 참고.

했습니다.

"기독교인이여, 말해 보라! 그대는 서방의 어느 지역 출신인가?"

"폐하! 저는 롬바르디아의 파비아라는 도시 출신입니다. 가난하고 미천한 인간이옵니다."

살라디노는 이 말을 듣고 자기 추측이 틀림없다고 생각하고는 기쁜 마음에 속으로 이렇게 중얼거렸습니다. '신께서 내가 얼마나 그의 친절에 감사하고 있는지 보여 줄 기회를 주셨구나.'

그리고 다른 말은 하지 않고 자기 옷들을 모두 한 방에 진열하게 하고는 토렐로 씨를 그리 데려가서 이렇게 말했습니다.

"기독교인이여, 잘 보라! 이 옷들 중에 그대가 본 적이 있는 옷이 있는지."

토렐로 씨가 둘러보니 자기 아내가 살라디노에게 선물했던 옷들이 있음을 알았습니다. 그러나 이 옷들이 틀림없이 그것들인지 단정할 수는 없다고 생각되어 이렇게 대답했습니다.

"폐하! 잘 모르겠습니다. 하지만 저 옷 두 벌은 전에 상인 세 명이 제 집에서 머무르는 동안 입었던 것과 비슷합니다."

그러자 살라디노는 더 이상 참지 못하고 그를 반갑게 끌어안으며 이렇게 말했습니다.

"그대는 토렐로 디 스트라구려. 나는 그대 부인에게서 이 옷들을 선물받은 세 명의 상인 중 하나요. 그대와 헤어질 때 언젠가 이런 날이 올 것이라 말하지 않았소. 이제 내 상품이 어떤 것인지 그대에게 알려 줄 기회가 왔구려."

토렐로 씨는 이 얘기를 듣고서 크게 기쁘기도 하고 부끄럽기도 했습니다. 이런 분을 손님으로 맞았다는 것은 매우 기쁜 일이었지만, 별로 잘 대접하지 못한 듯해서 부끄럽기도 했던 것이지요. 이런 그를 보고 살라디노가 말했습니다.

"토렐로 씨! 신이 그대를 나에게 보내신 이상 내가 아닌 그대가 주인이라고 생각하시오."

그는 거듭 큰 기쁨을 표하면서 토렐로 씨에게 왕족의 옷을 입힌 뒤에 중신들을 다 모아 놓고 그 앞으로 데려가서 그가 훌륭한 인물임을 누누이 설명하고 칭찬했습니다. 그리고 자기의 은덕을 감사히 여기는 사람은 하나도 빠짐없이 자기에게 하듯 그를 모셔야 한다고 명했습니다. 그래서 모두 그 명을 따랐는데, 특히 술탄과 동행해 그의 집을 방문했던 두 신하의 대우가 더 각별했습니다. 그런데 갑자기 높은 자리에 앉게 된 토렐로 씨는 롬바르디아의 일을 까맣게 잊고 말았습니다. 자기 편지가 숙부에게 당연히 잘 도착했으리라고 생각한 것이 더 큰 이유이기도 했지요.

그런데 기독교 군대가 살라디노의 포로가 된 날, 전장에서 인지 부대에선지 모르지만 어쨌든 보잘것없는 프로방스 출신의 기사가 죽어서 매장되었는데, 그 이름이 토렐로 디 디그네스였습니다. 토렐로 디 스트라가 워낙 군대에서도 명망이 높은 사람이었기에 다들 "토렐로 씨가 죽었다는군."이라는 말을 들었을 때 예외 없이 토렐로 디 디그네스가 아니라 토렐로 디 스트라라고 믿었습니다. 더욱이 많은 사람들이 포로로 끌려가던 상황이라 잘못을 정정할 기회도 없었습니다. 결국 적잖은 이탈리아 사람들이 이 소식을 갖고 귀환했고, 그들 중에서는 죽은 것을 목격했고 장례에도 참석했다고 떠벌리는 참으로 경솔한 사람들도 있었습니다. 그 소문은 부인과 친척들의 귀에까지 들어가 온 집안이 형언할 수 없는 깊은 슬픔에 잠겼습니다. 그들뿐 아니라 그를 알던 모든 사람이 그 슬픔을 함께했지요.

아내의 고통과 슬픔과 애절한 마음이 얼마나 크고 깊었는지를 보여 주려면 긴 설명이 필요할 겁니다. 몇 달을 그렇게 가슴을 후벼 파는 고통 속에 지내다 보니 고통도 조금 덜해지기 시작했는데, 대신 롬바르디아 지역 유지들과 형제, 친척들로부터 재혼하는 것이 어떠냐는 권유가 들어오기 시작했습니다. 부인은 눈물을 쏟아 내며 한사코 거부했지만, 결국에는 토렐로 씨에게 약속한 그 기한까지는 결혼을 하지 않는다는 조건으로 친척들의 권유를 따르지 않을 수 없었습니다.

파비아에서 부인에게 이런 일이 생겨 이제 결혼할 날짜를 불과 여드레 앞으로 두고 있을 때, 알렉산드리아에 있던 토렐로 씨는 지난번에 제노바 사절단과 함께 제노바로 돌아가는 갤리선에 탔던 사람을 우연히 알게 되었습니다. 토렐로 씨는 그 사람을 불러 여행이 어떠했으며 제노바에는 언제 도착했는지 물어보았습니다. 그러자 그자는 이렇게 말했습니다.

"저는 도중에 크레타 섬에 내렸습니다만, 나중에 들어 보니 항해가 순조롭지 못했다고 하더군요. 시칠리아 근처를 지나면서 사나운 폭풍을 만나 아프리카 해안의 암초에 부딪혀 침몰했는데, 살아남은 사람이 하나도 없었다고 합니다. 제 형제

둘도 그때 죽었습니다."

그자의 말을 믿은 토렐로 씨는 틀림없는 사실이라고 생각했지요. 그리고 부인과 약속한 날짜가 이제 며칠 남지 않았고 파비아에서는 자신에게 일어난 일을 전혀 모르리라 짐작하니, 여지없이 아내가 재혼하겠다는 생각이 들었습니다. 이 일로 토렐로 씨는 너무나도 괴로웠고 식음을 전폐한 채 드러눕고 말았으며 죽어 버리고 싶은 마음만 들었습니다. 그를 평소 끔찍이도 생각하던 살라디노는 이 소식을 듣고 한걸음에 달려와 수도 없이 달래고 물어서 그가 괴로움에 빠지고 병이 든 이유를 겨우 알아냈습니다. 그리고 어째서 이렇게 되기까지 말을 하지 않았느냐고 몹시도 나무랐습니다. 그러고는 꼭 그래야만 한다면 기한 안에 파비아로 돌아가게 해 줄 테니 힘을 내라고 위로하면서 방법을 일러 주었습니다. 토렐로 씨는 살라디노의 말을 믿었고 또 그런 일이 가능해 수도 없이 이루어졌다는 얘기를 여러 번 들었던 터라 금방 기운을 차리고 서둘러 달라고 살라디노를 재촉했습니다. 살라디노는 전에 마술을 실행해 보였던 휘하의 마술사를 불러 토렐로 씨를 침대에 실어 하룻밤 사이에 파비아로 옮길 방법을 강구하라고 지시했습니다. 그러자 마술사는 그렇게 하겠지만, 우선 그가 푹 자야 한다고 대답했습니다.

살라디노는 이렇게 준비해 놓고 토렐로 씨에게 돌아갔습니다. 그리고 파비아로 제때 돌아가고 싶은 마음으로 가득 차, 그러지 못하면 아예 죽기를 원하는 그를 보면서 이렇게 말했습니다.

"토렐로 씨! 그대가 부인을 열렬히 사랑하는 것도, 그리고 부인이 다른 사람과 재혼할까 봐 걱정하는 것도 조금도 비난할 생각은 없소. 나는 지금까지 수많은 여자들을 보아 왔지만, 그대의 아내같이 꽃처럼 저버릴 아름다움뿐 아니라 예의와 품행이 아무리 칭찬하고 아껴도 부족할 그런 여자는 본 적이 없으니 말이오. 운명이 그대를 이곳으로 보냈으니, 그대와 내가 살아 있는 시간 동안 동등한 군주로서 함께 이 왕국을 다스리며 산다면 얼마나 좋을까 생각해 보았소. 하지만 하느님께서 나의 바람을 들어주시지 않는 것 같구려. 그대가 그런 생각에 빠져서 파비아에 제시간에 돌아가지 못하면 죽어 버리겠다고 하니, 그대의 신분에 어울리는 명예와 위엄을 갖춰 수행원과 함께 그대의 집으로 돌아가게 할 시간이 없다는 것이 못내 아쉬울 뿐이오. 시간이 허락하지도 않는 데다 그대가 한시라도 빨리 돌아가고 싶어 하니, 아까 말한 대로 내가 할 수 있는 방법으로 그대를 보내도록 하겠소."

이 말에 토렐로 씨는 이렇게 말했습니다.

"폐하! 그런 말씀 말고도 저는 이미 폐하의 은혜를 너무나도 많이 받았습니다. 그것만도 저에게는 정말 분에 넘치는 최고의 영광입니다. 폐하가 하시는 말씀을 더 듣지 않아도 저는 폐하의 말씀을 확실히 새기며 살다가 죽을 것입니다. 하지만 이제 이렇게 떠나기로 결정했으니 저에게 말씀하신 것이 빨리 처리되도록 해 주시기를 부탁드립니다. 내일이 아내더러 기다리라고 한 마지막 날이기 때문입니다."

살라디노는 그 일은 틀림없이 이루어질 거라고 말했습니

다. 다음 날이 되어 밤이 오기 전에 그를 보내 주기로 마음먹은 살라디노는 그 나라의 관습에 따라 금으로 수놓은 비단과 벨벳으로 만든 요를 깐 아름답고 호화로운 침대를 커다란 거실에 마련하게 하고는 그 위에 큼지막한 진주들과 값진 금은 보화로 장식한 이불(이것은 나중에 이쪽에서 가치를 알 수 없는 보물이 되었습니다.)을 덮고 그렇게 준비된 침대에 어울리는 베개를 두 개 놓도록 했습니다. 그런 다음에 이미 건강을 회복한 토렐로 씨에게 지금까지 누구도 본 적 없는 최고로 호화롭고 아름다운 사라센 전통 의상을 입게 했으며, 머리에는 그들 관습에 따라 자신의 길디긴 터번을 하나 감아 주도록 했습니다. 어느덧 시간이 많이 지났기 때문에 살라디노는 여러 중신을 데리고 토렐로 씨의 방으로 가서 그 곁에 앉아 눈물을 참으며 이렇게 말을 꺼냈습니다.

"토렐로 씨! 마침내 그대와 헤어질 시간이 왔구려. 그대가 해야 할 여행의 성격상 그대와 동행하지도 못하고 수행원을 붙일 수도 없어 여기 이 방에서 작별 인사를 하고자 이렇게 왔소이다. 그대와 작별하기 전에 우선 우리 사이의 사랑과 우정을 위해 나를 기억해 주기 바라오. 가능하다면 우리가 죽기 전에 롬바르디아에서 그대 일이 잘 정리되면 한 번이라도 날 보러 오시기 바랍니다. 그러면 지금은 서두르느라 미처 다하지 못했던 즐거운 시간을 보내며 그대가 기뻐하는 모습을 볼 수 있지 않겠소. 그런 날이 올 때까지 편지를 전하는 것은 그리 성가신 일이 아니겠지요. 내게 바라는 것이 있다면 무엇이든 말해 주시오. 다른 누구보다도 그대를 위해 분명히 그리고 기꺼이 들어 드릴 것이오."

토렐로 씨는 눈물을 참을 수 없었습니다. 눈물이 말문을 막아 그저 간신히 몇 마디만 답할 뿐이었지요. 살라디노의 후의와 정성에 깊이 감사할 것이며 부탁하는 것을 시간이 허락하는 즉시 실행하겠노라고 말입니다. 그러자 살라디노는 부드럽게 포옹을 하며 입을 맞추고 하염없이 눈물을 흘렸습니다.

"부디 잘 가시오."

살리디노는 방에서 나갔고, 옆에 섰던 다른 중신들도 작별인사를 한 뒤 살라디노를 따라 방에서 나와 침대가 준비된 곳으로 갔습니다.

밤이 늦었고 마술사가 일을 서두르면서 재촉했기 때문에 의사 한 사람이 물약을 가져와 원기를 돋우기 위한 것이라며 토렐로 씨에게 주어 마시게 했습니다. 그러자 그는 즉시 깊은 잠에 빠졌습니다. 이렇게 해서 그는 잠이 든 채로 살라디노의 지휘에 따라 그 훌륭한 침대로 옮겨졌습니다. 살라디노는 그의 머리맡에 값이 크게 나가는 휘황찬란한 왕관을 놓았는데, 나중에 토렐로 씨의 부인이 살라디노의 선물임을 분명히 알 수 있도록 자신의 이름을 새겨 넣었습니다. 또한 횃불을 켠 듯 환한 빛을 발하고 가치를 측량할 길 없는 루비가 박힌 반지를 토렐로 씨의 손가락에 끼워 주었고, 그 장식만 해도 쉽게 계산할 수 없는 가치를 지닌 칼을 허리에 채워 주었습니다. 그 밖에도 앞섶에 브로치를 달아 주었는데, 대단히 귀한 보석들과 함께 이제껏 보지 못한 진주가 여러 개 박혀 있었습니다. 다음으로 그의 양쪽에 금화를 가득 담은 커다란 금 항아리를 두 개

놓았고, 수많은 진주를 박은 머리 장식과 반지와 허리띠, 그 밖에 말로 담기에는 너무 많은 다른 것들을 주변에 놓게 했습니다. 그러고 나서 토렐로 씨의 이마에 입을 맞추고 마술사에게 그를 보내라고 명했습니다. 그러자 토렐로 씨가 누운 침대는 살라디노의 면전에서 순식간에 사라져 버리고, 살라디노와 중신들만 남아 그에 대해 얘기를 나누고 있었습니다.

토렐로 씨는 앞에서 말한 보석과 장식물들을 지니고 벌써 파비아에 있는 치엘 도로의 산 피에로 수도원에 도착했지만 아직 잠들어 있었습니다. 때는 새벽종이 울린 바로 뒤여서* 성물을 담당하는 수사가 불을 켜 들고 들어왔다가 순간 화려한 침대를 발견했습니다. 그는 기겁했을 뿐만 아니라 너무나도 무서워하며 뒤돌아 도망을 쳤습니다. 원장과 수도사들은 도망치는 그를 보고 의아해하며 서로 까닭을 물었습니다. 그 수사가 이유를 말하자, 수도원장은 이렇게 말했습니다.

"아니, 자네가 어린애도 아니고 이 사원에 새로 온 풋내기도 아닌데, 이리 방정을 떨어서야 되겠나! 자, 함께 가서 대체 뭐가 그리 무서웠는지 보세."

그래서 불을 더 밝히고 수도원장이 수도사들을 모두 데리고 성당 안으로 들어가자 그 으리으리하고 호화로운 침대와 그 위에서 자고 있는 기사가 보이는 것이었습니다. 이상하기도 하고 섬뜩하기도 해서 침대에 한 발도 다가서지 못하고 귀

---

* 수도원에서 하루 과를 시작하는 첫 단계로, 수도사들이 미사를 드리도록 소집하기 위해 종을 친다.

한 보석들을 바라보고 있노라니, 약효가 다했는지 토렐로 씨가 잠에서 깨어나 긴 숨을 내뱉는 것이었습니다. 이를 본 수도사들은 수도원장과 더불어 깜짝 놀라면서 부르짖었습니다.

"아이고, 하느님. 굽어살피소서!"

그리고 다들 달아나 버렸습니다. 눈을 뜨고 주위를 돌아본 토렐로 씨는 분명히 살라디노에게 부탁했던 곳에 와 있는 것을 알고 너무나 기뻤습니다. 그는 일어나 앉아 주변을 하나하나 살펴보았습니다. 살라디노의 아량을 진즉 알고 있었으나, 이제 보니 그것이 더 큰 것 같았고 또한 더 절실하게 느껴졌습니다. 그러는 동안 수도사들이 도망치는 소리를 듣고 왜 그럴까 생각하면서, 몸을 움직이지 않은 채 수도원장의 이름을 부르며 자기는 조카 토렐로이니 겁내지 말라고 부탁했습니다. 조카가 벌써 몇 달 전에 죽은 줄로만 알았던 수도원장은 그 말을 들으니 더 무서워졌습니다. 하지만 잠시 후에 마음을 가다듬었고 자기 이름을 부르는 소리가 들리자 성호를 그으며 그에게 다가섰습니다. 그런 그에게 토렐로 씨가 말했습니다.

"신부님! 무얼 그리 겁내십니까? 저 살아 있습니다. 하느님이 보살피셔서 지금 바다 저편*에서 돌아온 참입니다."

수염을 무성하게 기르고 아랍 옷을 입고 있기는 했어도 수도원장은 이내 그를 알아보았습니다. 그제야 마음을 놓고 손을 잡으며 이렇게 말했습니다.

"아들아, 잘 돌아왔다! 우리가 무서워한다고 놀라지 마라.

---

* 지중해가 세계의 중심이던 당시, 그 너머의 모든 대륙을 일컫던 표현.

여기서는 다들 네가 죽었다고 확고하게 믿고 있으니 말이다. 네 처 아달리에타도 친척들의 애원과 협박을 이기지 못해 네 뜻과 반하여 재혼을 하게 되었단다. 오늘 아침에 새신랑을 맞이할 거야. 혼인식과 피로연 준비도 다 되어 있단다."

토렐로 씨는 침대에서 내려와 수도원장과 수도사들과 떠들썩하게 인사를 나누고 자기가 일을 마칠 때까지 자기가 돌아온 것을 아무한테도 알리지 말라고 부탁했습니다. 그리고 그 엄청난 보물들을 안전하게 맡기고 그때까지 자기한테 일어났던 일을 원장에게 들려주었습니다. 수도원장은 그의 행운에 기뻐하면서 그와 함께 하느님께 감사의 기도를 올렸습니다. 그러고 나서 토렐로 씨는 원장에게 아내의 새신랑이 누구인지 물었습니다. 수도원장이 대답하자 토렐로 씨는 이렇게 말했습니다.

"제가 돌아온 것을 사람들이 알기 전에 아내가 이 결혼을 기쁘게 받아들이는지 알고 싶습니다. 그러니 성직자들이 그런 연회에 가는 것이 비록 관례에 어긋나더라도, 저를 봐서 여러분 모두 함께 가는 방향으로 해 주시기 바랍니다."

수도원장은 그러겠다고 대답했습니다. 그리고 날이 밝자 새신랑 집으로 사람을 보내서 친구와 함께 결혼식에 참석하겠다고 전했답니다. 그러자 신랑은 아주 좋다고 답을 보내왔지요. 드디어 식사 시간이 되자 토렐로 씨는 입던 옷차림 그대로 수도원장과 함께 새신랑의 집으로 갔습니다. 모두가 놀란 눈으로 그를 힐끔거렸으나 그가 누구인지 아는 이는 아무도 없었습니다. 수도원장은 그를 술탄이 프랑스 왕에게 대사로 파견하는 사라센 사람이라고 소개했습니다. 토렐로 씨는 아내 바로 맞은편에 앉게 되었습니다. 그는 대단히 기뻐하며 아내를 살펴보았습니다. 그녀는 결혼이 마음에 들지 않는 듯한 표정이었어요. 그녀도 가끔 토렐로 씨를 바라보았으나, 수염이 무성하고 옷차림이 특이한 데다 남편이 죽은 줄로만 알았기 때문에 그를 전혀 알아보지 못했습니다. 토렐로 씨는 이제 아내가 자기를 기억하는지 알아볼 때가 되었다고 생각하고, 원정을 떠날 때 그녀가 준 반지를 손에서 빼 들고 그녀 곁에서 시중을 들던 소년을 불러 이렇게 말했습니다.

"내가 신부에게 드리는 말이라고 전해라. 내가 살던 곳에서는 외국인이 지금 나처럼 결혼 연회에서 식사를 할 때 신부가 참석에 대한 감사의 표시로 술을 가득 채워 잔을 권하는 풍습이 있다. 그러면 외국인은 감사하며 그걸 받아 마시고 나서 잔에 뚜껑을 덮어 신부에게 돌려주지."

소년은 그 말을 부인에게 전했습니다. 예의가 바르고 현명한 부인은 그가 지체 높은 인물이라고 생각하고 참석해 준 데 대해 감사의 뜻을 표하고자 앞에 놓인 커다란 잔을 씻어 오게 해서 술을 가득 부어 그에게 갖다 드리도록 했습니다. 토렐로 씨는 반지를 입안에 넣고 술을 마시면서 다른 사람 모르게 잔 속에 반지를 뱉어 넣고 술이 조금 남은 잔에 뚜껑을 덮어 다시 부인에게 보냈습니다. 잔을 받아 든 부인은 손님의 풍습이 그러하다니 그에 따라 뚜껑을 열고 잔을 입에 갖다 댔는데, 그러면서 보니 반지가 있는 것이었습니다. 그녀는 아무 말도 없이 한동안 그걸 바라보았습니다. 그리고 그것이 남편이 집을 떠날 때 자기가 그에게 준 반지라는 것을 알았습니다. 아내는 그걸 꺼내 손에 들고는 외국인이라고 믿었던 토렐로 씨를 똑바로 바라보았습니다. 그리고 그가 남편이라는 걸 알아보고는 반쯤 미친 듯이 앞에 놓인 식탁을 뒤집어엎으며 외쳤습니다.

"이 사람은 제 남편입니다! 진짜 토렐로 씨란 말이에요!"

그리고 그가 앉아 있는 자리로 달려가 옷이나 식탁 위의 음식은 아랑곳하지 않고 달려들어 그를 꼭 부둥켜안았습니다. 누가 무슨 말을 하고 무슨 짓을 해도 그녀는 남편의 목에 매달려 떨어지지 않았습니다. 그러다 토렐로 씨가 앞으로 자기를 껴안을 시간은 살면서 얼마든지 있을 거라고 타이른 뒤에야 겨우 떨어졌습니다.

부인이 정신을 차리고 보니 이미 결혼식은 온통 혼란의 도가니였습니다. 그러나 그 혼란 속에서도 한쪽에서는 토렐로 씨가 훌륭한 기사가 되어 돌아왔다고 기뻐하는 소리가 들리기도 했습니다. 토렐로 씨는 조용히 해 달라고 하며 말문을 열었습니다. 그는 자기가 떠날 때부터 지금까지 일어난 일들을 모두 들려주었습니다. 그리고 자기가 죽은 줄 알고 자기 아내와 결혼하려 했던 귀족에게는 자기가 살아 있으니 그녀를 다시 데려간다고 해도 아무런 불만이 없을 것이라는 말로 끝을 맺었습니다. 새신랑은 무척 당황했지만 친구처럼 도량을 발휘해서 그녀의 마음에 따르는 것이 자기의 뜻이라고 대답했습니다. 부인은 새신랑에게서 받은 반지와 관을 내려놓았습니다. 그리고 잔 속에서 꺼낸 반지를 끼고 술탄이 그녀에게 보낸 관을 썼습니다. 그런 다음 둘이 함께 그 집에서 나와 피로

연에 모인 사람들을 이끌고 토렐로 씨의 집으로 향했습니다. 지금까지 슬픔에 잠겼던 친구들, 친척들, 그리고 모든 이웃들이 나와 기적이 일어났다고 떠들면서 끝없이 즐거운 잔치로 그들을 축복했답니다.

토렐로 씨는 수도원장과 다른 사람들, 그리고 결혼식 비용을 들인 사람에게 값진 보석을 나눠 주고, 살라디노에게 자기가 행복하게 고향으로 돌아왔다는 편지를 보내 앞으로 친구이자 충실한 사람으로 살겠노라고 선언했습니다. 이렇게 그는 지금까지보다 더 예의 바른 사람으로 처신하면서 소중한 아내와 함께 오래오래 잘 살았다고 합니다.

토렐로 씨와 사랑하는 아내에게 닥친 불운은 이렇게 결말을 맺었고, 몸에 밴 쾌활한 예의 역시 이렇게 보답을 받았습니다. 이런 일을 시도하는 많은 사람들이 그 방법을 알고 있음에도 행하는 데는 서투릅니다. 예의를 실천하기 전에 그 이상으로 돌려받을 보상을 생각하기 때문입니다. 그러니 그런 사람들이 아무런 보상을 받지 못한다고 하더라도 이는 그들에게도, 다른 사람들에게도 그리 놀라운 일은 아니지요.

열 번째 날 열 번째 이야기*

  살루초 후작은 부하들의 권유에 못 이겨 아내를 맞아들이기로 한
다. 하지만 나름대로 생각하는 바가 있어 농부의 딸과 결혼해 두 아이
를 얻는다. 그러고는 그가 아이들을 죽였다고 아내가 믿게 만든다. 나
중에는 아내가 자기를 화나게 해서 다른 여자와 재혼하는 척하면서
딸을 새 신부인 듯 꾸며 집으로 돌아오게 한다. 그러면서 아내는 입고
있던 속옷 바람으로 친정으로 쫓아 버린다. 그러나 아내가 이런 모든
고난을 참고 견디는 것을 본 후작은 그녀를 마음 깊이 소중하게 생각

---

* 이 마지막 이야기는 완전한 단계에 이른 인간이 지녀야 할 영혼의 숭고
함을 그린다는 면에서 『신곡 – 천국편』 33곡과 비교할 수 있다. 『신곡』이
비참한 지옥에서 출발해 천국까지 상승하는 것처럼, 페스트의 끔찍한 상황
묘사와 차펠레토의 사악함(첫 번째 날 첫 번째 이야기)에서 시작해 마지막
이야기의 숭고한 주제에 이르는 것이다. 그러나 이 마지막 이야기의 주제
가 과연 숭고한 사랑인지, 가부장제에 의지하는 억압된 사랑인지에 대해서
는 더 많은 논의가 필요하다.

하고 집으로 돌아오게 한 뒤, 이제는 장성한 두 사람의 아이들을 보여 준다. 그리고 아내를 후작 부인으로 추대하고 다른 모든 이들의 모범으로 세운다.

왕의 긴 이야기가 끝나자 모두가 몹시 흡족한 표정을 지었습니다. 디오네오는 웃으면서 이렇게 말했습니다.

"그날 밤 황홀한 밤을 보내리라 기대했을 새신랑은 토렐로 씨를 칭찬하는 여러분의 얘기가 하나도 귀에 들어오지 않았을 겁니다."

그러고서 자기만 남은 것을 깨닫고 이야기를 시작했습니다.

— 온화한 나의 부인들이여! 오늘은 왕이나 술탄 같은 사람들 이야기만 나온 것 같아 나도 그런 범위에서 과히 벗어나지 않는 이야기를 들려 드리려 합니다. 훌륭하기는커녕 미친 짐승*과 같은 행동을 한 어느 후작의 이야기이지요. 나중에는 좋은 결과를 가져왔지만 그 행적이 이만저만 큰 죄를 지은 것이 아니니, 그런 짓을 따라 하지 마시라고 충고를 드립니다.

지금으로부터 아주 오래전 살루초 후작 집안을 이어받은 괄티에리라는 젊은 귀족이 살았습니다. 아내도 자식도 두지 않고 개나 매를 데리고 사냥하는 일로 소일을 하던 그는 결혼이나 자식에 대해 전혀 관심이 없었습니다. 그런 점에서는 상

---

* 단테는 『신곡 – 지옥편』 11곡 79~84행에서 같은 표현을 쓰면서 이것이 하느님을 배반하고 하느님의 질책을 받는 마음의 상태라고 밝힌다.(『데카메론』 1권 298쪽 각주도 참고.) 앞으로 전개되는 내용에서 드러날 그리셀다의 지고지순한 모습과 정면으로 대조된다.

당히 현명하다고 할 만했지요. 하지만 부하들은 이런 모습을 그다지 좋아하지 않았고 자꾸 결혼을 하라고 권했습니다. 후사가 없이 세상을 뜨면 안 되고 저들도 주인이 없으면 안 된다는 것이었지요. 그러면서 좋은 집안에서 태어나 그들의 기대도 충족시키고 주인도 기쁘게 해 줄 아내를 찾아 드리겠다고 말하곤 했습니다.

　그때마다 괄티에리는 이렇게 대답했지요.

　"이 사람들아! 어찌 이리 싫어하는 걸 하라고 못살게 구는가! 자기 사는 방식에 맞는 사람을 찾는다는 게 얼마나 어려운 일인 줄 모르나? 내 방식과 정반대로 사는 사람들이 얼마나 많은지, 내 기질에 맞지 않는 여자를 얻었다가 얼마나 비참한 생활을 할지도 자네들은 모른단 말인가? 게다가 부모를 보면 딸을 알 수 있으니 내 맘에 꼭 들 만한 아내를 구할 수 있다는 듯이 말하는데 그게 얼마나 바보 같은 생각인지 아는가? 아버지가 어떤지는 어떻게 알 것이며 어머니가 혹시 지녔을 비밀은 어떻게 들춰낸다는 건지 알 수가 없군. 설령 부모에 대해 속속들이 알았다 해도, 딸이란 그 어느 한쪽도 닮지 않는 경우가 많은 법일세. 하지만 이런 식으로 자네들이 나를 옭아매기로 작정을 했으니 자네들 뜻대로 해 보겠네. 그러나 일이 잘못되더라도 내가 책임을 져야 할 테니 내가 직접 선택한 여자와 결혼하겠네. 대신 이 점은 분명히 해 두세. 내가 고른 여자가 어떻든지 간에 자네들의 존경을 받지 못하면 내 의지에 반해서 결혼하라고 강요한 자네들은 그게 얼마나 심각한 일이었는지 크게 배우게 될 걸세!"

이 말에 부하들은 주인이 아내를 맞아들이는 것만으로도 그저 만족할 뿐이라고 대답했습니다.

마침 얼마 전부터 괄티에리는 이웃 마을에 사는 가난한 처녀의 행실에 특별한 눈길을 주던 차였습니다. 그녀가 매우 아름답다고 느꼈으며 함께 살면 아주 좋겠다고 생각했지요. 그래서 더 찾을 것도 없이 그 처녀와 결혼하기로 하고는 가난하기 짝이 없는 처녀의 아버지를 불러서 딸을 자기 아내로 맞아들이기로 합의했습니다.

이렇게 해 놓은 다음 괄티에리는 자기 영지 주변에 있는 친구들을 모아 놓고 말했어요.

"여러분! 여러분은 내가 아내를 맞아들이기를 오랫동안 주장하고 있는데, 이제 그 뜻을 받아들이기로 하겠습니다. 내가 결혼할 마음이 있어서가 아니라, 여러분의 바람을 충족시켜 주기 위해서입니다. 여러분은 내가 어떤 결정을 하든, 거기에 수긍하고 내 아내를 존경하리라 약속했던 것을 기억하시기 바랍니다. 내가 여러분께 약속을 지키고 여러분 또한 그 약속을 준수할 시간이 왔소. 바로 옆 동네에서 마음에 드는 처녀를 만났고, 며칠 안에 그녀와 결혼하여 내 집으로 데려오겠습니다. 자! 결혼식은 아주 성대하게 올릴 겁니다. 여러분은 그녀를 정중하게 맞아 주시고, 그렇게 해서 우리 모두가 만족할 수 있도록 합시다. 나는 여러분과의 약속을 지키는 것이고 여러분도 나와의 약속을 지키는 겁니다."

거기 모인 선량한 사람들은 한목소리로 축복을 빌어 주었고, 어떤 사람을 아내로 맞든지 후작 부인으로 받아들여 모든 면에서 존경을 바치겠다고 말했습니다. 그리고 모두가 성대하고 화려한 결혼식을 준비했고 괄티에리도 함께했습니다. 후작은 풍족하고 세련된 결혼 축연을 마련하여 수많은 친구와 친척, 귀족 그리고 이웃을 초대했습니다. 또 자기 신부가될 젊은 여자와 비슷한 몸집의 처녀에게 맞춰 재단하여 여러벌의 고급스러운 옷을 만들도록 했습니다. 그 밖에도 반지와장식 허리띠, 값지고 아름다운 관, 그리고 신부가 필요로 할모든 것을 준비하라고 지시했습니다.

결혼식을 올리기로 정한 그날 아침 일찍 괄티에리는 모든준비를 마치고 말에 올라 그를 축하하러 온 사람들에게 이렇게 말했습니다.

"여러분! 이제 우리가 신부를 데리러 갈 시간입니다!"

그리고 모든 사람들과 함께 이웃 마을에 있는 처녀의 집으로 향했습니다. 거기서 그들은 우물에서 물을 길어 돌아오던그녀를 만났습니다. 처녀는 다른 여자들과 함께 괄티에리의신부를 보러 가려고 급히 서두르던 중이었습니다. 괄티에리는 처녀를 보자 곧바로 이름을 불렀습니다. 그리셀다였지요. 그리고 아버지가 어디 있는지 물었습니다. 처녀는 수줍은 얼굴로 대답했습니다.

"나리! 아버지는 집에 계십니다."

괄티에리는 말에서 내려 모두에게 밖에서 기다리라고 명령한 다음 누추한 집으로 혼자 들어갔습니다. 그리고 처녀의 아버지 잔누콜레를 만나 이렇게 말했습니다.

"그리셀다와 결혼하려고 왔소. 그런데 먼저 당신 앞에서 그녀에게 물어볼 말이 있소."

그리고 처녀를 불러 자기의 아내가 되면 언제나 자기를 기쁘게 할 것인지, 자기가 어떤 말과 행동을 해도 화내지 않을 것인지, 절대 순종할 것인지 등등을 질문했고, 처녀는 모든 질문에 그렇게 하겠노라고 대답했습니다.

괄티에리는 그녀의 손을 잡고 집 밖으로 나와 그를 따라온 사람들과 마을 사람들 앞에서 옷을 벗게 했습니다. 그리고 그가 특별히 주문한 옷과 신발을 얼른 입고 신도록 했지요. 그런 다음 헝클어진 머리에 관을 쓰게 했습니다. 이런 일들이 무얼 뜻하는지 의아해하는 사람들에게 그가 말했습니다.

"여러분! 제가 아내로 맞으려는 사람은 이 여자입니다. 이 사람이 나를 남편으로 맞겠다면 말입니다."

그리고 너무 당황해서 어디에 눈을 두어야 할지 모르는 그리셀다를 보고 말했습니다.

"그리셀다! 나를 당신의 남편으로 맞아들이겠소?"

"그렇게 하겠습니다, 나리!"

"나도 당신을 아내로 맞겠소."

이렇게 괄티에리는 모든 사람들이 지켜보는 가운데 그리셀다와 결혼식을 올리고 그녀를 작은 말에 태워 정중하게 호위하여 집으로 데려와서는 성대하고 호화로운 잔치를 벌였습니다. 마치 프랑스 공주와 결혼하기라도 한 양 잔치는 화려하고 풍족했지요.

젊은 신부는 새 옷을 입자 새 생명을 얻은 듯했고 완전히 다른 여자처럼 보였습니다. 앞서 말했듯이, 그녀는 예쁜 얼굴과

페셀리노, 「그리셀다 이야기」, 1450, 카라라 아카데미아 소장.

아름다운 자태를 타고났고 원래 사랑스러웠던 데다 이제 당당하고 우아하며 단정하기까지 해서 양치기 잔누콜레의 딸이라기보다는 어느 고관대작의 딸처럼 보였지요. 그러니 이전에 그녀를 알았던 사람들은 너무나 놀랄 수밖에 없었습니다. 그뿐만 아니라 남편에게 순종하고 남편이 바라는 대로 따랐기 때문에 후작은 자기가 세상에서 가장 행복하고 부러울 것이 없는 남자라고 생각했습니다. 또 남편의 부하들에게도 상냥하고 인자하게 대했기 때문에 하나같이 그녀의 행복과 성공, 그리고 더 큰 영광을 빌었지요. 괄티에리가 분별없이 저런 여자를 아내로 맞아들였다고 수군대던 사람들도 이제는 세상에서 가장 현명하고 지혜로운 남자라고 그를 치켜세웠습니다. 괄티에리 말고는 누구도 허름한 옷차림 아래 감추어진 그 고귀한 모습을 알아보지 못했으니 말입니다.

요컨대 그녀는 남편의 신분 때문만이 아니라, 더 넓은 세상을 만나 덕망 높은 행동과 모범적인 성격으로 금세 모두의 칭송을 받게 된 겁니다. 괄티에리가 그녀를 결혼 상대로 선택한 것을 나무라던 사람들도 생각을 뒤집어야만 했지요.

여자는 괄티에리와 산 지 얼마 지나지 않아 아기를 가졌고, 예정된 시간에 남편이 크게 기뻐하는 가운데 딸을 낳았습니다. 그런데 얼마 지나지 않아 괄티에리는 그리셀다의 인내를 시험하고 싶은 이상한 욕망에 사로잡혔습니다. 자신을 끊임없이 괴롭히고 인생을 지긋지긋하게 만들면서 말이지요.

처음에는 싫은 소리를 하거나 화를 내고, 특히 신하들이 임신한 그녀를 보면서 비천한 출신이라며 불만을 품는다는 둥

말로써 그녀를 못살게 굴었습니다. 특히 딸을 낳은 것에 대단히 실망해서 속닥거린다는 거였지요.

부인은 이런 말을 듣고도 낯빛 하나 바꾸지 않고 원래의 고고한 모습 그대로 이렇게 말했습니다.

"여보! 당신이 생각하는 대로 저를 대하세요.* 당신의 명예와 마음의 평화를 위해서라면 저는 아무래도 상관없어요. 당신의 생각이나 판단에 무조건 따르겠어요. 당신이 너그럽게 부여해 주신 명예가 제게는 과분하다는 것을 잘 아니, 어떻게 하셔도 저는 만족할 거예요."

이 대답에 괄티에리는 매우 기뻐했습니다. 자기나 혹은 다른 사람에게서 받은 명예로 인해 아내가 교만해지지 않았다는 것을 확인했기 때문이지요.

얼마 지나서 괄티에리는 아내가 낳은 딸을 부하들이 못마땅해한다고 얼버무리고는 하인 하나에게 단단히 언질을 주어 아내에게 보냈습니다. 하인은 굉장히 슬픈 표정으로 이렇게 말했습니다.

"마님! 제가 목숨을 부지하려면 주인님께서 시키신 대로 해야 합니다. 주인님이 명령하시기를, 아기씨를 빼앗아서 저더러…….."

하인의 목소리는 침묵으로 잦아들었지요.

들은 말과 하인의 태도 그리고 전에 들었던 얘기를 떠올려

---

* 성모마리아가 가브리엘 천사에게 한 대답을 떠올리게 하는 대목. "당신의 말씀대로 내게 이루소서."(「누가복음」1장 38절.)

보건대, 그리셀다는 남편이 하인에게 아이를 죽이라고 명령했다는 것을 알았습니다. 슬픔과 괴로움이 차올랐지만 주저하지 않고 아이를 요람에서 꺼내어 입을 맞추고 축복을 빈 뒤 태연한 표정으로 하인에게 아이를 넘겨주며 말했습니다.

"받아요! 나의 주인이자 당신의 주인께서 지시하신 대로 하세요.* 그러나 짐승과 새의 먹이가 되지 않도록 해 주세요. 주인께서 그것까지 명령하지 않으셨다면 말이에요."

하인은 아기를 데리고 나가 괄티에리에게 부인의 말을 전했습니다. 아내의 의연한 태도에 놀란 괄티에리는 아기를 볼로냐에 있는 친척 여자에게 보내, 자기 딸임을 알리지 말라고 당부하며 잘 키우고 교육시켜 달라고 부탁했습니다.

시간이 흘러 아내는 다시 임신을 했습니다. 때가 되어 아들을 낳았고, 이에 괄티에리는 크게 기뻐했지요. 그러나 앞서 행했던 일로 만족하지 못한 그는 전보다 더 심하게 아내를 괴롭혔습니다. 어느 날 아내에게 잔뜩 화를 내며 말했지요.

"이봐요! 당신이 아들을 낳은 날부터 사람들이 내 처지를 완전히 비참하게 만들어 놓지 뭐요! 잔누콜레의 손자가 나를 이어 자기들 주인이 될 거라는 생각에 불평이 말도 못 하오. 그러니 전에 했던 대로 하지 않으면 내가 쫓겨날지도 모르겠

---

* 그리셀다가 남편의 명에 따라 딸을(그리고 나중에는 아들을) 희생시키는 것은 고전과 종교문학에 등장하는 오랜 전통이며 강력한 극적 요소다. 아가멤논이 딸 이피게네이아를 바치는 것, 이도메네오가 아들 이다만테를 희생시키는 것, 아브라함이 하느님의 명령에 따라 외아들 이삭을 바치는 것 등을 예로 들 수 있다.

고, 결국에는 당신을 버리고 다른 사람과 결혼해야 할지도 모르겠소."

아내는 참을성 있게 듣고 나서 다만 이렇게 대답했습니다.

"당신 편하신 대로 하세요. 원하시는 대로 이루시고 제 생각은 하지 마세요. 당신을 기쁘게 하는 일이 아니라면 저도 반갑지 않아요."

며칠 지나지 않아 괄티에리는 아들도 딸과 같은 방법으로 죽인 것처럼 해서 볼로냐로 보냈습니다. 이번에도 부인은 말에서나 안색에서나 이전의 경우와 똑같이 초연한 반응을 보였습니다. 괄티에리는 이를 보고 너무 놀라서 그렇게 냉정한 여자는 또 없을 거라고 중얼거렸답니다. 자기가 허용하는 한에서만 아이들을 사랑하는 모습을 지켜보았기에 아내가 아이들을 그다지 개의치 않는다는 생각이 들기도 했지만, 한편으로는 그녀가 진정으로 신중하고 사려 깊게 행동했다는 것을 알았지요. 주인이 아이들을 살해했다고 믿은 부하들은 그를 매우 잔인한 사람이라고 비난한 반면, 부인에 대해서는 깊은 동정심을 갖게 되었습니다. 부인은 자식을 잃은 슬픔을 위로하는 여자들에게 저들의 아버지가 내린 결정이니 자기는 그것으로 족하다고 말했습니다.

딸이 태어난 지 여러 해가 지난 후 괄티에리는 이제 그리셀다의 인내심을 마지막으로 시험할 때가 왔다고 생각했습니다. 그래서 부하들에게 더 이상은 그리셀다를 아내로 데리고 살 수 없고, 그녀와 결혼한 것은 한때의 젊은 혈기였음을 알게 되었으며, 따라서 어떻게 해서든 교황의 관면을 받아 그리셀다와 이혼하고 다른 여자를 얻겠다고 선언했습니다. 그러자 선량한 부하들이 그를 심하게 비난했습니다만, 후작은 뜻을 굽히지 않았습니다.

남편의 의도를 전해 들은 부인은 이제 친정으로 돌아가 전처럼 양을 치겠구나, 그리고 자기가 흠모했던 남자가 다른 여자를 맞아들이는 것을 보겠구나 하는 생각에 남몰래 서러움이 사무쳐 올라왔습니다. 그러나 지금까지 운명의 장난을 견뎌 온 것처럼 침착하게 이 마지막 시련을 견디기로 마음먹었습니다.

얼마 지나지 않아 괄티에리는 로마에서 가짜 편지가 오도록 꾸며서 교황이 그리셀다를 버리고 재혼하도록 허락했다고 부하들을 믿게 했습니다. 그에 맞추어 그리셀다를 불러 여러 사람 앞에서 이렇게 말했습니다.

"교황님의 관면을 받았으니, 이제 당신을 떠나보내고 다른 아내를 얻을 것이오. 나의 조상은 이 고장의 대귀족이었고 영주였으나 당신의 조상은 농부였으니, 당신을 더 이상 아내로 데리고 살 수 없소. 그러니 당신이 가져온 물건을 챙겨서 잔누콜레의 집으로 돌아가시오. 나는 다른 아내를 데려올 것이오. 이미 내 조건에 훨씬 더 잘 어울리는 여자를 구해 놓았소."

여자의 본성을 거스르는 이런 얘기를 들으면서도 부인은 인내심을 발휘하여 눈물을 억누르고 대답했습니다.

"저의 비천한 신분이 당신의 고매한 신분에 전혀 어울리지 않으며, 제가 얻은 지위가 다 하느님과 당신께 빚진 것임을 한시도 잊은 적이 없어요. 저의 지위를 제 것으로 만들거나 간직할 선물로 생각한 적도 없고요. 다만 언젠가 돌려주어야 할 것으로 생각하고 살았지요. 돌려받기를 원하시니 이제 감사하는 마음으로 돌려 드리겠습니다. 당신과 결혼하며 받은 반지가 있네요. 이것도 가져가세요. 제가 가져온 물건을 가져가라고 하셨는데, 셈할 필요도 없고 지갑이나 짐말도 필요 없어요. 제가 태어난 그날처럼 낭신이 셜 말가빗겼딘 깃을 기억합니다.* 당신의 아이들을 밴 저의 몸이 모든 사람들에게 보여도 상관없다 생각하시면 벌거벗고 가겠습니다. 다만 제가 당신께 가져왔고 이제 회복할 수 없는 제 처녀성의 대가로, 지참금 삼아 속옷 한 벌만 걸치고 가도록 해 주세요."

괄티에리는 어느 누구 이상으로 눈물을 쏟아 내고 싶었으나, 근엄한 표정을 유지하며 말했습니다.

"좋소. 속옷 한 벌은 입을 수 있소."

거기 모인 사람들은 부인이 십삼 년 동안 아내로 있었으니 거지처럼 속옷만 달랑 입혀서 내보내는 냉대는 하지 말아 달라고, 옷 한 벌은 제대로 입게 해 달라고 간청했습니다. 하지만 소용없었습니다. 결국 부인은 속옷 바람에 맨발로, 머리에도 아무것도 쓰지 않은 채 사람들에게 작별을 고한 다음 괄티에리의 집을 떠나, 모두가 자기를 바라보며 울부짖는 가운데 아버지에게 돌아갔습니다.

괄티에리가 자기 딸을 아내로 맞아들이는 것이 가능하다고

---

* 그리셸다의 순종적인 대답은 욥의 말을 떠올리게 한다. "내가 어머니의 자궁에서 벌거벗고 나왔으니 저편으로 벗은 채 돌아가리요. 하느님께서 주셨으니 하느님께서 거두어 가소서."(「욥기」 1장 21절.)

생각한 적이 없었던 잔누콜레는 이런 일이 일어날 것을 매일 예상하고 딸이 시집가던 날 아침에 벗어 놓은 옷을 간직하고 있다가 주었습니다. 딸은 그 옷을 입고 아버지의 집에서 전처럼 허드렛일을 하던 시절로 돌아갔습니다. 심술을 부리는 운명의 잔인한 공격을 용감하게 참고 견디면서 말입니다.

한편, 괄티에리는 그리셀다를 쫓아낸 지 얼마 지나지 않아 부하들에게 파나고 백작 가문의 딸과 결혼을 할 테니 성대한 연회를 준비하라고 하면서 그리셀다를 불러 말했습니다.

"이제 새 신부를 맞으려 하는데, 신부가 집에 발을 들여놓는 순간부터 명예로운 환영으로 맞아들이고 싶소. 당신도 알겠지만, 여기에는 날 위해 집 안을 준비하고 이런 종류의 축하연이 요구하는 잡다한 일을 맡아 할 수 있는 여자들이 없소. 당신이 누구보다 여기 살림을 잘 아니, 필요한 조처를 취해 주었으면 좋겠소. 필요한 부인들을 초대해서 안주인 역할을 하면서 접대하시오. 그리고 축하연이 끝나면 집으로 돌아가도록 하시오."

그리셀다는 자신의 행운을 떠나보낼 때처럼 쉽사리 괄티에리를 향한 사랑을 내려놓을수 없었기 때문에, 그의 말이 비수처럼 심장을 파고들었습니다. 그러나 이렇게 대답했지요.

"알겠습니다. 말씀하신 대로 하겠습니다."*

이렇게 해서 그리셀다는 얼마 전에 속옷 바람으로 떠났던

---

* 역시 성경 구절 중 마리아가 "주의 종이 되겠습니다."라고 고백하는 부분을 상기시킨다.(「누가복음」1장 38절 참조.)

집으로 조잡하고 남루한 옷을 입고 돌아왔습니다. 그녀는 방마다 청소와 정리를 시작했지요. 자기 방식대로 침대에 커튼을 드리우고 방에 있는 의자마다 알맞은 장식을 했으며 부엌쪽도 모든 준비를 마쳤습니다. 마치 이 집 하녀인 것처럼 가능한 한 모든 일을 손수 맡아 했고, 모든 것이 축하연에 걸맞게 준비될 때까지 열심히 일했습니다.

이 모든 일을 마친 다음 괄티에리의 이름으로 이웃에 사는 모든 부인들에게 초청장을 보내고는 결혼식을 기다렸습니다. 마침내 결혼식 날이 오자, 자신의 초라한 행색은 개의치 않고 영주의 부인다운 따스함과 예의를 차려 초대된 부인들을 하나하나 밝은 웃음으로 맞아들였습니다.

한편, 괄티에리의 아이들은 파가노 백작의 가문으로 시집간 볼로냐의 친척이 소중하게 키우고 있었습니다. 여자아이는 이제 세상에서 가장 사랑스러운 열두 살 처녀가 되었고, 사내아이는 여섯 살이 되었습니다. 괄티에리는 친척의 남편에게 전갈을 보내 자기 딸을 동생과 함께 살루초로 보내 달라고 부탁했습니다. 올 때는 귀족다운 예의를 갖추어 수행하고 만나는 사람에게는 괄티에리에게 시집보내는 것이라 말할 것이며 그 외에 아이의 정체에 대해서는 일절 밝히지 말라고 일렀습니다.

후작의 요청에 따라 백작은 처녀와 그 동생, 그리고 근사한 수행인들을 데리고 떠났고, 며칠 후 연회가 시작되기 바로 전에 살루초에 도착했습니다. 주변의 수많은 사람들이 나와서 괄티에리의 신부를 기다리고 있었지요.

처녀는 부인들의 마중을 받으면서 식탁이 차려진 커다란 방으로 들어섰고, 그리셀다는 앞에서 묘사한 대로 그녀를 정중하게 맞아들이며 이렇게 말했습니다.

"아씨! 환영합니다."

부인들은 그리셀다를 다른 방에 두든지 전에 입었던 옷을 입게 해서 손님들 앞에 그런 누추한 꼴을 보이지 않게 해 달라고 괄티에리에게 간곡히 부탁했으나 거절당했고, 할 수 없이 식탁에 자리를 잡고 앉아 처녀를 접대했습니다. 모든 시선이 처녀에게 집중되었고, 괄티에리가 수완도 좋게 부인을 잘도 바꿨다고 수군댔습니다. 그러나 그리셀다는 처녀를 칭찬하고 어린 동생도 따뜻하게 대해 주었습니다.

괄티에리는 이제 자기 부인의 인내심을 보기 위해 할 만한 모든 시험을 다 했다고 생각했습니다. 한 번도 부인의 행실에 사소한 변화가 일어나지 않았다는 것을 알았고, 그것이 부인이 둔해서가 아니라 아주 총명해서라는 것을 확신하게 되었습니다. 그래서 부인을 그 평안한 표정 뒤에 감추고 있는 괴로움에서 풀어 주어야 할 때가 왔다고 생각했습니다. 그는 부인을 자기 자리로 오게 하여 그곳에 모인 사람들 앞에서 부인에게 웃음을 지어 보이며 말했습니다.

"우리의 새로운 신부를 어떻게 생각하시오?"

"주인님께 잘 어울린다고 생각합니다. 신부의 지혜가 아름다움과 조화를 잘 이룹니다. 이분과 함께라면 주인님께서는 세상의 어떤 신사보다도 더 행복하게 사실 거라 믿어 의심치 않아요. 하지만 제 온 마음을 다해 간청하오니, 이전의 부인에게 가했던 상처는 다시 입히지 말아 주세요. 이전의 부인은 어려서부터 줄곧 고생을 지고 살았지만, 새 신부는 어리기도 하고 곱게 자랐기 때문에 견뎌 낼까 걱정입니다."

젊은 아가씨가 남편의 새 부인이 될 거라고 확신하면서 원망이라곤 전혀 입 밖에 내지 않는 그리셸다를 보고 괄티에리는 그녀를 옆에 앉히고 말했습니다.

"그리셸다! 그렇게 오랫동안 지켜 온 인내에 대한 보상을 받을 때가 되었구려. 나에게 비뚤어지고 잔악한 짐승 같은 놈이라고 욕한 사람들이 이제 내가 했던 일에 다 뜻이 있었음을 알 때가 되었소. 나는 당신에게 아내의 길을 가르쳐 주고 싶었고 사람들에게도 알려 주고 싶었소. 또한 함께 살면서 언제나 평온을 유지하는 방법을 보여 주고 싶었소. 사실 당신을 아내로 맞을 때 나는 평온이 오래가겠나 싶어 두려웠소. 그걸 알아보려고 지금까지 겪은 대로 당신을 괴롭히고 고통을 주었던 거요. 그러나 나는 당신이 내 뜻을 어기는 것을 본 적이 없소. 이제 내가 바랐던 행복을 당신이 내게 줄 수 있으리라 확신하면서 당신에게 차츰차츰 빼앗은 것을 한순간에 돌려주고 당신을 괴롭게 했던 고통을 부드럽게 씻어 주려 하오. 자! 당신이 나의 신부라 믿는 이 처녀와 그 동생을 기쁜 마음으로 받아 주시오. 이들은 우리 아이들이오. 내가 잔인하게 살해했다고 당신과 다른 사람들이 오랫동안 믿어 왔던 그 아이들이라오. 나는 당신의 남편이고 누구보다 당신을 사랑하오. 세상 어느 남자보다 나의 아내에게 만족한다고 자랑할 수 있소."

말을 마친 그는 기쁨으로 흐느끼는 그리셸다를 껴안고 입을 맞췄습니다. 둘은 자리에서 일어나 이 엄청난 얘기를 들으며 망연자실하게 앉아 있는 그들의 딸에게 갔습니다. 그들은 딸과 아들을 정겹게 끌어안았고, 딸이나 그 자리에 있던 사람들이 품었던 모든 의문은 이제 사라졌습니다.

부인들은 자리에서 일어나 크게 기뻐하며 그리셀다를 다른 방으로 데려가 앞으로 다가올 행복을 축하하면서 초라한 옷을 벗기고 예전에 입었던 우아한 옷을 입혔습니다. 남루한 옷에 싸여 있을 때도 그렇게 보였지만 이제 그들의 여주인으로서 다시 연회장으로 모시고 돌아왔습니다. 그녀는 괄티에리와 아이들과 함께 너무나 황홀한 기쁨을 다시 맛보았고, 지켜보던 사람들도 크게 기뻐하며 축하연은 몇 배로 더 화려하고 행복하게 며칠을 계속 이어 갔습니다. 사람들은 괄티에리가 부인을 너무 모질고 잔인하게 시험한 것 아니냐고 입방아를 찧으면서도 아주 현명한 사람으로 인정했고, 그리셀다는 그보다 더 현명한 여자라고 결론지었습니다.

파가노의 백작은 며칠 후 볼로냐로 돌아갔습니다. 괄티에리는 잔누콜레를 오두막에서 모셔와 장인으로 깍듯이 받들어 모시며 여생을 편안하고 훌륭하게 살게 해 주었습니다. 그리고 자기 역시 반듯한 가문에 딸을 시집보내고 그리셀다를 자기 능력이 닿는 한 최고로 존중하면서 오랫동안 함께 행복하게 살았습니다.

자, 이제 어떤 얘기를 더 할 수 있을까요? 성령은 하늘에서 가난한 자에게 임하시는 반면, 왕궁에 거하는 자들도 사람들을 다스리기는커녕 돼지나 치기에 적당한 경우가 많습니다.

그리셀다 말고 그 누가 괄티에리가 행한 전대미문의 잔인한 시험을 달게 견딜 수 있었겠습니까? 속옷 바람으로 집에서 쫓겨난 여자가 몸에 옷을 걸쳐 줄 다른 남자를 만나 다른 인생을 찾았다고 한들 그게 과연 비난할 만한 일이겠습니까?

디오네오의 이야기가 끝났습니다. 부인들은 서로 나뉘어서 어떤 점은 비난하기도 하고 다른 점은 칭찬하기도 하는 등 의견이 분분했습니다. 왕이 얼굴을 하늘로 들어 해가 벌써 기울고 황혼이 다가온 것을 보더니 앉은 채로 이렇게 말을 시작했습니다.

"매혹적인 부인들이여! 여러분도 다 아실 줄로 믿습니다만, 인간의 지혜란 단순히 지나간 것들을 기억하거나 현재를 아는 것에 그치지 않습니다. 인간에게 있어 최고의 지혜로 평가되는 것은 과거와 현재를 앎으로써 미래를 내다보는 것이라고 현자들은 말합니다. 아시다시피 그 무서운 흑사병의 계절이 시작된 뒤로 우리는 음울하고 고통과 불안으로 가득 찬 거리를 피해 피렌체에서 도망쳐 나왔고, 우리의 건강과 목숨을 유지하기 위해 피난처를 구해야 했습니다. 그것이 내일이면 보름이 되는군요. 저는 우리가 목적을 다 이루었다고 생각합니다. 그 이유는, 제가 잘 헤아렸기를 바랍니다만, 모든 행동과 말에서, 제 입장에서도 여러분의 입장에서도, 비난할 만한 것을 전혀 발견하지 못했기 때문입니다. 물론 재미난 이야기를 나누는 가운데 아마도 육욕을 부추기는 점들이 있었고 계속해서 먹고 마시며 연주하고 노래하다 보니 그다지 적절하다고 할 수 없는 지경까지 마음이 약해진 면도 있지만, 우리 사이에서 정숙함과 화합 그리고 친밀함이 계속 이어지는 것을 저는 보고 또 느낄 수 있었습니다. 그것은 분명 여러분과 저의 참으로 소중한 명예이자 임무라고 생각합니다.

그런데 너무 오랫동안 습관을 들이면 그게 무엇이든 달갑지 않은 일이 생길 수도 있고, 또 너무 오래 한곳에 머물다 보면 사람들 뒷말에 휩쓸릴 수도 있습니다. 지금 제가 수행하는 왕의 역할을 우리 각자가 하루씩 맡아 보았으니, 여러분이 찬성하신다면 이제 떠났던 곳으로 돌아가는 것이 좋지 않을까 생각해 봅니다. 뿐만 아니라, 여러분이 잘 돌아보신다면 아시겠지만 우리 모임이 주변에 벌써 많이 알려졌기 때문에 우리의 안녕을 방해할 일들이 늘어날 수도 있습니다. 그러니 여러분이 저의 제안에 찬성하신다면, 내일 우리가 출발할 때까지 제가 왕관을 그대로 쓰고 있을까 합니다. 그러나 여러분이 다르게 생각하신다면, 내일이라는 날을 위해서 왕관을 벗을 준비가 되어 있습니다."

이를 두고 부인들과 청년들 사이에서 많은 논의가 있었으나, 결국에는 왕의 의견이 타당하고 적절하다는 결론을 내리고 그의 말대로 하기로 했습니다. 그래서 왕은 집사를 불러 다음 날 할 일을 일러 주고 부인들과 청년들에게는 저녁 식사 때까지 자유 시간을 주고 나서 자리에서 일어났습니다.

그러자 모두 자리에서 일어나 여느 때와 다르지 않게 각자 자유 시간을 즐겼습니다. 저녁 식사 시간이 되자, 다들 굉장히 즐거워하며 식탁으로 모여들었습니다. 식사를 마치고 나서는 노래를 부르고 연주를 하고 춤을 추었습니다. 라우레타가 춤을 인도하자, 왕은 피암메타에게 노래를 한 곡 불러 달라고 청했습니다. 피암메타는 무척이나 감미로운 목소리로 노래를 시작했습니다.

> 사랑이 질투 없이 온다면
> 나처럼 기쁜 마음으로
> 살아갈 여자 그 누가 있으리오.
>
> 어느 멋진 애인이 그 발랄한
> 젊음으로 여자를 끈다고 해도,
> 높은 덕으로 존중받고
> 정열과 자신이 넘쳐흐르며
> 지혜롭고 예의 바르며 말이 공손하고
> 온화하기가 그지없는
> 그런 분을 당연히 사랑하는 여자라오,
> 그렇게 사랑에 빠져
> 내 모든 희망을 거기서 본다오.

하지만 내가 그러하듯
다른 여자들도 나처럼 현명하니
내가 제일 뒤처질까 봐
떨리고 두렵기만 하다오.
내 영혼 앗아 간 그분을
다른 여자들이 빼앗을까 봐.
그렇게 내 행복한 그 사랑이
나를 비참하게 만들어
한숨만 쉬며 슬프게 살까 봐.

그분 진실을 느끼는 만큼
내가 믿기만 한다면
질투는 없을 것을.
하지만 애인을 유혹하는 여자들
그리도 많이 보이고,
그런 남자들 그리도 많으니,
내 맘 어둡고 죽고만 싶어라.
엿보는 사람 누구든
의심이 드네, 빼앗기지 않을까 두렵다오.

그러니 제발 그 어떤 여자도
날 감히 욕보이려 하지
않기를 기도하나이다.
말과 행동과 아양으로 날 속이고

그분을 유혹하려는 여자야

그 어디에도 없겠지마는,

그 미친 짓에 비통하게 울도록

만들지 않는다면 내가 흉해지겠지.

피암메타가 노래를 끝내자 곁에 있던 디오네오가 웃으면서 말했습니다.

"부인! 정말 현명하시군요. 애인이 누구인지 세상에 알려서 혹시 다른 여자들이 잘못해서 가로채지 않도록 하시니 말이오. 만에 하나 그런 일이 생기면 얼마나 노여워하실까!"

그런 뒤에도 몇 곡의 노래를 더 불렀고 이제 밤이 깊어지자 왕이 권하는 대로 다들 쉬러 갔습니다.

새로운 날이 밝아 모두 일어나니 벌써 집사가 짐을 다 보낸 뒤였습니다. 왕이 조심스레 앞장을 서는 가운데 그들은 피렌체로 돌아갔습니다. 세 청년은 일곱 명의 부인들과 만나 길을 떠났던 산타 마리아 노벨라에서 그들과 헤어진 뒤 다른 놀 거리를 찾아갔습니다. 부인들은 적당할 때쯤 해서 집으로 돌아갔습니다.

프란체스코 델 코사, 「4월」(부분),
1469~1470, 스키파노이아 궁(이탈리아 페라라) 소장.

맺음말

    지체 높은 젊은이들이여! 내가 이 작품을 시작하면서 꼭 실천하겠다고 약속한 일을 오랜 고생 끝에 어떻게든 완수한 것은 거룩한 은총이 도와주신 덕분이며, 또한 내가 잘나서가 아니라 여러분이 마음으로 빌어 주신 덕분으로 생각하니 정말 기쁘기 그지없습니다. 우선 첫째로는 하느님께, 그다음으로는 여러분께 감사를 드리면서, 이제 지친 펜과 손에 휴식을 주고자 합니다. 그렇게 하게 해 주십사 양해를 구하기 전에 여러분 중 한 사람이나 혹은 다른 사람들이 저의 이야기들을 두고 언급할지도 모르는 두세 가지 문제에 대해서(이것들이 세상의 다른 문제들에 비해 비판에서 벗어나 있다고는 전혀 생각하지 않고, 또 사실상 네 번째 날 서문에서 이미 그 점을 설명했다고 기억합니다만) 무언 중 의문을 품을지도 모르니 그에 대해 대답을 드리도록 하겠습니다.

여러분 중에는 내가 이야기들을 지나치게 자유롭게 써 내려갔다고 말할 분이 아마 있을 것입니다. 정숙한 여자들이 말하고 듣기에는 도저히 어울리지 않는 것들을 여자들에게 말하게 하거나 듣게 만든 적이 무척 많았다고 말입니다. 하지만 나는 인정할 수 없습니다. 적절한 언어를 쓴다면 발설하지 못할 정도로 부적절한 이야기는 없는 법이니까 말입니다. 그래서 나는 내가 참 잘해 왔다고 지극히 정당하게 믿는 것입니다.

하지만 여러분이 옳다고 가정해 봅시다. 여러분과 다투고 싶지도 않고, 어차피 여러분이 이기실 테니까요. 다만 왜 그런 이야기들을 썼는지에 관해 준비된 내 생각을 말씀드리고자 합니다. 우선 말씀드릴 것은, 몇 편의 이야기들에 그런 점이 있었다면 그건 그 이야기들의 성격상 필요했기 때문이라는 점입니다. 진지한 사람이 치밀한 눈으로 내 이야기들을 살펴본다면 그 점을 아주 분명히 확인할 수 있을 겁니다. 나는 그러한 이야기의 형태를 왜곡하고 싶지 않았습니다. 그렇게 했다면 도저히 쓸 수 없었을 것입니다. 어떤 이야기의 어떤 부분에는 아마도 행동보다는 말을 중하게 여기고 겉으로 착한 척하는 위선적인 여자들한테는 어울리지 않는 대단히 자유로운 단어들이 있을지도 모르겠습니다. 나는 대개의 남자와 여자들이 거부하는 용어들, 즉 '구멍'이니 '말뚝'이니 '사발'이니 '절굿공이'니 '소시지'니 '순대'니 하는 그런 비슷한 말들로 가득 찬 문장들을 쓰는 것이 부적절하다고 봐서는 안 된다고 생각합니다. 나의 펜이 화가의 붓보다 기능이 떨어지는 것은 아닐 텐데, 화가는 아무런 비난도 받지 않고 정당한 비판도 받지 않습니다. 화가가 성 미카엘이 칼이나 창을 휘둘러 뱀을 찢어 버리는 그림을 그리는 것이나 용을 좋아하는 성 조르조를 그리는 것은 그렇다고 칩시다. 하지만 그리스도를 남성으로, 이브를 여성으로 그리고, 인류의 구원을 위해 십자가 위에서 죽고자 하신 그리스도의 두 발을 어떤 때는 못 하나로, 어떤 때는 못 두 개로 고정시키는, 그런 멋대로의 짓은 그냥 지나칠 수 있는 일인가요?

더욱이 내 이야기들은 가장 고상한 영혼과 언어만이 허용되는 교회에서 온 것이 아닙니다. 설령 교회의 역사에서 내가 쓴 것들만큼이나 부적절한 이야기들이 발견된다 하더라도 말이지요. 또 내 이야기들은 다른 곳보다도 더욱 고상함이 요구되는 철학자들의 학당에서 나온 것도 아닙니다. 내 이야기들은 성직자나 철학자가 모이는 곳이 아니라, 그저 기분을 전환하는 정원에서, 젊지만 성숙하고 이야기에 휘둘리지 않는 사람들 사이에서 나왔습니다. 가장 고상한 사람들이 누군가 어떻게든 도망치려고 머리에 속바지를 뒤집어쓰고 달려 나오는 광경이 거슬린다고 해서 눈을 돌리지 않을 때 우리의 이야기들은 나온 것입니다.

이러한 이야기들은, 무릇 모든 일이 그렇듯, 듣는 사람에 따라서 해가 되기도 하고 이익이 되기도 합니다. 친칠리오네와 스콜라이오,* 그리고 많은 사람들이 말하듯 술이 건강한 사람

---

* 친칠리오네는 첫 번째 날 여섯 번째 이야기에 등장한 이름난 술꾼이고, 스콜라이오는 술을 마셔 없앤다는 뜻의 동사 '스콜라레(scolare)'에서 나온 이름이다.

에게는 으뜸이며 열이 있는 사람에게는 해롭다는 것을 누가
모르겠습니까? 그러면 열이 있는 자에게 해롭다고 해서 술 자
체가 나쁘다고 해야 할까요? 불이 지극히 유용한 것, 아니, 우
리에게 필수적인 것임을 누가 모르겠습니까? 그러면 불이 집
과 마을과 도시를 태운다고 해서 불이 나쁘다고 해야 할까요?
마찬가지로 무기는 평화롭게 살기를 원하는 사람들의 안녕을
지켜 주기도 하고, 사람들을 숱하게 죽이기도 합니다. 무기가
사악해서가 아니라 무기를 사용하는 사람들의 사악한 의도
때문입니다.

부패한 정신은 결코 언어를 건전하게 이해하지 못합니다.
고상한 언어가 부패한 정신과 어울리지 않듯, 고상하지 않은
언어가 건전한 정신을 더럽히지도 못합니다. 그건 마치 햇빛
과 진흙 또는 하늘의 아름다움과 땅의 추악함의 관계와 같습
니다. 어떤 책이, 어떤 말이, 어떤 문자가 성경보다 더 거룩하
고 가치 있으며 존경할 만하겠습니까? 그런데 성경을 악의적
으로 해석하면서 자신과 다른 사람들을 파멸로 이끈 사례들
은 대단히 많았습니다. 모든 사물은 그 자체로 어떤 경우에는
유익하지만, 악용되면 엄청난 해악을 가져올 수 있습니다. 나
는 내 이야기들을 두고 그렇게 말하고자 합니다. 내 이야기들
에서 악의적인 조언과 의도를 끌어내는 사람들이 있다 해도
내 이야기들은 그걸 금지하지 않을 겁니다. 혹시 우연히 그런
것들이 나온다고 해도 그건 그들이 왜곡하고 변형한 결과들
일 뿐입니다. 또한 내 이야기들에서 유익한 결론을 뽑아내는
사람들도 막지는 않을 겁니다. 내 이야기들이 거기 등장한 시

대나 사람들을 통해 읽힌다면 유용하고 고상하게 언급되거나 판단되지 않을 수 없기 때문입니다. 영혼의 지도자를 위해 주기도문을 외우든 밤 파이나 푸딩을 만들든 그건 그 사람 자유입니다. 나는 내 이야기들을 이러저러하게 읽으라고 요구하지 않을 것입니다. 시시때때로 위선자들이 갑론을박을 벌이고 어떤 행동까지 벌인다고 하더라도 말입니다.

마찬가지로, 없는 게 훨씬 나은 이야기들이 들어 있다고 말할 사람들도 있을 겁니다. 인정합니다. 하지만 실제로 이야기되지 않았다면 나는 쓸 수도 없었고 쓰지도 말아야 했을 겁니다. 따라서 이야기한 사람들도 잘한 것이고 나도 훌륭하게 써낸 것입니다. 내가 이 이야기들을 고안하고 쓴 사람이 아니었느냐고 지적할 사람들도 있겠지만(사실 그러지도 않았지요.) 모든 이야기들이 다 뛰어나지 않다 하여 부끄러움을 느끼지는 않습니다. 모든 일을 선하고 완전하게 수행하시는 하느님을 제외하고 그런 대가는 존재하지 않기 때문입니다. 우선 수하의 용장들을 길러 낸 샤를마뉴도 그들만 데리고 군대를 만들 수는 없었습니다.

대개의 사물에는 다양한 품질이 있는 법입니다. 아무리 잘 경작된 밭이라도 곡식 사이에 쐐기풀이나 가시풀 혹은 잡초 따위가 섞이지 않는 경우는 없습니다. 그러니 대부분의 여러분처럼 소박한 젊은 여성들에게 이야기를 들려주면서 훌륭한 이야기들을 찾으려고 이리저리 애를 쓰고 또 단어들을 고르느라 무척이나 고심하는 것은 바보 같은 짓이었을지도 모릅니다. 어쨌든 이 이야기들을 읽어 내려가는 사람들은 해로운 것은 무시하고 기쁨을 주는 것만 읽을 자유가 있습니다. 그래서 독자들이 실패하지 않도록 이야기들의 서두에 그 이야기들이 감추고 있는 것을 표시해 두었습니다.

또한 여러분 중에는 너무 긴 이야기들이 있다고 말할 분들도 있을 겁니다. 그러시다면 읽는 일보다 더 나은 할 일이 있다는 뜻일 테니, 긴 것은 물론이고 짧은 것이라도 아예 읽지 않으시는 것이 현명하다고 대답할 수밖에 없습니다. 내가 집필을 시작해서 고생 끝에 겨우 목적지에 도달한 지금 이 시간까지 얼마나 긴 세월이 흘렀는지 모릅니다. 그동안 줄곧 머리에서 떠나지 않았던 생각은 다름 아닌 시간의 여유가 있는 분들을 위해 내 노력을 바쳤다는 것입니다. 그러므로 시간을 때우기 위해 읽는 분은 목적을 달성하는 것이니 어떤 이야기도 길다고 느끼지 않으실 겁니다. 짧은 이야기들은 사랑의 즐거움만으로도 시간을 다 보내지 못하고 시간이 남아도는 여성 여러분들보다 단순히 시간을 때우지 않고 유용하게 보내려고 노력하며 공부하는 사람들에게 훨씬 더 적합합니다. 반면, 공부를 하기 위해 아테네나 볼로냐 혹은 파리로 가지 않는 여러분은 공부를 하며 재능을 연마하는 사람들에 비해 긴 이야기들을 읽는 것이 더 적합할 겁니다.

이야기들의 주제가 너무 잡담이나 희롱으로 가득하며 신중하고 무게가 있는 사람이 쓸 만한 것이 아니라고 말하는 분도 틀림없이 있을 것입니다. 그런 분들은 나의 명성을 좋은 뜻에서 걱정해 주시는 것으로 알고 감사를 드려 마땅하다고 생각합니다. 하지만 그런 분들의 반대 의견에 대해 나는 이렇게 대답하고자 합니다. 나는 신중한 사람입니다. 인생을 살아오면서 늘 신중했습니다. 하지만 나의 신중함을 봐 주지 않은 분들에게 얘기를 할 때는 무게를 뺍니다. 오히려 나는 지극히 가볍습니다. 물 위의 포말처럼 말입니다. 사람들의 죄를 꾸짖기 위해 오늘날 신부들이 행하는 설교라는 것이 그야말로 잡담과 희롱, 싱거운 것들임을 생각하면, 그러한 것들이 여성들의 우울함을 쫓아내기 위해 나의 이야기들에 쓰인 것도 나쁜 일은 아니었다고 평가합니다. 요컨대 그런 것들로 인해 크게 웃게 된다면, 예레미아의 한탄이라든가 구세주의 수난, 막달라 마리아의 비탄 같은 것들도 넉넉히 치유할 수 있을 것입니다.

내가 여기저기서 신부들의 실체를 까발려 쓰고 있기 때문에 내 혀가 사악하고 독을 담고 있다고 말할 분들도 없지는 않을 것입니다. 하지만 그렇게 말할 분들도 용서해 드려야겠죠. 그런 분들은 지극히 순진해서 그들에게 감동을 주는 것만 믿으려 하니까요. 그런 분들에게 신부들은 선량한 사람들이며 하느님의 사랑을 아주 편하게 실천하는 사람들이고 자루가 가득 차 있는데 계속 밀을 빻는 사람들이며 그런 것에 대해 내색하지 않는 사람들인 것입니다. 그래서 그들이 염소 냄새를 좀 풍기는 것만 빼고는 그들과 얘기를 나누는 것도 매우 즐거운 일이 될 겁니다.

그런데 분명 말씀드리지만, 세상일들은 전혀 안정되어 있지 않고 언제나 변화합니다. 그러니 나의 혀에도 그런 일이 일어날 수 있습니다. 내가 스스로에 대해 내 입으로 뭔가 말하려 하면 판단력이 떨어져 믿을 수가 없습니다만, 최근에 어떤 이

옷 부인이 내 글이 세상에서 가장 뛰어나고 가장 달콤하다고
하더군요. 사실 그런 말을 들은 것은 지금까지 쓴 이야기들을
거의 다 썼을 즈음이었습니다. 이 얘기가 앞에서 말한 분들이
악의를 갖고 이러쿵저러쿵하는 것에 대한 충분한 답이 되기
를 바랍니다.

나는 여러분이 나름대로 말하고 믿도록 그냥 둘 것입니다.
그리고 정말 오랜 고생 끝에 원하던 목적지에 다다르도록 해
주신 하느님의 도움에 겸손한 마음으로 감사를 드리며 이제
끝을 맺고자 합니다. 그럼 사랑스러운 부인들이여! 이걸 읽은
것이 다소라도 유익하다면 나를 기억하시면서 그분의 은총과
함께 평화롭게 살아 나가시기를 바랍니다.

여기서 갈레오토 공(公) 이야기라고 불리는 『데카메론』의 열 번째
이자 마지막 날이 끝난다.

작품 해설

1

조반니 보카치오는 1313년에 태어나 1375년에 사망했다. 평생을 주로 나폴리와 피렌체에서 살았다. 이른바 중세에서 근대로 넘어가는, 모든 것이 급변하는 당시 상황에서 보카치오는 수많은 현실의 겹들을 목격하고 이를 재현하고자 했다. 역사가 부르크하르트의 말대로, 시대의 거대한 변화를 직접 겪으면서 인간과 삶의 근본적인 가치에 대해 고민하고 물음을 던지고자 했기 때문에, 보카치오는 단테와 페트라르카와 같은 동시대 이탈리아의 위대한 작가들과 함께 시대와 장소를 초월하는 고전 작가의 반열에 오를 수 있었다.

14세기 이탈리아는 역사에서 행복한 이미지로 남아 있지 않다. 보카치오의 경우도 예외는 아니었다. 사생아라는 불운

한 출생, 경제적 파산, 불안정한 사랑과 일상이 개인적인 차원의 불행이었다면, 페스트는 모든 국면에서 전대미문의 엄청난 불행을 야기했다. 당시 유럽 인구의 3분의 1을 죽였다는 페스트는 보카치오에게 『데카메론』을 창작하게 하는 직접적인 계기를 부여했다. 보카치오는 『데카메론』 서문에서 페스트에 대해 생생하게 묘사한다. 페스트 앞에서 모든 사람이 허망하게 죽어 가는 것은 한 시대의 불행이 계급적 차별을 넘어서서 구성원 전체에게 무차별적으로 퍼질 수 있다는, 불행의 편재성(遍在性)을 드러내 주는 것이었다. 그러나 그 불행에 대처하는 개인의식은 모든 인간이 평등하고 자유롭게 자신의 삶을 추구하는 『데카메론』 고유의 낙관적 세계관을 뚜렷하게 보여 주는 것이기도 하다.

그리스어로 '10일' 동안의 이야기라는 뜻을 가진 제목이 암시하듯 『데카메론』은 10과 그 배수가 기본 구조를 이룬다. 열 명의 젊은 남녀가 페스트를 피해 피렌체 근교의 피에솔레 언덕에서 월요일부터 시작하여 그리스도 수난일인 금요일과 토요일을 제외하고 두 주에 걸쳐 열흘 동안 하루에 한 편씩 총 100편의 이야기를 주고받는다. 하루의 이야기가 끝날 때마다 한 편의 발라드가 끝을 장식하는데, 이는 춤과 노래로 이야기의 잔치를 마무리하는 역할을 한다. 이런 입체적인 구성을 통해 보카치오는 모험과 욕망, 사랑, 행복, 재난 극복과 같은 주제를 일상의 삶에 연결해 펼쳐 낸다.

열흘 동안 열 명의 화자는 정해진 주제에 따라 이야기를 들려준다. 첫 번째 날은 각자가 마음에 드는 주제, 두 번째 날은 온갖 고난을 겪은 끝에 행복한 결말에 이르는 모험담, 세 번째 날은 오랫동안 원하던 것을 손에 넣은 사람들의 이야기, 네 번째 날은 불행한 사랑의 이야기, 다섯 번째 날은 역경을 딛고 일어선 연인들의 행복한 이야기, 여섯 번째 날은 기발한 재치와 날카로운 통찰로 위기나 모욕을 모면한 사람의 이야기, 일곱 번째 날은 여자들이 사랑이나 두려움 때문에 남편을 우롱하는 이야기, 여덟 번째 날은 어떤 유형이든 한 사람이 다른 사람을 골려 먹는 이야기, 아홉 번째 날은 각자가 마음에 드는 주제, 열 번째 날은 사랑이나 다른 종류의 모험을 관대하고 도량 있게 행한 사람의 이야기로 구성된다.

『데카메론』에는 우리 삶의 다양한 유형과 인물, 사건이 등장한다. 100가지 이야기라고 하면 많은 것 같지만, 그 속에 담긴 삶의 다양성은 100가지로 한정하기에는 너무나 강한 함축과 끝없는 발산으로 매순간 우리 앞에 나타난다. 뿐만 아니라 이 다양성은 섬세한 차이를 동반한다. 등장인물들은 일면 비슷해 보여도 각각의 짧은 이야기 속에 차이를 분명하게 새겨 낸다. 그들은 늘 다른 경우와 사건, 운명 속에서 늘 다르게 등장하는 것이다. 100가지 이야기를 100개의 방이라고 생각하면 어떨까? 방문을 열고 들어서면 새로운 인생이 펼쳐진다. 물론 가공의 공간이어서, 방문을 열고 다시 나올 수 있다. 그렇게 현실로의 귀환이 보장되고 장려되는 환상 여행의 방들이 100개나 널려 있다.

『데카메론』의 구조에서 눈여겨볼 것은 화자가 중층적으로 구성되어 있다는 점이다. 이야기를 들려주는 열 명의 남녀가 기본적인 화자라면, 각각의 이야기 속에 등장하는 인물들도 화자의 입장에서 또 다른 이야기를 들려주고, 이 모든 화자들과 이야기들 뒤에는 보카치오가 있다. 그들은 작가 보카치오가 창작한 허구적 인물이며 이야기이다. 보카치오는 이들 뒤에 숨어 있을 뿐만 아니라, 책의 서문과 첫 번째 날 프롤로그, 네 번째 날 프롤로그, 그리고 맺는말에서 직접 전면에 나서 자신의 창작 의도를 자세히 설명하기도 한다. 이처럼 『데카메론』 전체는 수많은 화자들이 삼중, 사중으로 겹쳐 있는 중층적 대화의 세계를 이루고 있다.

보카치오는 『데카메론』에서 대칭 구조를 선호하는 듯 보인다. 필로메나는 여섯 번째 날의 첫 번째 이야기를 소개하면서 팜피네아가 첫 번째 날 마지막 이야기를 소개하던 내용을 거의 똑같이 반복한다. 열흘이 처음 닷새와 나중 닷새로 나뉘는 것이다. 아주 체계적이지는 않지만, 전체 구조는 주제에 따라 일정한 틀을 유지한다. 이러한 반복과 연결의 구조는 각각의 날들에서도 나타난다. 두 번째 날의 이야기들이 세 번째 날의 이야기들보다 더 일반적이며, 세 번째 날은 그러한 운명이 일으키는 여러 국면들 각각에 초점을 맞춘다. 반면, 후반부에서 일곱 번째 날과 여덟 번째 날은 앞서 말한 순서를 뒤집은 꼴로 주제가 선택된다. 일곱 번째 날은 여자의 농간에 남자가 놀아나는 구체적인 국면의 이야기인 반면, 여덟 번째 날은 주제의 범위가 확대되어 남자든 여자든 서로가 서로를 농락하는 이야기들로 구성된다. 장소의 전환에서도 전반부와 후반부는 대칭을 이룬다. 두 번째 날은 "다른 누군가에게 방해받고 싶지 않"아서 장소를 옮긴다. 일곱 번째 날에도 역시 "부인들의 계곡"으로 자리를 옮긴다. 100편의 이야기들이 서로 엇갈려 짜인 그물망은 마치 숫자의 신비처럼 더 많은 패턴을 감추고 있을 것이다.

『데카메론』의 숨은 구조는 파헤쳐 볼 수고를 감수할 만큼 은밀하고 즐거움을 맛볼 수 있을 만큼 교묘하다. 그러나 『데카메론』을 읽는 진정한 기쁨은 그 속에 널린 인간 삶의 무수한 파편들을 만나는 데서 비롯된다. 그 만남은 타자와의 만남이면서 또한 자신과의 만남이기도 하다. 보카치오는 한없이 낮은 세상으로 내려가 그 목소리를 듣고 유연한 문체로 퍼 올려 햇살 아래 드러낸다. 우리가 세상에서 마주칠 수 있는 온갖 경우에 대한 풍부한 상상, 인물의 성격과 심리 및 행동거지에 대한 세밀한 파악과 예리한 관찰, 줏대 있는 세계관 유지, 그리고 감칠맛 나는 문체. 나는 『데카메론』이 우리의 단조로운 사고와 세계에 예기치 못한 일격을 가할 것으로 믿는다. 무엇보다 보카치오 자신이 그 점을 미리부터 자신하고 있었다. 그러나 『데카메론』에서 보카치오는 아무것도 직접 제시하거나 강변하지 않는다. 비록 간간이 전면에 나서서 살아 있는 목소리를 들려주지만, 그것은 『데카메론』의 구조와 내용의 중층성을 확인하고 유지하는 선에서 그친다. 작가의 직접적인 의도가 보이지 않는 작품을 마주한 독자는 당황스럽지만, 그 교묘하게 열린 세계에서 자유로운 행보를 누리는 스릴을 느끼기도 한다. 그러나 그러기 위해서는 자세히 들여다보아야 한다. 한낱 재미와 자극을 주는 작품이었다면, 이

토록 오래 시공을 초월해 읽혔을 리 없다.

2

보카치오가 단테에 기울인 관심과 찬미는 유명하다. 『데카메론』의 곳곳에서 우리는 보카치오가 애정을 갖고 『신곡』을 읽은 흔적을 구조뿐만 아니라 내용이나 문체의 측면에서 발견할 수 있다. 『데카메론』이 100편의 이야기로 구성된 것은 『신곡』이 100곡으로 이루어진 것과 무관하지 않을 것이다. 보카치오는 단테의 평전인 『단테의 삶(Vita di Dante)』을 썼고 『신곡』의 주해 작업을 충실히 수행한 최초의 단테 학자로 기록된다. 한편, 보카치오는 아홉 살 연상인 당대 최고의 인문주의 학자이자 시인 페트라르카로부터 좀 더 직접적인 영향을 받았다. 보카치오는 페트라르카와 교류하면서 창작가에서 인문주의 학자로 변신하고자 했다. 보카치오가 페트라르카를 좀 더 일찍 만났더라면 『데카메론』과 같이 속어로 쓰인 '외설적인' 산문은 쓰지 않았을지도 모른다.

보카치오는 속어로 쓴 『데카메론』을 두고 자신이 고귀한 라틴어로 쓰고자 했던 정통 인문주의 철학이나 수사학의 성취에 비해 그다지 자부심을 갖지 못했던 것 같다. 그러나 그를 지금까지 살아남게 만든 것, 불멸의 고전 작가로 남게 해 준 것은 역설적이게도 그렇게도 애정을 갖고 매달린 라틴어 철학서들이 아니라 불태워 없애 버리려 했던, 이탈리아 속어로 쓴『데카메론』이었다. 일상에 존재하는 기사, 사제, 평범한 사람들의 사랑 또는 불륜에 관한 이야기들이 희극적이거나 비극적인 음조를 띠면서 때로는 산문으로, 때로는 운문으로 낭송되던 당대 문학의 흐름을 가장 순수한 방식으로 교양 있게 완성한 사람이 바로 보카치오였다는 헤겔의 평가는 결코 간과할 수 없다.

소설가 김별아는 시가 천상의 예술이라면 소설은 천민의 예술이라고 말한다. 폄하의 뜻이 아니고, 소설이라는 장르가 갖는 고유의 속성을 그만의 애정 어린 방식으로 설명한 것이다. 과연 소설은 결코 아름답고 순결하고 고상하기만 할 수 없다. 그것의 풍미는 삶의 진창에 코를 박고 짓무른 상처에 뺨을 비빌 때에만 발현된다.『데카메론』이 당당하게 소설일 수 있는 이유는 바로 거기에 있다.

『데카메론』에서 그려지는 삶은 단연 낙관적 세계관으로 물들어 있다.『데카메론』의 인물들은 악인이든 선인이든 좌절하지 않는다. 선악에 대해 무관심한 탓이다. 그들에게는 도덕 대신 행동이 있고, 언제나 결과에 수긍한다. 해야만 하기 때문에 하는 것이 아니라, 하고 싶어서 하는 것이기에 결과를 자연스럽게 받아들이는 것이다.『데카메론』의 인물들은 재능과 언변이 뛰어나고 결단과 실천에 있어 과감하다. 그래서 어떤 난관에 부딪히고 어떤 불행에 빠져도 유연한 재치와 날렵한 행동으로 넘어서고 빠져나온다. 그들의 현실은 결코 천국이 아니었다. 오히려 페스트가 상징하듯 계급과 자본, 성(性)과 이데올로기의 억압에서 자유롭지 못한 지옥의 상황이었다. 그러나 그들은 그 지옥을 빠져나온다. 지옥의 현실이 인간 역사에서 한 번도 사라진 적 없는, 사실상 인간의 필연적 조건이라고 할 때 『데카메론』의 낙관성은 인간의 숙명을 거스르는 일대 획기적인 이야기들을 구성하는 셈이다. 우리가 처한 지옥에서 가볍게 날아오르는 꿈과 같은 이야기들은 아직 우리의 현실에서 펼쳐지지 않고 그 가능성도 더 멀어지는 것만 같은 현재 상황에서, 『데카메론』이 제시하는 가능성의 세계는 얼마나 큰 의미를 지니는가.

보카치오의 이야기들에서는 '어느 날 아침', '어느 날 밤'과 같은 표현들이 빈번하게 나타난다. 그것은 정해지지 않은 어떤 시간을 가리킨다. 그것은 우리에게 친숙하기도 하고 친숙하지 않기도 하다. 그것은 불확정의 시간이지만, 보카치오는 이야기를 진행시키면서 그 시간을 구체성으로 채우고, 거기에 어떤 특정성을 부여해 나간다. 그것은 회상이라기보다 '일어남'이다. 그래서 '어느 날'은 우리 삶에서 다른 날들과 다르지 않게 언제라도 마주할 수 있는 그런 날이 된다. 보카치오는 『데카메론』을 그러한 일상성 속에 담갔다가 꺼내 놓기를 반복하면서 추상적 이론이나 관념보다 구체적인 사물이나 세상에 훨씬 더 큰 관심을 내보이는 것이다.

『데카메론』의 낙관성과 현실성을 받치는 근본 요소들 중 하나인 경구와 재능은 대상과 사물을 특정한 기존 양식에 맞추는 대신 완전히 새로운 방식으로 인식하고 생각하게 한다. 그럼으로써 대상과 사물을 다시 평가하고 어떤 깨달음을 유도한다. 재능이 폭발하는 순간은 양식이 해체되고 재구성되는 순간이다. 그것은 역사적으로 카니발이 기존 체제를 뒤집는 일탈의 장소였다는 점과 상응한다. 비록 『데카메론』에 나타나는 경구들은 닥친 위기를 모면하거나 눈앞의 이익을 취하기 위해 순간적으로 떠올린 것들이지만, 그 효과는 카니발이 몰고 오는 해체 및 재구성의 효과와 맞먹는다.

　『데카메론』의 성취는 이건 시대와의 확고한 단절에서 찾아야 할 것이다. 『데카메론』의 인물들은 죽고 나서 다가올 저세상을 준비하는 것에 관심이 없다. 그보다 '지금 여기'의 현세에서 맞닥뜨린 난관을 극복하고 성취감과 즐거움을 온몸으로 만끽하는 데 골몰한다. 『데카메론』은 지극히 구체적이고 적나라한 우리 삶의 풍경을 돌아보게 만든다. 『데카메론』의 세계에서는 또한 죄의식이나 도덕관념, 그리고 미래의 약속과 희망은 찾아보기 힘들다. 『데카메론』에 등장하는 인물들은 대개 세상을 있는 그대로 받아들인다. 주어진 운명 앞에서 그들 자신이 무력하다는 사실을 잘 알고 있으며, 자신의 열정과 욕망에 저항할 수 없는, 아니, 자신의 모든 것을 거기에 양보할 준비가 되어 있는 사람들이다. 그러나 운명과 본능이 과도하게 몰아칠 경우에는 또한 재능을 발휘해 방어하고 극복하는 면모를 유감없이 보여 준다. 『데카메론』에는 재능의 가치를 높이 사는 장면들이 많이 나온다. 주제가 정해진 이레 중 나흘 이상이 재능과 기지를 주된 소재로 채택하고 있으며, 그 밖의 다른 날들에서도 이와 관련한 얘기가 많이 나타난다. 이에 대립하는 중세의 초월적 가치는 무의미하고 무기력하며 무관한 것으로 등장할 뿐이다. 중세가 인간을 영혼과 정신의 측면에서 파악하고 제한했다면, 보카치오는 인간을 육체적인 관점에서 새롭게 보았다. 이는 분명 르네상스 시대의 새로운 가치관을 예고한 것이었다.

『데카메론』에서 특히 두드러지는 것은 여성의 존재다. 여성성은 현실에 대한 보카치오의 작가적 감수성과 재현의 의지를 잘 보여 주는 항목이다. 보카치오는 여성의 억압을 덮어 두려 하지 않았지만 딱히 여성의 해방을 외치지도 않았다. 보카치오의 여성은 당당하지만 비굴하고 똑똑하지만 어리석다. 여성에 대한 그의 이중적이고 모호한 태도는 그가 어떠한 절대적 이상과 이념에 얽매이지 않은 채 있는 그대로의 현실에 접근하려 했다는 징표다. 이 점을 우리는 『데카메론』의 구조에서 찾아볼 수 있다.

100편의 이야기가 구술되는 열흘 동안, 화자들은 다음 날의 주제를 매일 미리 정하지만, 유독 첫 번째 날과 아홉 번째 날에는 각자가 마음에 드는 이야기를 하기로 한다. 마치 두 번째 날부터 여덟 번째 날까지를 양쪽에서 묶어 주는 것처럼 보인다. 이런 구조에서 열 번째 날은 그 전까지의 이야기들을 숭고한 사랑의 주제로 총 정리하는 효과를 낸다고 볼 수 있다. 또 첫 번째 날 첫 번째 이야기는 죽음을 초월하면서까지 악을 두려워하지 않는 차펠레토의 이야기인 반면, 열 번째 날 열 번째 이야기에는 남편의 온갖 시험을 이기고 현모양처로서의 자리를 지켜내는 그리셀다의 눈물겨운 사연이 등장한다.

이렇게 보면 『데카메론』은 절망의 단계에서 시작해서 희망의 최고 단계로 상승하면서 구원받은 세계의 재현을 목표로 하는 것처럼 보일 수 있다. 그러나 열 번째 날의 이야기들이『데카메론』의 궁극적 메시지를 구성하는 것은 아니다.『데카메론』의 맨 마지막 이야기인 그리셀다의 이야기는 겉으로 보기에 현모양처라는 지고의 여성상을 그리는 것처럼 보이지만, 그러한 여성상은 정작 그 전까지의 이야기들에서 숱하게 등장한, 여성의 해방이나 사회적 지위의 향상 등을 암시하는 여성들의 모습과는 거리가 멀다.(물론 미친 짐승 같은 후작의 행동을 초월하는 지순함으로 볼 수도 있다. 그러나 그러한 지순함은 단테가『신곡 ─ 지옥편』11곡 79~84행에서 묘사하듯 하느님의 뜻에 합당한 한에서 의미가 있다.『데카메론』이 당대의 기독교에 대해 비판적이었다는 것을 생각하면, 그리셀다의 지순성은 적어도『데카메론』에서는 절대적인 가치로 나타나지 않는다고 봐야 할 것이다.) 또『데카메론』에는 여자들이 당차게 자기를 변호하는 장면들이 이와 모순되게 자기를 남성에 비추어 비하하는 장면들과 함께 등장한다. 이러한 비일관성과 이중성은 어떻게 설명할 수 있는가.

『데카메론』은 우리에게 결코 궁극의 이상과 전형적 이념을 제시하지 않는다.『데카메론』에서 우리가 읽어 낼 수 있는 것은 궁극의 이상과 전형적 이념이 부재하는 상태가 우리를 둘러싼, 우리가 살아가는 현실이라는 깨달음이다. 현실은 우리의 체계적인 이해와 질서 정연한 정리를 넘어서서 혼란스럽고 모호하게 펼쳐져 있다. 우리는 그런 현실을 살아가면서 종교적인 구원의 약속과 정치적인 배려의 희망에 기대기도 하지만,『데카메론』은 우리의 현실을 모호하게, 그러나 있는 그대로 그려 냄으로써 그 약속과 희망이 구체적인 현실에서 얼마나 헛될 수 있는지 생각하게 만든다.

『데카메론』은 보카치오 자신의 삶의 반영물이다. 그는 삶과 사랑에 대한 좌절을 먼저 경험한 사람으로서, 공동체와 특히 여성과 같은 소수자에 대한 위로를 책무처럼 생각했다. 그러나 그것이『데카메론』의 표면에 드러나는 주된 메시지는 아니다. 작가의 의도와는 상관없이, 주된 메시지 자체는 텍스트에 내재하지 않는 듯 보인다.『데카메론』은 다만 우리를 둘러싼 현실을 드러내 보여 주며, 그럼으로써 우리를 불편하게 만들고 의문을 품게 만든다.『데카메론』은 다듬어지고 안정된 환상 세계로부터 있는 그대로의 냉혹한 현실 세계로 우리를 이끈다.

『데카메론』이 현실의 재현이라는 사실주의적 기능을 수행했다면, 그것을 가능하게 만든 것은 초월과 금욕주의라는 중세성을 넘어서서 현세와 개인의 욕망을 추구한 정신적 혁명이었다. 그래서『데카메론』에서는 사회의 부조리에 저항하는 개인의 재능이 높이 평가된다. 재능의 덕은 중세의 낡은 내세주의적 세계관에 맞서 개인의 권리와 존엄성을 옹호하는 의미를 지닌다. 이는 13세기 이래 봉건 사회의 모순이 심화되었던 이탈리아 반도에 일기 시작한 사회적 변화와 관계가 있다. 도시들 사이에 경제와 정치, 문화의 교류가 활발해지면서, 현실적 가치에 무게를 둔 새로운 시대의 인간이 지녀야 할 삶의 원리가 요청되었던 것이다. 재능은 부를 창출하거나 명성을 얻게 해 주며 욕망을 충족하고 더 나은 세계를 위해 제도와 법을 정비하는 데 필요한 것이었다. 누구나 사회적 삶에 직접 관여하면서 재능을 발휘하고, 그러면서 자신의 실존적 가치를 극대화하고자 하는 것이 보카치오가 본 새 시대였다.

교회가 다른 세계를 약속하고 이념이 다른 미래를 꿈꾸게 하며 도덕은 그런 다른 세계와 미래로 등을 떠미는 패권적 권력을 낳는다면,『데카메론』은 그들이 하나같이 추구하는 이상론의 너울을 벗어 던지고 그들이 가린 주변부의 삶이 지닌 진실한 모습들을 들춰내 보여 준다. 그래서『데카메론』이 보여 주는 '다른 세계'는 약속된 것이기보다는 우리가 그냥 지나치던 삶의 우연한 것들이며,『데카메론』이 제시하는 '다른 미래'는 다가온다고 약속만 하는 꿈의 대상이기보다는 우리가 돌아보면 보이는 현재의 이면들과 다르지 않은 것이다.

『데카메론』이 쓰인 이래 700년 가까운 근대적 시공 속에서 우리는 유례없이 깊고 다양한 변화를 역사 속에서 체험했다. 그 결과, 지금 우리는 여러 방면에서 탁월한 발전을 이루었고 윤택한 생활을 누리고 있다. 그러나 그와 함께 전에 없던 수많은 새로운 문제들을 안게 된 것도 사실이다. 경제적인 불평등과 정치적인 억압, 그리고 문화적인 소외 같은 문제들이 더욱 심화되고 있으며, 생명과학의 발달로 인한 생태와 윤리의 교란, 과학과 산업 등 인간 중심 문명의 고도 발달로 인한 자연환경의 파괴 등 지금까지 경험해 보지 못한 당혹스러운 상황에 처한 것이다. 아마 우리가 이런 모순된 상황에서 겪는 고뇌는 오래전에 피에솔레 언덕에서 피렌체를 내려다보며 보카치오가 품었던 그것과 그리 다르지 않을 것이다.

3

단테가 『신곡』에서 치마부에와 조토 등 당대의 화가들에 대해 평론한 것처럼 보카치오도 『데카메론』에서 미술 비평을 한다. 여섯 번째 날 다섯 번째 이야기에서 화자는 조토가 모방한 것은 거의 착각할 정도로 사실적이며 자연도 그 이상의 것은 산출하지 못할 것이라고 말한다. 헤겔은 조토의 위대한 영향을 채색 방식보다도 대상을 포착하는 방식과 표현 방향을 바꾼 것에서 찾고자 했다. 새로운 채색 방식을 택하고 당대 비잔티움 그림들에 쓰인 것과 다른 물감과 접착제를 사용해 그림이 더 밝고 투명해진 것도 중요한 일이지만, 그보다는 현재적이고 현실적인 것에 눈을 돌려 주위에서 움직이는 생생한 형상을 표현한 것에서 성취가 크다는 것이다. "이런 방향 전환과 함께 조토가 살던 시대에는 도덕적으로도 더 자유로워졌고 사는 것도 더 재미있어졌으며, 또 그 화가가 살던 시대와 가까운 시대에 살았던 새로운 성자들에 대한 숭배 사상도 들어섰다."* 프란체스코 다시시가 그 "새로운 성자들"에 포함된다면, 보카치오도 단테와 마찬가지로 프란체스코 교단이 취했던 혁신적인 방향들에 동조했던 것으로 보인다. 여기서 중요한 점은 프란체스코 다시시가 이탈리아 문학 최초의 텍스트를 쓴 시인이기도 했다는 점이다. 프란체스코 다시시는 조토와 더불어 현실을 재현하는 방식과 의미를 정확하게 알고

---

*헤겔, 『헤겔 미학 강의』 3권, 두행숙 옮김, 은행나무, 2010, 459~460쪽.

있었던 창조자들이고, 단테와 보카치오가 그들과 동시대를 살면서 위대한 창작의 예를 남긴 것은 우연이 아니었다.

보카치오의 이야기들은 작가와 예술가들의 창조적 영감을 자극한다. 그것이 창조적일 수 있는 것은 보카치오의 이야기들이 자유롭고 거침없기 때문이다. 어떠한 기준과 가치에 매이지 않고 어떠한 약속과 희망에 매달리지 않기에, 보카치오의 세계에는 도덕적 가르침도, 종교적 메시지도, 이데올로기적 선도도 자리하지 못한다. 보카치오의 세계는 다만 우리의 현실을 있는 그대로 드러내 보여 줄 뿐이다. 도덕과 종교, 이데올로기에 의지하지 않은 채, 맨눈으로 보고, 맨살로 느끼고, 맨손으로 행동하는 보카치오의 인물들은 파격과 저항, 그리고 거부를 체현하며, 그럼으로써 늘 새로운 국면을 창출하고 보여 준다. 그것이 문학의 자유, 자유로운 문학으로 연결된다는 점을 생각할 때, 『데카메론』이 오랜 세월 동안 공간을 초월하여 읽혀 온 이유를 알 수 있을 것이다.

보카치오는 그리스와 로마의 문학과 신화, 음유시인들을 통해 전해 오던 전설, 이탈리아 여러 지방의 민담, 그리고 페르시아와 인도, 중국의 설화를 접하고, 거기에 자신의 상상력을 더하여 100편의 이야기를 구성했다. 『데카메론』은 시간으로 보아 고대부터 중세까지, 공간으로 보아 이탈리아를 비롯하여 지중해와 유럽, 아프리카, 나아가 중국과 인도를 포함한 아시아까지 걸쳐 있다. 나는 보카치오가 자필 원고에 스스로 그린 그림들과 『데카메론』이 처음 출판되던 당시 프랑스어판을 포함해 여러 판본에 실린 삽화들, 그리고 조토와 보티첼리,

페셀리노와 같은 대가들의 관련 그림들을 선별해 수록하고 또한 가능한 대로 상세한 역주를 제공함으로써, 독자가『데카메론』을 좀 더 구체적이고 생생한 역사 공간의 산물로 바라보고 그에 따른 이해와 상상을 펼칠 수 있도록 도움을 주고자 했다. 역주와 그림을 넣은 것은 한 편의 문학 텍스트를 제대로 음미하기 위해서는 그것이 처한 특수한 역사적, 물질적 토대를 알고 그것과 연관을 지으며 읽을 필요가 있다는 판단에서였다. 이것이 특히 시간적으로나 공간적으로 워낙 거리가 있는 문학 텍스트를 대하면서 막연해질 수도 있을 우리 독자의 상상에 적절한 지침을 마련해 줄 것으로 기대한다. 마찬가지로 번역을 하면서『데카메론』이 시종일관 앞에 앉은 사람에게 직접 이야기를 들려주는 생생한 구어체 산문이라는 점, 남성 화자와 여성 화자의 목소리가 다르다는 점, 이야기마다 다양한 화자의 개성이 스며들어 있다는 점, 풍자와 위트가 담긴 서민의 언어라는 점, 그리고 거의 700년 전에 쓰인 고어체라는 점 등을 살리고자 했다. 이탈리아의 문헌학자로서 보카치오와『데카메론』연구에 평생을 바친 비토레 브란카가 감수한 1980년 에이나우디 사의 판본을 저본으로 삼았다.

2012년 9월
박상진

작가 연보

1313년   6월 혹은 7월에 이탈리아 피렌체의 부유한 상인 보카치노 디 켈리노의 아들로 태어남. 어머니는 잘 알려지지 않음. 출생지로 알려진 곳은 피렌체 근교의 체르탈도, 피렌체, 파리 등으로 확실하지 않음.

1320년   아버지가 귀족 출신의 마르게리타 데 마르돌리와 정식 결혼. 의붓동생 프란체스코 출생.

1325년   아버지가 일하던 바르디 은행의 나폴리 지사에 견습 사원으로 보내짐. 나폴리 시절 동안 조토, 마르티니 등 당대를 풍미하던 화가와 작가, 학자들과 교류하며 행복한 시절을 보냄.

1331년   나폴리 대학에서 법학자 치노 다 피스토이아의 지도 아래 법률 공부 시작.

1332년　　아버지가 프랑스로 떠나자 라틴 고전과 프로방스 문학 연구로 방향을 돌림. 왕립도서관 사서 파올로 다 페루자의 지도 아래 문학 공부에 열중.

1333년(혹은 1336년)　　나폴리 로베르토 왕의 딸인 마리아를 만남. 이후 그녀는 피암메타라는 이름으로 보카치오 작품들에 등장. 페트라르카의 시를 접하고 그의 문학과 학문에 크게 매료되어 일생 동안 그를 정신적 지주로 삼음.

1334년~1337년　　『디아나의 사냥(Caccia di diana)』 집필.

1335년　　『필로스트라토(Il Filostrato)』 집필.(1340년에 집필했다고 주장하는 학자들도 있음.)

1336년~1339년　　『필로콜로(Filocolo)』 집필. 이 시기에 학업을 마침.

1340년　　바르디 은행 파산. 피렌체로 돌아가 『테세이다(Teseida delle nozze di Emilia)』 집필.

1341년~1342년　　『아메토의 요정(Il ninfale d'Ameto)』 집필. 이 작품을 피렌체의 정치가 니콜로 바르톨로 델 부오노에게 헌정.

1342년~1343년　　『사랑의 시선(Amorosa visione)』 집필.

1343년~1344년　　『피암메타 부인의 애가(Elegia di Madonna Fiammetta)』 집필.

1345년~1346년　　라벤나의 폴렌타니 가문을 위해서 일함. 『피에솔레의 요정(Ninfale fiesolano)』 집필(1346).

1347년~1348년　　포를리의 오르델라피 가문을 위해 일함.

말년이 된 단테의 존재를 처음으로 알게 됨. 피렌체에 페스트가 만연한 상황을 목격. 아버지와 계모, 그리고 수많은 친구들이 사망함.

1349년~1353년 　『데카메론(Decameron)』 집필.

1350년 　1367년까지 피렌체에 체류해 외교사절로 활동하면서 로마 교황과 여러 나라의 황제, 제후들을 만남. 페트라르카를 처음으로 만남.『이교(異敎) 신들의 계보(Le Genealogie deorum gentilium)』의 집필하기 시작하나 사망할 때까지 계속해서 수정함. 로마냐 귀족들에게 사절로 파견됨.

1351년 　시의원으로 임명됨. 티롤 지방의 바이에른 공작 루이를 방문하는 사절로 파견됨. 파도바에서 페트라르카를 다시 만남.『단테를 기리는 글(Trattatello in laude di Dante)』이 거의 완성됨.

1354년 　아비뇽에 머물던 교황 인노켄티우스 6세를 방문하는 사절로 파견됨.

1355년경 　『유명인들의 운명에 대하여(De casibus virorum illustrium)』와『산과 숲, 샘, 호수, 강, 늪 또는 습지와 바다의 이름에 대하여(De montibus, silvis, fontibus, lacubus, fluminibus, stagnis seu paludibus, et de nominibus maris)』를 집필하기 시작함. 각각 1363년과 1364년에 완성됨.

1359년 　페트라르카를 세 번째로 만남. 롬바르디아 대사로 임명됨. 당시 밀라노의 영주였던 베르나보 비스콘

티의 궁정에 머무른 것으로 보임.

1360년 피렌체에서 혁명이 실패하자, 그에 연루된 친구와 친지 몇 명이 처형됨. 보카치오는 이후 사 년 동안 피렌체에서 관직을 받지 못함.

1361년 체르탈도에 칩거. 『유명한 여자들(De mulieribus claris)』 집필 시작. 확실하지 않은 이유로 1362년 까지 라벤나에 체류. 그곳에서 『고독한 삶(De vita solitaria)』을 집필 중이던 페트라르카를 위해 11세 기 가톨릭 개혁을 추진한 신학자이며 추기경인 산 피에르 다미아니에 관한 정보를 수집.

1362년 『유명한 여자들』 완성.

1363년 신앙이 약해졌다는 생각에 정신적인 구도 생활에 헌신. 수도사 조아키노 치아니와 만남. 당시 나폴 리의 세력가였던 니콜로 아치아이올리의 초청으 로 다시 나폴리를 여행하지만 따뜻한 응대를 받지 못해 짧은 시간만 체류. 피렌체로 돌아온 후에는 페트라르카를 만나기 위해 파도바에 가지만 페트 라르카가 베네치아로 이주하여 그곳을 방문해 만 남. 7월에는 체르탈도로 향함. 『이교 신들의 계보』 탈고.

1364년 속어 창작에 대해 페트라르카와 서신으로 논쟁. 『단테의 삶(Vita di Dante)』 집필.

1365년 아비뇽에 있던 교황 우르바누스 5세의 교황청을 피렌체 대사로서 방문. 『코르바치오(Il Corbaccio)』

집필.(1356년에 집필했다고 주장하는 학자들도 있음.)

1367년   교황청이 로마로 이전한 뒤 교황 방문. 베네치아
를 방문해 페트라르카를 만나지는 못하나 그의 딸
과 의붓아들을 만남.

1368년   파도바에서 수많은 지식인들과 작가들에 둘러싸
인 페트라르카를 만남.

1370년~1371년   마지막으로 나폴리를 여행한 뒤 체르탈도
에 은거.

1372년   비만과 수종, 옴과 고열에 시달리며 점점 거동이
힘들어짐.

1373년   피렌체 당국의 요청에 따라 성 스테파노 성당에서
단테의 『신곡』을 강연.

1374   가난과 병에 시달리며 다시 체르탈도로 돌아감.
거기서 페트라르카의 사망 소식을 들음. 소네트를
써서 페트라르카를 기림.

1375년   『이교 신들의 계보』를 계속해서 수정함. 12월 21일
체르탈도에 있는 자신의 집에서 사망.

안드레아 보냐우티, 「전투하는 교회 ─ 허영과 세속적 기쁨에 대한 우화」(부분), 1360~1370, 산타 마리아 노벨라 성당의 스페인 예배당(이탈리아 피렌체) 소장.

세계문학전집 **293**

데카메론 3

1판 1쇄 펴냄 2012년 9월 14일
1판 13쇄 펴냄 2022년 9월 28일

지은이 조반니 보카치오
옮긴이 박상진
발행인 박근섭, 박상준
펴낸곳 (주)민음사

출판등록 1966. 5. 19. (제 16-490호)
서울특별시 강남구 도산대로1길 62(신사동) 강남출판문화센터 5층 (우편번호 06027)
대표전화 02-515-2000 팩시밀리 02-515-2007
www.minumsa.com

ISBN 978-89-374-6293-1 04800
ISBN 978-89-374-6000-5 (세트)

* 잘못 만들어진 책은 구입처에서 교환해 드립니다.

세계문학전집 목록

세계문학전집은 계속 간행됩니다.